Elizabeth Freeman, renommierte Psychotherapeutin in Texas, wird in ihrer Praxis ermordet aufgefunden, erschlagen mit einer Wodkaflasche. Police Detective Lucia Ramos steht vor einem Rätsel: Sie findet zu ihrem Befremden im Schreibtisch der Toten Whiskey, eine Packung Kondome und ein Sexspielzeug. Welches Verhältnis hatte Dr. Freeman zu ihren Klientinnen und Klienten? Was für eine Frau war sie? Wer hätte ein Mordmotiv gehabt?
Bei ihren Ermittlungen wird Lucia mit moralischer Korruption in erschreckendem Ausmaß konfrontiert. Doch mit professionellem Spürsinn und mit Unterstützung ihrer Geliebten Amy, einer Kindertherapeutin, gelingt es ihr schließlich, die Tat aufzudecken.
Ein spannender Psychokrimi, der einen genauen Einblick in die Polizeiarbeit wie auch in die Tätigkeit von TherapeutInnen vermittelt und zugleich eine anrührende lesbische Liebesgeschichte erzählt.

Mary Morell, gebürtige Texanerin, führt mit ihrer Lebensgefährtin einen Frauenbuchladen in New Mexico. Außerdem schreibt sie Romane, Theaterstücke und Gedichte. Sie gewann 1970 den Lesbian Fiction Award.

Mary Morell

LETZTE SITZUNG

Ein Kriminalroman

Aus dem amerikanischen Englisch
von Gabriele Yin

Fischer Taschenbuch Verlag

Die Frau in der Gesellschaft
Herausgegeben von Ingeborg Mues

Veröffentlicht im Fischer Taschenbuch Verlag GmbH,
Frankfurt am Main, Mai 1995

Lizenzausgabe mit freundlicher Genehmigung
des Orlanda Frauenverlages, Berlin
Titel der amerikanischen Originalausgabe:
»Final Session«
erschienen bei Spinsters Book Company, San Francisco

Gesamtherstellung: Clausen & Bosse, Leck
Printed in Germany
ISBN 3-596-12315-1

Gedruckt auf chlor- und säurefreiem Papier

Dieses Buch ist dem Gedenken an Sabina Spielrein
gewidmet, die von ihrem Therapeuten C. G. Jung
verführt wurde, sowie den Tausenden von Frauen,
die in den letzten hundert Jahren
ihren Schmerz geteilt haben.

Die Handlung dieses Romans ist fiktiv. Einige Orte wie San Antonio sind real.
Zwei Personen sind an meinen Freundinnen Jan und Becky orientiert, die amüsiert ihre Zustimmung gaben. Alle anderen Menschen und Begebenheiten entstammen meiner Phantasie. Sollten sich irgendwelche Ähnlichkeiten mit realen Personen, Orten oder Ereignissen ergeben, so ist das reiner Zufall – wie eine Wolke einem Geburtstagskuchen ähneln mag. Bleibt noch festzustellen, daß ich nie einen Rhodesischen Ridgeback gesehen habe; doch wenn ich einen besäße, würde ich ihn Simbabwe nennen.

Danksagung

Dieses Buch wurde gemeinsam mit Anne Grey Frost, meiner Partnerin, ausgeheckt. Nie kann genug gesagt werden. Dieses Buch ist auch ihres.

Mein besonderer Dank gilt der Familie Wislen, Luke und seinen beiden Müttern, für ihre Geduld, ihren Rat und ihre Begeisterung. Luke hat den Täter benannt.

Ebenso danke ich Gina, daß sie mir Darcie und Gala ausgeliehen hat, die meine gelben handschriftlichen Seiten in ein wunderbares Manuskript verwandelten. Mein Dank gilt natürlich auch ihnen.

Ich möchte außerdem die Hilfe von Ms. Gonzales, Gutierez, Sanchez und Cohen erwähnen, die viele hilfreiche Vorschläge machten. Der süßen Emma, die mir mit den Arbeitsabläufen bei Polizei und Spurensicherung geholfen hat, möchte ich sagen: »Ich hätte es ohne dich nicht geschafft.« Jan und Becky, die im Buch selbst auftauchen (und sie wissen, wo), haben mich ebenfalls vorzüglich beraten. Ich bin versucht, all den starken, liebevollen Frauen zu danken, die hier und da ihr Leben mit mir geteilt haben, von Susana und Karen bis zu Connie, Alice und Donna, aber die Aufgabe, die vielen tausend Arten der Hilfe zu beschreiben, ist zu überwältigend, daher möge der Gedanke für die Tat stehen. Aber ich muß Barbara danken, die immer da war. Danke, B. J., für die fünfundzwanzig Jahre, die du du selbst warst, was mehr als genug ist.

Mein Dank geht auch an meine Familie in San Antonio, die viele dumme Fragen beantwortet hat, besonders mein Bruder Jerry, der mir von dem neuen Gerichtsgebäude erzählt hat und von der Verteidigung mittelloser Angeklagter – gerade rechtzeitig, um meine Irrtümer zu beheben.

Alle verbliebenen Irrtümer gehen zu meinen Lasten und bestehen entgegen der sorgfältigen und kompetenten Betreuung durch meine Lektorin, Sherry Thomas. Wenn sie dich zu sehr stören, betrachte sie als das, was sie sind – Fiktion.

Mittwoch

Dr. Elizabeth Freeman lag friedlich auf dem Navajoteppich neben ihrem Schreibtisch. Ihr ausgeprägtes Gesicht und ihre offenen grünen Augen zeigten keinen Schmerz. Die grauen und rotbraunen Locken waren kaum in Unordnung geraten, trotz ihres offensichtlichen Sturzes. Lebendig sah sie jedoch keineswegs aus.

Als die Putzfrau das gesamte Bild in sich aufgenommen hatte, begann sie zu schreien.

Fünfunddreißig Minuten später duckte sich Detective Lucia Ramos unter dem gelben Absperrungsband durch. Ihre schokoladenbraunen Augen sahen etwa dieselbe Szene wie die Putzfrau. Die Leiche war vornüber aus dem ledernen Schreibtischstuhl gekippt. Eine Flasche teuren Wodkas schien die Waffe gewesen zu sein. Auf dem Fußboden aus Saltillofliesen stand eine große Pfütze, wo die Flasche fallen gelassen worden und zerbrochen war. Vom Mörder. Mit etwas Glück gäbe es deutliche Fingerabdrücke, und der Fall wäre schnell unter Dach und Fach gebracht. Aber irgendwie haftete der Situation nichts von Glück oder Unkompliziertheit an. Dazu war sie bereits zu unschön. Was machten ein Liter Wodka und zwei Gläser in der Praxis einer Psychotherapeutin? Unschön, sehr unschön, dachte Lucia.

Einer wohlhabenden Psychotherapeutin, ergänzte sie in Gedanken, als sie die indianischen Töpfe und Kachinapuppen bemerkte, die das Ambiente von Santa Fe nach San Antonio übertrugen. Womöglich war ein Kollege der Täter. Ein schwieriger Fall, eine Meinungsverschiedenheit, hitzige Worte, ein Schlag … nein, nicht sehr wahrscheinlich! Lucia holte einen kleinen Kassettenrecorder hervor und begann ihre Aufzeichnungen, während sie auf die Spurensicherung wartete.

»9.25 Uhr, Mittwoch, 7. April, 1315 Lagrima del Oro, Büro D. Mutmaßliches Mordopfer ist weiß, weiblich. Alter Anfang Fünfzig. Leichenstarre hat offenbar eingesetzt. Opfer ist ungefähr 1,63 groß, etwa 63 Kilogramm schwer, in scheinbar guter körperlicher Verfassung. Trägt graue Cowboystiefel aus Straußenleder, schwarze Hosen, graues Seidenhemd, mehrere schwere Silber- und Türkisketten, großen diamantenen Verlobungsring. Offensichtlich kein Raubmord. Keine Anzeichen eines Kampfes. Mordwaffe könnte eine Wodkaflasche sein, jetzt zerbrochen. Es sieht so aus, als ob zusammen getrunken wurde, was heißt, daß der Täter wahrscheinlich kein Klient, aber auch kein Fremder ist. Kein Zeichen eines gewaltsamen Eindringens.«

Für einen Moment überlegte Lucia, den letzten Teil zu löschen, dann ließ sie ihn stehen. Erste Eindrücke waren wichtig, auch wenn sie ein wenig voreingenommen waren. Sie nickte dem Polizeifotografen zu, der sich unter dem Band hindurchduckte.

»Hallo, Dave. Sagen Sie der Spurensicherung, ich will die Handtasche, die Gläser, sämtliche Scherben der Flasche sowie alles andere, das ihnen auffällt. Danke. Ich rede draußen mit der Frau, die sie gefunden hat.« Sie ging in den Flur des kleinen Bürokomplexes, wo die Putzfrau schluchzend wartete.

»Sie war so eine gute Frau. Sie hat jede Woche mit meinem Julio gesprochen, obwohl wir es nicht bezahlen konnten. Sie läßt mich hier putzen, anstatt Geld zu verlangen. Sie war eine sehr gute Frau. Wer hätte sie denn bloß umbringen wollen? Der muß doch verrückt sein. Es muß ein Verrückter sein. Wer sonst würde so etwas tun?«

Tja, wer sonst, dachte Lucia und ging die Liste von Mördern durch, auf die sie im letzten Monat gestoßen war – ein paar wütende Ehemänner, ein betrogener Geschäftspartner, einige Drogenabhängige, ein mißhandelter Sohn und etliche völlig Fremde, die auf das Bargeld von nächtlichen Geschäften aus waren. Keinen von diesen hatte sie für verrückt gehalten. Oder vielleicht alle. Lucia strich eine Locke ihres kurzen, schwarzen Haares hinters Ohr und begann mit den üblichen Fragen.

»Wie lange haben Sie Dr. Freeman gekannt?« Sie stellte ihren Kassettenrecorder wieder an und überlegte verschiedene Möglichkeiten, an die Vernehmung heranzugehen, während die Putzfrau antwortete.

Keine der Antworten war besonders hilfreich. Dr. Freeman hatte die Räume vor drei Jahren gemietet. Sie arbeitete als beratende Psychologin an den Northside-Schulen, wo der zehnjährige Julio Martinez aufgrund unentschuldigten Fehlens und leichten Diebstahls ihr Klient geworden war. Mittwochs praktizierte Dr. Freeman im Spastikerzentrum, wodurch die Praxis vormittags zum Putzen zur Verfügung stand. Die Putzfrau hieß Pita Martinez: »Spanisch, weiblich, Alter einundvierzig, verheiratet, fünf Kinder«. Sie war der Meinung, daß die verstorbene Dr. Freeman, nachdem sie nun bald unter der Erde läge, sich auf ihrem Weg zur Heiligsprechung befand. Der Befragten waren keine Klienten oder Kollegen des Opfers bekannt. Es gab keine Sekretärin. Nicht viele Anhaltspunkte. Mrs. Martinez hatte am Abend zuvor mit ihrer Schwester Bingo gespielt, was ihr ein Alibi verschaffte.

Mittlerweile war die Praxis des Opfers nicht mehr zugänglich, da die Spurensicherung sie für Fingerabdrücke einstäubte und Fotos machte. Lucia versuchte sich daran zu erinnern, wo sie die nächste Telefonzelle gesehen hatte. Es gab eine *Lone Star*-Eisdiele auf der Bandera Road, nur zwei Straßen südlich von der Lagrima del Oro. Sie winkte beim Hinausgehen dem Polizisten zu, der in den benachbarten Büros Befragungen durchführen sollte.

»Bis später!« rief sie ihm über die Schulter zu.

Es würde ein heißer Tag werden, trotz der Wolkenfetzen. Lucia war froh, daß sie die Fenster einen Spalt offengelassen hatte. Ansonsten wäre der Wagen wie ein Ofen. Sie öffnete die Tür ihres kastanienbraunen Sentras und wartete ein paar Sekunden, um die heiße Luft herauszulassen. Sie steckte die Überreste eines Würstchens und eines Muffins in die Papiertüte auf dem Rücksitz. Sie wollte keine Flecken in diesem Wagen hinterlassen, denn er hatte sich als robust erwiesen, und Lucia freute sich angesichts der Möglichkeit, daß er den Autokredit

überdauern könnte. Nach ihrer Beförderung zur Mordkommission hatte sie überlegt, ob sie die Rückzahlung aufstocken sollte, aber das höhere Gehalt schien in höheren Abzügen zu verschwinden. Sie seufzte, als sie sich der Bandera Road näherte. Es würde schwierig sein, ohne Ampel links abzubiegen. Sie wartete mehrere Minuten auf eine Lücke im Verkehr, bevor sie aufgab und erst nach rechts abbog und dann eine Kehrtwendung machte. Es gab Zeiten, in denen es sehr nützlich war, eine Polizeimarke zu besitzen.
Die Eisdiele war leer, und Lucia mußte sich an der Telefonzelle auf dem Parkplatz nicht anstellen. Sie holte sich fünf Dollar in Fünfundzwanzig-Cent-Münzen von der Bedienung und ging wieder hinaus, um ihre Gespräche zu führen. Die Telefonzelle war neu genug, um ein vollständiges Telefonbuch zu enthalten. Lucia staunte. Nicht einmal die Restaurantseiten waren herausgerissen worden. Sie schlug das Spastikerzentrum nach und fand die Nummer. Ein freundlicher und gesprächiger Mann meldete sich.
»Ach, da müssen Sie mit Suzy reden. Sie weiß darüber Bescheid«, sagte er, als Lucia endlich die Chance hatte zu erklären, daß sie wegen Dr. Freemans Abwesenheit anrief.
Sie mußte warten. Einige Momente später kam eine Frau an den Apparat. »Hier ist Suzy O'Keefe. Womit kann ich Ihnen helfen?«
»Police Detective Lucia Ramos. Ich fürchte, Dr. Freeman wird heute nicht kommen«, sagte Lucia.
»Ist sie verletzt? Hatte sie einen Unfall? Ich wußte, ich hätte mir Sorgen machen sollen, als sie um zehn Uhr nicht hier war, aber sie kommt so oft zu spät, daß ich nicht weiter darüber nachgedacht habe.« Lucia spürte, daß die Besorgnis in der Stimme der Frau echt war.
»Ich fürchte, sie ist tot.« Lucia hörte zu, wie Suzy die übliche Betroffenheit und Anteilnahme zum Ausdruck brachte, und fragte dann: »Wie gut haben Sie sie gekannt?«
»Ziemlich gut, denke ich«, erwiderte Suzy. »Sie hat uns hier seit über einem halben Jahr beraten, und wir haben uns jede Woche für zwei Stunden getroffen. Sie ist die Fälle durchgegan-

gen, die ich vorgebracht habe, und hat ihre Empfehlungen gegeben.«

»Hat sie je über ihr Privatleben gesprochen?« fragte Lucia.

»Nicht, soweit ich mich erinnern kann. Aber ich bin ziemlich erschüttert, daher würde ich meinem Gedächtnis im Moment nicht trauen. Ich nehme an, Sie müssen ihre Familie benachrichtigen.«

»Ja, natürlich. Kennen Sie übrigens jemanden von ihren Freunden, Kollegen oder Klienten?« Lucia hielt ihr Notizbuch bereit.

»Ja, wir haben mehrere Familien zu ihr geschickt. Warum?«

»Sie starb nicht aufgrund eines Unfalls. Sie wurde ermordet«, sagte Lucia. »Wir versuchen mit jedem zu sprechen, der sie gekannt hat. Können Sie mir die Namen ihrer Klienten geben?«

»Aber ja, ich hole sie gleich.«

Lucia mußte erneut warten. Sie überlegte, daß es wahrscheinlich besser gewesen wäre, mit Suzy O'Keefe persönlich zu sprechen, aber sie hörte sich nicht nach einer Verdächtigen an, und es beschleunigte sicherlich den Prozeß, wenn sie einige Befragungen am Telefon erledigte. Suzy kam etwas atemlos an den Apparat zurück.

»Die einzigen, die zur Zeit bei ihr in Behandlung sind, sind Carl Jarvis und die Familie Andrews.« Sie gab Lucia die Adressen und Telefonnummern der Klienten.

»Haben Sie einen Personalbogen von ihr, der möglicherweise aufführt, wer im Notfall zu verständigen ist?«

»Nein, sie war eine freie Beraterin, keine Angestellte.«

»Wissen Sie, wie es dazu kam, daß sie an der Klinik anfing? War sie mit jemandem befreundet, der wissen könnte, wie ihre Familie zu benachrichtigen ist?«

»Ich weiß es wirklich nicht. Sie hat nie jemanden erwähnt.«

»Können Sie mir sagen, wo Sie gestern abend gewesen sind?«

»Ich war bei einem Arbeitsessen einer Selbsthilfegruppe für Mütter. Es begann um halb sechs, gleich nach der Arbeit, und dauerte bis ungefähr zehn. Das dauert so lange, weil es nur

einmal im Monat stattfindet. Warum? Sie nehmen doch wohl nicht an, daß ich...« Ihre Stimme klang entrüstet.
»Nein, nein. Natürlich nicht«, besänftigte Lucia sie. »Es ist nur eine Routinefrage, um den Aufenthalt von allen festzustellen, die das Opfer gekannt haben, bis wir einige handfeste Verdächtige haben. Bitte nehmen Sie es nicht persönlich, Ms. O'Keefe.«
»Mrs. O'Keefe«, sagte sie mit sehr kühler Stimme.
»Vielen Dank für Ihre Kooperation, Mrs. O'Keefe. Es hilft uns gewiß, schneller die Wahrheit herauszufinden, wenn Mitbürgerinnen so entgegenkommend sind wie Sie. Bitte denken Sie über alles nach, was Dr. Freeman betrifft und Licht in diesen Fall bringen könnte. Und wenn Ihnen etwas einfällt, rufen Sie mich bitte an.« Lucia gab ihr sowohl ihre Privat- als auch die Dienstnummer, und Suzy verabschiedete sich recht herzlich.
Lucia hielt ihre Eindrücke in ihrem Notizbuch fest. Dann ging sie zum Wagen, um ein Adreßbuch aus ihrer Aktentasche zu holen. Glücklicherweise wußte sie jemanden in der Schulverwaltung von Northside, der wahrscheinlich hilfsbereit wäre. Sie kannte den Direktor des Beratungsdienstes aus ihrer Zeit bei der Abteilung für Sexualverbrechen an Minderjährigen. Sie steckte einige Münzen ins Telefon und schlug in ihrem Adreßbuch die Nummer nach.
»Northside-Schulen Beratungsdienst. Kann ich Ihnen helfen?«
»Kriminalpolizei. Ich möchte mit Ron Gillette sprechen.«
»Einen Moment, ich sehe nach, ob er abkömmlich ist.«
Lucia wartete lange genug, um zwei zusätzliche Münzen einwerfen zu müssen. Das bedeutete, daß Ron da war. Wenn nicht, hätte die Sekretärin es sofort gesagt. Sie fragte sich, ob er die Zeit herausschindete, um sich ein Alibi auszudenken. Aber das würde bedeuten, daß er von dem Mord wußte. Was bei dem augenblicklichen Mangel an Öffentlichkeit auf eine Verwicklung hindeuten würde. Unwahrscheinlich, dachte sie. Wahrscheinlicher ist, daß er wieder einmal seinen kleinen Wuchs kompensiert, indem er Leute warten läßt.
»Direktor Gillette wird Ihnen gleich zur Verfügung stehen.«

Lucia warf weitere Münzen ins Telefon und wandte ihre Aufmerksamkeit wieder der Bandera Road zu. Der Spielzeugladen auf der gegenüberliegenden Straßenseite öffnete gerade. Ein roter BMW bog auf den Parkplatz ein. Dann ein gelber Celica. Fahren Leute, die Kinderspielzeug kaufen, Autos in den Grundfarben? überlegte sie müßig. Ein brauner Acura fuhr auf den Parkplatz und machte ihre Hypothese zunichte.

»Hier ist Ron Gillette.«

»Lucia Ramos, Ron.«

»Lucia, ich dachte, Sie sind aus dem Jugenddezernat befördert worden.«

»Ja, ich arbeite jetzt in der Mordkommission. Dr. Elizabeth Freeman ist ermordet worden.«

Am anderen Ende der Leitung herrschte ein langes Schweigen.

»So«, erwiderte er, »das tut mir sehr leid, aber warum rufen Sie mich deswegen an?« Lucia war leicht verwundert. Gleichgültigkeit war keine typische Reaktion auf Mord.

»Ich dachte, Sie könnten uns vielleicht dabei helfen, einige ihrer Klienten aufzuspüren, da sie ja in einem Ihrer Programme gearbeitet hat.«

»Freeman? Offen gesagt, Lucia, der Name kommt mir nicht bekannt vor. Warten Sie einen Moment, ich frage Nancy.« Lucia konnte ihn rufen hören: »Nancy, kennen Sie eine Dr. Freeman, die für uns gearbeitet hat?« Lucia konnte die Antwort der weiblichen Stimme nicht ganz verstehen. »Okay, ach ja, in dem Programm«, konnte sie Ron in den Raum hinein sagen hören. Dann wurde seine Stimme wieder deutlicher. »Sie hat in einem Programm namens ›Beizeiten eingreifen‹ gearbeitet, das von der Brauerei gefördert wird. Sie haben diese Zehn-Punkte-Skala, mit Kategorien wie Schuleschwänzen, Klauen und so weiter. Wenn eine unserer Sozialarbeiterinnen auf ein Kind stößt, das schon sechs von den zehn Punkten erfüllt, von dem sie aber glaubt, daß es noch Einsicht zeigen wird, bezahlt dieses Programm eine private Therapie.«

»Und Dr. Freeman wurde bezahlt, um Klienten aus diesem Programm zu behandeln? Es war nicht ehrenamtlich oder so?«

Lucia dachte an Mrs. Martinez, die monatelang die Räume der Therapeutin geputzt hatte. Sie spürte, wie sie wütend wurde.
»Kaum, obwohl das Programm nur 85 Prozent der üblichen Honorare bezahlt. Wenn Sie die Therapeuten allerdings jammern hören, weil sie fünfzehn Prozent verlieren, würden Sie annehmen, wir hätten sie gebeten, es umsonst zu machen.« Lucia hörte ihn wieder in den Raum rufen. »Haben Sie die Akte, Nancy?« Er kam an den Hörer zurück. »Wir hatten fünfzehn Kinder in dem Programm. Jetzt vielleicht noch zwölf. Sie schrauben es zurück, kein Geld da. Ich kenne keinen der Schüler oder der Therapeuten. Nancy wird die Liste gleich haben.«
Lucia riß die Seite aus ihrem Notizbuch, auf der sie herumgekritzelt hatte. Sie schrieb auf die neue Seite: »Zweimal für Martinez bezahlt«, während sie fragte: »Wie wurden die Therapeuten für das Programm ausgewählt?«
»Einen Moment, hier ist die Akte. Da steht alles drin. Sie haben sich von der texanischen Gesellschaft der Psychotherapeuten eine Liste von allen Psychodoktoren in San Antonio besorgt, die mit Kindern arbeiten. Dann haben sie allen einen Brief geschickt und gefragt, ob sie an dem Programm teilnehmen wollen. Diejenigen, die reagierten, bildeten einen Pool und wurden willkürlich ausgewählt. Das heißt, Nancy ging die Liste alphabetisch durch. Freeman war Nummer sieben. Ein Klient pro Therapeut. Keiner von uns hat sie getroffen. Nancy hat die Termine arrangiert. Freeman hat drei Jahre lang Julio Martinez behandelt. Eine Notiz in Julios Akte besagt, daß seine Familie ihn zu den Terminen brachte. Kein Taxi erforderlich. Das Programm zahlt ein Taxi, wenn das Kind nur auf diese Weise dorthin gelangen kann. Das ist alles, Ramos. Nada mas.«
»Hat sie noch andere Schüler behandelt?« fragte Lucia.
»Nicht nach dem, was ich hier entnehmen kann.«
»Besagen die Unterlagen, daß Dr. Freeman bezahlt wurde?«
»Ja«, erwiderte Gillette, »einmal im Monat. Ich habe die Schecknummern, wenn Sie die brauchen.«
»Nein, das ist schon in Ordnung. Danke, Ron. Sie waren wirklich eine große Hilfe.« Lucia verabschiedete sich und legte auf.

Sie setzte sich für einen Moment auf den heißen Metallsitz in der Telefonzelle, um ihre Wut durch ihren Körper hindurchfließen zu lassen. Mrs. Martinez zu betrügen, die glaubte, Freeman wäre die Größte. Was für eine Gemeinheit, dachte Lucia. Dann packte sie ihre Gefühle beiseite, um sie nach Feierabend weiter zu untersuchen. Lieutenant Reynolds hatte recht: Arbeit und Wut vertragen sich nicht gut, wenn du bei den Bullen bist. Lucia atmete tief ein und langsam aus. Einen Moment lang spürte sie eine gewisse Sympathie für den Mörder. Dann riß sie sich zusammen. Tod war eine zu harte Strafe für eine kleine Gaunerei.

Sie machte sich eine Notiz, Amy Traeger anzurufen. Dieser Fall entwickelte sich zu einem regelrechten Schlamassel. Amy war ihr eine große Hilfe bei den psychologischen Aspekten im Umgang mit jugendlichen Opfern von Sexualverbrechen gewesen. Sie hatte eine Beständigkeit an sich, die Lucia anzog. Es störte nicht unbedingt, daß Amy auf eine zurückhaltende Art sehr attraktiv war. Lucia dachte anerkennend an Amys großzügige Figur und ihr honigfarbenes Haar. Ja, sie würde bestimmt eine Psychologin benötigen, um sich über diesen Fall auszutauschen. Sie wählte Amys Nummer aus dem Gedächtnis, obwohl sie sie seit einem halben Jahr nicht angerufen hatte.

»Praxis Dr. Traeger.«

»Hier ist Detective Lucia Ramos. Könnten Sie bitte Dr. Traeger ausrichten, daß ich mich mit ihr über einen Fall beraten möchte?«

Die Stimme wurde viel freundlicher. »Hallo, Lucia. Hier ist Connie. Sie hat gerade einen Klienten, aber wenn Sie um, lassen Sie mich nachsehen, um 11.45 Uhr anrufen, ist sie frei. Oder kann sie Sie zurückrufen?«

»Wie üblich, Connie, sitze ich mal wieder nicht an einem Telefon. Ich versuche, zwischen 11.45 und zwölf Uhr anzurufen. Es ist wichtig.«

Connie kicherte. »In dieser Praxis ist nichts nebensächlich. Alles ist wichtig. Aber bei Ihnen hat's mehr Gewicht. War nett, mal wieder Ihre Stimme zu hören. Schauen Sie mal auf einen

Kaffee vorbei.« Lucia hörte, wie die Schreibmaschine zu klappern begann, bevor die Verbindung abbrach.
Es war halb elf. Die Spurensicherung müßte jetzt fertig sein, dachte Lucia. Sie verließ die Telefonzelle und setzte sich in ihren Wagen, um sich einige Notizen zu machen. Dann fuhr sie wieder die Bandera Road hinauf zum Tatort.
Sie ließ ihre Augen auf der Suche nach möglichen Zeugen durch die Nachbarschaft wandern. Auf allen Seiten befanden sich kleine Bürokomplexe. Es gab keine Häuser, die neugierige Nachbarn beherbergen könnten. Lucia seufzte. Ein Augenzeuge wäre zu schön, um wahr zu sein. Das Branchenbuch würde ihr die meisten Telefonnummern geben, die sie brauchte, aber nicht viele Büros waren nach fünf Uhr nachmittags besetzt, und Lucia hielt es für sehr wahrscheinlich, daß die Autopsie die Todeszeit für einen Zeitraum nach Büroschluß festsetzen würde.
Ansonsten hätte der nächste Klient die Leiche entdeckt – oder aber nur laut geklopft und dann aufgegeben, als niemand antwortete, entgegnete sie ihrer eigenen Vermutung. Was war mit den Drinks? gab sie zurück. Hör auf, mit dir selbst zu streiten, dachte Lucia. Es gibt keine hinreichenden Fakten für eine Hypothese.
Sie stieg aus dem Wagen und ging ins Büro C. Der Polizist beendete gerade sein letztes, ergebnisloses Gespräch. Er war gerne bereit, zu einer Besprechung nach draußen zu gehen. Wie der Anwalt in A und der Optiker in B hatte der Chiropraktiker in C nichts gehört und nichts gesehen. Keiner von ihnen hatte in den anderthalb Jahren, die sie Nachbarn gewesen waren, mehr als ein flüchtiges Hallo mit Dr. Freeman ausgetauscht. Der Polizist gab Lucia den Schlüssel für Büro D, den die Spurensicherung bei ihm abgegeben hatte.
»Danke…«, sie hielt inne, um sein Namensschild zu lesen, »Wachtmeister Cowley. Überprüfen Sie alle Büros in Sichtweite dieses Komplexes und des Parkplatzes. Ich wünschte, es gäbe Häuser in der Nähe mit neugierigen Nachbarn wie drüben in Zarzamora, wo ich aufgewachsen bin.«
»Hey, ich komme auch aus Süd-San Antonio«, erwiderte Cow-

ley. »Wir haben denen von Lanier immer die Hosen ausgezogen. Das war doch Ihre High-School, oder?«
»Ja, ihr habt uns immer im Football geschlagen, aber wir hatten die bessere Marschband,« lächelte Lucia ihn an.
»Soso, und würden Sie nun lieber mit einem Football- oder einem Musikstipendium auf die Uni nach Austin gehen?« frotzelte er.
»Musik. Besser für die Knie.« Sie konnte sehen, wie Cowley sie auf ihre Football-Qualitäten hin begutachtete. »Ich bekomme Ihren Bericht am späten Nachmittag. Finden Sie auf jeden Fall den Vermieter heraus. Wir könnten einige Informationen aus dem Mietvertrag bekommen.«
Er grinste breit. »Ich kann zu Mittag essen. Ein Hurra auf eine Vorgesetzte, die es nicht schon vorgestern getippt haben will. Sie sind ein anständiger Mensch für eine weiße Lady.«
Lucia grinste zurück: »Keine rassistischen Beleidigungen, Sie Nulpe. Ich bin Chicana und verdammt stolz darauf. Jetzt bewegen Sie ihren großen, schönen, schwarzen Körper zurück da rein und bringen Sie die Sache zu Ende. Vergessen Sie, daß es wahrscheinlich sinnlos ist.«
»Sie haben in zwei Punkten recht, Chicana-Lady. Schön und sinnlos. Aber ich werde stundenweise bezahlt, also gehe ich. Bis später dann.«
Lucia salutierte ihm flüchtig mit der Linken und betrat dann das Büro D. Die Leiche war fort. Die zerbrochene Flasche war fort. Die Gläser waren fort. Alles andere schien unverändert zu sein. Nein, dachte die, es fehlt noch etwas. Sie baute in Gedanken die ursprüngliche Szene wieder auf. Die riesige Handtasche aus guatemaltekischem Stoff, die unter dem Schreibtisch gestanden hatte, war auch fort. Natürlich, die hatte die Spurensicherung ebenfalls mitgenommen. Lucia ging durch den Raum und setzte sich aufs Sofa.
Sie betrachtete die Praxis. Das Sofa war bequem, ungefähr ein Meter achtzig lang. »Legen sich die Klienten hin?« schrieb sie in ihr Notizbuch. Die dicken Holzklotzenden waren robust. Der beige, grobgewirkte Bezug war dezent.
Sie ließ die Hände durch die Ritzen zwischen den Kissen wan-

dern. Sie waren sauber. Ihre Finger berührten ein Stückchen Stoff, das nicht dorthin gehörte. Sie zog daran, und ein lavendelfarbenes Halstuch erschien. Lucia stand auf und nahm die Kissen vom Sofa. Sonst verbarg sich nichts unter ihnen. Es war außergewöhnlich sauber. Wenn Mrs. Martinez das Sofa jede Woche saubermachte, bedeutete das, daß das Halstuch erst kürzlich dorthin geraten war. Sie machte sich eine Notiz über ihre Beobachtung und steckte das Halstuch in ihre Aktentasche.

Der Ficusbaum in der Ecke war echt. Lucia beugte sich hinunter und befühlte die Erde. Sie war trocken. Das Springrollo über der Pflanze war aus Holz, das mit Garn in blauen und türkisfarbenen Tönen umwoben war.

Seltsamerweise standen nirgendwo Bücher. Amys Praxis war mit Büchern und Zeitschriften vollgestopft. Müssen Psychotherapeuten nicht ständig lesen, um auf dem laufenden zu bleiben? fragte Lucia sich. Es gab auch keinen Aktenschrank. Vielleicht waren die Bücher und Akten zu Hause oder in einer anderen Praxis.

Lucia schloß für einen Moment die Augen. Es drangen keine Geräusche von draußen herein. Was wahrscheinlich bedeutet, daß auch keine Geräusche aus der Praxis nach draußen dringen, dachte Lucia. Bei geschlossener Tür hätte niemand einen Schrei gehört, wenn es einen Schrei gegeben hatte.

Lucia öffnete die Augen und ließ ihren Blick einen Moment auf einem Druck von Amado Peña an der gegenüberliegenden Wand verweilen: rote Felsformationen im Hintergrund und eine indianische Frau, die einen Topf hielt, im Vordergrund. Sie fragte sich flüchtig, ob Peña indianischer Herkunft war, dann schalt sie sich in Gedanken, weil sie sich hatte ablenken lassen.

Dort, wo nach Lucias Meinung Bücher sein sollten, beherbergten die Regale bemalte Töpfe und Kachinas. Ihr fiel der Geruch des Raumes auf. Es war Zeder. Alles, was dem Raum fehlte, um den Santa Fe-Look komplett zu machen, waren Vigas und ein Kiva-Kamin. Lucia ging zu dem Stuhl auf der anderen Seite des Schreibtisches. Hier würde ich sitzen, dachte sie, wenn ich eine Klientin wäre.

Der Stuhl hatte eine verstellbare Rückenlehne und war mit hellbraunem Leder bezogen. Lucia richtete die Augen auf das komplizierte Muster des Navajoteppichs, der über der Couch hing. Er erinnerte sie an den Orientteppich im Flur des Hauses ihrer Großmutter in Hidalgo. Der Teppich auf dem Boden war viel einfacher, obwohl die Grundfarben dieselben warmen Erdtöne mit Rot waren. Das Muster des Teppichs wurde durch einen rötlichbraunen Blutfleck verschandelt.

Lucia war zufrieden mit ihrer Untersuchung des Raumes und wandte sich nun dem Hauptobjekt ihrer Durchsuchung zu, dem Schreibtisch aus Kirschholz. Sie stellte die Rückenlehne des Schreibtischstuhls in die Senkrechte zurück und setzte sich hin.

An der gegenüberliegenden Wand hing eine gerahmte Urkunde. Lucia schrieb die Angaben ab: »Universität von Maryland, Dr. phil.« und ein Datum von vor fast zwanzig Jahren. Es gab keine Familienbilder an der Wand oder auf dem Schreibtisch. In einem hölzernen Kartenhalter standen Dr. Freemans Visitenkarten. Die Adresse und Telefonnummer waren diejenigen dieser Praxis. Falls sie noch eine andere Praxis hatte, so war die Nummer jedenfalls nicht auf dieser Karte.

Auf der Schreibtischplatte lag kein Krimskrams. Es gab eine Lampe aus gedrehtem Mesquiteholz, ein blaues Telefon mit kurzer Schnur und einen Terminkalender, der beim gestrigen Datum geöffnet war. Es war ein Standardexemplar von »Die Woche auf einen Blick«, das in eine weiche, braune Lederhülle gesteckt war. Keine der Ecken war an der perforierten Linie abgerissen. Am Dienstag stand nichts außer Initialen. Sie schrieb sie in ihr Notizbuch. »7.4–8.00 S. C.; 9.30 H. G.; 11.00 R. F.; 3.00 N. K.; 4.30 J. M.« War Julio der letzte Klient, der sie lebend gesehen hat? Hat das etwas zu bedeuten? fragte sie sich.

Lucia überprüfte die Seiten für Notizen am Anfang und am Ende des Kalenders. Sie waren leer. Sie blätterte durch Januar, Februar und März. Außer Initialen stand nichts darin. Lucia verglich die Dienstagsinitialen der letzten Wochen mit dem 7. April. Sie waren identisch. Sie seufzte. Das bedeutet wahrscheinlich, keine neuen Klienten, dachte sie. Die Montage, Mittwoche und Freitage waren leer wie auch die beiden Wochenendtage. Lucia blätterte ein paar Wochen zurück, um Veränderungen zu überprüfen. C. J. erschien nicht in der 11-Uhr-Spalte vor zwei Wochen. Sie schrieb die Donnerstagsinitialen ebenfalls ab: »9.4–8.00 S. C. B.; 9.30 A.; 11.00 C. J. (*neu); 3.00 V. L.; 4.30 S. C.*.« Sie versah S. C. an beiden Tagen mit einem Sternchen, um sich zu merken, daß es eine Wiederholung war. Sie klappte das Buch zu und steckte es in ihre Aktentasche.

Der Aschenbecher, groß und aus geschliffenem Glas, beinhaltete mehrere Stummel von dünnen, pastellfarbenen Zigaretten. Eine war völlig heruntergebrannt und aus dem Aschenbecher gefallen, wobei sie einen Brandfleck auf dem Schreibtisch hinterlassen hatte. Da es keine anderen Flecken auf dem Schreibtisch gab, nahm Lucia an, daß diese Zigarette Dr. Freemans letzte gewesen war, von ihr zurückgelassen und nach ihrem Tode ausgebrannt.

Die mittlere Schreibtischschublade rückte als nächstes in den Mittelpunkt von Lucias Interesse. Anders als die Schreibtischplatte war die Schublade sehr vollgepackt. Es gab sieben Filzstifte mit feinen Minen, alle in verschiedenen Farben. Lucia nahm einen goldenen Parker-Kugelschreiber in die Hand und untersuchte ihn. Er trug die Initialen »E. F. W.«. Sie schrieb sie in ihr Notizbuch und zog die Schublade ganz auf, während sie mit dem Stuhl nach hinten rollte, um sich Platz zu schaffen. Sie fand benutzte Papiertaschentücher, zerknüllte Bonbonpapierchen, eine Flasche Aspirin und einen roten Hemdenknopf in der hintersten Ecke sowie vier offene Packungen Tic Tac-Atemfrisch. Vorn in der Schublade lagen zwei ungeöffnete und eine angebrochene Packung L'Chic Pastellzigaretten, außerdem fand sie einen kleinen Tiegel Lipgloss, einen Kamm, eine offene Packung Bilderhaken und eine Einkaufsliste, auf der »Milch, Brot – ohne Rosinen, Salat, (nicht entzifferbar) und Klopapier« stand.

Lucia schüttelte den Kopf, um nicht abzuschweifen, und schloß die mittlere Schublade. Auf der rechten Seite des Schreibtisches gab es drei gleich große Schubladen. Sie öffnete zuerst die oberste. Sie war mit einer hölzernen Papiereinlage ausgestattet. Darin befanden sich lavendelfarbenes Pergamentpapier mit und ohne Briefkopf, Umschläge für persönliche und geschäftliche Briefe sowie ein gelber Schreibblock. Lucia untersuchte ihn sorgfältig. Er schien aus demselben Papier zu sein wie die Einkaufsliste. Sie steckte ihn in ihre Tasche in der Hoffnung, daß die Spurensicherung einige interessante Informationen von den fehlenden ersten Seiten sichtbar machen könnte. Im tiefsten Innern ihres Herzens wußte sie jedoch, daß sich wahrscheinlich kaum mehr als die Einkaufsliste ergeben würde. Sie seufzte und öffnete die mittlere Schublade. Sie enthielt eine Schachtel mit Papiertaschentüchern und eine Pakkung Kondome, beide fast voll, sowie eine große Flasche Aspirin. Und – Lucia brach in ein nervöses Lachen aus – hinten in der Schublade lag ein Sexspielzeug.

Tja, dachte Lucia, vielleicht läuft in dieser Praxis mehr ab als nur Therapie und Trinken. Es wurde immer unschöner. Sie dachte einen Moment an ihren eigenen Schreibtisch.

Nein, entschied sie, nichts allzu Belastendes. Außer der Spritze, die sie erstanden hatte, um geschmolzene Butter in Brathähnchen zu injizieren. Ja, vielleicht gab es auch in ihrer Schublade Dinge, die Fremde nicht verstünden.

Vielleicht war Sexualkundeunterricht Teil von Dr. Freemans Therapie. Im Aids-Zeitalter war es sicherlich sinnvoll für jemanden in diesem Berufsfeld, den richtigen Gebrauch von Kondomen erklären zu können. Dennoch, dachte Lucia, es sieht komisch aus. Sie wandte sich der unteren Schublade zu, in der ein dickes, weißes Buch mit dem Titel *Urantia* lag. Sie blätterte es durch, bemerkte, daß hin und wieder Passagen unterstrichen waren, und steckte es daraufhin in ihre Aktentasche. Jetzt war sie dankbar, daß sie sich im Discountgeschäft die größte Tasche ausgesucht hatte. Außerdem war in der Schublade eine Taschenbuchausgabe des Neuen Testaments in modernem Englisch. Darin war nichts unterstrichen, also ließ sie es in der Schublade liegen, vermerkte es aber in ihren Unterlagen. Wodka, Kondome, Sexspielzeug und eine Bibel. Merkwürdige Utensilien für eine Therapie, dachte sie.

Sie wandte sich der anderen Seite des Schreibtisches zu. Die untere Schublade war groß genug für Aktenordner, und die obere war dementsprechend kleiner. Sie öffnete die obere Schublade. Sie war ziemlich voll, außer einem leeren Platz vorne, wo wahrscheinlich die zwei Gläser hingehörten. Hinten in der Schublade war das vertraute Blau einer Tamponschachtel, und an der linken Seite lag eine offene Stange L'Chic-Zigaretten. Rechts davon befand sich eine Taschenbuchausgabe von einem der wenigen Science-fiction-Bücher, die Lucia gelesen hatte: *Schwarze Schwesternschaft*. War die gute Frau Doktor ein Bradley-Fan, oder war die Dame eine Lesbe? fragte sich Lucia. Zu schade, daß es nicht *Daughters of the Coral Dawn* war, was die Frage eindeutig beantwortet hätte. Aber dann hätte es nicht in die Schublade gepaßt. Sie hätte es in eine andere Schublade legen können, gab sie sofort in Gedanken zurück. Zu schade, daß Opfer ihr Leben nicht den Bedürfnissen von Ermittlungsbeamten entsprechend arrangieren, dachte sie. Lucia vermerkte die Funde und setzte ihre Durchsuchung fort. Es waren keine Unterstreichungen in dem Buch. Ein Lesezeichen ließ darauf schließen, daß das Buch im *Bookshop* gekauft worden war. Ein orangefarbenes Preisschild bestätigte dies. Zwischen dem Buch und der vorderen Kante der Schreibtischschublade stand eine Flasche Augentropfen.
Den größten Teil in der Mitte der Schublade nahmen eine offene Tüte kleiner Tootsie Rolls-Lutscher und eine Kaffeetüte von Barney's ein, auf deren Etikett »Schokoladenespresso 21.3.« in einer Handschrift geschrieben stand, die anders war als diejenige auf der Einkaufsliste. Lucia öffnete die Packung, da sie neugierig war, warum jemand Kaffee in einer Schreibtischschublade aufbewahrte. Sie enthielt Schokoladenbohnen von der Größe kleiner Trauben. Lucia ertappte sich dabei, wie sie sich umsah, bevor sie eine probierte. Sie wollte nicht dabei gesehen werden, wie sie etwas aß, was zu einem Beweisstück werden könnte. Aber es war fast Mittagszeit, und es war sehr unwahrscheinlich, daß eine einzige Schokoladenbohne von Dutzenden vermißt werden würde. Lucia war überrascht vom knusprigen Innern. Die zartbittere Schokolade barg eine

Espressokaffeebohne. Das ist eine Leckerei, dachte Lucia, für die es sich zu töten lohnt. Dann schauderte sie ob des makabren Beigeschmacks des Satzes. Sicherlich, dachte sie, tötete niemand wegen ein paar Süßigkeiten. Aus Wut, ja; Habgier, ja; aber aus Völlerei schien sehr unwahrscheinlich.
Lucia schaute gespannt in die letzte Schublade. Bestimmt würden sich darin die Akten befinden, die ihre Fragen beantworteten und die Untersuchung richtig eröffneten. Es war ein ziemlicher Schock, als sich herausstellte, daß die Schublade nichts als ein Telefonbuch, eine Flasche teuren Bourbon, eine Flasche Mineralwasser und ein Loch ungefähr in der Größe einer Literflasche Wodka enthielt. Keine Akten. Tja, dachte Lucia, sie hätte mehr Platz in der oberen Schublade gehabt, wenn sie die Stange Zigaretten in dieser hier aufbewahrt hätte. Was mache ich hier eigentlich, daß ich ihre Schubladen umorganisiere, wo ich nicht einmal den Hauch einer Spur habe?
Doch, doch, habe ich, versicherte sie sich selbst. Ich habe ein paar Bruchstücke. Nicht wahrscheinlich, daß ich damit weiterkomme, aber schließlich ist ja noch ihre Handtasche bei der Spurensicherung. Wenigstens wird die mir sagen, wo sie wohnt.
Lucia nahm den Telefonhörer ab und tippte die Nummer der Spurensicherung ein. Judy meldete sich beim vierten Klingeln.
»Hallo, was habt ihr zum Freeman-Mord?«
»Moment, ich hole es mir auf den Bildschirm. Wollen mal sehen. Sie waren dort, also brauchen Sie keine Beschreibung des Opfers. Noch keine Autopsie, aber die mutmaßliche Todeszeit liegt zwischen vier und zehn Uhr abends. Oh, das ist ja Ihr Kommentar.«
»Geben Sie mir nur den Inhalt der Handtasche sowie die Privatadresse und Telefon von ihrem Führerschein. Irgendwelche Angehörige und so«, sagte Lucia.
Aus Judys Stimme klang echtes Mitgefühl, als sie die schlechten Neuigkeiten weitergab.
»Tut mir leid, Ramos. Wir sitzen auf dem trockenen. Alle angegebenen Adressen lauten auf die Praxis, in der sie getötet

wurde. Wir haben lediglich einen Tageskalender mit Initialen an den Dienstagen und Donnerstagen. Überhaupt keine Telefonnummern. Sie hatte eine American Express-, zwei Visa- und eine Neimankarte. Stromrechnung von der Praxis. Der Rest ist das übliche Zeug, das Sie in einer Handtasche finden, Sie wissen schon, Schlüssel, Tampons, Augentropfen, Make-up. Das einzig Ungewöhnliche sind ein Schweizer Armeemesser, Campermodell, und ein silberner Parker-Kuli mit den Initialen ›E. F. D.‹.« Lucia schrieb die Initialen in ihr Notizbuch.
»Also hören Sie, da muß doch irgend etwas sein. Ein Ehemann, ein Liebhaber, ein Kind, ein Bruder, irgendein Name, der irgendwo in der Tasche steckt«, jammerte Lucia. Wie kann ich eine Untersuchung führen, dachte sie, wenn es nichts gibt, dem ich nachgehen kann? Zwei Kalender mit nichts als Initialen.
»Bringen Sie nicht die Botin um, Ramos, nur weil sie schlechte Nachrichten überbringt«, warnte Judy.
»Tja, ich bin hier in ihrem Büro, und da ist auch Fehlanzeige. Ich weiß, daß es nicht Ihre Schuld ist. Entschuldigen Sie den knurrigen Ton.« Lucia plauderte noch einen Moment, bevor sie auflegte. Es zahlte sich nicht aus, jemanden von der Spurensicherung zu verärgern. Sie konnte nie wissen, wann sie einen großen Gefallen von ihnen bräuchte.
Als nächstes rief Lucia Cowley an, aber er war zum Mittagessen gegangen. Sie hinterließ ihm eine Nachricht, die Kraftfahrzeugdaten zu überprüfen, bei den Kreditkartengesellschaften und Versorgungsunternehmen nach einer Privatadresse oder Telefonnummer zu fragen und daran zu denken, den Vermieter des Bürohauses ausfindig zu machen. Sie schaute auf die Uhr. Fast Zeit, Amy anzurufen. Sie las ihre Notizen durch, um sie sich frisch ins Gedächtnis zu rufen, und wählte dann Amys Nummer.
»Dr. Amy Traeger, kann ich Ihnen helfen?« Die Wärme ihrer Stimme überträgt sich überraschend gut durchs Telefon, dachte Lucia.
»Melden Sie sich jetzt immer gleich selbst? Hier ist Lucia Ramos.«
»O gut, Lucia. Connie ist schon zu Mittag gegangen, und ich

wollte mein Telefon vor Ihrem Anruf nicht auf den Anrufbeantworter stellen. Connie sagte, es sei wichtig, daher habe ich gewartet. Ich habe eine Verabredung zum Mittagessen, also müssen wir uns ein wenig kurz fassen«, erwiderte sie.

»Kennen Sie eine Therapeutin namens Elizabeth Freeman?« fragte Lucia.

»Nein.«

»Sie wurde letzte Nacht getötet, und ich benötige ein wenig Hilfe bei der Untersuchung.«

»Wie entsetzlich! Wissen Sie, wer es war? Ihre Familie muß am Boden zerstört sein.« Aus Amys Stimme klang Betroffenheit. Lucia konnte sich vorstellen, wie sich ihre warmen, braunen Augen weiteten, als sie die Nachricht vom Tod aufnahm.

»Wir konnten ihre Familie bisher nicht ermitteln. Keine private Telefonnummer. Deshalb brauche ich Ihre Hilfe. Mit wem könnte ich Kontakt aufnehmen, um etwas über sie herauszufinden? Gibt es irgendwo eine Akte über sie?«

Lucia nahm ihr Notizbuch heraus.

»Versuchen Sie Oliver Whitney. Er ist der örtliche Vertreter der Zulassungskommission und außerdem im Ethikausschuß. Wenn überhaupt jemand Unterlagen über sie hat, dann ist es Dr. Whitney. Ich bin mir allerdings nicht sicher, ob er etwas über ihre Familie wissen wird. Wahrscheinlich sind es nur berufliche Daten.« Ihre Stimme klang zweifelnd.

»Ich brauche alles, was ich bekommen kann. Noch eine rasche Frage: Trinken Therapeuten mit ihren Klienten während der Therapie?«

»Du liebe Güte, nein! Das wäre vollkommen unprofessionell und widerspräche auch dem Berufsethos. Warum?« fragte Amy.

»Sie hat wahrscheinlich in der Praxis mit ihrem Mörder etwas getrunken, und es würde eine Menge helfen, wenn das bedeutet, daß ich ihre Klienten als Verdächtige ausschließen kann.«

»Nun, ich hoffe stark, daß dem so ist. Ich kann mir nicht vorstellen, mit einem Klienten etwas zu trinken«, sagte Amy voller Entrüstung ob der geringsten Möglichkeit von unethischem Verhalten.

»Danke für Ihre Hilfe, Amy. Ich weiß sie sehr zu schätzen«, sagte Lucia.

»Rufen Sie mich jederzeit an, Lucia, auch zu Hause, wenn Sie glauben, daß ich Ihnen helfen kann. Tschüs.« Amy legte auf, bevor Lucia antworten konnte.

Das abrupte Ende des Telefongesprächs entmutigte Lucia, die auf etwas mehr Verbindlichkeit gehofft hatte. Ihr wurde klar, daß ihr Hoffen wenig oder nichts mit beruflichen Nöten zu tun hatte. Sie vermißte einfach ihre fast wöchentlichen Treffen mit Amy.

Lucia holte das Telefonbuch hervor und schlug Oliver Whitney nach. Ihr Pech hielt an; er war gerade zum Essen gegangen. Aber die Sekretärin trug Lucia für zwei Uhr ein – ein Termin, der für Notfälle freigehalten wurde. Lucia erklärte sich bereit, zurückzutreten, falls ein echter psychologischer Notfall zur Tür hereinkäme. Sie schrieb die Zeit in ihr Notizbuch. Das verspricht ein langer, frustrierender Tag zu werden, dachte sie.

Sie seufzte und warf dem Büro D noch einen eher flüchtigen Blick zu, bevor sie ging. Sie glaubte nicht, daß sie etwas übersehen hatte. Als sie ging, blieben ihre Augen auf dem Blutfleck haften, der das Muster des Navajoteppichs ruinierte. Es schien irgendwie falsch, daß dies das einzige Zeichen dafür sein sollte, daß ein Leben geendet hatte. Die Klagen, die den Tod ihres Großvaters begleitet hatten, schienen angemessener. Ein Tod sollte nicht so ruhig, so unbemerkt sein, dachte Lucia und verschloß die Tür zu Dr. Freemans Büro.

Lucia hielt bei *Taco-Rosita* auf der Bandera Road, Ecke Loop, um sich Flautas zu bestellen. Die knackigen Tortillas mit ihrer scharf gewürzten Hühnchenfüllung waren gerade richtig, um unterwegs verschlungen zu werden. Schnell, lecker und nicht annähernd so triefend wie ein Hamburger, dachte Lucia und wischte ihre leicht fettigen Finger an einer der rosa Servietten ab, die der Tacostand großzügig zur Verfügung stellte. Eigentlich wollte sie ein Wink zu ihrem Lunch, aber der kohlensäurehaltige Grapefruitdrink wurde in den USA nicht mehr ver-

kauft. Sie würde sechs oder sieben Kisten aufstocken, wenn sie das nächste Mal nach Laredo führe.
Soso, dachte sie, jetzt weiß ich also, was ich in Laredo machen werde. Aber was um alles in der Welt mache ich in San Antonio? Bis jetzt hatte sie lediglich ein paar Telefonnummern von Klienten, und Amy hielt es für unwahrscheinlich, daß Dr. Freeman mit einem Klienten getrunken hatte. Zu viele Stücke des Puzzles fehlten. Es gab nichts, dem sich wirklich nachzugehen lohnte. Na ja, dachte sie, vielleicht findet Cowley ja etwas für mich heraus. Sie beugte sich vor, um KLTN für ein bißchen Salsamusik anzustellen, erwischte aber statt dessen die Zwölf-Uhr-Nachrichten im daneben liegenden Sender. »... keine Anhaltspunkte im brutalen Mord an San Antonios prominenter Psychologin Elizabeth Freeman. Polizeisprecher weigern sich, die Frage zu beantworten, ob dies möglicherweise der Beginn einer neuen Serie von Sexualmorden sei. Sind Therapeutinnen das Ziel eines sexbesessenen Killers? Hören Sie den neuesten Stand um ein Uhr.« Schöne Hilfe! dachte Lucia und stellte aufgebracht das Radio aus. Manchmal machen die Medien nichts als Riesenärger. Das war's dann wohl mit der Nachrichtensperre, um die Ermittlungen zu unterstützen. Sie nahm die nächste Abbiegung zu scharf und entschuldigte sich im Geiste bei ihrem Sentra dafür, daß sie ihre Wut beim Fahren ausließ.
Noch immer übelgelaunt schritt sie auf ihren Schreibtisch zu. Die Tastatur hüpfte, als sie »Freeman: Mord« und das gestrige Datum in ihren Computer eintippte, um auf den Bildschirm zu holen, was Cowley und die Spurensicherung bereits eingegeben hatten. Der Druck der Medien zeigte schon Wirkung. Die Autopsie war beendet, das Video in der Beweismittelabteilung. Ungefähr fünf Stunden früher, als zu erwarten gewesen wäre. Es gab nichts Neues von Cowley, aber er hatte offenbar ihre Nachricht bezüglich der Kreditkarten und Versorgungsunternehmen erhalten. Ein Mietvertrag war noch nicht in der Datei. Die Zulassungsbehörde hatte sich gemeldet. Der blaue Volvo auf dem Büroparkplatz gehörte Dr. Freeman. Lucia schrieb einen Antrag auf Beschlagnahmung. Das würde wahrscheinlich auch keine Beweise bringen, aber es war immerhin mög-

lich. Außerdem, dachte sie, wird es den Wagen sicherstellen, bis wir uns mit der Familie in Verbindung setzen können, die es wahrscheinlich gerade im Radio oder Fernsehen gehört hat. Aber wenn sie es gehört haben, warum rufen sie uns dann nicht an? fragte sich Lucia. Vielleicht hat sie keine Familie.
Lucia saß da und starrte die grünen Wörter vor sich an. Sie ergaben immer weniger Sinn. Das Opfer war keine Frau von der Straße. Diese Frau kam irgendwoher. Sie wohnte irgendwo. Jemand hatte sie getötet. Irgendwie mußten die Antworten gefunden werden. Lucia begann die mühsame und abscheuliche Aufgabe, ihren Bericht einzugeben. Jedesmal wenn sie ein I statt E tippte, verfluchte sie ihre Unaufmerksamkeit beim Schreibmaschinenunterricht in der High-School. Demnächst werden sie einen Tipptest beim Eingangsexamen für den Polizeidienst verlangen, dachte sie.
Mehrere Male zog sie Notizbuch und Kassettenrecorder zu Rate, bis sie schließlich alles aufgenommen hatte. Sie tippte den Befehl zum Speichern und schickte dann den gesamten Bericht zum Drucker. Sie holte sich eine Cola vom Automaten in der Vorhalle, während ihr Bericht ausgedruckt wurde. Als er bei ihrer Rückkehr immer noch nicht fertig war, ging sie hinunter in die Beweismittelabteilung, um sich das Video von der Autopsie anzuschauen. Die Kohlensäure würde ihren Magen beruhigen. Die Autopsie ergab nichts, was sie nicht schon vermutet hatte. Sie brachte den gelben Schreibblock aus der Praxis des Opfers bei der Spurensicherung vorbei und bat sie, alles verborgene Geschriebene hervorzubringen, das er enthielte. Als sie zurückkam, war ihr Bericht ausgedruckt. Lucia riß das halbe Dutzend Seiten ab und stopfte sie in ihre Aktentasche. Sie überprüfte nochmals die Adresse, die sie für Dr. Whitney vermerkt hatte. Sie stimmte mit der im Telefonbuch überein. Cowley kam herein, als sie gerade ging.
»Überprüfen Sie, ob es eine nicht eingetragene Telefonnummer gibt. Ich sehe Sie später«, sagte sie, während sie an ihm vorbeihastete.
»Schon geschehen. Es gibt keine«, rief er ihr hinterher.
Es war zu spät für die Ein-Uhr-Nachrichten. Lucia fragte sich,

ob die Ergebnisse der Autopsie schon veröffentlicht worden waren, so daß Therapeutinnen aufhören könnten, sich über verrückte Sexualmörder Gedanken zu machen. Was auch immer das Motiv war, es schien sich nicht um sexuelle Gewalt zu handeln. Es gab keine Anzeichen von Notzucht an Dr. Freemans Körper. Natürlich schloß das die willkürliche Gewalt eines Serientäters nicht vollständig aus, aber die Durchführung paßte nicht dazu. Ihr schien es, als sei jemand durchgedreht und hätte die Therapeutin mit irgend etwas erschlagen, was gerade zur Hand war. In diesem Fall einer Literflasche Wodka.

Lucia fuhr in die Garage neben der *Palacio Plaza*. Es war zu kurz vor ihrem Termin, um draußen nach einem Parkplatz zu suchen. Sie parkte so nah am Aufzug, wie sie konnte. Der kleine Sentra paßte in eine winzige Lücke, an dem größere Wagen vorbeigefahren waren. Sie rannte nicht gerade den ganzen Weg, atmete aber dennoch ein wenig heftig, als sie Dr. Whitneys Praxis im einundzwanzigsten Stock erreichte.

Die Sekretärin nickte kaum, als sie sich vorstellte. »Dr. Whitney wird Ihnen jeden Moment zur Verfügung stehen. Bitte machen Sie es sich bequem.«

Lucia setzte sich in einen malvenfarbenen Wildledersessel und wartete. Um zehn nach zwei öffnete sie ihre Aktentasche und sah ihren Bericht durch. Um fünf vor halb drei riß sie die Lochstreifen ab, trennte die Seiten und steckte sie mit einer Büroklammer in der richtigen Reihenfolge zusammen. Um Viertel vor drei umkringelte sie die Schlüsselbegriffe in ihrem Bericht. Als das solide Messinguhrwerk der Großvateruhr in der Ecke drei schlug, las Lucia alte Ausgaben von *Omni*. Es gesellten sich keine Klienten zu ihr. Die Sekretärin nahm zwei Anrufe entgegen, einen für einen Therapietermin und eine Einladung zu einem Treffen. Da sie offensichtlich wortwörtlich wiederholte, was zu ihr gesagt wurde, erforderte es keine Vorstellungskraft oder Puzzlearbeit, um auf den Inhalt der Gespräche zu schließen. Die himbeerroten Fingernägel der Sekretärin schienen nicht zu ihrem grauen Haar und dem mütterlichen Auftreten zu passen. Der Hauptzweck der Fingernägel schien

Zeitvertreib zu sein. Ein jeder wurde sorgfältig gefeilt. Dann holte die Sekretärin eine Flasche Nagellack hervor. Diese verschwand geschwind, als ein sehr gut aussehender Mann mittleren Alters aus einem Sprechzimmer in den Empfangsbereich rauschte.

»Es tut mir sehr leid, daß ich Sie habe warten lassen, Detective Ramirez. Ein Anruf aus London wegen eines Kollegen in Oxford.« Er strich sich über seinen gepflegten Schnurrbart und streckte die Hand aus.

»Ich heiße Ramos, Dr. Whitney, Detective Lucia Ramos.« Beide Hände umfaßten sich fest zum Handschlag, und Lucias Griff entspannte sich erst einen Moment nach Dr. Whitneys. »Vielen Dank, daß Sie mich so kurzfristig empfangen.«

»Natürlich. Wenn eine Therapeutin ermordet wird, wollen wir alle Register ziehen, um den Behörden zu helfen.«

Er öffnete eine solide Mahagonitür und geleitete Lucia in ein Nebenzimmer. Der Boden bestand aus Parkett mit sehr kompliziertem Muster, das Geräusch ihres Eintritts wurde von grauen Wandteppichen gedämpft. Dr. Whitney deutete auf zwei Regiestühle aus Chrom und malvenfarbenem Wildleder, die sich als so unbequem erwiesen, wie sie aussahen.

Dr. Whitney klopfte mit dem Aktendeckel auf den Tisch aus Glas und Chrom zwischen ihnen. »Ich habe die Akte kopieren lassen, in der alles enthalten ist, was wir wissen, außer natürlich den vertraulichen Informationen.«

»Was meinen Sie mit vertraulichen Informationen? Können Sie mir eine Vorstellung davon geben, was nicht enthalten ist?«

»Selbstverständlich, Detective Ramirez. Zum Beispiel die Beurteilung ihrer beruflichen Kompetenz während ihres Anwartschaftsjahres. Solche Sachen.«

»Ich heiße Ramos, nicht Ramirez. Da Dr. Freeman jetzt tot ist, sehe ich keinen Grund, diese Informationen vertraulich zu halten. Sind noch andere Informationen zurückgehalten worden?«

Dr. Whitney strich sich wieder über seinen gestutzten, dunkelbraunen Schnurrbart. »Wir haben außerdem die Beschwerde eines Klienten bezüglich angeblich unangemessenen sexuellen Verhaltens herausgenommen.« Lucia starrte in seine graubraunen Augen und hielt seinem Blick stand.

»Die Polizei wird alle diese Informationen benötigen, Dr. Whitney. Sie könnten sich als Beweismittel herausstellen.«

»Ich bin sicher, daß Sie verstehen werden, daß wir einen Gerichtsbeschluß benötigen, bevor wir in Betracht ziehen können, vertrauliche Informationen über unsere Mitglieder preiszugeben.«

Dr. Whitney lächelte.

Lucia biß die Zähne zusammen. Das bedeutete Tage mit endlosen Papierarbeiten und stundenlangem Warten auf den Richter, um zu bekommen, was dieser aufgeblasene... Stop! dachte sie, dieser Gedankengang bringt dich in Schwierigkeiten. Lucia lächelte ihn an.

»Es ist erfreulich, solch einer professionellen Haltung zu begegnen. Können Sie mir zumindest die Entscheidung über die Beschwerde mitteilen?«

»Ja, ich war nämlich zufälligerweise in der Überprüfungskommission. Es gab keine stichhaltigen Beweise, also wurde die Beschwerde abgewiesen. So etwas kommt vor. Ein unglücklicher Klient versucht, etwas heimzuzahlen... Nun ja, die meisten von uns enden mit einer oder zwei Beschwerden in ihren Akten. Das hat nicht viel zu bedeuten.« Er tat die Angelegenheit mit einer Handbewegung ab. »Wenn es weiter nichts mehr gibt...«

Lucia nahm ihren Kassettenrecorder heraus. »Doch, ich habe noch weitere Fragen. Macht es Ihnen etwas aus, wenn ich unser Gespräch aufnehme?«

Sein Mund wurde zu einem dünnen, unvorteilhaften Strich. »Es macht mir etwas aus«, sagte er.

Sie steckte das Gerät wieder ein und nahm ein kleines Spiralbuch heraus. »Wie gut kannten Sie Dr. Freeman?«

»Das ist ja unerhört!« explodierte er. »Wie können Sie es wagen, mich wie einen Kriminellen zu befragen! Ich werde keine Fragen ohne meinen Anwalt beantworten.«

Lucia ließ sich Zeit, das Notizbuch wegzustecken. »Okay,

Dr. Whitney, kein Tonband, kein Notizbuch. Aber lassen Sie uns eine Minute miteinander sprechen, bevor Sie Ihren Anwalt anrufen. Ich habe absolut keinen Grund, anzunehmen, daß Sie ein Verdächtiger im Mordfall Dr. Freeman sein könnten. Ich möchte nur alles über sie herausfinden, was ich kann. Diskret. Ohne Publicity.« Sie bemerkte, wie er bei diesem Wort zusammenzuckte. »Sie zeigen sich hilfsbereit, und ich behalte private Dinge für mich. Das wird bedeutend schwieriger, wenn wir Anwälte mit hinzuziehen und formale Fragen gestellt werden. Also, können wir zusammenarbeiten? Okay? Ich schließe aus Ihrer Reaktion, daß Sie sie gekannt haben.«

Sie beobachtete, wie sich winzige Schweißperlen gerade oberhalb seines Schnurrbarts bildeten, während die Sekunden des Schweigens zu Minuten wurden. Er verzog keine Miene. Lucia inspizierte den grauen Kammgarnanzug, das malvenfarbene Seidentuch in der Brusttasche, seine goldene, diamantenbesetzte Rolexuhr, den schlichten goldenen Ehering. Sie ließ die Augen für einen Moment auf dem Ring ruhen, dann trafen sich ihre Blicke.

»Ich glaube nicht, daß Ihre Frau davon zu erfahren braucht, was wir diskutieren, Dr. Whitney«, sagte Lucia und hoffte, daß sie richtig geraten hatte.

»Sie weiß es schon.« Sein Lachen war kurz und hart. »Sie fand es amüsant. Nein, ich will das nicht vor meiner Frau geheimhalten, es geht um meine Kollegen.«

»Sicherlich kann es nicht so ungewöhnlich für zwei Therapeuten sein«, sagte Lucia, »daß sie sich emotional aufeinander einlassen.«

»Sexuell. Es gab nicht viel Emotionen bei der Sache. Mir wäre es lieber, wenn es nicht allgemein bekannt würde, denn es passierte in ihrem ersten Jahr hier. Ich habe ihre Anwartschaft überwacht. Es würde als unangemessen betrachtet werden.«

»Wie lange hat Ihre Liaison gedauert?«

»Ein paar Monate. Es hat sexuell nicht funktioniert. Wir haben uns in aller Freundschaft getrennt.«

»Hat sie je über ihre Freunde, ihre Familie gesprochen?« Die

Routinefragen begannen zu fließen, und Dr. Whitney antwortete. Er war nicht gesprächig, aber er antwortete. Dr. Freeman war ein sehr zurückhaltender Mensch. Sie sprach wenig von ihrem Leben. Ihr Stiefvater war tot. Ihre Mutter in einem Heim. Ihr Bruder war Anwalt. Mehr wußte er nicht. Er kannte ihre Privatadresse nicht. Sie trafen sich stets in ihrer Praxis auf einen Drink und gingen dann in ein Motel. Sie mochte Motels, weil sie ihr das Gefühl gaben, etwas Verbotenes zu tun. Er kannte niemand von ihren Freunden. Sie gehörte zu einer informellen Gruppe von Psychotherapeutinnen, in erster Linie, um Überweisungen von ihnen zu bekommen. Sie schien keine Feministin zu sein. Er hatte ihre private Telefonnummer nicht. Er rief sie in der Praxis an, die auch ihre Postadresse war. Er hatte sie seit dem Ende ihres Anwartschaftsjahres nicht mehr gesehen.

Lucia versuchte noch einmal, die Beschwerdeakte zu bekommen, bevor sie ging. Dr. Whitney gab nicht nach. Sie dankte ihm für seine Hilfsbereitschaft und ging. Ihre Polizeimarke brachte sie aus dem Parkhaus, ohne zu bezahlen. Als sie an ihren Schreibtisch kam, überprüfte sie die Datei im Computer. Immer noch keine Anhaltspunkte. Der Vermieter war verreist. Die Telefonrechnungen wurden an die Praxis geschickt, ebenso die Stromrechnungen und ihre Kontoauszüge. Hätte es einen Schrank voller Kleider im Büro gegeben, hätte Lucia fast geglaubt, daß Dr. Freeman dort wohnte. Es schien keine Spur von einer anderen Adresse zu geben. Nun denn, dachte Lucia, vielleicht haben wir ja mehr Glück mit den Kreditkarten. Sie ging den beiden letzten Spuren nach und rief die beiden Patienten des Spastikerzentrums an. Einer ging nicht ans Telefon. Der andere, Carl Jarvis, war nicht zu Hause. Seine Frau lud Lucia ein, zu ihnen zu kommen, um Mr. Jarvis am Abend zu treffen. Sie klang einsam. Lucia verabredete sich für halb acht Uhr. Mit etwas Glück konnte sie rechtzeitig zur Wiederholung von *Cagney & Lacey* zu Hause sein. Sie wünschte sich immer eine Kollegin wie Cagney oder Lacey. Cowley unterbrach sie, bevor sie sich zu weit in ihre Phantasien verlieren oder aber ihren Bericht beenden konnte.

»Hallo«, sagte er, »wir hatten nicht viel Zeit heute morgen, um uns vorzustellen. Ich bin Jake Cowley, drei Jahre bei der Verkehrsstreife und verdammt froh, daß ich da weg bin. Mir wurde das Morddezernat oder die Sitte angeboten. Ich dachte, Mord ist eine saubere Sache, und hier bin ich, ganz zu Ihrer Verfügung, Detective Ramos.« Ihr neuer und leider nur zeitweiliger Assistent grinste sie an. Lucia lächelte zurück.

»Was glauben Sie, Cowley? Ich bin ratlos. Nichts, aber auch gar nichts ist bisher herausgekommen. Ich komme noch nicht mal an ihre Privatadresse heran.« Lucia zog die untere Schublade heraus, um die Füße aufzustützen, und bedeutete Cowley, sich in den ehemaligen Armee-Stuhl neben ihren Schreibtisch zu setzen. »Bis jetzt haben wir lediglich einen leicht Verdächtigen, der einen Groll gegen sie hegen könnte.«

»Wer ist das?«

»Irgendein Klient, der Beschwerde gegen sie eingelegt hat. Die Akte ist ›vertraulich‹, und ich brauche einen Gerichtsbeschluß, um sie einsehen zu können.«

Cowley strahlte sie mit einem breiten Lächeln an. »Das ist der Moment, wo Sie es schätzen werden, daß ich in Ihrem Team bin, Ramos.«

»Wieso?« fragte sie überrascht. Sie hatte noch nie von einem Polizisten gehört, der gerne Gerichtsbeschlüsse einholte.

»Ich habe einen Cousin, der Gerichtsdiener beim Reasoner's Court ist. Er hat den Richter gerettet, als ein verrückter Ehemann bei einem Scheidungsverfahren eine Pistole zog. Wir werden keinerlei Schwierigkeiten mit dem Gerichtsbeschluß haben. Wenn ich mich beeile, habe ich ihn vielleicht noch vor Feierabend. Können Sie Überstunden bewilligen?« fragte er hoffnungsvoll.

»Keine Chance bei diesem Etat, Cowley. Wenn Sie länger arbeiten, können Sie morgen eine lange Mittagspause machen.« Lucia kicherte bei dem Gedanken an Überstunden. Es war über anderthalb Jahre her, daß Überstunden bezahlt wurden, doch niemand, den sie kannte, arbeitete nur vierzig Stunden in der Woche. »Legen Sie los, Cowley, und danke. Wir könnten etwas Glück gebrauchen.«

Er erhob sich anmutig aus seinem Stuhl und ging rasch zur Tür hinaus. Schöne Bewegungen, dachte sie. Zu schade, daß sie an mir verschwendet sind. Sie wählte die Nummer von Lieutenant Reynolds Büro.

»Lieutenant Reynolds, hier ist Detective Ramos. Ich würde gern mit Ihnen über den Fall reden, den ich gerade bearbeite. Wenn Sie ein paar Minuten Zeit haben...« Als er sagte, daß er Zeit hätte, sammelte Lucia ihre gesamten Fallnotizen zusammen und steckte sie in die Aktentasche. Ihr Bericht konnte warten. Reynolds begann zu reden, als sie sein Büro betrat.

»Okay, Ramos, lassen Sie uns darüber reden, was Sie haben. Aber zuerst erzähle ich Ihnen eine kleine Geschichte, wie mein Vater mich zum ersten Mal auf Rotwildjagd mitnahm. ›Bob‹, sagt er zu mir, ›sieh dir diesen Baum an. Sieh dir an, wie die Äste alle fast senkrecht wachsen, vielleicht ein bißchen schräg, aber jedenfalls nach oben gerichtet. Wonach wir suchen, ist eine waagerechte Linie. Denn die ist mit viel größerer Wahrscheinlichkeit ein Reh als eine senkrechte Linie.‹ Also danach suchen wir, Ramos. Nach den Waagerechten. Den Dingen, die nicht auf jeden zutreffen. Den Dingen, die sie von dem Wald der Menschen um sie herum unterscheiden. Warum stach sie heraus? Erzählen Sie mir von ihr.« Er lehnte sich in seinem Stuhl zurück und legte die Füße mitten auf den Schreibtisch. »Nicht das Zeug aus dem Bericht. Das habe ich gelesen. Finden Sie die Waagerechte.« Lucia runzelte die Stirn; sie war sich nicht ganz sicher, was er meinte.

»Es gibt nirgends eine Privatanschrift. Das scheint merkwürdig.«

»Gut«, erwiderte er.

»Sex schien ihr wichtiger als den meisten Leuten. Sie schlief mit einem Therapeuten, der sie supervidierte, hatte Kondome und ein Sexspielzeug in ihrem Schreibtisch und erhielt eine Beschwerde von einem Klienten, mit dem sie möglicherweise geschlafen hat.«

»Gut«, sagte Reynolds. »Die meisten von uns reden bedeutend mehr über Sex, als daß wir es tun. Was noch?«

»Ihre Initialen haben sich mehr als einmal geändert. Nein, das ist nicht so gut. Fast alle lassen sich heutzutage scheiden. Das ist ein Baum, nicht wahr?« fragte sie und versuchte, sich in den Rahmen dieser ungewohnten Metapher einzufühlen.

»Vielleicht ja, vielleicht nein. Behalten Sie es im Auge, und wenn es sich bewegt, schießen Sie.« Er lachte.

»Ich muß sagen, diese Art Spruch kam mir lustiger vor, bevor ich zur Mordkommission gekommen bin.«

»Nehmen Sie diesen Job nicht zu ernst, Ramos, oder er bringt Sie um«, lachte er wieder. »Was noch?«

»Sie hatte Schnaps in ihrer Schreibtischschublade. Sie wurde mit einer Flasche Wodka erschlagen, die wahrscheinlich aus dieser Schublade stammt. Ich hätte nicht gedacht, daß Therapeuten in ihrer Praxis trinken. Sieht nicht professionell aus.«

»Gut. Überprüfen Sie das mit dem Trinken. Alkoholiker können eine Menge Leute sehr wütend machen. Dieses Talent haben sie. Ich weiß das. Ich bin jetzt seit fünf Jahren trocken, aber ich habe das Talent, andere Leute wütend zu machen, nicht verloren. Das kann ich immer noch gut. Wie dem auch sei, was ist sonst noch ungewöhnlich an dieser Psychofrau?«

Reynolds griff in seine Jackentasche und nahm eine Zigarre heraus. Er packte sie mit liebevoller Sorgfalt aus und rollte sie zwischen den Fingern. Dann steckte er sie in den Mund. Er zündete sie nicht an. Das tat er nie. Niemand hatte den Mut, ihn zu fragen, warum nicht. Lucia schaute auf ihre Notizen.

»Oberflächlich betrachtet war ihre Praxis sehr sauber und ordentlich, aber in den Schubladen herrschte große Unordnung. Ihre Kleider waren sehr gepflegt und chic, aber ihre Handtasche war voller Krempel. Ich wette, ihr Wagen und ihr Haus sind genauso.«

»Ich weiß nicht, wo das hinführen könnte. Es könnte wichtig sein. Sie haben die Idee begriffen. Suchen Sie nach dem, was anders ist. Was noch?«

»Im Moment nichts mehr.«

»Denken Sie nach«, drängte er sie. Dann wartete er schweigend, während Lucia ihre Notizen noch einmal las.

»Sie ist vor drei Jahren von New Jersey hierher gezogen. Warum?«

»Sehr gut. Jetzt denken Sie wie ein Detektiv. Sie brauchen mich nicht. Gehen Sie und spüren Sie Ihr Reh auf, Ramos.« Er bedeutete ihr zu gehen.

»Aber ich...«

»Es ist fünf Uhr, Ramos. Fragen Sie mich morgen.«

Lucia biß die Zähne zusammen. »Beantragen Sie doch Überstunden, Reynolds.«

Er lachte schallend. »Ich mag Sie, Ramos. Sie sind couragiert. Jetzt raus mit Ihnen.« Sie ging.

Lucia saß an ihrem Schreibtisch und hatte den Ausdruck ihres vervollständigten Berichts vor sich liegen. Sie nahm einen Schreibblock aus der Schublade und begann zu umreißen, was sie von Dr. Freeman alles nicht wußte. Es war eine lange Liste. Je länger sie sie anschaute, desto klarer wurde ihr, daß sie sich auf die Person Dr. Freemans als Opfer konzentriert hatte. Was ist, dachte sie, wenn die Presse recht hat? Was ist, wenn Dr. Freeman getötet wurde, weil sie eine Therapeutin ist, irgendeine Therapeutin? Oder wenn sie getötet wurde, weil sie eine Frau in einer exponierten Stellung war? Sie machte sich eine Notiz, sich von Whitney eine Liste von Therapeuten und Therapeutinnen zu besorgen und sie durch den Computer laufen zu lassen, um zu sehen, ob einige von ihnen in den letzten sechs Monaten Opfer von Gewalttaten geworden waren. Vielleicht gab es einen gefährlichen Spinner, der Therapeuten haßte. Sie fügte ihren Notizen hinzu: »Cowley soll eine Liste der Frauen zusammenstellen, die im letzten halben Jahr getötet wurden, und überprüfen, ob es ein Muster gibt.« Sie steckte alles Wichtige zurück in ihre Aktentasche. Es blieb noch genug Zeit für einen schnellen Happen vor der langen Fahrt nach Alamo Heights zum Gespräch mit Carl Jarvis.

Auf der ganzen Fahrt dachte sie über die Mordwaffe nach. Keine Fingerabdrücke auf der Flasche oder den Gläsern. Ebenso waren laut Bericht der Spurensicherung der Ledersessel und der Türknauf abgewischt worden. Das bedeutete lediglich, daß der Mörder Fernsehen schaute und nicht völlig in Panik geraten war. Heutzutage wissen schon Fünfjährige genug, um Fingerabdrücke abzuwischen. Aber was hatte eine Wodka-

flasche in der Praxis einer Therapeutin überhaupt zu suchen? Dieser Gedanke beschäftigte sie noch, als sie von der Powhatten Street in Jarvis' Einfahrt einbog.
Es war ein Doppelhaus im Ranchstil mit einem hübsch eingezäunten Garten und einem Autostellplatz, wo ein Chevykombi parkte. Solide Mittelklasse, dachte Lucia, wahrscheinlich 2,3 Kinder. Eines spastisch gelähmt, erinnerte sie sich. Sei sehr nett zu dieser Familie. Sie haben wahrscheinlich eine Menge durchgemacht.
Sie drückte die Türklingel, und diese antwortete mit einer Glokkenspielversion von »The Eyes of Texas«. Die Tür schwang auf und gab den Blick frei auf eine dünne Frau Ende Zwanzig mit dunklen Ringen unter den Augen. Ihr dunkelbraunes Haar war sauber, aber ungekämmt. Sie trug ein geblümtes Hauskleid mit einer Schürze, die mit Essen bekleckert war. Sie folgte Lucias Blick und schaute an sich herab.
»Ich bin Annette Jarvis. Entschuldigen Sie mein Aussehen. Betty ist ziemlich ungestüm beim Abendessen. Machen Sie es sich bequem.« Sie deutete auf eine Couch hinter sich. »Carl zieht sich gerade um. Er wird in einer Minute dasein.« Annette Jarvis verschwand im Haus. »Carl, die Polizistin ist hier, Honey.«
Lucia saß für einige Minuten allein auf der Couch. Die Möbel waren zu groß für das kleine Wohnzimmer. Das Doppelhaus war kleiner, als es von außen gewirkt hatte. Carl Jarvis betrat das Zimmer in Uniform. Er streckte nervös seine sommersprossige Hand aus und stellte sich vor. Dann setzte er sich neben Lucia auf die Couch.
»Ich habe nur ein paar Minuten, Detective Ramos. Ich arbeite von acht bis Mitternacht als Nachtwächter im Country Club. Ziemlicher Abstieg für einen Kerl, der dachte, aus ihm würde mal was werden. Ich nehme an, Sie sind wegen Dr. Freeman hier, stimmt's?« Lucia nickte. »Ich glaube nicht, daß ich Ihnen helfen kann. Ich war nur ein paarmal bei ihr. Ich weiß nicht viel von ihr, außer daß sie eine ziemlich gute Therapeutin zu sein schien.«
Lucia nahm ihren Kassettenrecorder heraus. »Macht es Ihnen etwas aus?« Sie deutete auf das Gerät.

»Nein, nur zu. Ich mache mir auch ungern Notizen. Ich weiß nicht, wie ich mir vorgestellt hatte, durchs Medizinstudium zu kommen. Aber darüber brauche ich mir ja jetzt keine Sorgen mehr zu machen. Kein Geld dafür. Ich hatte einen Studienplatz. Wußten Sie das? Ich bin tatsächlich reingekommen.« Lucia schüttelte den Kopf. »Aber es ist so teuer. Wir wollen das Beste für Betty. Um ihr wenigstens eine gewisse Chance im Leben zu geben. Also habe ich zwei Jobs, und Annette bleibt zu Hause, um sich um sie zu kümmern. Wir tun unser Bestes.« Plötzlich begann er zu schluchzen.
»Ich war's. Wegen mir ist Betty spastisch gelähmt. Deshalb habe ich Geld für eine Therapeutin verschwendet. Ich muß einfach mit der Schuld leben.«
»Ich wußte nicht, daß die Krankheit erblich bedingt ist«, sagte Lucia verblüfft.
»Ist es nicht«, sagte Annette und trug ein wunderschönes, blondes Kind herein. »Das ist Detective Ramos, Betty. Sag hallo.« Das Kind schien zu krampfen, aber ihr Hallo war klar und deutlich für eine Zweijährige. »Carl glaubt, daß es passiert ist, weil er in der High-School Trips eingeworfen hat. Meine Mutter glaubt, es ist passiert, weil wir miteinander geschlafen haben, bevor wir verheiratet waren. Die alten Römer glaubten, es war von den Göttern gesandt. Ich glaube einfach, daß Betty sich uns ausgesucht hat, weil sie wußte, daß wir sie mehr als alle anderen Menschen auf dieser Erde lieben würden.«
Sie drückte das stämmige Kind an sich und küßte es auf den Kopf. Dann hielt sie es Carl entgegen. »Gib Daddy einen Gutenachtkuß, Baby.«
Carl nahm sie in die Arme und sang ihr ein kleines Lied vor. Sie versuchte, mitzusingen. Dann küßte er sie und stand mit ihr zusammen auf. »Ich bringe sie eben ins Bett. Es dauert nur eine Minute, Detective.« Er trug Betty aus dem Wohnzimmer.
»Warum mußte das passieren?« fragte Annette bitter.
»Ich weiß nicht, warum Kinder spastisch krank werden«, antwortete Lucia.
»Ich auch nicht. Niemand weiß es. Aber ich meine, warum mußte die Therapeutin sterben? Es hat ein Jahr gedauert, Carl

zu einer Therapie zu bewegen. Gott sei Dank hat sein Job als Röntgentechniker eine Versicherung, die das abdeckt. Er ist so depressiv. Jetzt kommt es ihm vor, als stünde er unter einer Art Fluch. Er betritt ihre Praxis, und etwas Furchtbares geschieht.« Sie schwieg einen Moment. »Das ist schrecklich. Die Therapeutin wurde ermordet, und ich denke nur daran, was es für uns bedeutet.«

»Die meisten Menschen reagieren so. Das ist ziemlich normal.«

»Was ist normal?« fragte Carl, als er wieder ins Zimmer kam.

»Ich lasse euch beide miteinander reden, während ich zu Ende abwasche«, sagte Annette und ging hinaus.

»Den Tod eines anderen als ein Ereignis im eigenen Leben zu betrachten«, sagte Lucia.

»Ja, ich nehme an, das tun wir. Was möchten Sie sonst noch wissen? Ich bin ein bißchen in Eile.« Carl hatte offensichtlich die Zeit mit Betty dazu genutzt, um seine Fassung wiederzugewinnen.

»Um wieviel Uhr waren Ihre Termine mit Dr. Freeman?«

»Elf Uhr donnerstags vormittags. Ich habe früher Mittagspause gemacht«, erwiderte Carl.

»Kannten Sie jemanden von Dr. Freemans Freunden, Kollegen oder anderen Klienten?«

»Nein«, antwortete er, »nur die Familie Andrews. Sie hatten den Termin direkt vor mir. Sie haben auch ein spastisch gelähmtes Kind, einen Teenager.«

»Hat Dr. Freeman mit Ihnen über ihr Privatleben geredet?«

»Nein«, sagte er, »überhaupt nicht.«

»Hat sie Ihnen ihre Privatnummer gegeben, so daß Sie sie im Notfall erreichen konnten?« Lucia drückte die Daumen.

»Nein. Sie sagte, ich solle die Praxisnummer anrufen. Dann würde ich an eine Art Notdienst vermittelt.«

»Haben Sie je alkoholische Getränke in ihrer Praxis gesehen?« fragte Lucia.

»Ja, sie hat mir mal einen Drink angeboten, als ich sehr aufgebracht war. Es hat mich beruhigt, aber ich war auch irgendwie

überrascht. Das hatte ich nicht erwartet.« Er schaute auf die Uhr. »Ich muß jetzt gehen. Es tut mir leid.«
»Nur noch eine Frage. Können Sie mir sagen, wo Sie gestern abend waren?« Carl sah sie schockiert an.
»Ich war bis sechs bei der Arbeit. Ich bin nach Hause gekommen, habe mich umgezogen und bin um acht Uhr zur Arbeit in den Club gegangen, genau wie jeden Abend. Warum?«
»Ich frage das jeden, der sie kannte. Es ist nur eine Routinefrage.« Lucia schaltete den Kassettenrecorder ab. »Wenn Ihnen noch etwas einfällt, rufen Sie mich bitte an.« Sie gab ihm ihre Karte. »Bitte sagen Sie Annette und Betty auf Wiedersehen für mich. Vielen Dank für Ihre Mühe, Carl. Sie haben mir sehr geholfen.«
Ihr schwirrte der Kopf auf dem Nachhauseweg. Das schlägt ja dem Faß den Boden aus, dachte sie. Die Therapeutin bot ihren Klienten Drinks an. Was ging da nur vor? Die gemeine Gaunerei bei Mrs. Martinez ist wohl nur die Spitze des Eisbergs? Fragen kreisten in ihrem Kopf.
Ihre Wohnung war dunkel, als sie zu Hause vorfuhr. Ihr Nachbar Cayetano hatte für sie die Außenbeleuchtung angelassen. Beide winzigen Häuser hingen an demselben Stromkreis für die Außenbeleuchtung. Ihr Haus war das Atelier eines exzentrischen Bildhauers gewesen, der beide Gebäude mit eigenen Händen gebaut hatte. Die Grundrisse ähnelten kleinen Wohnwagen, und sie waren solide aus Löschbeton gebaut. Hier endeten die Ähnlichkeiten. Carmen und Cayetano hatten Saltillo-Bodenfliesen und handgemachte Mesquite-Täfelung als Innenwände sowie handgehauene Waschbecken in jedem ihrer vier Zimmer. Die Fenster waren allerdings winzig. Carmen hatte ihre Topfpflanzen bei Lucia untergebracht.
Das Atelier, in dem Lucia lebte, war nach dem Tod des Bildhauers umgestaltet worden. Es war das kleinere der beiden Gebäude. Am Ende des Wohnzimmers lag eine kleine Küche. Das Schlafzimmer war gemütlich, und das Badezimmer war geräumig genug, um die handgehauene Marmorbadewanne zu beherbergen. Sie war eines der vielen Objekte, die beim Verkauf des Hauses zurückgelassen worden waren. Es war einfach bil-

liger, sie dazulassen, als sie fortzuschaffen. Der neue Besitzer war einverstanden gewesen und hatte den Umbau um die Objekte herum arrangiert. In die Wand zwischen Wohn- und Schlafzimmer war der massive Granitrahmen einer Fensterrosette eingelassen, die jeweils zur Hälfte in einen Raum ragte. Lucia hatte sie im Wohnzimmer mit Papierblumen gefüllt und auf der Schlafzimmerseite leer gelassen.

In ihrem Wohnzimmer stand ein Objekt, das angefangen, aber nie fertiggestellt worden war. Sie benutzte es als Couchtisch. Ein blaubrauner Teppich bedeckte den alten Betonfußboden. Der Badezimmerboden war gekachelt. Aber das Beste an ihrem winzigen Haus waren die riesigen Fenster. Sie waren groß genug, um jede Brise einzufangen. Sie hatte Spitzentischdecken aus Mexiko als Vorhänge im Wohnzimmer aufgehängt und im Schlafzimmer Fensterläden angebracht. Carmens Pflanzen hingen überall und gaben Lucia manchmal das Gefühl, am Rande eines Dschungels zu leben.

Lucia ging zu ihrem Rollpult hinüber, das ein Examensgeschenk ihrer ganzen Familie war. Alle hatten beim Abschmirgeln und Beizen geholfen. Ihre Cousine Felicia hatte einen wunderschönen Glückwunsch in den Boden der Schublade geschrieben, und alle hatten unterzeichnet.

Lucia liebte den Schreibtisch über alles. Sie streichelte seine glatten Ecken jedesmal, wenn sie daran vorbeiging, und manchmal, wie heute abend, sprach sie mit ihm, als wäre er eine Person. Das erschien ihr ein wenig gesünder, als laut mit sich selbst zu reden.

»So«, sagte sie zu ihm, »was mache ich als nächstes?« Als er ihr keine Vorschläge machte, öffnete sie ihre Aktentasche und nahm die Fallnotizen heraus. Sie sah sie sich noch einmal an und sprach dann auf Amy Traegers Anrufbeantworter.

»Hier ist Lucia Ramos. Es ist 8.10 Uhr. Es gibt einen neuen Aspekt im Mordfall Freeman, den ich gerne mit Ihnen besprechen würde. Bitte rufen Sie mich heute abend an, auch wenn es spät sein sollte, so daß wir einen Termin vereinbaren können. Danke.« Lucia legte auf und blätterte in ihren Notizen zurück zu den Uhrzeiten und Initialen, die sie für Kliententermine hielt.

Wenn C. J. am Donnerstag um 11 Uhr Carl Jarvis war, dann war A. wahrscheinlich die Familie Andrews. Sie rief unter der Telefonnummer an, die sie von O'Keefe im Spastikerzentrum erhalten hatte. Diesmal meldete sich ein Mann. Sie stellte sich vor und verabredete ein Treffen für den nächsten Morgen um 9.30 Uhr, um mit der ganzen Familie zu sprechen, da sie alle bei Dr. Freeman in Behandlung gewesen waren. Er sagte, ihr Termin wäre donnerstags um 9.30 Uhr, also würde Celeste sowieso in der Schule fehlen. Sie waren das A. im Terminkalender, und die Privatnummer der Therapeutin hatten sie nicht.
Lucia machte sich eine Liste mit den Initialen aus dem Terminkalender und setzte die beiden Namen ein, die sie kannte. Blieben noch acht offen. Sie listete die Wochentage vor Freemans Tod auf und setzte für Dienstag und Donnerstag »Klienten« ein und für Mittwoch »Spastikerzentrum«. Damit blieben ihr noch vier Tage und alle Abende. Sie nahm ein zweites Blatt und schrieb: »Personen, die sie kannte«. Sie listete Eltern, Brüder, Schwestern, Ehemänner, Kinder, Geliebte, FreundInnen, KollegInnen, ehemalige KlientInnen, Klientenfamilien, Klubs, Kirchen, Hobbys, Sport, Friseure, Angestellte, Autowerkstatt auf.
Das ist es! dachte sie. Es gab nur wenige Autowerkstätten, die Volvos reparierten. Sicherlich würde sich eine von ihnen daran erinnern, an Dr. Freemans Wagen gearbeitet zu haben. Sie machte sich eine Notiz, daß Cowley das überprüfen sollte.
Auf der Liste stand nicht ein einziger Name. Lucia überprüfte ihre Notizen und setzte die Initialen auf den Parker-Kulis mit einem Fragezeichen in die Spalte für Ehemänner: E. F. W., E. F. D.? Dann schrieb sie »Oliver Whitney« in die Spalte für Geliebte. Sie prüfte die Notizen, die sie nach dem Gespräch mit Whitney gemacht hatte, und strich »Schwestern« durch. Sie schrieb »Anwalt« neben »Bruder« und »verstorbener Stiefvater« neben Eltern. Es war mühsam, aber es würde sich langsam füllen. Wenn die Familie des Opfers in einem anderen Staat lebte (vielleicht in Maryland, wo sie ihren Abschluß gemacht hatte), hätte sie noch nicht von dem Mord erfahren. Das würde erklären, warum sie sich nicht mit der Polizei in Verbin-

dung gesetzt hatte. Sie machte sich eine Notiz, daß Cowley beim Büro für ehemalige Studierende der Universität Maryland nachfragen sollte, ob sie dort ihre Privatadresse hatten. Es war weit hergeholt, aber bis jetzt war alles weit hergeholt.

Sie schaute noch einmal auf die Seite des Notizbuches, auf der sie den Inhalt der Handtasche vermerkt hatte. Mit einem roten Stift markierte sie »einzelner Schlüssel, Typ Hausschlüssel«. Das könnte etwas bringen. Sie könnte Cowley ganz einfach mit einem Nachschlüssel an einem Ende von San Antonio anfangen lassen, und sie könnte am anderen Ende anfangen, und in zwei oder drei Jahrzehnten würden sie sich in der Mitte treffen, nachdem sie jedes Schloß in der Stadt ausprobiert hätten. Von wegen weit hergeholt, dachte sie.

Ihr Kopf funktionierte nicht mehr sonderlich gewinnbringend. Sie nahm das Buch *Urantia* aus ihrer Aktentasche und machte es sich auf dem Sofa vor dem Fernseher bequem. Cagney und Lacey stellten einen Drogenkönig. Sie sah es zum dritten Mal. Beim ersten Mal hatte sie sich über Cagneys Lüge gegenüber dem Richter den Kopf zermartert. Beim zweiten Mal konzentrierte sie sich auf Laceys Loyalität und deren Lüge gegenüber dem Richter. Ethik, dachte sie, im Grunde ist alles eine Frage der Ethik. Sie schlug das Buch auf und stöhnte. Es sah nicht wie ein Buch aus, das ihr soviel Spaß machen würde wie die neueste »Naiad«-Romanze.

Sie las sich ein, obwohl das Buch eine völlig andere Weltanschauung vertrat, als sie gewohnt war. Nach ein paar Seiten mußte sie zugeben, daß es interessant war. Sie war ganz in die Lektüre vertieft, als das Telefon klingelte. Während sie aufstand, um abzuheben, bemerkte Lucia, daß der Krimi vorbei war und die Nachrichten liefen. Es war Amy. Lucia spürte, wie ihr Puls sich beschleunigte.

»Was gibt's?« fragte Amy.

»Mein Mordopfer hat ihren Klienten Alkohol angeboten. Ich glaube, ich brauche Informationen darüber, was das alles zu bedeuten hat. Haben Sie morgen ein wenig Zeit für mich?«

»Lassen Sie mich nachsehen.« Es gab eine Pause. »Ich habe

ungefähr eine halbe Stunde um 8.30 Uhr. Wird das reichen?«
»Großartig!« sagte Lucia.
»Ist das ehrenamtlich oder auf Kosten Ihrer Abteilung?« fragte Amy hoffnungsvoll.
»Immer noch kein Geld im Etat, tut mir leid. Macht das einen Unterschied?«
»Natürlich nicht«, sagte Amy. »Ich kenne meine Bürgerpflicht, Detective. Aber ich fände es wunderbar, dafür bezahlt zu werden. Bis morgen.« Amy legte auf.
Lucia war warm ums Herz. Wenigstens etwas hatte sie erreicht an diesem frustrierenden Tag. In der Nacht träumte Lucia, daß sie erstarrt war, unfähig, sich zu bewegen, während eine gigantische, gesichtslose Figur eine riesige Flasche über dem Kopf der nichtsahnenden Amy schwang. Die Szene spielte sich wieder und wieder ab. Lucia schlief nicht gut.

Donnerstag

Der Traum beschäftigte sie noch, als Lucia zur Arbeit fuhr. Mein Unterbewußtsein weiß jedenfalls, wie es meinen Job personifizieren kann, dachte sie. Es war sehr unwahrscheinlich, daß dieses ein Serienmord war. Aber die besorgte Stimme in ihr murmelte immer wieder: »Wer ist die nächste, Lucia?« Glücklicherweise war der Verkehr auf der Interstate 10 gering, und sie schaffte es bis um halb acht zum Präsidium. Cowley hatte Wort gehalten. Der Gerichtsbeschluß für Whitneys Akte lag auf ihrem Schreibtisch. Sie rief die Freeman-Datei in ihrem Computer auf. Die Information von den Kreditkarten war eingetroffen. American Express und eine der Visakarten gaben die Praxisadresse an. Die Neimankarte und die andere Visakarte lauteten auf Christian Melons Inc. und ein Postfach in Freer, Texas. Der Hausvermieter nannte dasselbe Postfach auf dem Mietvertrag. Der Schreibblock aus Freemans Schreibtischschublade ergab eine Einkaufsliste, die mit dem Original aus der obersten Schublade übereinstimmte. Sie aktualisierte den Bericht um das Jarvis-Gespräch und druckte ein neues Exemplar aus. Dann schrieb sie eine Notiz für Cowley, die seine Aufgaben für den Tag auflistete.

Fragen Sie beim Telefonauftragsdienst nach einer Privatnummer.
Kopieren Sie die Seiten des vorigen Monats aus dem Terminkalender (in der Spurensicherung).
Überprüfen Sie die Sicherstellung von Freemans Wagen.
Überprüfen Sie, ob es eine Sonnenbrille auf Rezept gibt.
Nachverfolgbar?

Überprüfen Sie die Spirituosengeschäfte in der Umgebung der Praxis. Wer kauft diese Wodkamarke?
Überprüfen Sie Volvo-Werkstätten. Hat jemand an Freemans Wagen gearbeitet?
Fragen Sie beim Büro für ehemalige Studierende der Universität von Maryland, Baltimore, nach der Privatadresse.
Fragen Sie beim Immatrikulationsbüro derselben Uni nach alten Akten. Wo geboren? Familie?
Verfolgen Sie die Christian Melons-Spur. Wem gehört die Firma? Was ist es?
Arbeiten Sie weiterhin an einem Serienmuster von Frauenmorden.
Besorgen Sie eine Liste der niedergelassenen Psychologen, um sie mit Verbrechensopfern zu vergleichen.

Das dürfte ihn bis zum Mittagessen beschäftigen, dachte sie und steckte den Gerichtsbeschluß in ihre Aktentasche. Sie schaute auf die Uhr. Sie hatte Zeit für einen Kaffee und ein schnelles Frühstück, bevor sie in Amys Praxis erwartet wurde, und das *Pancake House* war nur ungefähr eine Straße von ihrem Ziel entfernt.
Amys Praxis war in der Nähe der McCullough Avenue in einem älteren Stadtteil gelegen, der heruntergekommen, aber wieder auf dem Weg nach oben war. Die Praxis war in einem riesigen, alten Haus mit einer breiten Veranda, die mit Geranien bepflanzt war. Es war eigentlich zu früh für ihre Blüten, aber ein paar mutige Knospen begannen gerade, etwas Rot zu zeigen. Die Tulpen und Narzissen am Weg standen in voller Blüte, Lucia war immer noch ein wenig zu früh, daher hatte sie Zeit für eine Tasse Kaffee mit Connie.
»Ihr Kaffe ist weltberühmt, Connie. Wirklich. Erst letzte Woche, als ich in Peking war, hörte ich zwei Reiseführer darüber reden.«
Connie lachte. »Wenn Sie als Irin geboren wären, und ich bin mir sicher, daß das für Sie vorgesehen war, würde ich sagen, daß Sie den Blarney-Stein geküßt haben. Wo hat ein nettes me-

xikanisches Mädchen wie Sie solche Schmeicheleien gelernt?«
»*Echar flores* – Blumen werfen. Das ist ein alter mexikanischer Brauch. Männer stehen an der Straßenecke und sagen schmeichelhafte Dinge über die Frauen, die vorübergehen.« Sie ließ ihre Tasse nachfüllen, als Connie es anbot. »Wo haben Sie diesen wundervollen Kaffee bekommen, bei *Barney's*?«
»Ja. Es ist auf Wasserbasis entkoffeinierter Espresso aus der Schweiz. Ich mahle ihn mit einem Teelöffel Zimt.«
»Vorzüglich. Haben Sie schon mal deren schokoladenüberzogene Espressobohnen probiert?« Lucia konnte ihre Gedanken nicht vom Fall lösen.
»Nein. Ich habe sie das eine oder andere Mal dort gesehen, aber sie sind furchtbar teuer. Außerdem versuche ich, die Finger von Schokolade zu lassen. Das ist eine schlimmere Sucht als Heroin. Wenigstens springt einen Heroin nicht von jedem Ladentisch an.« Sie vollführte schwungvolle Bewegungen mit den Händen, als ein Klient aus Amys Raum kam. Er schien ihr eine derartige Leichtfertigkeit übelzunehmen und stürmte ohne ein Wort hinaus. »Puh, haben wir heute schlechte Laune!« sagte Connie zur zugeschlagenen Tür.
Connie und Lucia plauderten noch einige Minuten, bis Amy aus ihrem Zimmer kam. »Sieh mal«, sagte Connie, »die verlorene Detektivin ist zurückgekehrt.«
»Kommen Sie herein, Lucia. Tut mir leid, daß ich Sie habe warten lassen.« Amy hielt ihr die Tür auf und schloß sie dann hinter Lucia. »Kann ich den Bericht lesen, bevor wir uns unterhalten?«
Lucia nahm den Bericht aus ihrer Aktentasche und gab ihn Amy. »Vielen Dank für Ihre Hilfe«, sagte sie.
Amy brauchte sieben Minuten, um die zwanzig Seiten durchzulesen. Lucia wußte aus Erfahrung, daß Amy bei ihrem schnellen Lesen nichts übersah.
»Ich schäme mich, in irgendeiner Weise mit ihr in Verbindung gebracht zu werden.« Amy lehnte sich in ihrem Sessel zurück.
»Wer, glauben Sie, hat sie getötet?« fragte Lucia. »Und wichti-

ger noch: Glauben Sie, der- oder diejenige könnte noch einmal töten?«

»Ich weiß nicht soviel über Mord, Lucia. Das ist nicht mein Gebiet. Lassen Sie uns mit der Therapeutin selbst beginnen. Sie paßt in das Täterprofil bei Kindesmißbrauch. Sie scheint charmant, selbstbezogen, amoralisch und ist womöglich Alkoholikerin. Menschen wie diese machen andere Menschen wütend, aber sie werden selten getötet. Sie werden sogar selten zur Verantwortung gezogen. Ich bin überrascht, daß jemand Beschwerde gegen sie eingereicht hat. Normalerweise reden sie sich bei Konfrontationen heraus. Sie sind alles in allem aalglatt. Wie paßt das zu Ihrem Bild von der verstorbenen Therapeutin?«

»Ich stimme weitgehend zu. Glauben Sie, daß die Anschuldigung, sie schliefe mit einem Klienten, zutraf?«

Amy zuckte die Schultern. »Wer weiß? Nach dem, was ich gerade gelesen habe, würde ich sagen, es ist wahrscheinlich.«

»Glauben Sie, daß die Abweisung der Beschwerde jemanden dazu veranlaßt haben könnte, sie zu ermorden?« Lucia nahm ihr Notizbuch heraus.

»Berufen Sie sich nicht auf mich, Detective Ramos, aber ich würde sagen, nein, nicht als alleiniger Grund. Wenn es jedoch in ein größeres Muster in der Persönlichkeit des Mörders paßt, könnte es allerdings sein.«

»Also ist der Beschwerdeführer ein möglicher Verdächtiger?« Lucias Kugelschreiber blieb über dem Notizbuch gezückt.

»Ja«, sagte Amy, »ebenso alle ihre übrigen Klienten. Ihr Mann, wenn sie einen hat, ist betrogen worden. Sie mag mehr als einen Liebhaber gehabt haben. Jeder von ihnen könnte von eifersüchtiger Wut getrieben sein. Dann haben wir Motive, die in den anderen Bereichen ihres ethisch verwerflichen Verhaltens liegen. Hat sie ihre Schweigepflicht gebrochen? Das könnte sich als furchtbar beängstigend für einige Klienten herausstellen. Hat sie sogar jemanden erpreßt? Ich denke nicht, daß sie so weit gegangen sein könnte, aber vermutlich nur, weil sie Angst vor einer Anklage gehabt hätte. Die saubere, konventionelle Oberfläche ist der Schlüssel. Sie versuchte, respektabel zu bleiben. Wenn Sie allerdings Beweise für Drogenmißbrauch finden, sind alle Wetten gelaufen.«

Lucia seufzte. »Dann könnte es jemand x-beliebiges sein.« Amy stimmte ihr zu.

Lucia sah Amy scharf an und lächelte dann: »Wo waren Sie also am Dienstagabend zwischen sieben und zehn Uhr, Dr. Traeger?«

Amy war völlig überrascht und wurde rot. »Bei einer Freundin.«

Lucia lachte. »Eine Verdächtige weniger. Millionen bleiben noch übrig. Lassen Sie uns auf den Mörder zurückkommen. Glauben Sie, er wird noch einmal töten?«

»Das läßt sich nicht sagen, Lucia. Da muß ich passen.« Amy schüttelte traurig den Kopf.

Lucia sammelte einen Augenblick lang ihre Gedanken. Wenn sie die Spinnenpflanzen zu beiden Seiten des Fensters anschaute, fühlte sie sich wie zu Hause. Tatsächlich war die ganze Praxis sehr gemütlich. Völlig anders als Freemans Praxis, die beinahe steril wirkte. Sie ließ ihre Augen auf dem farbenfrohen Blumenkalender an der Wand ruhen. Er sah aus wie der, den sie letzten Dezember beinahe bei *Bookwoman* in Austin gekauft hätte. Kaufte Dr. Traeger auch bei *Bookwoman* ein? Und wenn, was bedeutete das? In den zwei Jahren, die sie Amy kannte, hatte sie nie ein Wort über einen Mann gehört außer über Dr. Pharris, mit dem sie ein Büro teilte. Hieß das, daß Amy auch eine Lesbe war? Lucia hoffe es inbrünstig. Entschlossen konzentrierte sie sich wieder auf das anstehende Thema. Das ist nicht der Zeitpunkt, um »Komm raus, komm raus, wer immer du bist!« zu spielen, dachte sie.

»Dr. Whitney erwähnte eine Gruppe von Psychologinnen, die informell zusammenkommt«, sagte Lucia. »Er war der Meinung, Dr. Freeman habe sich mit ihnen getroffen. Wissen Sie, wer das sein könnte?«

»Das ist wahrscheinlich Marsha Prados Gruppe. Möchten Sie, daß ich sie anrufe?«

Lucia strahlte. Genau das hatte sie im Hinterkopf gehabt.

»Großartig. Fragen Sie, ob jemand aus der Gruppe weiß, wo sie wohnt oder ob sie ihre Privatnummer haben. Das wäre eine große Hilfe. Ich hätte außerdem gerne, daß Sie sich die Beschwerdeakte ansehen. Wenn das nicht zuviel von Ihrer Zeit in Anspruch nimmt.«

Lucia setzte ihr gewinnendstes Lächeln auf. »Bitte, als gute Mitbürgerin.«

»Ohne Geld, meinen Sie damit. Damit verpflichte ich mich, bei diesem Fall zu helfen. Geben Sie mir eine Minute, das zu überdenken, Lucia.« Amy schloß die Augen und zog sich an einen Ort tief in ihrem Innern zurück.

Lucia wandte ihre Aufmerksamkeit dem Foto einer alten Frau zu, das rechts von Amys Schreibtisch hing. Sie bat die alte Frau stumm um Hilfe, Amy dazu zu bewegen, den Fall anzunehmen. Ihr müßt Freundinnen sein, dachte sie. Bitte nutze deine Freundschaft, um dich für mich zu verwenden. Die alte Frau schien ein kleines, heimliches Lächeln zu lächeln.

»Dieser Fall gefällt mir nicht, Lucia. Dr. Freeman gefällt mir nicht. Tatsache ist, ich verachte sie. Sie erinnert mich zu sehr an meinen Vater. Es gefällt mir nicht, daß sie einen Berufsstand entwürdigt hat, dem anzugehören ich sehr stolz bin. Es gab Momente beim Lesen des Berichts, in denen ich selbst sie hätte umbringen können.« Amy machte eine Pause und beobachtete, wie Lucia die Stirn runzelte. »Trotz alledem möchte ich mitmachen.«

»Aber warum, wenn Sie sie so sehr ablehnen?«

»Meine eigene Geschichte, Lucia. Ich möchte mein eigenes Haus in Ordnung bringen. Therapie ist mein Haus. Ich lebe darin. Sie hat es in Unordnung gebracht, und Sie können wetten, daß die Unordnung, die Sie schon gefunden haben, erst der geringste Teil davon ist. Ich möchte, daß ihre Klienten nicht noch mehr verletzt werden, als sie es schon wurden. Also helfe ich Ihnen, weil es mir hilft. Aber Sie werden dafür bezahlen müssen. Keine weiteren Besprechungen in meiner Praxis. Hier werde ich für meine Arbeit bezahlt. Sie können mich hier im Notfall anrufen, aber meine Beratung wird ansonsten beim Abendessen stattfinden. Und...«, sie schaute Lucia triumphierend an, »Sie sorgen für das Abendessen.«

»Ist das alles?« fragte Lucia.
»Ich bin mir nicht sicher. Für den Moment, ja. Abgemacht?«
Sie standen auf, schüttelten sich die Hände und verabredeten sich für den Abend gegen sieben Uhr. Lucia gab Amy ihre Privatanschrift.
»Oh, beinahe hätte ich es vergessen«, sagte Lucia, »ich brauche den Bericht. Ich bringe Ihnen heute abend ein eigenes Exemplar mit. Und hier, das ist für Ihre Kinder, für Ihren Sandkasten.« Sie holte eine Plastikpackung aus ihrer Aktentasche, in der ein Dutzend kleiner, grüner Tonmonster steckte.
»Oh, die sind wunderbar.« Amy öffnete die Tür. »Connie, sieh mal, was Lucia uns für den Sandkasten mitgebracht hat. Sind die nicht wunderbar? Und sie sind zerbrechlich. Das ist genau richtig. Sie haben daran gedacht, daß ich gesagt habe, wie schwer es ist, Monster zu finden, die sich zerbrechen lassen.«
Sie verteilte sie im flachen Sandkasten an der gegenüberliegenden Wand. Connie kam herein, um sie sich anzusehen, und steckte sie prompt kopfüber in den Sand.
»Wir zeigen es diesen Schweinehunden, wie?« sagte Connie.
»Ich habe sie bei meinem letzten Ausflug nach Laredo gesehen und dachte mir, daß Sie sie brauchen könnten. Ich muß jetzt los, um meinen Termin um halb zehn oben in Castle Hills zu schaffen. Kann ich Ihr Telefon benutzen, um das Präsidium anzurufen, bevor ich gehe?« fragte Lucia.
»Natürlich«, sagte Connie. »Nehmen Sie besser meines. Amy muß sich auf ihren Neun-Uhr-Termin vorbereiten.« Sie winkte Lucia in den Empfangsbereich.
Lucia erreichte Cowley auf Anhieb.
»Ich glaube nicht, daß es ein Muster bei den weiblichen Mordopfern gibt«, sagte er. »Wir haben nur acht ungelöste Fälle im letzten halben Jahr, und die wurden anders durchgeführt. Ich habe Ihnen Ausdrucke machen lassen. Sie liegen auf Ihrem Schreibtisch. Wollen Sie, daß ich noch ein halbes Jahr zurückgehe?« fragte er.
»Ja. Und wie ist es mit dem Vergleich bei den Therapeutinnen?«

»Ich brauche eine Liste, die ich, wie Dr. Whitneys Sekretärin mir sagte, in Austin bekommen kann. Das wird ein paar Tage dauern.«
Lucia spürte, wie Wut in ihr aufstieg.
»Ich sehe zu, ob ich die Liste von Whitney bekommen kann. Sie arbeiten an den anderen Sachen. Wurde der Wagen sichergestellt?«
»Ja, ich versuche, die Spurensicherung da sofort ranzubekommen. Sie sehen es nicht gerade als Priorität an. Aber für den Preis von sechs Hamburgern könnte ich sie wohl dazu bewegen, ihre Mittagspause mit dem Wagen zu verbringen. Decken Sie das ab?«
»Sicher, aber warum sechs? Füttern wir das ganze Spurensicherungsteam?«
»Nein«, sagte er, »nur zwei, aber das sind ganz schöne Brokken.« Lucia lachte. Sie wußte, welche beiden er meinte. Sie hatte Gerüchte gehört, daß sie am Wochenende halbprofessionelle Ringer waren.
»Ich lasse sogar ein Pfund Pommes und einen Liter Cola springen. Danke für den Gerichtsbeschluß, Cowley. Ich mag Ihren Stil und Ihren enormen Einsatz.«
»Ich will eines Tages Ihr Boß sein. Das erfordert enormen Einsatz. Übrigens, der Gerichtstermin für den Marchan-Fall ist angesetzt. Die brauchen Sie morgen früh um acht Uhr. Bis später, Ramos.«
Lucia legte auf und sah auf die Uhr. Sie kam äußerst ungern zu spät zu ihrem Treffen mit den Andrews, aber sie wollte nicht noch einmal anderthalb Stunden in Whitneys Büro warten. Sie war schon ärgerlich genug auf ihn. Es hatte keinen Sinn, sich noch mehr zu ärgern. Sie wählte seine Nummer und mußte mehrere Minuten warten, bevor er an den Apparat kam.
»Ich möchte heute morgen nichts mit Ihnen zu tun haben, Detective Ramirez. Ich bin sehr beschäftigt.« Er legte auf.
Lucia knallte wütend den Hörer auf und stürmte zu ihrem Wagen. Das Haus der Andrews war nicht schwer zu finden. Alle Häuser in Castle Hills waren deutlich mit Hausnummern ge-

kennzeichnet. Jeder Rasen war sorgfältig geschnitten. Die breiten Auffahrten waren sauber, und fast alle hatten einen Basketballkorb an der Garage. Am Haus der Andrews war keiner. Es standen jedoch zwei Wagen in der Einfahrt. Die Haustür wurde geöffnet, sobald Lucia die Klingel drückte. Eine verhärmte Frau um die Vierzig öffnete die Tür. Sie streckte eine plumpe, blasse Hand aus.

»Ich bin Candy Andrews. Sie müssen von der Polizei sein. Es ist einfach furchtbar, was mit Dr. Freeman geschehen ist. Haben Sie den Mörder schon gefangen?«

Lucia schüttelte den Kopf und stellte sich vor. Candy schüttelte die ganze Zeit ihre Hand. Sanft befreite Lucia ihre Hand und bat sie, den Rest der Familie sehen zu können.

»Joe und Celeste sind im Hobbyraum. Ich hoffe, das macht Ihnen nichts aus. Wir haben gerade den Teppichboden im Wohnzimmer schamponieren lassen. Weiß ist so schwer sauberzuhalten. Ich wünschte, wir hätten eine andere Farbe ausgesucht, aber jetzt ist es zu spät.« Candy erklärte, wie wichtig es sei, daß der Teppich für die große Party am Samstagabend sauber war. Joes Chef und seine Ingenieurskollegen würden kommen. »Bei den vielen Entlassungen heutzutage ist es so wichtig, einen guten Eindruck zu machen«, sagte sie. »Und Joe wird ja auch nicht jünger. Sie sparen sich das Geld für die Betriebsrente, wenn sie einen alten Ingenieur feuern und einen jungen frisch vom College einstellen.«

Sie kamen zum Hobbyraum im hinteren Teil des Hauses. Vor den Glasschiebetüren lag ein Swimmingpool. Joe war ein nett aussehender Mann Anfang Vierzig. In seinem braunen Haar gab es einige graue Strähnen. Er hatte ein breites Lächeln, das von seiner gebrochenen Nase ablenkte. Hat er Gewalttendenzen? überlegte Lucia. Sie schüttelten sich die Hände und stellten sich vor. Lucia wandte ihre Aufmerksamkeit einem blonden Teenager mit mürrischem Mund zu. Sie schien nicht ruhig sitzen zu können, ihre Bewegungen waren beinahe krampfartig. Ihr Händedruck war schlaff und unangenehm.

»Ich bin Celeste. Ich bin froh, daß sie tot ist, so daß wir nicht

mehr hin müssen. Es ist so peinlich, zu einem Psychodoktor zu gehen. Niemand geht zu einem Psychodoktor. Es ist absurd.«
Lucia blickte zurück zu Candy. Candy zuckte hoffnungslos die Schultern.
»Sie können keinem von uns den Mord anhängen«, fuhr Celeste fort, »weil wir bei so einem blöden Kirchentreffen mit massenhaft Zeugen waren.« Celeste betrachtete Lucia feindselig.
»Entschuldigen Sie meine Tochter«, sagte Joe. »Sie gefällt sich in der Rolle des frechen Görs. Wir versuchen gerade, ihr das abzuschminken.«
Lucia unterdrückte ein unfreiwilliges Kichern. Mit einem bißchen Überarbeitung könnte diese Familie in einer Fernsehkomödie auftreten. Sie setzte sich in einen Schaukelstuhl und holte ihren Kassettenrecorder heraus.
»Ich habe nur ein paar Fragen zu Dr. Freeman. Haben Sie sie lange gekannt?«
»Wir waren seit letzten August bei ihr in Behandlung«, sagte Joe.
»Weil ich zu einer Verabredung gehen wollte. Ich bin vierzehn. Alle verabreden sich, wenn sie vierzehn sind. Außer mir. Daddy will nicht, daß ich Kinder bekomme. Er hat Angst, daß ich mit jemandem schlafe und dann spastisch kranke Kinder bekomme. Mom will überhaupt nicht, daß ich jemals mit jemandem schlafe. Ich lebe in einem Gefängnis.« Celeste schien sehr zufrieden mit ihrer Schmährede.
Joes Gesicht hatte ein alarmierendes Rot angenommen. Candy beeilte sich, das Schweigen zu brechen.
»Celeste, Liebes, sag so etwas nicht. Es ist sehr unhöflich.«
»Geh in dein Zimmer!« sagte Joe wütend.
Celeste lächelte befriedigt. Das war offensichtlich die Reaktion, die sie gewollt hatte. Lucia nahm ihrem großen Abgang mit der nächsten Frage den Effekt.
»Kennen Sie jemanden von Dr. Freemans Kollegen, Freunden oder Familie?«
»Niemanden.« Joes Antwort war knapp.
»Hat sie je mit Ihnen über sich selbst gesprochen?« fragte Lucia.

»Nein.«
»Haben Sie je eine Flasche mit Alkoholika irgendwelcher Art in ihrer Praxis gesehen?«
»Nein«, sagte Joe wieder.
»Hielten Sie sie für eine gute Therapeutin?«
»Ich weiß nicht. Ich habe keinen Maßstab, um das zu beurteilen. Wir schienen kaum Fortschritte zu machen. Celeste will sich immer noch verabreden.« Joes Gesicht war immer noch rot.
»Vielen Dank für Ihre Bemühungen. Wenn Ihnen noch etwas einfällt, das bei der Untersuchung weiterhelfen könnte, rufen Sie mich bitte an.« Lucia stand auf und gab ihnen ihre Karte.
»Das ist alles?« sagte Joe. »Dafür habe ich mir freigenommen? Diese Fragen hätten Sie mir doch am Telefon stellen können.«
»Aber Honey, du hättest dir doch sowieso freigenommen. Jetzt wäre doch unser Termin gewesen«, sagte Candy.
»So werden Befragungen in einer Morduntersuchung durchgeführt, Mr. Andrews.« Außerdem, dachte Lucia, hätte ich deine Wut übers Telefon nie mitbekommen.
Ihr nächster Halt war eine Telefonzelle für einen weiteren Anruf bei Dr. Oliver Whitney. Die Sekretärin versuchte zuerst, eine Nachricht entgegenzunehmen, und dann ließ sie Lucia eine Ewigkeit warten. Schließlich sagte sie, daß der Doktor nicht da sei. Lucia wies sie daraufhin, daß eine Lüge gegenüber einer Ermittlerin während einer Morduntersuchung leicht als Behinderung der Rechtsfindung ausgelegt werden könnte und sie vielleicht doch lieber noch einmal nachprüfen sollte, bevor sie sagte, daß der Doktor nicht da sei. Wieder mußte Lucia warten. Als nächstes war Dr. Whitney am Apparat.
»Mir gefallen Ihre Drohungen meinen Angestellten gegenüber nicht, Ramirez.«
»Und Ihre Haltung macht mich allmählich ungeduldig, Dr. Whitney. Sie haben versucht, meinen Job so schwierig wie möglich zu gestalten. Sie weigern sich, mit meinem Assistenten zusammenzuarbeiten. Beides ist sowohl unnötig als auch unprofessionell. Es gefällt Ihnen nicht, daß ich eines Ihrer

schmutzigen kleinen Geheimnisse kenne. Ihr Pech. Ich habe meinen Gerichtsbeschluß. Ich werde in einer Viertelstunde in Ihrer Praxis sein. Und ich will alles. In der letzten Akte stand gar nichts, noch nicht einmal ihr Geburtsdatum. Ich habe mehr Informationen aus ihrem Führerschein bekommen. Ich möchte jeden Papierschnipsel, den Sie besitzen, der sich auf Dr. Elizabeth Freeman bezieht, sowie die Beschwerdeakte gegen sie.«

Lucia hörte zu, wie Whitney sich einige Minuten über diese Schikane ereiferte und empörte. Dann unterbrach sie ihn.

»Jetzt haben Sie noch dreizehn Minuten. Wenn ich zu Ihnen komme und nicht davon überzeugt sein sollte, daß ich die vollständigen Informationen im Original habe, werden Sie über meinen nächsten Schritt nicht erfreut sein.« Sie schnitt seine Empörung ab, indem sie auflegte. Es war ihr durchaus klar, daß Dr. Whitney über Informationen verfügte, die er zurückhalten wollte. Sie konnte nicht sagen, was sein Motiv war. War es einfach Trotz, oder ging es um etwas wirklich Bedeutsames? Sie hoffte wirklich, daß ihre Entschlossenheit ihn davon überzeugt hatte, daß es besser war, sich kooperativ zu zeigen.

Ungefähr zwanzig Minuten später betrat sie seine Praxis. Es warteten keine Klienten, aber es war bedeutend lebhafter als bei ihrem ersten Besuch. Die Sekretärin stand am Fotokopierer und beeilte sich, die Kopien fertigzumachen. Whitney wühlte in den Aktenschubladen. Die Großvateruhr schlug halb elf.

»Da sind Sie ja, Ramirez. Wir sind fast fertig. Ich hoffe, Sie sind damit zufrieden. Sie haben meinen ganzen Vormittag durcheinandergebracht.«

»Ich bin Detective Lucia Ramos, Dr. Whitney. Vielleicht behalten Sie meine Karte«, sie reichte ihm ihre Visitenkarte, »falls Ihnen noch etwas einfällt, das der Untersuchung dienen könnte. Ich habe allerdings noch einige Fragen...«

Whitney, offensichtlich sehr beunruhigt, packte sie bei der Schulter und zog sie in sein Zimmer.

»Ich würde Ihnen nicht raten, noch einmal Hand an eine Vertreterin des Gesetzes zu legen, Dr. Whitney. Das könnte als Angriff auf eine Polizeiangehörige während der Ausübung ihrer

Amtspflichten interpretiert werden. Das ist eine sehr unangenehme Anklage, kann ich Ihnen versichern.«

»Ach, halten Sie den Mund. Ich möchte nicht vor der Sekretärin mit Ihnen reden. Sie ist eine furchtbare Klatschbase.« Er schien von seinem eigenen Verhalten erschüttert. Er tupfte sich immerzu mit seinem Taschentuch auf den Schnurrbart. »Nun machen Sie schon, und dann zum Teufel mit Ihnen, Ramos.« Er sprach ihren Namen mit übertriebener Sorgfalt aus.

»An welchen Tagen und zu welchen Zeiten hatten Sie gewöhnlich Ihre Liaison mit Dr. Freeman angesetzt?« fragte Lucia.

»Mittwochs nachmittags. Immer. Was noch?« Seine Hand zitterte.

»In welche Hotels sind Sie gegangen?« Sie schrieb seine Antworten in ihr Notizbuch.

»*La Quinta* in der Nähe des Flughafens.«

»Wer hat das Zimmer bezahlt?«

»Ich.«

»Wann, sagen Sie, hat die Beziehung geendet?«

»Vor zwei Jahren. Vor zwei Jahren! Das habe ich Ihnen doch schon erzählt.« Dr. Whitney wischte sich die Stirn. Seine Augen waren rot unterlaufen.

»Wo waren Sie am Dienstagabend zwischen neunzehn und zweiundzwanzig Uhr?«

»Ich habe Bridge gespielt wie seit mehreren Jahren an jedem ersten Dienstag im Monat. Warum behandeln Sie mich wie einen Verbrecher? Ich bin mit der ganzen Richtung Ihrer Befragung nicht einverstanden.«

Lucia fuhr fort, als wären die letzten Worte nicht gesprochen worden. »Geben Sie mir die Namen und Telefonnummern der anderen Bridgespieler.« Während er sie aufschrieb, setzte sie die Vernehmung fort. »Haben Sie je einen Drink mit Dr. Freeman in ihrer Praxis getrunken?«

»Ja, zwei- oder dreimal. Warum?«

»Haben Sie die Getränke mitgebracht, oder waren sie schon da?«

»Sie hatte ein paar Flaschen in ihrer Schreibtischschublade. Warum?«

»Wie viele andere Therapeuten kennen Sie, die Spirituosen in ihrer Schreibtischschublade aufbewahren?«
»Keinen. Wohin soll das führen, Ramos? Ich habe zu arbeiten.« Seine Frustration war offensichtlich. Lucia erinnerte sich an Reynolds' ersten Rat: Laß nie den Verdächtigen das Gespräch beherrschen.
»Haben Sie Spirituosen irgendwelcher Art in Ihrer Praxis, Dr. Whitney?«
»Nein, warum sollte ich?« Er spuckte die Worte aus.
»Warum sollte Dr. Freeman?« gab Lucia zurück.
»Keine Ahnung. Ich habe nie darüber nachgedacht.«
»Offensichtlich«, sagte Lucia. »Haben Sie meinem Kollegen, Wachtmeister Cowley, eine Liste der niedergelassenen Psychotherapeuten im Bexar County gegeben?«
»Ich habe ihm gesagt, er solle sich an die staatliche Zulassungskommission in Austin wenden.« Whitney lächelte triumphierend.
»Sind Sie Mitglied dieser Kommission?«
»Ja«, erwiderte er.
»Gut. Haben Sie eine solche Liste?«
»Ja. Aber Sie müssen sie sich in Austin besorgen, denn ich habe die Nase voll davon, mich mit Ihnen abgeben zu müssen.« Er drehte sich um und stürmte hinaus.
Du hochnäsige, arrogante anale Öffnung, dachte Lucia. Sie folgte ihm in den Empfangsbereich und ging zum Schreibtisch hinüber. Sie nahm den Telefonhörer ab und wählte eine Dienstnummer.
»Vic«, bellte sie ins Telefon, sobald sie eine Verbindung hatte. »Schick mir ein halbes Dutzend Uniformierte an folgende Adresse: Büro 2331, Palacio Plaza, Maltzberger, Ecke Wurzbach Road. Ich habe einige Schwierigkeiten, einen Gerichtsbeschluß zu vollziehen. Wir müssen diese Räume wohl Stück für Stück auseinandernehmen, um zu bekommen, was wir brauchen.«
Whitney öffnete die Akte, die ihm am nächsten lag, nahm einen Stapel Papiere heraus und warf sie Lucia vor die Füße.
»Pfeifen Sie Ihre Hunde zurück!« schrie er sie an. »Hier ist die

verdammte Liste. Meine Sekretärin wird Ihnen die Akte geben. Die Originale. Ich hoffe bei Gott, daß ich in meinem ganzen Leben keine Polizei mehr sehe.« Er schlug die Tür seines Zimmers hinter sich zu.

»Auf Wiedersehen, Dr. Whitney, und vielen Dank für Ihre Bemühungen«, sagte Lucia zu der Tür. »Streichen Sie die Verstärkung, Vic«, sagte sie ins Telefon.

Die Sekretärin bückte sich, sammelte die Liste vom Fußboden auf und gab sie Lucia. Dann legte sie alle Papiere, die sie kopiert hatte, in eine leere Aktenmappe und gab sie ihr ebenfalls. Sie heftete die Kopien in die alten Ordner. Lucia setzte sich kurz und überprüfte die Papiere. Sie schienen vollständig, aber würde sie es je wissen?

»Er ist normalerweise nicht so ein Idiot«, sagte die Sekretärin. »Der Mord an Dr. Freeman hat ihn wirklich getroffen. Er hat viel für sie empfunden.«

»Sie wußten von ihrer Beziehung?« Lucia war erstaunt.

»Es gibt nur wenig, was mein Sohn tut, über das ich nicht Bescheid weiß. Aber er ist ein guter Junge. Zu stolz allerdings. Beurteilen Sie ihn nicht zu hart. Er ist wirklich nicht er selbst. Er hat diese Woche alle Termine abgesagt. Jetzt sitzt er wahrscheinlich da drinnen und weint. Er würde sterben, wenn das irgend jemand wüßte. Er gibt lieber vor, wütend zu sein, als jemanden wissen zu lassen, daß er trauert. Dadurch verhält er sich wie ein Vollidiot, aber was können wir Frauen schon machen?« Sie begleitete Lucia zur Tür und klopfte ihr auf die Schulter. »Bitte lassen Sie sich nicht anmerken, daß ich Ihnen das erzählt habe. Er würde sterben. Tschüs dann.« Sie schloß die Tür.

Lucia stand mit offenem Mund im Treppenhaus. Sie hatte gedacht, nichts könnte sie mehr überraschen, aber hier stand sie nun und war zutiefst verblüfft. Das Leben ist doch um einiges merkwürdiger als jeder Roman, dachte sie. Wenn ich das jetzt in einem Buch lesen würde, würde ich kein Wort davon glauben. Niemals. Sie schüttelte den Kopf und ging zu den Aufzügen. Niemals, dachte sie.

Cowley war fort, als sie ins Büro zurückkam. Seine Antwort auf ihrer Liste von Fragen lag auf ihrem Schreibtisch, zusammen mit acht Akten von ungelösten Morden an Frauen im letzten Jahr und den Kopien der Seiten aus Freemans Tageskalender. Seine Notiz las sich wie folgt:

1. Sonnenbrille – kein Rezept. Leiche trug Kontaktlinsen. Normaler Typ – normales Rezept.
2. *Vince's Volvo* verkaufte ihr letztes Jahr den Wagen. Zugelassen auf Christian Melons Inc., Firmenbesitzer F. J. Christian, alleiniger Aktienbesitzer, Geschäftsführer und Präsident. Adresse angegeben als Postfach 14, Freer, Texas. Dun & Bradstreet gibt den örtlichen Anwalt J. Morales als Vizepräsident an. Ich habe einen Termin mit ihm heute nachmittag um drei Uhr.
3. Ermordete Frauen: siehe Akten.
4. Kopien gemacht vom Tageskalender. Spurensicherung berechnet Abteilung fünfundzwanzig Cents pro Seite fürs Kopieren. Das ist Verbrechen. Wucher.
5. Nächstes Spirituosengeschäft – zwei Meilen entfernt, haben nie von Freeman gehört. Die Beschreibung paßt auf keine ihrer Stammkundinnen. Möchten Sie, daß ich den Radius auf zweieinhalb Meilen ausweite?
6. Keine Adresse im Büro für ehemalige Studierende der U.M.B.C, Maureen im Immatrikulationsbüro kann die Unterlagen faxen, per Eilboten oder mit normaler Post schicken. Die Postgebühren werden der Abteilung berechnet. Rufen Sie sie unter 301–752–6000, Apparat 412, vor 14 Uhr hiesiger Zeit an.
7. Telefonauftragsdienst schickte Rechnung an ihre Praxis. Keine Privatnummer in ihren Unterlagen.

Lucia blätterte durch die Akten der ungelösten Mordfälle. Cowley hatte recht. Sie konnte auch kein Muster erkennen. Sie stellte sie in das Fach, aus dem sie in die Ablage gebracht wurden, wenn ein Fall abgeschlossen war. Als nächstes schaute sie sich die Kopien aus dem Tageskalender an. Auch hier keine neue Information, da er dem Wochenkalender exakt entsprach.

Sie rief Maureen in der Universität von Maryland, Baltimore, an und bat sie, die Unterlagen per Eilboten zu senden. Maureen versprach, sie heute nachmittag abzusenden. Sie war aufgeregt, weil sie an einer Morduntersuchung in Texas teilhatte. Lucia dankte ihr und legte auf. Sie rief zwei der Namen auf Dr. Whitneys Liste von Bridgespielern an. Beide sagten aus, daß er von 6.30 bis 9.30 Uhr am Dienstagabend anwesend gewesen sei.

Lucia sah auf die Uhr. Wenn sie sich beeilte, konnte sie dem Mittagsansturm zuvorkommen. Sie griff die Beschwerdeakte, die Whitney ihr gegeben hatte, ging eilig hinaus und überquerte die Straße zu *Jeans's Hamburger Heaven*.

Sie setzte sich an einen Einzeltisch ganz am Ende des Raumes. Der Fluß war von ihrem Blickwinkel aus kaum sichtbar, aber er erinnerte Lucia dennoch daran, daß es noch ein Leben abseits der Polizeiarbeit gab. Sogar ein flüchtiger Blick eröffnete ihr ein gemächlicheres Lebenstempo. Eines Tages, dachte sie, mache ich mir ein paar Sandwiches und esse sie am Fluß. Sie dachte an ihren hektischen Aufbruch von zu Hause noch vor sieben Uhr an diesem Morgen und seufzte. Vielleicht hätte sie mehr Zeit, wenn sie Lieutenant würde.

Lucia öffnete die Akte und begann zu lesen. Das erste Blatt trug den Titel: »Beurteilung von anstehender Zulassung für Psychotherapie«. Es waren achtzehn Kategorien aufgeführt, die als »kompetent«, »nicht beurteilbar« oder »inakzeptabel« zu bewerten waren. Dr. Freemans Name war oben auf der Seite eingetragen. »Kompetent« war bei allen Kategorien umkringelt, und unterschrieben hatte Dr. Oliver Whitney. Im freien Feld für Kommentare stand: »Ich befürworte die Zulassung nachdrücklich.« Als nächstes kamen Kopien von Zulassungsurkunden aus mehreren anderen Staaten. Die älteste war aus Maryland, dann aus Pennsylvania auf den Namen von Elizabeth Freeman Drinell, gefolgt von Virginia und schließlich die jüngste aus New Jersey auf den Namen Elizabeth Freeman Welter. Die Akte enthielt ebenso eine Kopie ihrer Studienunterlagen. Ihre Noten waren in erster Linie Einsen mit einer Ansammlung von Zweien in den eher technischen Fächern wie Statistik.

Überraschenderweise tauchte in jedem Semester ein Musikseminar auf, für das es keine Noten gab, sondern nur ein »bestanden« oder »nicht bestanden«. Sie hatte alle bestanden. Lucia machte sich eine Notiz, beim Büro des Symphonieorchesters nachzufragen, ob Freeman oder F. Christian ein Abonnement hatte.

Die folgenden Papiere schienen sich auf die Beschwerde gegen Dr. Freeman zu beziehen. Das erste Dokument war ein Beschwerdebrief. Der Text des Briefes lautete:

> *»Ich möchte hiermit Beschwerde gegen Dr. Elizabeth Freeman, Psychotherapeutin, wegen meiner Ansicht nach unethischen Verhaltens einlegen. Über einen Zeitraum von sechs Monaten hatte sie eine sexuelle Beziehung mit mir, während ich bei ihr in Therapie war. Jetzt schläft sie mit einer anderen Person, die bei ihr in Behandlung ist. Ich habe mit ihr darüber gesprochen, und sie leugnet alles ab. Ich finde, jemand sollte sie daran hindern, denn eine sexuelle Beziehung mit Klienten kann Schaden anrichten.«*

Der Brief war unterzeichnet mit M. Peterson. Kurz und bündig, dachte Lucia.

Als nächstes kam die Kopie eines Briefes der Zulassungskommission an M. Peterson. Es schien ein Formbrief zu sein, denn er bat den Beschwerdeführer, die beigelegten »Richtlinien für die Praxis der Psychotherapie im Staat Texas« zu lesen, zu benennen, gegen welche Regeln die Therapeutin angeblich verstoßen habe, und genaue Daten sowie eine Beschreibung des angeblichen Verstoßes anzugeben. Lucia fiel auf, daß die Kommission etwa sechs Wochen benötigt hatte, um auf die ursprüngliche Beschwerde zu reagieren. Die Richtlinien waren auch der Akte beigefügt, die Lucia vor sich liegen hatte. Es war mindestens ein Grundstudium in Psychologie vonnöten, um die Formulierungen vollständig zu begreifen.

Die meisten Richtlinien (sieben von zehn) befaßten sich mit Plagiaten. Ein Abschnitt behandelte »duale Beziehungen mit

Klienten«, drei Abschnitte die Honorare. Interessant, wie die Prioritäten gesetzt werden, dachte Lucia.
M. Petersons Erwiderung war kurz. Der entsprechende Abschnitt, Unterabschnitt und die Artikelnummern, die Daten, die sechs Monate umfaßten, wurden aufgeführt und abschließend festgestellt:

»Dr. Freeman und ich schliefen in diesem Zeitraum während meiner Therapietermine fast jeden Mittwoch und manchmal an Donnerstagabenden miteinander. Das scheint mir eine duale Beziehung zu sein. Sie schlief außerdem mit einem anderen Klienten, aber ich kenne die Daten dieser Beziehung nicht.«

Darauf folgte eine handgeschriebene Bemerkung in der Akte. »Ich sprach mit Peterson am Telefon. Sie hatte keine Erhärtung ihres Vorwurfs anzubieten. Sie sagte, der andere Klient sei nicht in der Lage, auszusagen. Sie weigerte sich, mir den Namen des anderen Klienten zu nennen. Die Behauptung scheint mir auf schwachen Füßen zu stehen.« Unterzeichnet hatte Oliver Whitney.
Ein Antwortbrief von Dr. Freeman war als nächstes in der Akte.

»Die Klientin Marita Peterson zeigte eine ungewöhnlich starke Übertragung. Während unseres Versuchs, daran zu arbeiten, projizierte sie ihre sexuellen Phantasien zunehmend auf die therapeutische Beziehung. Sie begann so weitgehend an die Realität ihrer Phantasien zu glauben, daß sie Wahnvorstellungen entwickelte. Unglücklicherweise war ich nicht in der Lage, eine Veränderung dieses Musters zu bewirken. Als sich ihr Verhalten von einer einfachen Verführungshaltung dahingehend änderte, daß sie diese Phantasien physisch auszuleben trachtete, regte ich an, daß es womöglich hilfreicher für sie wäre, einen anderen Therapeuten aufzusuchen. Sie reagierte sehr heftig darauf und sagte, daß ich offenbar

eine andere Geliebte gefunden hätte, und beendete die Therapie. Ich bedaure, nicht erfolgreicher mit dieser Klientin gewesen zu sein. Ihre Beschwerde basiert offenbar auf ihren Gefühlen der Zurückweisung, da ich ihre übertragungsbegründeten sexuellen Phantasien nicht ausleben wollte. Ich hoffe, sie wird einen anderen Therapeuten aufsuchen, der besser als ich in der Lage sein wird, ihr zu helfen.«

Die Bedienung war bereit, Lucias Bestellung aufzunehmen. »Einen englisch gebratenen Hamburger mit Käse. Eine Cola. Eine Portion Pommes frites und ein Jalapeno.« Lucia schloß die Akte und schaute auf das kleine Stückchen Fluß. Die hohen Gebäude reduzierten den Blick wie eine Schießscharte in einer mittelalterlichen Burg. Sie konnte das tiefgrüne Wasser kaum sehen. Wenn die Anschuldigung wahr ist, dachte Lucia, war die Therapeutin bisexuell. Na und? Es mochte für den Mord relevant sein, wahrscheinlich war es das jedoch nicht. Sie öffnete die Akte wieder. Das wird zu kompliziert, dachte sie, entschieden zu viele falsche Fährten. Sie schlug den letzten Teil der Akte auf, die Kopie des Protokolls einer Sitzung der Zulassungskommission, bei der die Beschwerde vorgebracht und ohne Diskussion abgewiesen wurde. Als nächstes folgte die Kopie eines Briefes an Marita Peterson.

Ben Etly
Vorsitzender der
Texanischen Zulassungskommission für Psychotherapeuten
Postfach 508
Austin, Texas 73105 *den 10. Dezember 1990*

Marita Peterson
1051 New Braunfels
San Antonio, Texas 87048

Sehr geehrte Ms. Peterson,
ich schreibe Ihnen in meiner Eigenschaft als Vorsitzender der Texanischen Zulassungskommission für Psychotherapeuten. Die Kommission hat auf ihrem planmäßig angesetzten Treffen am 2. Dezember Ihren Brief vom 22. September sorgfältig erwogen. Ihr Brief enthält Anschuldigungen gegen eine zugelassene Therapeutin, die, wenn sie sich als wahr erwiesen, einen Verstoß gegen die Verordnung für zugelassene Psychologen und die Richtlinien der Kommission darstellten und der Kommission damit Grundlage böten, die Zulassung der Psychologin auszusetzen oder zu widerrufen. Die Kommission sieht jedoch, da es an erhärtenden Beweisen mangelt, keine hinreichende Grundlage für eine solche Maßnahme. Darüber hinaus müssen wir Sie darauf hinweisen, daß die Kommission, sollten noch erhärtende Beweise zugänglich werden, Maßnahmen gegen eine Zulassung nur in Übereinstimmung mit der staatlichen Zulassungsverordnung, Abschnitt 61–1–1 TSA 1978 bis 61–1–3.1 ergreifen kann, wo es in Auszügen heißt: »Eine Maßnahme… kann von einer Kommission nicht später als zwei Jahre nach dem Vergehen eingeleitet werden, das die Grundlage für die Maßnahme bildet.« Der Oberste Gerichtshof von Texas hat kürzlich definiert, daß der Verjährungszeitraum mit dem Datum des dem Zulassungsinhaber vorgeworfenen Verhaltens beginnt. Jime-

nez gegen Kom. d. Opthamologie, 104 Tex 454, 722 S.W.2d 1176. Wenn das Datum des letzten vorgeblichen Vorfalls länger als zwei Jahre zurückliegt, ist die Kommission aufgrund der Zweijahresfrist nicht befugt, Maßnahmen gegen die Psychologin zu ergreifen.

Die Kommission hat mich gebeten, Ihnen ihren Dank zu übermitteln, daß Sie diese Angelegenheit im Interesse des Schutzes anderer Personen zur Kenntnis gebracht haben.

Hochachtungsvoll
Ben Etly
Texanische Zulassungskommission für Psychotherapeuten

Das letzte Schriftstück in der Akte war ein Brief von Marita Peterson an die Kommission. Er war klar und deutlich.

»Ich bin enttäuscht, aber nicht überrascht, daß Sie Dr. Freemans Arsch decken. Das hatte ich erwartet. Aber jemand muß sie stoppen. Wenn Sie es nicht tun, dann vielleicht jemand anders! Danke für nichts.«

Na also, dachte Lucia, als ihr Hamburger kam, endlich eine anständige Verdächtige mit einem Motiv und sogar einer Drohung. Sie aß mit der linken Hand, während sie sich mit der rechten Notizen machte. Sie wischte sich sorgfältig die Finger ab, bevor sie die Seiten in der Akte umschlug. Es wäre nicht ratsam, Fettflecke auf etwas zu machen, was sich als Beweisstück herausstellen könnte, dachte sie. Sie beendete ihr Mittagessen und ging zurück ins Präsidium. Cowley kam herein, als sie sich gerade an ihrem Schreibtisch niedergelassen hatte.

»Großartig«, sagte er, »erwische ich Sie endlich! Der Wagen steht zu Ihrer Verfügung. Die Spurensicherung hat ihre magischen Rituale daran beendet. Also, bringen Sie mich auf den neuesten Stand.«

Lucia gab ihm eine Zusammenfassung ihres Vormittags.

»Sieh an, eine Lesbe, die was zu mucken hat. Heiße Verdächtige, Ramos. Vielleicht ist das der Durchbruch. Wir könnten's brauchen.«
Lucia zuckte bei seinem Spruch innerlich zusammen. Also glaubt Cowley, daß Lesben und Schwule eher Mordverdächtige abgeben als Heteros, dachte sie. Damit gesellt er sich geradewegs zur homophoben Mehrheit. Eine leichte Kühle schlich sich in ihre Stimme, als sie antwortete.
»Ja, könnten wir. Ich versuche gerade mal ihre Nummer, ob sie zu Hause ist.« Lucia schaute ins Telefonbuch. ›Peterson, M.‹ hieß es in der Adresse des Beschwerdebriefes. Als sie die Nummer gewählt hatte, hörte sie jedoch die Ansage: »Dieser Anschluß ist abgemeldet. Es liegt keine neue Nummer vor.«
»Das Telefon ist abgemeldet. Keine neue Nummer angegeben. Fragen Sie bei der Telefongesellschaft nach. Ich möchte ihr heute noch auf die Spur kommen.« Sie stellte ihren Computer an. »Ich muß meinen Bericht eingeben.«
Cowley schrieb Namen und Adresse aus der Akte ab. »Haben Sie in Maryland angerufen?« fragte er.
»Ja. Die Unterlagen müßten morgen hier sein. Ach ja, würden Sie beim Büro des Symphonieorchesters nachfragen, ob Freeman oder Christian ein Abonnement haben?« sagte Lucia, ohne von der Tastatur aufzublicken.
»Sicher«, sagte Cowley.
»Und vergleichen Sie die Therapeutenliste mit der Liste der Opfer von Gewaltverbrechen des letzten Jahres«, fügte Lucia hinzu.
»Wird gemacht«, sagte Cowley, als er ging.
Als ihr Bericht fertig war, ging Lucia in den Hof, wo die sichergestellten Fahrzeuge standen, um sich Freemans blauen Volvo anzuschauen. Sie öffnete die Tür. Eine Welle heißer Luft strömte heraus. Dr. Freeman hätte für innen eine helle Farbe wählen sollen, dachte Lucia und machte sich daran, die Fenster herunterzukurbeln.
Auf dem Rücksitz sah sie ein Loch über der mittleren Armstütze, aus dem die Spitze einer schwarzen, ledernen Reitgerte herausragte.

Lucia öffnete die hintere Tür und beugte sich hinüber, um die Gerte herauszuziehen. Sie war ziemlich lang. Lucia hob fragend die Augenbrauen. Je mehr sie über Dr. Freeman herausfand, desto weniger verstand sie sie. Am Griff war ein kleines, silbernes Schild mit den Initialen E.E.F. Lucia hielt alles in ihrem Notizbuch fest und wandte ihre Aufmerksamkeit wieder den Vordersitzen zu.

Auf den ersten Blick entdeckte sie drei Zettel. Der erste war ein entwerteter Coupon für eine Autowäsche, datiert vom 23. März. Auf dem Armaturenbrett lag ein zusammengefaltetes Stück Papier, das sich als ein Sozialhilfescheck über 244 Dollar für Sarah Carter herausstellte, der auf Dr. Elizabeth Freeman überschrieben war. Lucia überprüfte ihre Notizen. Es gab eine »S. C.«, die am Dienstagmorgen und am Donnerstagnachmittag zu Freeman kam. Der Scheck datierte vom 1. April.

Der dritte Zettel lag auf dem Beifahrersitz. Lucia faltete ihn auf. »Ich brauche dich unbedingt. Heute abend um 6.15 Uhr. Bitte. M. P.« Marita Peterson sieht als Verdächtige immer besser aus, dachte Lucia. Oder schlechter. Die Handschrift ähnelte der in den Beschwerdebriefen. Lucia vermerkte den Sozialhilfescheck und die Nachricht und steckte sie dann in eine Beweismittelhülle in ihrer Aktentasche.

Im Kassettenrecorder steckte eine Patsy Cline-Kassette. Lucia stellte die Zündung an und schob das Band ein. Patsy sang *I Fall to Pieces*. Unheimlich, wenn deine Stimme nach deinem Tod weitersingt, dachte Lucia. Sie öffnete den Kasten mit Kassetten, der auf dem Boden vor dem Beifahrersitz stand. Er enthielt mehrere Flötenkonzerte von Rampal, drei Kassetten von Kay Gardener (Kay Gardener?), Ferron, Crystal Gayle (ich habe meine ausrangiert, nachdem sie für George Bush gesungen hat, dachte Lucia), Linda Ronstadt, Billie Holiday und drei selbst aufgenommene Bänder.

Lucia zog Patsy heraus und legte die erste selbst aufgenommene Kassette mit der Aufschrift »Flöte '64« ein. Es war ein wunderschönes Flötensolo. Die zweite Kassette war nur mit »Flöte« beschriftet, ein weiteres Solo. Lucia steckte sie in ihre Aktentasche, um sie sich später anzuhören.

Die letzte Kassette trug die Aufschrift »R. F. Sitzung«. Lucia überprüfte Freemans Terminkalender. R. F. stand in der Zeile am Dienstag um 11.30 Uhr. Sie steckte die Kassette in den Recorder.

»...gut, Bobbie, hier bist du sicher.« Die Stimme aus den Lautsprechern klang stark und beruhigend. Eine Kinderstimme antwortete etwas Unverständliches und begann dann zu weinen. Das Weinen zog sich eine Weile hin. Lucia zog die Kassette heraus und steckte sie ebenfalls in ihre Aktentasche.

Sie öffnete das Handschuhfach, das abgeschlossen war. Obenauf lag ein Stadtplan von San Antonio, dann andere Karten. Lucia entfaltete alle. Es waren weder Straßen markiert noch Orte umkringelt, noch waren sie Karten eines Autoklubs. Keine Hinweise, dachte sie und faltete sie wieder zusammen. Die Fahrzeugunterlagen enthielten die Zulassung und die Versicherungskarte. Sie schrieb sich die Nummer des Versicherungsscheins auf. Vielleicht hat die Versicherungsgesellschaft ihre Privatanschrift, dachte Lucia.

Danach fand sie nur noch Krimskrams: drei billige Kugelschreiber (alle ausgetrocknet), zwei Tampons, eine angebrochene Schachtel von Freemans Zigaretten, ein paar geschmolzene Tootsie Rolls-Lutscher, einen Korkenzieher, einen gelben Kamm (schmutzig), ein zerknülltes Stück blaues Geschenkpapier, einen Flaschenöffner, ein kleines, weißes Schmuckkästchen mit einem Quarzkristall. Ein Geschenketikett klebte auf dem Deckel der Dose. »Unsere Liebe wird mit der universellen Harmonie singen. Sarah.«

Das »Sarah« paßte zur Unterschrift auf dem Sozialhilfescheck. Lucia seufzte und steckte die Notiz und den Kristall in ihre Aktentasche zu den anderen Beweisstücken. Sie legte alles andere in das Handschuhfach zurück und schloß es. Das ist wie mit geschlossenen Augen schwimmen, dachte sie. Du merkst, du kommst weiter, aber du hast keine Ahnung, in welche Richtung du schwimmst.

Sie bemerkte die Kartentasche auf der Beifahrerseite. Sie war leer. Sie wandte sich zu der auf der Fahrerseite. Diese Tasche enthielt einen silbernen Flachmann. Sie schraubte den Ver-

schluß ab und roch daran. Dann probierte sie. Wodka. Lucia schüttelte den Kopf. Es war zu spät, jemanden nach dem Tod wegen Genuß von Alkohol in der Öffentlichkeit anzuklagen. Das zählte mit Sicherheit als großer Pluspunkt für Amys Theorie, daß die Therapeutin Alkoholikerin war. Lucia trug die neue Information in ihr Notizbuch ein.
Der Aschenbecher war das nächste Objekt ihrer Untersuchung. Er enthielt ungefähr ein Dutzend Stummel von Dr. Freemans Zigarettenmarke, zwei zerkrümelte Marihuanastummel und drei Camel Filter Lights. Lucia steckte die Joints und die Camel in eine Plastiktüte und warf sie in ihre Aktentasche.
Der Rücksitz war leer bis auf ein Taschenbuch. *Northern Girl*, noch ein lesbischer Science-fiction. Das macht einen weiteren Punkt für bisexuell und einen für die Glaubwürdigkeit der Beschwerde, dachte Lucia. Auf dem Boden vor dem hinteren Rücksitz lagen mehrere kleine Tüten mit Abfall von Fastfoodketten, eine von *Taco-Rosita*, eine von *Wendy's*, eine von *Top dog* und eine einfache ohne Aufschrift. Jede schien genau den Abfall zu beinhalten, der zu einer Mahlzeit gehören mochte.
Nun blieb nur noch der Kofferraum. Sie ging hinten an den Wagen und schloß ihn auf. Treffer, dachte Lucia, jetzt komme ich doch weiter. Im Kofferraum befand sich ein Karton mit ungefähr einem Dutzend Aktendeckeln. Sie waren unbeschriftet. Sie zog den ersten heraus. Er enthielt Reiseprospekte von Acapulco. Die Broschüren kamen alle von verschiedenen Reisebüros. Die nächste Akte enthielt Prospekte von den Bahamas, dann die nächste von Cartagena. In allen Aktendeckeln waren nichts als Reiseprospekte. Auf einem Prospekt für das *Hotel del Prado*, Isla Mujeres auf Yucatan, stand »ja« geschrieben. Lucia schrieb sich den Namen des Reisebüros auf und steckte den Prospekt in ihre Aktentasche. Von wegen Treffer, dachte sie.
Neben dem Karton lag ein kleiner Stapel von türkisfarbenen Handzetteln. Lucia nahm einen und las ihn. Er kündigte den Beginn von mehreren Kampfsportkursen für Frauen am 15. April an. Die Trainerin war Nya Kyle. Lucia überprüfte ihre Notizen. »N. K.« stand am Dienstag um 15 Uhr auf ihrer Liste.

Der Handzettel pries Nya Kyle ausführlich als eine hervorragende Trainerin in den unsanften Künsten des Orients.
Das Foto von Nya auf dem Handzettel zeigte eine junge Frau in Kampfsporthaltung, die etwas um die Stirn gebunden hatte. Vielleicht ein lavendelfarbenes Halstuch, dachte Lucia. Sie steckte einen der Handzettel in ihre Aktentasche.
Lucia zerrte an der Wolldecke aus grünem Schottenkaro, die unter dem Karton lag, und entfaltete sie zu ihrer vollen Größe. Sie hatte eine braune Papiertüte nahe dem Radkasten verdeckt. In der Tüte waren vier handgezogene Kerzen, die zu grotesken Formen geschmolzen waren. Zwei waren lavendelfarben, zwei hellblau. Der Rest des Kofferraums war leer. Lucia machte den Kofferraum und die Fenster zu und schloß die Türen ab.
Als sie an ihren Schreibtisch zurückkam, steckte sie Kopfhörer in ihren tragbaren Kassettenrecorder und spulte die »R. F. Sitzung« zurück. Dann spielte sie das Band ab.
Nach zwanzig Minuten nahm sie den Kopfhörer ab und schaltete den Kassettenrecorder aus. Es schien sich um einen Klienten namens Bekka zu handeln, ein kleines Kind, einen Bobbie, dessen Stimme nicht sehr deutlich war, und ein größeres Kind, das Deutsch sprach. Lucia beschloß, das Band beiseite zu legen und es zu Hause anzuhören, wo sie sich besser darauf konzentrieren konnte. Sie ging hinunter in die Beweismittelabteilung, um sich die Autopsie noch einmal anzusehen.
Das Autopsievideo anzuschauen war grausig, aber notwendig. Zumindest wurde ihre physische Anwesenheit bei einer Autopsie durch die Videotechnik auf die Basis der Freiwilligkeit gestellt. Die beiden Autopsien, an denen sie teilgenommen hatte, waren schauerlich gewesen, und ihre Anwesenheit hatte nichts zum Ablauf beigetragen. Nur der Polizeikameramann und der Chef der Spurensicherung mußten jetzt anwesend sein. Sie beobachtete auf dem Bildschirm, wie die beiden sich mit dem Arzt besprachen. Sein Assistent, der sich im Hintergrund hielt, hatte die Leiche mit einem Namensschild versehen und überwachte ihren Abtransport.
Der Mord selbst war unkompliziert. Dr. Freeman hatte sich

vorgebeugt, offenbar, um etwas aus ihrer Handtasche zu nehmen. Der Mörder oder die Mörderin hatte ihr einen Schlag auf den Kopf versetzt, der, ob durch Zufall oder Absicht, auf einer der wenigen Stellen gelandet war, an denen der Schädel empfindlich genug für einen tödlichen Schlag ist. Einfache Gehirnblutungen waren die Todesursache. Die Leiche schien nicht bewegt worden zu sein, nachdem der Schlag ausgeführt worden war. Die Flasche war auf dem Boden zerbrochen, nicht auf dem Schädel des Opfers. Es war genauso, wie es am Tatort erschienen war. Weitere Untersuchungen ergaben, daß die Lungen durch Rauchen und die Leber durch Trinken geschädigt waren. Das Opfer war noch nicht in den Wechseljahren. Alles weitere war normal. Es war ein gewöhnlicher »Tod durch Schlag mit einem stumpfen Gegenstand«. Auch das zweite Anschauen warf kein neues Licht auf den Fall.

Als Lucia an ihren Schreibtisch zurückkam, rief sie einen Sozialarbeiter an, von dem sie annahm, daß er ihr helfen könnte, die Sarah Carter vom Sozialhilfescheck aufzuspüren. Er war »draußen«. Sie hinterließ eine Nachricht, daß er sie zurückrufen möge. Dann rief sie die Telefonnummer vom Handzettel des Kampfsportzentrums an. Die Nachricht auf dem Anrufbeantworter besagte, daß Nya Kyle verreist sei, aber am Samstag zurückrufen würde. Sie hinterließ eine Nachricht.

Es war viertel vor drei. Cowley war auf dem Weg zu F. J. Christinas Anwalt. Lucia rief die Datei auf. Keine Abonnements fürs Symphonieorchester. Marita Petersons Telefon war ohne Angabe einer neuen Nummer abgemeldet worden. Ihre Akte war von der Telefongesellschaft als nicht aktuell abgelegt worden. Cowley hatte Kopien ihrer drei letzten Telefonrechnungen angefordert. Gut, dachte Lucia, vielleicht ergibt sich aus einem Ferngespräch oder ähnlichem ein Anhaltspunkt. Sie wurde Cowley gegenüber ein wenig nachsichtiger gestimmt.

Lucia nahm ihr Notizbuch heraus und ergänzte ihren Bericht. Dann ging sie zum altersschwachen Kopierer und kopierte Whitneys Akten. Sie nahm eine Beweismittelhülle, packte Whitneys Unterlagen hinein und vermerkte Datum, Zeit und Herkunft des Beweismaterials auf dem Etikett. Dasselbe machte sie mit den Gegenständen, die sie Freemans Volvo entnommen hatte, außer den Kassetten. Sie fragte sich, ob die Gerte sich als Beweismittel herausstellen würde. Sie brachte die Tüten in die Beweisaufnahme und gab sie ab.

Zeit, zu Reynolds zu gehen, beschloß sie.

Er saß mit den Füßen auf dem Schreibtisch da. Die Absätze waren bis zum Leder abgelaufen, aber es waren sehr gute Schuhe. Sie dachte daran, was er während der Polizeiausbildung gesagt hatte: »Seien Sie nicht kleinlich zu Ihren Füßen. Seien Sie kleinlich zu Ihrer Frau und Ihren Kindern. Die vergeben Ihnen, Ihre Füße nicht.« Offensichtlich folgte er zuweilen seinen eigenen Ratschlägen.

»Haben Sie Ihr Reh schon?« kicherte er. Sie schüttelte den Kopf. »Dann stehen Sie nicht früh genug auf. Sie sind nicht da, wenn sie sich bewegen. Wo waren Sie beim Appell?«

»Frühe Vernehmung.«

»Was haben Sie bisher?«

»Der Hauptverdächtige machte bei Dr. Freeman eine Therapie und hatte gleichzeitig eine Liebesbeziehung mit ihr«, antwortete sie.

»Ich dachte, Psychoärzte dürfen so was nicht. Na ja, ist wohl kein Verbrechen. Mord schon. Vielleicht haben Sie endlich ein Reh im Visier, Ramos. Haben Sie ihn eingebuchtet?« Er rollte seine nicht angezündete Zigarre zwischen Daumen und Zeigefinger.

»Es ist eine Sie.«

»Pech gehabt. Wohl kaum Ihr Mörder. Wenn jemand einem eine Flasche auf den Schädel haut, ist es fast immer ein Typ. Nicht der Stil einer Lady.«

»Mord ist nicht gerade ladylike«, gab Lucia zurück.

»Gleichberechtigung im Töten!« Reynolds lachte schallend. »Eins zu null für Sie, Ramos.«

»Ich glaube, wir hatten recht mit dem Alkohol. Ich fand einen Flachmann in ihrem Auto in der Seitentasche beim Fahrersitz, und die Autopsie ergab Hinweise auf einen Leberschaden.«

»Gut. Wir haben eine betrunkene, lesbische Psychoärztin, die ihre Klienten begaunerte. Was für ein Reh!« Er lächelte.

»Lieutenant Reynolds, wer ist denn nun eigentlich das Reh? Das Opfer oder der Mörder? Ich bin ganz durcheinander.«
»Beide, Ramos, beide. Was haben Sie noch? Zeugen? Handfeste Beweise?«
»Vielleicht. Ich habe eine Notiz, die von meiner Verdächtigen stammen könnte und eine Verabredung vorschlägt. Könnte für den Abend des Mordes sein. Sie trägt kein Datum.«
»Gut. Sehr gut. Ich mache schon noch eine Detektivin aus Ihnen. Was noch?« Er nickte beifällig.
»Die Namen von einigen Leuten. Cowley hilft mir, sie aufzuspüren. Und eine Firma namens Christian Melons, der ihr Wagen gehört.«
»Klingt nach Mönchen und Honigmelonen, wie dieser kalifornische Wein.« Reynolds kicherte. »Ich mag diesen Fall, Ramos. Er ist sehr unterhaltsam.«
»Klar, unterhaltsam! Ich nehme an, Ihnen wird die Peitsche im Wagen gefallen.« Lucia klang leicht empört.
»Peitsche, wie? Großartig. Diese Psychoärztin ist ein Hit. Sie enden wahrscheinlich mit mehr Verdächtigen, als Sie brauchen.«
»Ich habe endlich einen, und jetzt soll ich mir Sorgen machen, daß ich zu viele habe? Das sollte mir mal passieren.«
»Also, gehen Sie und nageln Sie die Übeltäterin fest. Was sitzen Sie hier herum und plaudern mit mir? Bringen Sie sie her und buchten Sie sie ein.« Er wies mit seiner Zigarre auf sie.
»Ich habe noch nicht mal ihre Adresse, geschweige denn Beweise.«
»Besorgen Sie sich die, Ramos. Besorgen Sie sie schnellstens, bevor die von der Presseabteilung beschließen, sie den Medien zu servieren. Die Spur wird langsam kalt.« Er winkte sie hinaus, begann *Back in the Saddle Again* zu summen und beugte sich über seine Knie, um eine der Akten von seinem Schreibtisch aufzunehmen.
Von wegen mehr Zeit, dachte sie, als sie ging.
Als Lucia an ihren Schreibtisch zurückkam, lag dort eine Nachricht von dem Sozialarbeiter, daß sie zurückrufen möchte. Sie erreichte ihn auf Anhieb. Er erklärte sich bereit, Sarah Carters

Adresse ausfindig zu machen. Sie strich das von ihrer Liste. Als nächstes war die Versicherungsgesellschaft für den Volvo dran. Sie zog das Branchenfernsprechbuch hervor. Die Gesellschaft hatte hier in San Antonio dreißig bis vierzig Vertreter, die mit Allison begannen und mit Zepeda endeten. Keiner der aufgeführten Namen entsprach dem auf der Versicherungskarte.

Lucia rief die Hauptverwaltung an. Nach Gesprächen mit mehreren Angestellten erreichte sie jemanden, der ihr eine Auskunft geben konnte. Der Vertreter war aus Freer, Texas. Die Versicherung lief auf Christian Melons. Als Fahrerin war Dr. Elizabeth Freeman angegeben. Rechnungen wurden an ein Postfach in Freer geschickt. Es hatte eine Schadensmeldung gegeben: Ein Kieselstein hatte einen Sprung in der Windschutzscheibe verursacht. Nach der Beschreibung war es etwas nördlich von den Zementwerken auf der I-10 passiert. Die Antragstellerin bestand darauf, die Windschutzscheibe bei *Vince's Volvo* austauschen zu lassen, und zahlte die Differenz zwischen dem Richtpreis und der Rechnung des Händlers.

Mit dem Firmensprecher der Telefongesellschaft war leicht zu reden. Er gab sofort Nya Kyles Adresse. Sie war nicht weit von Freemans Büro. Kyle war kampftrainiert und lebte ziemlich nah am Tatort. Mit Sicherheit eine Person, die es zu überprüfen gilt, dachte Lucia, als sie die neue Information in Freemans Datei eintrug.

Cowley schlenderte herein, als sie die Datei sicherte.

»Legen Sie mal 'ne Rast ein«, sagte Lucia und deutete auf den freien Stuhl neben ihrem Schreibtisch.

»Sie haben wohl mit Reynolds gesprochen, wie?« grinste Cowley.

»Ja. Ich nehme an, es färbt ab. Was haben Sie von dem Anwalt herausbekommen?«

»Er ist eine Sie. Juanita Morales.« Cowley schlug sein Notizbuch auf. »Sehr cool, sehr professionell, sieht nicht so gut aus wie Sie.«

Lucia blickte ihn an.

»Okay, vergessen Sie die letzte Bemerkung, Ramos. War fehl am Platz.« Cowley sah wieder auf seine Notizen. »F. J. Christian lebt in einer Siedlung namens Paddock nördlich der Zementwerke an der I-10. Entgegen dem Rat der Anwältin ist Christian gewillt, morgen nachmittag um halb zwei mit Ihnen zu sprechen. Hier sind die Wegbeschreibung und die Telefonnummer, falls Sie sich verfahren.« Er übergab Lucia ein Blatt Papier mit einem Briefkopf von J. Morales' Büro. Die getippten Angaben waren sehr präzise.

»Das war's?« fragte Lucia.

»Ich war in fünf Minuten wieder draußen.«

Cowley schaute bekümmert. »Ich habe versucht, mit der Sekretärin zu plaudern. Kein Glück.«

»Tja, ich nehme an, dann gehe ich wohl morgen um halb zwei F. J. Christian besuchen. Wie lief die Überprüfung der Therapeutenliste?«

Cowley lächelte. »Da könnte was sein. Lassen Sie mich schnell die Akte holen.«

Während er fort war, konzentrierte sich Lucia auf Christian. Hatte Freeman einen »Sugar Daddy«, der die Rechnungen bezahlte? Wurde sie von einem reichen, älteren Mann ausgehalten? Waren sie Geschäftspartner? Warum bezahlte Christian Melons ihre Rechnungen? War F. J. Christian verheiratet und hatte eine heimliche Affäre? Hatte er seine Geliebte umgebracht, um sie ruhigzustellen oder aus Eifersucht oder wegen Geld? Waren sie überhaupt ein Liebespaar? Konnte es nicht ein Verwandter von Freeman sein? Ich werde es bald genug wissen, dachte Lucia. Sie rief die Datei noch einmal auf, um sich alle Informationen anzusehen, die sich auf Christian bezogen, und machte sich Notizen für das Gespräch am nächsten Tag.

In der Akte, die Cowley brachte, waren nur zwei Seiten. Die erste Übereinstimmung war ein Fall von häuslicher Gewalt. Ein Anwalt hatte seine Verlobte niedergestochen, die Psychotherapeutin war. Er saß eine achtzehnmonatige Haftstrafe wegen schwerer Körperverletzung ab. Die zweite war ein Bericht über einen Autounfall von einem Dr. Milton Demer. Die Brems-

leitung war von unbekannten Tätern durchtrennt worden. Der letzte Fall war Brandstiftung. Ein Gebäude, das eine Abtreibungsklinik beherbergte, war in Brand gesteckt worden. Dabei war das Büro von Dr. Gail Miller, einer Psychotherapeutin und Abtreibungsberaterin, abgebrannt.
Lucia zog die Akte der ermordeten Frauen heraus, die am Tag vorher überprüft worden war. Als sie halb durch die Liste war, fand sie einen Fall, der zu passen schien. Ms. Phillips, eine Sozialarbeiterin, war eine Straße von ihrer Arbeitsstelle, einem Rehabilitationszentrum für Alkoholiker, entfernt zu Tode geprügelt worden. Das mutmaßliche Motiv war Raub, da ihre Handtasche fehlte. Aber drei Gewaltopfer in drei Monaten könnte mehr als ein Zufall sein. Vier, wenn Freeman mitgerechnet wurde. Drei waren Frauen. Zwei waren erschlagen worden. Vielleicht war mehr an der Serienkiller-Theorie, als es zunächst den Anschein gehabt hatte.
Die Liste der ermordeten Frauen ergab eine weitere mögliche Verbindung. Ester Washington, eine konfessionelle Beraterin am Robert B. Green-Krankenhaus, war vor etwa fünf Monaten erstochen und vergewaltigt neben ihrem Wagen aufgefunden worden. Es war also eine ganze Reihe von Frauen, die sich beruflich mit dem seelisch-geistigen Wohlergehen beschäftigten, in weniger als einem halben Jahr Opfer von Gewalttaten geworden. Lucia erinnerte sich fröstelnd an ihren Traum. Obwohl es weit hergeholt schien, würde sie die Möglichkeit nicht ignorieren, daß ein Serienkiller am Werk sein mochte, der Frauen haßte, die sich beruflich mit der seelisch-geistigen Gesundheit von Menschen befaßten. Frauen wie Amy, dachte Lucia.
»Cowley, es ist ein Schuß ins Blaue, aber ich glaube, wir sollten auf eine mögliche Verbindung zwischen diesen Fällen achten.« Sie gab ihm die Ausdrucke von Phillips und Washington. »Überprüfen Sie ihre Klienten. Sehen Sie, ob es irgendwelche Überschneidungen gibt. Ich habe noch nicht alle Namen von Freemans Klienten, aber hier ist das, was ich habe.« Sie schrieb die Liste aus ihrem Notizbuch ab. »Sehen Sie, was Sie herausfinden können. Und halten Sie den Mund darüber. Die

Medien hätten liebend gern die Story, daß wir nach einem möglichen Serienkiller suchen.«
»Na hören Sie mal, Ramos. Ich will eines Tages Detective werden. Selbst wenn meine Mutter Reporterin wäre, würde ich meinen Mund halten.« Er sah Lucia finster an.
»Gut. Ich wollte es nur gesagt haben.«
Cowley steckte die Ausdrucke in seinen Aktendeckel und salutierte. »Sie sind der Boß. Bis morgen.«
Lucia verzog das Gesicht. Seit seiner Bemerkung über Lesben arbeitete sie nicht gut mit Cowley zusammen. Sie mußte sich entspannen und die Dinge leichter nehmen. Es brachte nichts ein, in den Ruf einer Männerhasserin zu geraten, die sich großtat. Dieses Problem erfordert etwas Aufmerksamkeit, aber das hat bis morgen Zeit, beschloß sie. Sie rief das Reisebüro an, das auf dem Isla Mujeres-Prospekt angegeben war. Weder Freeman noch Christian waren in ihrer Kartei aufgeführt. Der Prospekt war auf einer Reisemesse im Februar verteilt worden, einer von über zweitausendfünfhundert Exemplaren. Wieder eine Sackgasse. Lucia schob ihren Stuhl vom Schreibtisch zurück und konzentrierte sich auf das Abendessen für Amy. Sie hatte keine Zeit zu kochen. Etwas Fertiges zu besorgen schien eine zu lieblose Idee. Und was war, wenn Amy Vegetarierin war? Es war zu riskant, Huhn oder Rind zu servieren. Ob Käse in Ordnung war? Nahm Amy Sahne in ihren Kaffee? Ja! Milchprodukte waren also mit Sicherheit in Ordnung. Lucia war bereit, einkaufen zu gehen.
Bei *Le Fromage* konnte sie unter siebenundachtzig Käsesorten wählen. Lucia suchte vier aus und nahm ein Baguette. Der Früchteladen nebenan führte frisches, knackiges Gemüse und tadelloses Obst. Lucia wählte Broccoli, kleine Möhren und Zucchini aus. Sie ließ die Tomaten links liegen. Seit Jahren schon ähnelten die Tomaten aus den Geschäften nichts anderem als feuchtem, rotem Sägemehl. Die Granny Smith-Äpfel sahen wunderbar aus. Lucia biß in einen. Sie kaufte den angebissenen Apfel stets, aber diese Methode hatte sie schon vor Dutzenden von mehligen Äpfeln bewahrt. Diese Lage war knackig und sauer. Lucia kaufte sechs.

Blaue Trauben wären perfekt, aber Lucia konnte es nicht über sich bringen, sie zu kaufen. Der Boykott gegen Kalifornien hatte die Aufmerksamkeit auf die verzweifelte Not der Farmarbeiter gelenkt. Dreißig Jahre seit den Baumwollfeldern von Hidalgo County waren nicht lang genug, als daß sie die drückende Armut hätte vergessen können, in der die Migranten lebten. Wenn sie Trauben kaufte, bedeutete das einen Verrat sowohl an ihrer frühesten Kindheit wie auch an der Sympathie, die sie für die Feldarbeiter empfand. Zwei reife Birnen würden das Mahl beenden. Nein, nicht ganz. Sie griff spontan nach einer Dose schwarzer Oliven.

Lucia kam nach Hause und hatte noch eine Viertelstunde Zeit. Sie zog sich Jeans und einen türkisblauen Rollkragenpullover an. Sie nahm ihr Glas vom Abend zuvor und die morgendliche Kaffeetasse und spülte sie. Dann wusch sie das Obst und Gemüse und trocknete es. Die Platte, auf der sie alles arrangierte, hatte einen türkisfarbenen Schimmer. Lucia nahm eine rosa schimmernde Schüssel für den Dip heraus, dann fiel ihr ein, daß sie keinen Dip hatte. Sie zuckte die Schultern und goß eine halbe Flasche Knoblauch-Dressing in die Schüssel.

Sie hatte gerade die Dose Oliven geöffnet, um sie abtropfen zu lassen, als sie es an der Tür klopfen hörte. Sie goß den Saft aus und ließ die Dose auf dem Kopf im Spülstein stehen, um sie ganz auslaufen zu lassen. Sie wischte sich die Hände an einem Geschirrtuch ab, bevor sie die Tür öffnete.

»Hallo«, sagte Amy, »bin ich zu früh?«

Lucia sah auf die Uhr und nickte.

»Ich wußte, ich hätte noch mal um den Block fahren sollen«, sagte Amy. »Ich komme ungern zu spät, deshalb fahre ich immer, wenn ich irgendwo noch nie war, früh los, um nicht zu spät zu kommen, falls ich mich verfahre. Aber wenn ich mich dann nicht verfahre, kurve ich herum und herum, bis es an der Zeit ist. Tut mir leid, ich weiß, es ist besser, zu spät zu kommen, als zu früh.«

»Es macht nichts. Ich bin ein bißchen spät dran. Sie müssen mir einfach beim Gemüseschneiden zuschauen, während wir uns unterhalten. Ich hole Ihnen eben Ihre Kopie des Berichtes. Dann wissen Sie, was ich weiß, und wir können dort anknüpfen.« Lucia nahm den Ausdruck aus ihrer Aktentasche. Amy ließ sich damit auf dem Sofa nieder.

»Möchten Sie etwas trinken?« fragte Lucia.

»Ich hätte furchtbar gern ein Glas Milch, wenn Sie welche haben.«

»Natürlich«, sagte Lucia. »Macht es Ihnen etwas aus, wenn ich ein Bier trinke?«

»Nein. Ich bin kein Abstinenzapostel. Ich vertrage nur keinen Alkohol auf leeren Magen.«

Amy wandte ihre Aufmerksamkeit dem Ermittlungsbericht zu. Sie war so darin versunken, daß sie nicht bemerkte, wie Lucia das Glas Milch brachte.

Als Lucia mit der Zubereitung des Gemüses fertig war, arrangierte sie es in kunstvollen Mustern auf der Platte. Sie stippte die Apfelscheiben in Zitronenwasser, um zu verhindern, daß sie braun wurden. Die verschieden geformten Käsestücke waren schwer in dem kunstvollen Muster unterzubringen. Sie brauchte mehrere Versuche, bevor sie mit dem Ergebnis zufrieden war.

»Sieht verführerisch aus«, sagte Amy und bewunderte die Platte über Lucias Schulter hinweg.

»Danke. Was halten Sie von dem Bericht?«

»Es wird immer schlimmer, nicht?« Amy versuchte, eine Olive aus der Dose zu stibitzen.

»Nehmen Sie doch ein paar«, sagte Lucia, während sie die Oliven in ein Glasschälchen schüttete, »und dann stellen Sie sie bitte auf den Tisch.«

»Ich habe mit Marsha Prado gesprochen. Dr. Freeman war ungefähr ein halbes Jahr in der Therapeutinnengruppe, als sie neu in die Stadt kam. Dann stieg sie aus. Sie hatte eine Klientin, die nur donnerstags abends konnte, daher konnte sie nicht mehr zu den Treffen kommen. Marsha glaubt nicht, daß sie mit jemandem aus der Gruppe befreundet war. Ich habe eine Liste der Frauen, die Mitglieder waren, falls Sie sie überprüfen wollen. Ich kenne alle bis auf eine, und die ist weggezogen. Keine von ihnen scheint mir eine wahrscheinliche Kandidatin für eine Mordverdächtige zu sein.«

»Könnte eine von ihnen für eine sexuelle Beziehung mit Freeman in Frage kommen?« fragte Lucia und versuchte, so gelassen wie möglich zu klingen, als die das Gespräch in gefährlicheres Fahrwasser lenkte.

»Vielleicht Greta. Sie ist mit einem Therapeuten verheiratet, und ich habe Gerüchte gehört, daß sie nichtmonogam leben, soweit es gleichgeschlechtliche Beziehungen betrifft. Das sind allerdings nur Gerüchte. Glauben Sie, daß Dr. Freeman von einer Geliebten umgebracht wurde?«

»Die meisten Menschen werden wegen Geld, aus Wut oder aus Eifersucht umgebracht. Geld scheint mir nicht sehr wahrscheinlich. Es wurde nichts gestohlen, noch nicht einmal ihr Diamantring. Das schließt Geld nicht aus, aber... Ich tippe auf Wut. Es sieht sehr nach einem Mord im Affekt aus. Aber Eifersucht als Motiv liegt sicherlich mit im Rennen, bei dem, was wir über Freemans Sexualleben wissen. Sie hat jedenfalls mit Personen geschlafen, mit denen sie es nicht hätte tun sollen.«

Lucia deckte während ihrer Unterhaltung den Tisch.

»Was für tolles Geschirr!« rief Amy aus und untersuchte die leuchtenden Glasuren in den verschiedensten Farben. »Haben Sie das in Mexiko gekauft?«

Lucia schüttelte den Kopf. »Nein, in einem Lebensmittelladen auf Rabattmarken. Ich kann nur sieben Leuten Suppe servieren. Sie haben das Geschirr auslaufen lassen, bevor ich fertig war.«

»Es ist wunderschön, wirklich wunderschön. Ich hätte mich natürlich gezwungen gesehen, sie alle in derselben Farbe zu nehmen. Sie sehen so viel fröhlicher aus, alle in unterschiedlichen Farben«, sagte Amy, während sie einen hellgelben Brotteller streichelte.

»Meine Tante Luz nennt das meinen Zirkustisch. Sie findet sie zu knallig. Aber sie lächelt, wenn sie es sagt. Wollen wir jetzt essen?«

»Ja«, sagte Amy, »ich will nur schnell meine Milch holen.«

Lucia beobachtete Amy, während sie zum Sofa ging und zurückkehrte. Sie hat die lesbische Frage sehr geschäftsmäßig gehandhabt, dachte Lucia. Ich konnte nichts über ihre Gefühle heraushören.
»Wollen Sie beim Essen eine Pause von der Arbeit, oder sollen wir uns hineinstürzen?« fragte Amy.
»Lassen Sie uns loslegen. Je früher wir damit anfangen, desto früher sind wir fertig«, erwiderte Lucia.
»Was steht nicht im Bericht?« fragte Amy, während sie ein Stück Brie abschnitt und auf eine Apfelscheibe legte. »Mmm. Dieser Käse ist köstlich.«
»Danke. Der Bericht enthält einen Punkt nicht, über den ich mir ein wenig Sorgen mache. Es gibt eine sehr geringe Chance, daß die Tat Teil einer Mordserie an Frauen ist, die beruflich im therapeutischen Bereich beschäftigt sind.«
Amy hörte auf zu essen und starrte Lucia an. »Ich glaube, ich habe gerade den Appetit verloren«, sagte sie.
»Nein, nein, es ist wirklich nur eine vage Vermutung. Es gibt keine konkreten Hinweise. Es ist wahrscheinlich nur ein Zufall«, bemühte sich Lucia ihr zu versichern.
»Erzählen Sie mir mehr«, forderte Amy.
»Es hat zwei Todesfälle gegeben. Eine Sozialarbeiterin wurde erschlagen und eine konfessionelle Beraterin vergewaltigt und erstochen. Und eine Brandstiftung in einer Abtreibungsklinik hat auch das Büro einer Therapeutin zerstört.«
»Gail Miller. Ich weiß. Wir haben bei einem Mädchen, das von ihrem Vater schwanger war, zusammengearbeitet. Gail ist eine gute Therapeutin. Aber sie wurde nicht verletzt.«
»Stimmt«, sagte Lucia. »Die Fälle sind zu unterschiedlich, als daß es nach ein und derselben Person aussähe. Es ist wahrscheinlich nur ein Zufall, daß in weniger als einem halben Jahr vier Frauen aus Ihrem Berufsfeld Zielscheibe von Gewalttaten waren. Aber mir wäre entschieden wohler, wenn Sie sich dessen bewußt sind und vielleicht etwas vorsichtiger…«
»Allerdings. Ich habe nicht das Bedürfnis, die statistische Zahl zu sein, die das Muster beweist. Vorsicht ist angesagt, bis der Mörder gefangen ist, Detective«, sagte Amy mit ein wenig Iro-

nie in der Stimme. Sie stippte ein Stück Broccoli in die Knoblauchsauce. »Toller Dip.«
»Aus der Flasche. Wirklich, Amy, ich würde mich wohler fühlen, wenn Sie für eine Weile etwas vorsichtiger wären. Bitte.«
»Okay, Lucia, mache ich. Es kommt mir nur etwas albern vor. Ich habe mich seit Jahren nicht mehr als Zielscheibe begriffen. Aber es ist sehr nett von Ihnen, so um mein Wohl besorgt zu sein.«
»Es wäre doch furchtbar, wenn ich meine bevorzugte ehrenamtliche Psychoberatung verlöre. Lassen Sie uns für den Rest des Abendessens die Arbeit vergessen. Es war eine schlechte Idee. Versuchen Sie noch etwas von dem Sahnekäse. Das ist ein Käse, der eine völlig neue Dimension von Dekadenz eröffnet.«
Amy wedelte mit einer Birnenscheibe mit Käse unter Lucias Nase. »Wieder falsch«, sagte sie. »Es ist der Stilchester, nichts ist dekadenter als ein Stilchester.«
Das Abendessen setzte sich in einer leichteren Stimmung fort. Lucia plauderte über einige Eigenheiten ihrer Kollegen, und Amy steuerte Geschichten von bürokratischen Pannen bei, bis die Platte fast leer war.
»Zurück an die Arbeit?« fragte Lucia.
»Zuerst ins Bad. Ich nehme an, durch die einzige Tür?«
»Und dann sofort links, hinter dem Bücherregal«, erwiderte Lucia und räumte den Tisch ab. Während Amy fort war, wusch sie das Geschirr ab, holte den Kassettenrecorder hervor und breitete die Papiere auf dem Tisch aus.
»Ich sehe, Sie haben *Memory Board*. Hat es Ihnen gefallen?« fragte Amy lächelnd, als sie das Wohnzimmer wieder betrat.
Lucia grinste. »Jane Rule ist eine meiner Lieblingsautorinnen, und ich finde dieses am besten.«
»Ich auch, obwohl mir *Outlander* auch sehr gefällt. Besonders…«
»Killer Dyke and the Lady«, sagten sie beide gleichzeitig.
»Das beantwortet einige Fragen«, sagte Lucia.
»Laß uns den Rest auch aus dem Weg räumen. Ich bin solo.«
»Ich auch«, sagte Lucia.

»Und ich bin mehr an guten Gesprächen interessiert als an Sex«, erwiderte Amy.
»Ich habe für beides eine Schwäche und mag es nicht, wenn ich wählen muß.«
»Gut«, sagte Amy, »das klärt eine Menge Fragen. Mir ist mit Sicherheit wohler zumute. Ich hätte mich ja furchtbar vertun können, und du wärst eine Ex-Nonne statt einer Lesbe.«
Lucia lachte. »Ich habe eine gute Freundin, Evie, die beides ist. Aber weiter als bis zu den zweitägigen Berufungsexerzitien bin ich nie gekommen. Das Kloster hat mich wirklich gereizt; die Nonnen schienen alle so heiter und gelassen zu sein. Aber dann traf ich Yolanda, und das bedeutete das Ende aller Klosterpläne.«
»Yolanda war deine erste Geliebte?«
»Die erste und einzige, bis auf ein paar kurze Affären. Keine schien zu sein, was ich brauchte. Aber ich glaube, daß ich noch trauerte. Ihr Tod war furchtbar für mich.« Lucia hörte abrupt auf zu reden.
»Wein ruhig.« Amy legte sanft ihre Hand auf Lucias.
»Nein. Ich will mich nicht hineinsteigern. Wir müssen über den Fall reden.« Sie wischte sich mit dem Handrücken die Tränen fort.
»Also«, erwiderte Amy, »dann arbeiten wir eben. Was hast du von ihren Klienten erfahren?«
Lucia gab eine Zusammenfassung von ihren Gesprächen mit den Andrews' und den Jarvis', ohne daß Amy sie unterbrach. Dr. Whitney war eine andere Sache.
»Es ist überhaupt keine Frage, daß ihre Beziehung unethisch war«, sagte Amy. »Es macht mich wütend, daß ein Mitglied des Ethikausschusses so etwas tut. Dr. Freeman wurde ein Opfer dieses Mannes. Sie war nicht in der Position, zu seinen sexuellen Forderungen nein sagen zu können. Er hat sie offensichtlich gegen die Beschwerde in Schutz genommen, weil er eine Untersuchung seines eigenen Verhaltens vermeiden wollte. Und wer bezahlte dafür? Die Klienten. Der Schutz, auf den sie eigentlich sollten zählen können, wurde unterminiert, um dieses Ekel zu schützen!«

Lucia war verwirrt. »Ich dachte, du würdest das als Freemans unethisches Verhalten ansehen, als Beweis für ihre Verletzung von Grenzen.«
»Sicherlich. Aber in der Beziehung mit ihrem Supervisor war es nicht ihre Aufgabe, die Grenzen einzuhalten. Das ist wie bei einem Professor und seiner Studentin. Ihre gesamte Karriere in diesem Staat hing von Dr. Whitneys Beurteilung ab. Natürlich wollte sie ihm gefallen!« Amys Stimme wurde höher.
»Ich bin überrascht«, sagte Lucia. »So hatte ich darüber überhaupt nicht nachgedacht. Du hast recht. Ich war schlecht auf Freeman zu sprechen, seit ich herausfand, daß sie sich für den kleinen Martinez doppelt hat bezahlen lassen.«
»Ich versuche nicht, ihr Verhalten zu entschuldigen. Ich wäre auch wütend auf sie, wenn sie nicht tot wäre. Ihre sexuelle Beziehung mit einer Klientin war schlimmer. Es ist ein Teufelskreis. Menschen erfahren den Mißbrauch als Opfer, und dann werden sie selbst Täter. Wo hört das auf, Lucia, wo hört das bloß auf?« rief Amy aus.
»Amy, es hat aufgehört. Sie ist tot. Sie kann niemandem mehr weh tun.«
»Aber mein Vater ist nicht tot. Wer stoppt ihn? Es tut mir leid, Lucia. Das war unangemessen. Manchmal verliere ich einfach die Fassung. Manches kommt meinem eigenen Schmerz zu nahe, und ich bin einfach hilflos. Ich komme mir wie eine Idiotin vor.«
»Wenn du möchtest, können wir es jetzt dabei belassen, Amy, ich würde es dir nicht übelnehmen. Es ist schließlich ein Gefallen, den du mir tust, und keine Verpflichtung. Ich möchte dich nicht in eine unangenehme Situation bringen«, sagte Lucia und schloß ihre Aktentasche.
»Nein. Ich will ja mitmachen. Ich wäre zwar, offen gesagt, nicht überrascht, wenn du mich lieber nicht dabeihaben würdest. Aber ich möchte der Klientin oder den Klienten helfen, denen sie geschadet hat. Sie sind mir wichtig. Ich verspreche, ich werde nicht noch einmal außer Fassung geraten. Bitte.«
»Natürlich bist du dabei. Wenn du die Bezahlung akzeptierst, hast du den Job. Kannst du dir dieses Band anhören und mir

sagen, was da vor sich geht? Ich bin völlig ratlos.« Lucia legte die Kassette mit der Beschriftung »R. F. Sitzung« in den Kassettenrecorder ein.
»Kann ich Papier und Stift haben?« fragte Amy. »Vielleicht möchte ich mir Notizen machen.«
Lucia riß mehrere Seiten aus ihrem Notizbuch und gab sie Amy zusammen mit einem Kugelschreiber. »Möchtest du etwas trinken?«
Amy schüttelte den Kopf und drückte auf die Abspieltaste. Sie hörten dem Band eine Dreiviertelstunde lang zu. Amy machte sich keine Notizen.
»Familientherapie?« fragte Lucia mit unsicherer Stimme.
»Nein. Wenn ich mich nicht irre, gibt es da, glaube ich, nur eine Klientin«, sagte Amy sehr langsam. »Ich glaube, die Klientin ist eine multiple Persönlichkeit. Und ich glaube nicht, daß die Therapeutin wußte, was sie da machte. Sie suchte immer nach der richtigen Persönlichkeit. Aber sie sind alle real.« Amy begann zu schreiben. »Da ist ein kleines Kind, Bobbie, dasjenige, das weint. Benji, der deutsch spricht. Bekka, die zu den anderen Kindern spricht. Und Ricki, die eine Hure ist, aber eine sehr junge – neun bis zwölf. Die Therapeutin hat Hypnose angewendet, um die verschiedenen Persönlichkeiten hervorzubringen.«
»Oh«, sagte Lucia verdutzt.
»Ich glaube, ich hätte gerne ein Bier«, sagte Amy.
Sie schwiegen beide für einen Augenblick, während Lucia ein Bier aus dem Kühlschrank holte.
»Möchtest du ein Glas?«
»Ja, bitte«, erwiderte Amy. »Ich habe mehrmals mit multiplen Persönlichkeiten gearbeitet. Es ist nichts Ungewöhnliches bei Inzestüberlebenden. Einige Fachleute glauben, daß manche Kinder als Antwort auf schwerwiegenden Mißbrauch eine neue Persönlichkeit entwickeln. Wenn diese neue Persönlichkeit das nicht bewältigen oder den Mißbrauch nicht stoppen kann, schafft das Kind eine weitere Persönlichkeit. Das klingt meiner Meinung nach vernünftig. Ich habe viele Klientinnen gesehen, die das Kind, das den Mißbrauch erlitten hat, isoliert und dann

eine Persönlichkeit entwickelt haben, die von dem Inzest nichts wußte.«

Lucia verdaute die Information. »Besteht für eine der Persönlichkeiten eine größere Wahrscheinlichkeit, gewalttätig zu handeln?« fragte sie. »Ich meine, die Kinder müssen doch sehr wütend sein, oder? Und wütende Kinder kriegen Wutanfälle.«

Amy versuchte nicht, die Enttäuschung in ihrer Stimme zu verbergen. »Lucia, wie viele von den mißbrauchten Kindern, mit denen du gearbeitet hast, haben je einen Erwachsenen angegriffen?«

»Keines. Ich habe mich immer gefragt, warum nicht. Es gab Zeiten, in denen ich gern einige von den Tätern verprügelt hätte.«

»Als Gesellschaft projizieren wir unsere Emotionen auf die Machtlosen. Wenn ich in deren Situation wäre, so glauben wir, hätte ich eine mörderische Wut. Aber die Machtlosen wissen, daß sie im Handumdrehen erledigt wären, wenn sie aus der Reihe tanzten. Sie wenden ihre Wut gewöhnlich nach innen. Die wenigen Kinder, die gewalttätig reagieren, verfügen normalerweise über eine gewisse Macht aufgrund ihrer gesellschaftlichen Rolle. Offen gesagt, sie sind normalerweise weiße, männliche Teenager.«

»Der eine Fall, den ich kenne, in dem eine multiple Persönlichkeit jemanden getötet hat, war ein Typ in Kalifornien. Er paßt auf deine Beschreibung.«

»Aber wir haben es mit Menschen zu tun«, warnte Amy. »Und Menschen brechen immer aus unseren ordentlichen, kleinen Kategorien aus. Also glaube ich nicht, daß du jemanden als Verdächtigen ausschließen kannst, weil er eine multiple Persönlichkeit ist. Aber es ist mit Sicherheit nicht wahrscheinlicher als bei Durchschnittsmenschen, daß sie ein gewalttätiges Verbrechen begehen.«

»Wenn ich ihren Namen herausfinde, wärst du bereit, mit ihr zu reden? Das ist nicht so ganz mein Gebiet.«

Amy überdachte die Frage. »Okay, Ramos, ich schließe ein Abkommen mit dir. Ich spreche mit R. F., wenn du mich mit der

Klientin reden läßt, die die Beschwerde eingelegt hat, Marita Peterson. Und mit jeder anderen Klientin, die Freeman sexuell ausgebeutet hat.«

»Ich kann dich nicht das erste Gespräch mit jemandem führen lassen, der ganz oben auf der Liste der Verdächtigen steht. Das weißt du, Amy. Mein Job geht vor.«

Amy pochte mit dem Kugelschreiber auf das Blatt Papier vor ihr. »Ich schlage vor, daß du es vermeidest, über die sexuelle Beziehung zu sprechen, wenn du es nicht unbedingt mußt.«

»Wie stellst du dir das vor?« Lucia war ein wenig verärgert, daß Amy ihr erzählen wollte, wie sie ihren Job zu machen hatte.

»Sag ihr die Wahrheit. Daß du ihrem Vorwurf Glauben schenkst. Daß du keine Notwendigkeit siehst, mit ihr darüber zu diskutieren, und auch nicht über die psychologische Kompetenz verfügst, um den Vorfall zu thematisieren, ohne Gefahr zu laufen, sie zu verletzen.«

»Du bist eine harte Verhandlungspartnerin. Ich brauche eine Bandaufnahme von jedem Gespräch, das du führst, genau wie bei den mißbrauchten Kindern, mit denen wir gearbeitet haben.«

»Abgemacht, Detective Ramos.« Amy streckte die Hand über den Tisch, und sie schüttelten sich die Hände. »Gib ihr meine Karte, und sag ihr, sie möchte mich anrufen.«

Freitag

Lucia stellte fest, daß die Adresse, die für Nya Kyle angegeben war, sieben Minuten von Dr. Freemans Büro entfernt lag, jedenfalls um halb sieben Uhr morgens, wenn wenig Verkehr herrschte. Lucia parkte vor der alten Scheune, die in einer Nachbarschaft von Einfamilienhäusern fehl am Platz schien. Es war wahrscheinlich eines von mehreren Wirtschaftsgebäuden gewesen, bevor die wildwuchernde Ausbreitung des Stadtgebietes die Farm vereinnahmt hatte. Die Holzwände waren zu einem hübschen Grau verwittert. Lucia schaute verstohlen durch die gardinenlosen Fenster, bevor sie klopfte. Niemand antwortete.

Das untere Stockwerk schien ein einziger großer Raum zu sein. Mehrere japanische Papierparavents standen gegen eine Wand gelehnt. In der hinteren Ecke des Raumes befand sich ein künstlicher Wasserfall, der abgestellt war. Matten waren gegen die Wände zurückgerollt. Der glänzende Holzfußboden war offensichtlich nicht der Originalboden.

Lucia ging um das Haus herum. In dem erstaunlich großen Hof waren ein kleiner Obstgarten und ein Steingarten angelegt worden. Sie schaute durch die hinteren Fenster und sah, daß die zweite Hälfte des Raumes durch Schiebepaneele abgeschirmt war. Sie hätte nicht sagen können, welches Paneel die Haustür und das daneben liegende Fenster verdeckten, wenn sie nicht offengestanden hätten. Nur die Treppe zum oberen Stock reichte über die Paneele hinaus. Lucia kehrte zu ihrem Wagen zurück. Weder in der Einfahrt noch auf der Straße in der Nähe des Kampfsportstudios parkten Wagen. Sie zuckte die Schultern. Es gab keine Möglichkeit herauszufinden, was sich im oberen Stockwerk befand. Vielleicht Nya Kyles Wohnung, dachte sie, aber sie scheint nicht da zu sein.

Auf dem ganzen Weg ins Büro war wenig Verkehr. Die Leute von der Nachtschicht gingen gerade, als Lucia ankam. Sie ergänzte ihren Bericht mit den Informationen über R. F. und Amys Zusage, ehrenamtlich an dem Fall zu arbeiten. Sie füllte einen Antrag aus, um das R. F.-Band transkribieren zu lassen, und adressierte einen Hauspostumschlag an den Schreibdienst. Dann versiegelte sie das Band in einer Beweismittelhülle und brachte es nach unten.

»Ich höre, wir haben eine Peitsche in diesem Fall, Ramos«, lachte der stämmige Angestellte. »Leicht abartig, wie?«

»Sie wissen, was Reynolds macht, wenn ein solches Gerücht an die Presse dringt?«

»Ja, ja.« Er schaute einigermaßen gedämpft drein.

»Er könnte schlagartig seinen Sinn für Humor verlieren«, bemerkte Lucia, während sie die Beweismittelhülle überreichte.

»Dem letzten Typen, den er erwischt hat, hat er die Mitternachtsfußstreife in den Viehfutterfeldern versprochen.« Das Gesicht des Angestellten wurde länger.

»Also verbreiten Sie keine Gerüchte, oder Sie haben die längste Zeit in der Beweismittelaufnahme gearbeitet«, warnte Lucia.

»Ich brauche kein Weibsbild, das mir Vorträge hält. Machen Sie, daß Sie weiterkommen.« Er kehrte ihr den Rücken zu.

Lucia zuckte die Schultern. Streitsüchtig, dachte sie, dieser Fall macht mich wirklich streitsüchtig. Erst knurre ich Cowley an und dann Levander in der Beweisaufnahme. Ich muß mit diesen Dummheiten aufhören. Sie schalt sich auf dem ganzen Weg zurück zum Appell. Sie dachte über die Informationen des Sergeants nach, während er seinen Bericht monoton beendete. Womöglich ziehen sie Cowley als Verstärkung für die Drogenrazzia auf der East Side ab, dachte sie. Ansonsten gab es nichts Relevantes für ihren Fall. Sie fragte sich, ob der Appell nicht eine Zeitverschwendung war, aber wenigstens durchbrach er die Isolation, nachdem die da oben die Partner abgeschafft hatten. Lucia kehrte an ihren Schreibtisch zurück.

Der Sprecher der Telefongesellschaft war um viertel nach sieben bereits in seinem Büro. Er bestätigte, daß die Kopien von

Marita Petersons letzten drei Telefonrechnungen fertig waren. Lucia sagte ihm, daß sie in der Zeit da wäre, die sie bräuchte, die sechs Straßen zum Southwestern Bell-Büro zu Fuß zurückzulegen. Sie brauchte weniger als zehn Minuten. Die Sekretärin hatte die Unterlagen bereit, und Lucia war in einer Minute wieder draußen.

Barney's war ihr nächster Halt. Alle Tische am Fluß waren besetzt, daher ging Lucia in das Restaurant hinein. Eine abgehetzte junge Frau nahm ihre Bestellung auf und wischte Lucias Frage nach Kunden beiseite. »Selbst wenn Dr. Freeman eine Stammkundin war, würde keine Bedienung sie kennen, weil niemand von uns diesen Job länger als einen Monat macht«, sagte sie.

Lucia öffnete den Umschlag der Telefongesellschaft. In drei Monaten hatte Marita Peterson nicht ein einziges Ferngespräch geführt. Sie hatte jedoch ihre Adresse geändert. Die letzte Rechnung war an 31083 Medina Road geschickt worden, weit außerhalb der Stadt. Bevor sie sich auf den Weg machte, wollte sie aber noch Cowley erwischen. Je eher sie ihr Verhältnis zu ihm in Ordnung brachte, desto besser.

Lucia erstickte fast an ihrem Kaffee, als die Rechnung kam – 2,75 Dollar für eine Tasse Kaffee. Sie ließ 50 Cents als Trinkgeld liegen und dachte dabei, daß die Tasse Kaffee inklusive Trinkgeld doppelt soviel kostete wie gestern das gesamte Frühstück. Ein teurer Zeitvertreib, auch wenn der Kaffee hervorragend ist, fand sie.

Die Straßen zum neuen Gerichtsgebäude waren vom Berufsverkehr blockiert, der auch die Fußgänger bremste. Aber Lucia kam dennoch rechtzeitig, bevor der Hammer das hohe Gericht ankündigte. Sie setzte das interessierteste Gesicht auf, das ihr möglich war. Richter mochten keinerlei Hinweise darauf, daß es langweilig sein könnte, in ihrem Gerichtssaal zu sitzen. Fälle waren schon wegen Geringerem verloren worden, und dies war kein Schwurgericht. Nur wenige Geschworene zeigten Sympathie für drogensüchtige Mörder. Und Marchant war mit einer Waffe und Speed gefaßt worden. Juristische Verfahrensfragen waren seine einzige Hoffnung.

Marchants Anwalt stellte alle Standardanträge, die Klage abzuweisen. Richter Blumberg lehnte alle ab. Die Zeugen wurden vereidigt und die Anklage verlesen. Die Zeugen gingen in den Flur, um zu warten. Lucia wurde als zweite aufgerufen, machte ihre Zeugenaussage, legte die Beweiskette dar und wurde entlassen.

Es war bereits nach neun, als sie in ihr Büro zurückkehrte. Sie stellte ihre Aktentasche mitten auf den Schreibtisch, doch dann starrte sie sie nur an. Keines der Stücke des Freeman-Falles paßte so zusammen, wie sie es sich wünschte. Jedes Detail des Falles war schwer herauszubekommen. Die wahrscheinlichste Verdächtige war nicht wirklich glaubhaft. Wenn der Mord innerhalb eines Monats nach dem Nichthandeln der Kommission stattgefunden hätte, wäre Marita Peterson eine sehr viel bessere Verdächtige.

Wenn jemand vier Monate lang wartete, um jemanden umzubringen, war das mit Sicherheit Vorsatz. Die Notiz auf dem Vordersitz schien die Psychologin in die Falle zu locken. Ein starker Indizienbeweis. Und ein Motiv. Aber der Mord sah nach einer spontanen Tat aus.

Lucia nahm die Personenliste aus Dr. Freemans Akte. Mrs. Martinez war sehr unwahrscheinlich als Verdächtige. Ihr Sohn war zu jung, um jemanden ermorden zu können. Ihr Ehemann war unbekannt, aber auch sehr unwahrscheinlich. O'Keefe hatte ein großartiges Alibi und kein offensichtliches Motiv. Sie kam als Verdächtige nicht in Frage. Whitney hatte ein mögliches Motiv, aber auch ein starkes Alibi. Andrews schien fähig, aus dem Affekt heraus einen Mord zu begehen, aber es schien weder Motiv noch Gelegenheit für ihn zu geben. Jarvis schien nicht dazu fähig. Die anderen Klienten waren völlig unbekannt. Soweit hatte Marita Peterson das Feld der Verdächtigen ganz für sich allein.

»Schlafen Sie neuerdings im Büro?« Cowleys Stimme unterbrach Lucias Gedanken.

»Wär das nicht prima? Dann könnte ich die ganze Miete für eine Wohnung sparen, die ich sowieso kaum sehe«, lächelte Lucia. »Ich glaube, der Schlafmangel wirkt sich aus. Wenn ich

nicht ganze fünf Stunden in der Falle hinter mir habe, werde ich streitsüchtig.«
»Ja, habe ich gemerkt.«
»Tut mir leid, Cowley. Dies ist mein erster großer Fall, und es ist wie Treibsand. Nichts, woran ich mich halten könnte. Ich bin daran gewöhnt, hereinzukommen und Aussagen aufzunehmen, während Typen wie Sie den Mörder aus dem Raum führen und die Waffe noch warm von seiner Hand ist.«
»Diesmal haben wir wirklich eine kalte Fährte«, sagte Cowley stirnrunzelnd.
»Jetzt klingen Sie wie Reynolds und sein verfluchtes Reh. Also, was haben Sie heute vor? Bekomme ich wieder etwas von Ihrer Zeit?«
»Ich gehöre bis auf weiteres Ihnen. Ich habe gestern abend ein wenig weitergeforscht.« Er ließ sich auf dem Stuhl nieder. »Die Adresse von diesem Unfall, den Dr. Miles Demer hatte, kam mir irgendwie bekannt vor. Ein merkwürdiger Ort für einen Therapeuten nachts um viertel nach zwei, es sei denn, er hat den Abend in der Bar der Assay-Bergbaugesellschaft verbracht. Also, was halten Sie davon? Vielleicht haben wir eine Serie von Schwulenhatz?«
»Könnte sein. Aber schwer zu sagen. Sexuelle Präferenz ist kein Merkmal, das in unserer Kartei vermerkt ist. Schwer, da ein Muster zu finden. Weit hergeholt, aber möglich. Ich habe keine Ahnung, wie wir dem nachgehen könnten.« Lucia verzog das Gesicht, während sie nachdachte. »Überprüfen Sie das bei der Metropolitan Community Church; vielleicht haben die etwas gehört. Dann gibt es da eine politische Schwulengruppe, bei der Sie nachfragen sollten. Ich kann mich nicht an den Namen erinnern, aber die MCC kann Ihnen wahrscheinlich weiterhelfen. Und die Barkeeper. Rufen Sie einfach an. Ich glaube nicht, daß Sie sie persönlich abklappern müssen. Wissen Sie, welches die Schwulenbars sind?«
Er nickte und reichte ihr eine Liste, die er bereits vorbereitet hatte. Sie überflog sie schnell.
»Tja«, sagte Lucia, »das scheint mir recht vollständig zu sein. Ich bin mir nicht sicher beim *Old Heidelberg*. Kann sein, daß

das keine Schwulenbar mehr ist. Das *New Country* fehlt. Fragen Sie bei der Sitte nach, ob es irgendwelche neuen gibt. Gute Arbeit, Cowley. Ich wünschte, ich bekäme Überstunden bewilligt. Das wird sich bis in Ihren Feierabend ziehen.«
»Warum sollte es heute abend anders sein als an allen anderen Abenden?« Er schob den Stuhl zurück und legte seine Füße auf Lucias Schreibtisch. »Es gibt keine Überschneidung mit Klienten von anderen Therapeuten, aber Gail Miller will mir ihre Liste nicht geben.«
»Lassen Sie sie die Listen der anderen Therapeuten sehen und einfach ja oder nein sagen. Damit verletzt sie ihre Schweigepflicht nicht. Es gibt aber auch ein paar gute Nachrichten. Die Telefongesellschaft teilte eine Adressenänderung von Peterson mit. Ich mache mich auf den Weg, sobald ich meinen Bericht beendet habe.«
»Großartig«, sagte er. »Vielleicht bekommen wir damit alles unter Dach und Fach, und ich kann den schwulen Gesichtspunkt fallenlassen.«
»Das wäre schön. Sagen Sie, würde es Ihnen etwas ausmachen, an meinem Schreibtisch zu arbeiten, während ich fort bin? Ich habe einen Freund beim Sozialamt, der für mich die Adresse von einer von Freemans Klientinnen, einer Sarah Carter, ausfindig machen will. Ich möchte nicht, daß diese Nachricht in der Telefonzentrale verlorengeht.«
»Klar. Ich hole nur meinen Kram rüber. Bin gleich wieder da.«
Lucia gab die neuen Informationen ein und ging, bevor er zurückkam. Hohe, dunstige Wolken waren aufgezogen, und in ihrem Wagen war es nicht mehr so heiß wie am frühen Morgen. Lucia stellte den Nachrichtensender ein. Das meiste waren überregionale Nachrichten, aber mehrere Minuten pro Stunde brachten sie Lokalereignisse. Lucia suchte sich ihren Weg durch den Verkehr vor dem Hintergrund von Katastrophen, Gewalt und Kriegen. Die obligatorische »gute Nachricht« betraf die Hochzeit von siamesischen Zwillingen in Kanada.
Als schließlich die lokalen Nachrichten auf Sendung waren, wurde der Tod von Dr. Freeman nicht erwähnt. Die Drogenraz-

zia bei Fluglotsen der Lackland Air Base hatte jede andere Story verdrängt. Lucia atmete erleichtert auf. Vielleicht ließ der Druck der Medien dadurch vorerst nach.
Sie war so in Gedanken, daß sie die Abzweigung verpaßte. Die ansteigenden Nummern auf den Briefkästen machten sie auf ihren Fehler aufmerksam, und sie fand den Feldweg neben Ms. Petersons Briefkasten. Er war holprig, aber nicht unterspült. Lucia schaltete für einen steileren Abschnitt in den ersten Gang. Oben auf dem Hügel beschrieb der Weg einen Kreis vor einem alten Wohnwagen. Eine Frau saß unter einer Markise in einem Liegestuhl. Sie stand auf, um an den Wagen zu kommen.
Marita Peterson war eine Lesbe. Ihr rotes T-Shirt besagte das. Der Rest ihrer Erscheinung implizierte es stark. Ihr lockiges Haar war an den längsten Stellen ungefähr fünf Zentimeter lang. Ihre Jeans waren alt und zerrissen wie auch ihre weißen Tennisschuhe. Ihre Hände waren schwielig, die Nägel kurz. Sie hatte dunkle Ringe unter ihren tief eingefallenen Augen. Eine alte Narbe am linken Arm verlief vom Handgelenk bis zum Ellenbogen. Sie versuchte nicht, sie zu verbergen. »Ich habe Sie erwartet«, sagte sie.
»Ich bin Detective Lucia Ramos, Mordkommission. Sie haben das Recht, die Aussage zu verweigern...« Lucia klärte sie über ihre Rechte auf, während sie den Kassettenrecorder einschaltete.
»Ich bin Marita Peterson Winfield, Hauptverdächtige, nehme ich an. Das Winfield steht auf meiner Geburtsurkunde. Ich habe den Namen sowie jede Verbindung mit dem destruktiven Arsch, der ihn mir gegeben hat, gestrichen.« Marita lehnte sich gegen den Pfeiler, der die Markise abstützte. Sie tätschelte zwei große, braune Hunde, die Lucias Wagen bellend eskortiert hatten. Jetzt waren sie ruhig. Marita sah Lucia in die Augen, ihre hellbraunen wichen Lucias dunkelbraunen nicht aus. »Ich war es nicht. Ich habe ein Alibi mit jeder Menge Zeuginnen. Ich war am Dienstagabend bei einem Billardturnier im *Our Place*.«
»Gäste von lesbischen Bars sind manchmal nicht erpicht darauf, Zeuginnen zu sein.« Lucia setzte sich in einen braun-wei-

ßen Gartenstuhl und schaute auf das kleine Beet Kornblumen, das offenbar angepflanzt worden war.

»Mit Ihnen werden Sie reden, Detective Ramos. Werden ihre Namen vertraulich behandelt? Oder werden Sie sie der Zeitung, ihren Chefs, ihren Familien bekanntgeben?«

Lucia schüttelte den Kopf.

»Ich hatte gehofft, Sie würden es nicht tun.« Marita griff in ihre Gesäßtasche und zog eine zusammengefaltete Karteikarte heraus. Sie gab sie Lucia. Es war eine ordentliche Liste von weiblichen Vornamen und Telefonnummern in numerierter Reihenfolge. »Bitte rufen Sie die obersten zuerst an. Und bitte hören Sie auf, wenn Sie sich sicher sind, daß ich die Wahrheit sage. Wenn Sie mehr als diese Frauen brauchen, um sich überzeugen zu lassen, gibt es noch ungefähr ein Dutzend weitere, die Sie anrufen können, aber sie würden sehr nervös, wenn sie mit der Polizei reden müßten.«

»Vielen Dank, daß Sie meine Arbeit machen. Es passiert nicht häufig, daß Verdächtige so vorbereitet sind.«

»Es passiert nicht häufig, daß Zeuginnen soviel riskieren. Nein, ich nehme an, das stimmt nicht. Dies ist keine Mafia-Geschichte, in der Zeugen ihr Leben riskieren. Wenigstens glaube ich nicht, daß Lizzie mit der Mafia zu tun hatte, aber bei ihr kann man nie wissen.«

»Macht es Ihnen etwas aus, über sie zu sprechen?«

»Ja, aber ich nehme an, ich sollte es besser tun.« Marita kraulte einen Hund hinter dem Ohr.

»Wie gut haben Sie sie gekannt?«

»Ich war zwei Jahre lang ihre Klientin. Im letzten halben Jahr der Therapie hatten wir eine sexuelle Beziehung. Wir haben über ihr Leben genauso wie über meines geredet. Ich nehme an, ich kenne sie so gut wie jede andere Freundin.« Marita stand reglos da. Ihr Gesicht war ausdruckslos. Ihre Augen schienen ins Leere zu blicken.

»Ms. Peterson, ich möchte im Moment lieber nicht über Ihre Beziehung mit Dr. Freeman reden. Offen gesagt, wenn Sie dazu bereit sind, wäre es mir lieber, wenn Sie darüber mit einer Psychologin sprechen, mit der ich zusammenarbeite.«

Überrascht sah Marita Lucia an. »Warum?« fragte sie.
»Ich habe guten Grund, Ihnen zu glauben. Ich kenne die Details Ihrer Beschwerde an die Zulassungskommission. Ich halte es nicht für unbedingt notwendig, darüber zu sprechen, und mir fehlt die psychologische Kompetenz. Ich möchte nicht Gefahr laufen, Sie zu verletzen.« Ich hoffe, ich habe es richtig gemacht, Amy. Du hast es mir so gesagt, dachte Lucia.
Maritas Lachen war bitter. Sie richtete sich zu ihrer vollen Größe von 1,55 Meter auf und ließ sich dann in einen Gartenstuhl neben Lucia sinken.
»Okay, Sie haben gewonnen. Wie kommt es, daß Sie sich Gedanken über mich machen? Niemand sonst hat das getan. Nicht ein einziger Therapeut in dieser verfluchten Kommission. Sie ist ungeschoren davongekommen. Und jetzt kommen Sie und erzählen mir, daß ich die Wahrheit gesagt habe. Wieso?«
Lucia dachte nach und sagte dann: »Vielleicht weil ich Dr. Freemans Leben untersuche und nicht Ihre geistige Gesundheit. Es scheint durchaus ihrer Persönlichkeit zu entsprechen, mit ihren Klienten zu schlafen.« Sie machte eine Pause. »Außerdem ist sie nicht davongekommen. Sie ist tot.«
Marita sackte in sich zusammen und legte den Kopf in die Hände. »Ja«, flüsterte sie, »ich weiß.« Sie begann, leise zu schluchzen. »Ich habe sie wirklich geliebt, wissen Sie. Es war dumm. Aber ich habe sie geliebt. Bei ihr habe ich mich sicher gefühlt. Umsorgt. Geliebt. Ich wußte, daß sie nicht vollkommen war. Wer ist das schon? Ich wollte ihr ihren Schmerz nehmen. Jetzt ist sie tot. Ich habe sie mit meiner Beschwerde verletzt. Ich habe sie sehr verletzt. Sie hat sich verraten gefühlt. Ich habe mit ihr darüber gesprochen, bevor ich es getan habe. Sie hat es nicht verstanden. Sie dachte, es ginge nur uns beide etwas an. Aber so war es nicht. Ich wußte, daß sie mit einer anderen Klientin schlief. Das mußte aufhören. Sie hat es bestritten. Ich wäre die einzige, hat sie gesagt. Sie hat gelogen. Ich wußte, daß sie log. Ich kannte die andere Klientin. Die Frau mag mehrere Persönlichkeiten in sich haben, aber sie ist nicht verrückt, wie Lizzie gesagt hat.«

»Können Sie mir sagen, wer die andere Klientin war?« Lucias Stimme klang befehlend.
Das schluchzende Mädchen verwandelte sich wieder in die starke Lesbe. Marita setzte sich auf und schüttelte Lucias Hand von ihrer Schulter.
»Nein. Ich habe nur von ihr gehört. Ich kenne noch nicht einmal ihren Namen.« Maritas Augen verengten sich.
Dränge sie nicht, sagte Lucia sich, immer mit der Ruhe. »Wie ist es mit Dr. Freemans Privatleben? Kannten Sie sie außerhalb der Praxis?«
»Und ihres Bettes? Nicht sehr gut. Ich war letzten Sommer auf einer Party zum Unabhängigkeitstag bei ihr zu Hause. Ich habe Freddie kennengelernt und einige andere Leute, deren Namen ich mir nicht gemerkt habe. Zwei ehemalige Soldaten und andere Männer, einer von ihnen war Maurer. Ich kann mich an nicht viel erinnern. Ich habe ziemlich viel getrunken und die anderen auch. Das Feuerwerk war großartig. Alle hatten etwas mitgebracht.«
»Hat sie dort auf dem Land gewohnt?«
»Ja, nordwestlich an der I-10. Ich hätte gedacht, daß Sie mittlerweile dort gewesen sind. Ich mag ja die Hauptverdächtige sein, aber Freddie kann nicht so weit hinter mir liegen. Betrogene Geliebte sollten zumindest auf die Liste kommen.« Die Hunde hatten sich zwischen Marita und der Einfahrt fallen gelassen. Sie kraulte einen mit dem Zeh am Bauch.
»Was wissen Sie über Freddie?« fragte Lucia.
»Sie haben sich in New York auf einer Party von einer gemeinsamen Freundin kennengelernt. Lizzie war zu einem Workshop aus Jersey gekommen, und Freddie sprach mit einem Verleger.«
»Dr. Freemans Verleger?«
»Nein«, gluckste Marita, »Lizzie war keine große Schreiberin. Sie hätte es wahrscheinlich mit einer Professur versucht, aber nach dem Tod ihres zweiten Mannes hatte sie keine Chance, etwas zu veröffentlichen. Er hat fast die ganze Arbeit an ihrer Dissertation gemacht, das Schreiben jedenfalls. Ich glaube, sie hat die Forschung gemacht. Ich habe mich immer gefragt, ob

sie gehofft hat, daß Freddie ihr helfen würde. Aber ich nehme an, es ist ein weiter Weg von Fachzeitschriften zu Krimis. Ich habe alle Bücher von Freddie gelesen. Alls fünf spielen in einer kleinen Öl- und Rancherstadt in Südtexas. Klingt genau wie Freer. Da ist Freddie aufgewachsen. Sie sind nicht schlecht. Sie sollten eins lesen.«

»Haben Sie zufälligerweise eins da, das ich mir ansehen könnte?« fragte Lucia.

»Klar. Möchten Sie einen Eistee, wenn ich schon aufstehe?« Marita scheuchte die Hunde aus dem Weg, während sie sich erhob.

»Danke, ja.« Sobald Marita in der Tür ihres Wohnwagens verschwunden war, nahm Lucia ihr Notizbuch heraus und begann, Aufzeichnungen zu machen. Sie schrieb noch, als Marita mit zwei hohen, gelben Gläsern voller Eis und schwachem Tee zurückkehrte. Marita stellte ein Glas neben Lucias Stuhl auf den Zementboden. Dann reichte sie Lucia das Taschenbuch, das sie unter den Arm geklemmt hatte. *Die Frau, die nachts weint* von Fletcher Christi, schrieb Lucia in ihr Notizbuch.

»Ich kann gar nicht glauben, daß Freddie nicht endlos über die Bücher gequatscht hat.« Marita schüttelte eine Zigarette aus einer Packung Camel Filter Lights. Lucia spürte, wie sich ihre Augenbrauen leicht hoben. Das war dieselbe Zigarettenmarke, die sie im Aschenbecher des Volvos gefunden hatte.

»Ich habe noch nicht mit Freddie gesprochen«, gab Lucia zu.

»Ich will Ihnen ja nicht erzählen, wie Sie Ihren Job zu machen haben, aber ich würde annehmen, daß Sie die Person, mit der jemand zusammengelebt hat, zuerst anrufen.« Sie verzog den Mund, als hätte sie in eine Zitrone gebissen. »Ich bin wohl wirklich die Hauptverdächtige.«

Lucia holte ihren Kassettenrecorder wieder hervor und deutete damit auf den leeren Stuhl. »Macht es Ihnen etwas aus, fortzufahren?«

»Nein, dann habe ich es wenigstens hinter mir.« Marita starrte angestrengt auf den Rand ihres Glases und beantwortete monoton Lucias Fragen. Dr. Freeman hatte drei Eltern und zwei Ehemänner überlebt. Und Freddie Christian war herzkrank.

Lizzie war nach San Antonio gezogen, um mit Freddie zusammenzuleben. Sie hatte Geld aus ihren vorherigen Ehen mitgebracht, aber es war nichts im Vergleich zu Freddies Geld. Öl und Honigmelonen, eine ungewöhnliche Kombination für ein Vermögen.

»Wann hatten Sie zum letzten Mal Kontakt mit Dr. Freeman?« fragte Lucia.

»Etwa so vor einem halben Jahr. Ich bekam einen Brief von einem Anwalt, der mir androhte, mich zu verklagen, wenn ich herumliefe und erzählte, daß Lizzie mit ihren Klienten schliefe. Ich wäre ins Gefängnis gekommen, weil ich die Wahrheit gesagt habe«, sagte Marita bitter.

»Nun, es wäre ein Zivilprozeß gewesen und die Strafe finanzieller Natur«, stellte Lucia klar.

»Ach, als ob ich nicht schon genug gezahlt hätte. Ich nehme an, manche Leute können nie genug bekommen.«

»Übrigens, wie dachten Sie eigentlich, daß ich Sie finden würde? Sie haben bei der Post keinen Nachsendeantrag gestellt.«

»Ich dachte mir, Sie würden die Adresse in Lizzies Akten finden. Ich weiß nicht, wie sie mir auf die Spur gekommen ist, aber der dritte Brief, den ich hier draußen bekam, war die verfluchte Rechnung für meine letzte Sitzung. Das ist einer der Gründe, warum ich umgezogen bin«, sagte Marita. »Ich will nicht jeden Monat an dieses Chaos erinnert werden.«

»Wir haben in ihrer Praxis keine Akten gefunden. Wissen Sie vielleicht, wo sie sie aufbewahrt hat?«

»Zu Hause, nehme ich an. Ich habe sie nie etwas aufschreiben sehen. Aber sie mußte irgend etwas haben für die Abrechnung mit den Krankenversicherungen. Sie ließ mich doppelt so viele Sitzungen angeben, wie ich tatsächlich hatte, weil die Versicherung nur die Hälfte bezahlte. Auf diese Weise brauchte ich nichts zu bezahlen, was gut war, denn Lizzie war nicht billig.« Marita schwieg, um einen Schluck von ihrem Eistee zu nehmen.

»Hat Dr. Freeman Ihnen je während einer Sitzung einen Drink angeboten?« fragte Lucia.

»Nein, aber wir tranken immer etwas, bevor wir uns liebten. Sie mochte die Mischung von Sex und Alkohol. Sagte, es würde sie lockerer machen. Gott, sie war manchmal wirklich wild. Sie schrie manchmal, das können Sie sich gar nicht vorstellen. Ich hatte Angst, daß jemand hereinkommen könnte, um nachzusehen, was da vor sich ging. Aber ich nehme an, die Schallisolierung in ihrer Praxis war recht gut.«
»Was für Alkohol hatte sie in ihrer Praxis?« Lucia schrieb weiter, während sie Fragen stellte.
»Wodka und Bourbon. Sie trank immer Wodka. Wollte nicht, daß die Klienten es rochen. Dann aß sie eine Handvoll von diesen kleinen Pfefferminzpastillen. Sie roch nach Sex, aber sie dachte anscheinend nie daran, das zu vertuschen. Und ich nehme an, niemand hat es gemerkt.«
»Kennen Sie jemanden von ihren Klienten?« fragte Lucia.
Ein störrischer Zug erschien um Maritas Mund. »Nur eine, und ich werde nicht über sie reden«, antwortete sie. Eine andere Frau, dachte Lucia.
»Was ist mit ihrer Familie? Hat sie je Namen von Verwandten erwähnt?«
»Es ist nur ihr Bruder David übrig. Er lebt irgendwo in New York. Im Staat New York, nicht in der Stadt. Ihr Verhältnis wurde kühler, als er sich weigerte, ihre Ausflüge zu Freddie in die Stadt zu decken. Er wollte Lizzies Mann nicht anlügen.« Marita schüttelte den Kopf. »Lizzie fand, daß er ein Moralapostel war.«
Einer der Hunde sprang auf und begann tief und scharf zu bellen. Lucia vernahm ein seltsam zischendes Geräusch. Der andere Hund beteiligte sich an der Warnung. Langsam schwebte ein Heißluftballon in ihr Blickfeld. Regenbogenfarben umwirbelten ihn. Ein Mann steckte seinen Kopf über den Rand des Korbes und rief: »Wo geht's nach Boerne?«
Marita zeigte in die Richtung hinter ihrem Wohnwagen.
»Danke.« Das zischende Geräusch wurde lauter, und der Ballon stieg auf. Der nächste Windstoß drückte ihn ostwärts aus der angestrebten Richtung, und er war bald außer Sichtweite.

»Passiert das oft?« fragte Lucia.
»Das war das erste Mal. Irre! Wenigstens weiß ich jetzt, daß ich vor Ballons gut geschützt werde.« Sie tätschelte den Hunden den Kopf.
Lucia beendete ihre Befragung, ohne noch etwas Hilfreiches herauszufinden. Sie gab Marita das Buch zurück.
»Warum behalten Sie es nicht? Ich glaube nicht, daß ich es noch mal lesen möchte. Ich habe es nur gekauft, weil ich neugierig auf Lizzies große Liebe war«, sagte Marita und schob ihre Hand zurück.
Lucia reichte ihr Amys Karte. »Das ist die Therapeutin, mit der ich arrangiert habe, daß sie die Befragung zu Ihrer intimen Beziehung mit Dr. Freeman durchführt. Bitte rufen Sie sie heute noch an und vereinbaren Sie für so bald wie möglich einen Termin.«
Stirnrunzelnd betrachtete Marita die Karte. »Ich nehme an, ich habe keine Wahl, oder?« fragte sie. Sie ging zurück zu ihrem Gartenstuhl, setzte sich und beobachtete, wie Lucia abfuhr.
Während Lucia den Feldweg hinunterfuhr, dachte sie über die Notiz nach. Wahrscheinlich hatte Marita gelogen, als sie sagte, daß sie seit über einem halben Jahr keinen Kontakt mit Freeman gehabt hätte. Wenn sie an diesem Punkt gelogen hatte, mochte sie auch bei anderen Dingen die Unwahrheit gesagt haben. Mörder waren nicht immer kaltblütig. Verbrechen aus Leidenschaft wurden oft später bereut. Maritas Kummer konnte echt sein und dennoch Schuldbewußtsein über ihre eigene Tat einschließen.
Wahrheit und Lüge miteinander verknüpft. Lucia bedauerte, daß sie gezwungen war, jemandem zu mißtrauen, der ihr so sympathisch war wie Marita. Vielleicht würden die Zeuginnen in der Bar Maritas Alibi bestätigen. Dann wären die kleinen Lügen unwichtig. Und Untreue als Motiv würde in den Vordergrund treten.
Angenommen, dachte Lucia, Marita lügt nicht. Woher könnte die Notiz stammen? Konnte sie absichtlich dorthin gelegt worden sein, um den Verdacht auf sie zu lenken? Vielleicht hatte Freddie Christian die Notiz beim Aufräumen einer Schreib-

tischschublade oder in einer alten Akte gefunden. Die perfekte Gelegenheit für einen Racheakt.
Der Sentra blieb mehrere Minuten am Ende des Weges stehen, während Lucia versuchte, die neuen und alten Informationen unter einen Hut zu bringen. Nichts griff so richtig ineinander. Nicht genug Fakten, dachte sie.
Dann fragte sie sich, ob es jemals genug Fakten geben würde oder ob Dr. Freemans Akte stets offenbleiben würde wie zahllose andere unaufgeklärte Morde.
Und wenn sie offenbleibt, bedeutet das dann nicht, daß ein Verrückter da draußen herumläuft, der weibliche oder lesbische Therapeuten umbringt? Ein Verrückter mit dem Drang zu töten und einem Motiv, das zu unberechenbar ist, um den Fahndern etwas zu nützen? fragte Lucia sich. Ein Verrückter, der Amy in Gefahr bringen könnte oder der nur kurz in der Stadt gewesen und längst wieder fort war? Nein, dachte sie, es dauert zu lange, herauszubekommen, daß jemand Therapeutin ist und möglicherweise lesbisch und wo die Praxis ist. Laß nicht zu, daß deine Zuneigung für Amy dich auf die Jagd nach einem Phantom schickt. Du jagst ein Reh. Bleib bei den größten Wahrscheinlichkeiten: Ein Familienmitglied, Liebhaber oder Freund hat sie aus Habgier, Wut oder Eifersucht getötet. Entgegen ihrem inneren Vortrag machte sich Lucia einen Vermerk, daß Cowley die Liste der ermordeten Frauen daraufhin überprüfen sollte, ob eine von ihnen lesbisch war. Und es könnte nicht schaden, in der Nähe von Amys Praxis zu sein, wenn sie zur Arbeit oder nach Hause ging.
Schluß jetzt, Mädchen, schalt Lucia sich. Niemand hat dich zu ihrer Leibwächterin ernannt. Verlier nicht den Kopf. Amy ist eine erwachsene Frau, die auf sich selbst aufpassen kann. Ihr Leben geht dich nichts an… noch nicht.
Sie legte den ersten Gang ein und fuhr los. Lucia schaute auf die Uhr. Sie hatte über anderthalb Stunden Zeit, um zum Haus von Christian zu kommen. Wenn sie die Abkürzung über die Landstraße 1640 nahm, konnte sie es in einer Dreiviertelstunde schaffen, in vierzig Minuten, wenn sie es mit der Geschwindigkeitsbegrenzung nicht allzu genau nahm. Das ließ ihr ausrei-

chend Zeit zum Mittagessen. Sie erinnerte sich an die Nachmittage, an denen Yolanda und sie diese versteckten Nebenstraßen in den Hügeln ausgekundschaftet hatten. Kurzerhand lenkte sie ihre Gedanken zurück in die Gegenwart.

Sie hielt am nächsten Lebensmittelladen und parkte unter einer sterbenden Ulme hinter dem Laden. Vogelkot war der Preis, den sie für ein Fleckchen Schatten bezahlte an einem Tag, der bereits 92° Fahrenheit erreicht hatte. 33° Celsius hört sich kühler an, dachte Lucia und lächelte, als sie in die kühle Luft des Ladens trat. Sie schob ein Schinken-Käse-Sandwich in den Mikrowellenherd und fand dann eine kleine Flasche Grapefruitsaft im Kühlschrank.

Das Sandwich schmeckte erstaunlich gut. Lucia hielt es in ihrer Rechten und *Die Frau, die nachts weint* in der Linken. Sie überflog das erste Kapitel und blätterte dann durch das Buch, um ein Gefühl für die Story zu bekommen. Und hoffentlich ein Gefühl für den Autor. Das Buch war recht fesselnd. Es spielte in den dreißiger Jahren in einer kleinen texanischen Stadt und folgte der Untersuchung eines Mordes durch den Distriktstaatsanwalt. Es endete mit der Anklage und dem Freispruch eines betrogenen Ehemannes, der erfolgreich für das »ungeschriebene Gesetz« plädierte. Lucia schloß das Buch mit einem Seufzer. Wenn der Autor glaubte, das »ungeschriebene Gesetz« gäbe jemandem das Recht, untreue Partner oder deren Liebhaber zu töten, mochte Christian Mord für moralisch gerechtfertigt halten. Lucia lenkte ihren Sentra auf die von der Sonne leicht aufgeweichte Straße und fuhr in Richtung I-10.

Lucia bog an der zweiten Ausfahrt nach der Zementfabrik von der Interstate ab. Anderthalb Meilen von der Ausfahrt entfernt standen zwei Kalksteinpfeiler, die ein großes Schild mit der Aufschrift *The Paddock* trugen und in kleineren Buchstaben darunter »Nur für Besitzer und Gäste. Strenge Sicherheitsvorschriften.«

Ich nehme an, ich bin ein Gast, dachte sie, auch wenn ich mich selbst eingeladen habe. Sie bog in die gepflegte Auffahrt ein. Riesige Flächen von Osterglocken und Kornblumen erstreckten sich vor ihr und gaben die gelben und blauen Farben des Eingangsschildes wieder. Sie fragte sich, welche Blumen nach deren Blütezeit das Motiv widerspiegeln würden. Sie wagte nicht, sich die Kosten der Landschaftspflege im Vergleich zu ihrem Jahresgehalt auszumalen. Jedenfalls war es schön, was mehr war, als sie über die meisten augenfälligen Geldausgaben sagen konnte.

Wie die Wegbeschreibung besagte, war die zweite Straße links die Stallion Lane. Lucia bog ab und bewunderte, wie die Kalksteinarchitektur sich in die natürliche Landschaft einfügte. Keines der großen Häuser, an denen sie vorbeifuhr, wirkte aufdringlich. Der Architekt hatte einen selten guten Geschmack bewiesen.

Die Stallion Lane endete in einer Sackgasse mit einer einzelnen Auffahrt. Ein kleines, blau-gelbes Schild verkündete »Rezensenten und Eindringlinge werden erschossen.« Die Auffahrt von einer Meile Länge war mit einem Zaun aus Kalksteinpfosten und weißen Latten versehen. Die eingezäunten Pferde schenkten Lucias Vorbeifahrt wenig Aufmerksamkeit. Das quadratische Kalksteinhaus war das größte, das sie je gesehen hatte. Ein Steinpfad, der stellenweise mit Moos bewachsen war, führte zu einer gemütlich aussehenden Veranda, die mit Fliegengittern versehen war. Sie zog an der Schnur, die neben der Tür hing. Eine unsichtbare und mit Sicherheit nicht elektrische Glocke erklang.

Die Person, die die Tür öffnete, widersprach Lucias Vorstellung dermaßen, daß sie sie einen Augenblick lang für das Hausmädchen hielt. Lucias Bild von einem kleinen, spitzbäuchigen Schriftsteller mit schütterem Haar löste sich in Luft auf. Die Person an der Tür war, um Lieutenant Reynolds zu zitieren: »ein stattliches Exemplar von Frau.« Lucia seufzte innerlich. Aus war es mit der Theorie, daß Lizzie Freeman nur um des Geldes willen in dieser Beziehung lebte. Wenn das Freddie war, war die Therapeutin mit Sicherheit lesbisch gewesen.

»Ich bin Freddie Christian, und Sie müssen Detective Ramos sein. Nett, Sie kennenzulernen.« Freddies Whiskytimbre ließ Lucia einen Schauder den Rücken hinunterlaufen. Lucia blickte die große, dunkle Frau, die sie begrüßte, mit offener Bewunde-

rung an. Freddies athletischer Körper wurde von den weißen Leinenhosen und der lila Crêpebluse betont. Um ihren Hals hing eine goldene Kürbisblütenkette. Sie trug einen goldgefaßten Türkis am Mittelfinger der linken Hand.
»Das Vergnügen ist ganz meinerseits«, erwiderte Lucia in ihrer besten Flirtstimme.
Freddie kicherte ein tiefes, kehliges Lachen. »Ich muß zugeben, Sie sind ganz und gar nicht, was ich erwartet hatte. Kein gestrenger Gesetzeshüter, der mit militärischer Strenge hereinmarschiert kommt. Ts, ts, ts, Detective Ramos. Gibt es viele wie Sie im Polizeidienst?«
Lucia fühlte sich einen Moment lang versucht, das Geplänkel fortzuführen. Vermische nie Arbeit und Vergnügen, ermahnte sie sich dann selbst. »Leider gehöre ich einer sehr kleinen Minderheit an, sagen wir eine von zehn. Aber meine einzigartige Perspektive hat ihren Nutzen in der Polizeiarbeit. Im laufenden Fall, zum Beispiel.«
»Zu abrupt, Ramos. Ein bißchen mehr unverbindliches Geplauder, um der Verdächtigen die Befangenheit zu nehmen. Sie sehen zuviel Fernsehen, wo alles Action ist. Sie müssen mehr Polizeiakten lesen, wo die Gangart langsamer ist.« Freddie begleitete sie durch ein großes Foyer. »Lassen Sie uns im Patio sitzen. Es ist so ein schöner Tag.« Sie öffnete die doppelten Glastüren auf einen Patio von Haziendaausmaßen. Es wurde Lucia klar, daß das osttexanische Kalksteinäußere nicht den tatsächlichen Grundriß diktiert hatte. Das Haus basierte eindeutig auf dem spanischen Innenhofkonzept. In einer Ecke des offenen Platzes war ein Wasserfall, der in einem großen Felsenpool endete. Freddie führte Lucia zu den schmiedeeisernen Gartenmöbeln, die unter einer riesigen Immergrünen Eiche standen. Offenbar war das Haus um den Baum herum gebaut worden.
»Ich fürchte, die wirkliche Polizeiarbeit ist entschieden weniger ausgefeilt als Krimis. Es wäre wunderbar, wenn ich einige meiner Fehler korrigieren und ganze Passagen neu schreiben könnte, aber...« Lucia hob bedauernd die Hände und zuckte die Schultern.

»Gut pariert. Hätten Sie gerne Limonade oder Tee?« Freddie deutete auf die eisgekühlten Krüge auf dem Tisch.
»Limonade bitte.« Lucia beobachtete, wie Freddie den schweren Glaskrug leicht und anmutig anhob. Es gab kein Anzeichen von Schwäche in diesen über sechzigjährigen Handgelenken.
»Ich gehe davon aus, Sie wissen, daß alles, was Sie sagen…«
»…vor Gericht gegen mich verwendet werden kann, daß ich das Recht auf einen Anwalt habe. Sollte ich mich nicht in der Lage sehen, et cetera, et cetera. Ich habe in der Tat mehrere sehr teure Anwälte verpflichtet, von denen jeder einen Herzinfarkt bekäme, wenn er Zeuge dieser Unterhaltung wäre. Sie warnen mich ständig vor Neugierde und Offenheit, die wohl als zwei der sieben Todsünden vor dem Gesetz betrachtet werden. Die anderen beinhalten wahrscheinlich Launenhaftigkeit, Großzügigkeit und Lässigkeit – Sünden, derer ich mich gelegentlich schuldig mache – und der wiederholten Anwendung zu komplizierter Genitive.«
Lucia holte den Kassettenrecorder aus ihrer Handtasche. »Macht es Ihnen etwas aus, wenn ich unsere Unterhaltung aufzeichne?«
»Nein, ich benutze das selbst oft zum Schreiben. Die Wahrheit ist, daß ich sehr wenig schreibe. Ich diktiere meistens. Das ist einer der vielen Vorteile, stinkreich zu sein. Transkribieren ist die Arbeit von jemand anderem. Dafür kann ich jemanden engagieren. Ein Lektor hat sogar vorgeschlagen, daß ich für die ganze Sache jemanden engagieren und dann nur meinen Namen daruntersetzen sollte wie diese Cartland. Schreckliche Bücher, die sie nicht schreibt. Handlungen wie trampelnde Elefanten, von einiger Anmut, aber schwer und vorhersehbar. Sie gefallen mir überhaupt nicht, und Ihnen?«
»Ich habe nie eins gelesen. Offen gesagt, die einzige Liebesgeschichte, die mich im Moment interessiert, ist die von Dr. Freeman. Wie haben Sie sich kennengelernt?«
Freddie sah verstimmt aus. »Auf einer kleinen Party von gemeinsamen Freunden in New York. Lizzie vergnügte sich stets in New York. Sie wollte nicht, daß ihr Mann von ihrem Interesse am weiblichen Geschlecht erfuhr, also kam sie von Jersey

hoch für ihre Ausflüge in die Sapphistrie. Sie liebte die Heimlichkeit dabei. Ich vermute, das war auch das, was ihr an der therapeutischen Arbeit so gefiel – daß sie all die geheimen Dinge zu hören bekam, die die Menschen so machen. Im Grunde war sie eine furchtbare Klatschbase. Was für Geschichten sie mir erzählt hat! Sie kam von der Praxis nach Hause, schenkte sich einen Bourbon mit Wasser ein und erzählte mir all die interessanten Dinge, die sie am Tag gehört hatte. Sie rauchte eine nach der anderen von ihren sexy Pastellzigaretten und sagte: ›Diese Multiple aus Poteet war heute da mit einer äußerst merkwürdigen Geschichte über ihre Mutter.‹ Dann legte sie los. Wenn die Geschichte sexuelle Themen beinhaltete, landeten wir im Bett. Sie war immer so – allzeit bereit zum Sex. Wenn ich sie in meiner Jugend getroffen hätte, hätte ich mit ihr mithalten können. Aber krank, wie ich bin…«

Lucias Ungläubigkeit stand ihr im Gesicht geschrieben. Entgegen Maritas Bemerkung über Freddies Gesundheit wäre sie nicht erstaunt gewesen, wenn Freddie radgeschlagen hätte. Die Frau sah aus, als wäre sie in einer wunderbaren Verfassung. »Nein«, sagte sie, »Sie können nicht krank sein.«

»Herzkrank. Das hat meinen Vater getötet, und es wird mit der Zeit auch mich töten. Ich würde gern eine sehr lange Zeit daraus machen, also arbeite ich daran, den Prozeß zu verlangsamen. Ich esse jeden Morgen meine Haferflocken, meide Eier, Butter und Käse wie Gift. Tai Chi zweimal die Woche. Vierzig Minuten zügiges Gehen oder Schwimmen täglich. Der Pool ist nicht nur zum Ansehen da. Aber er sieht hübsch aus, nicht wahr?«

»Ja, aber zurück zu Dr. Freeman.« Lucia verdaute die Information über Freddies Gesundheitszustand. In Verbindung mit Freemans beiden verstorbenen Ehemännern gewann der Geldaspekt erneut Bedeutung. »War sie verständnisvoll hinsichtlich Ihrer Krankheit? Oder schien sie vielleicht unduldsam ob Ihrer Unfähigkeit, sexuell mit ihr mitzuhalten?«

Freddie sah sie scharf an und scheuchte dann eine Fliege vom Rand der Limonadenkaraffe. »Die verfluchten Viecher sind so

lästig. Ich möchte jetzt gerne hineingehen, wenn es Ihnen nichts ausmacht.«
Sie stand auf und ging zu einer Seitentür, ohne sich nach Lucia umzuschauen. Lucia nahm ihre Tasche und den Kassettenrecorder und beeilte sich, ihr zu folgen. Da habe ich wohl einen wunden Punkt getroffen, dachte sie. Als sie eintrat, saß Freddie schon in einem Ledersessel vor einem gemauerten Kamin. Über dem Kamin hing ein impressionistisches Gemälde von einem jungen Mädchen. An der Wand neben dem Kamin standen drei massive Gewehrschränke mit Glastüren. Die dritte Wand bot einem schweren Eichenschreibtisch mitsamt Aktenschränken aus Holz und umfangreicher Computerausstattung Platz.
»Sie sagten zuvor, daß Dr. Freeman zu Hause keine sexuelle Erfüllung fand. Ich habe Grund anzunehmen, daß sie andere sexuelle Betätigungsmöglichkeiten gehabt hat.«
»Sie wollte nicht, daß ich davon erführe. Aber natürlich wußte ich es. Zum Beispiel Nya, sie ist unsere Tai Chi-Lehrerin. Als sie beschloß, daß Lizzie zusätzliche Einzelstunden brauchte... ich bin doch nicht blind. In bin spanischer Herkunft, und wissen Sie, wir verstehen Leidenschaft. Meine erste Geliebte war ein Opernstar. Im Ernst. Was diese Frau mich über Leidenschaft gelehrt hat! Ich bin ihr von Stadt zu Stadt gefolgt. Auf diese Weise bin ich dann in New York gelandet. Sie hat es schließlich bis zur Met gebracht. Allerdings nicht weiter als bis zum Chor. Sie hatte einfach nicht die Stimme. Keine wirkliche Kraft in den hohen Lagen. Aber Leidenschaft. Sie hatte genug Leidenschaft für zehn Carmen. Das hat in Texas und Oklahoma und Kansas funktioniert. Aber an der Met mußte sie mit Frauen konkurrieren, die die Leidenschaft und das Stimmvolumen hatten. Das hat ihr das Herz gebrochen. Zuletzt hat sie das Singen ganz und gar aufgegeben, aber zu der Zeit waren wir dann schon in der ›sapphischen Clique‹, wie Andrea es nannte.«
»Und wie nannten Sie Dr. Freemans Verhalten – Betrügen?«
»Technisch gesehen waren wir ja nicht verheiratet...«
»Hat Ihr Ring keine Bedeutung?« Lucia hob die Augenbrauen.

»Ein Geschenk zwischen Geliebten. Andrea schenkte mir ein Shakespeare-Folio, das sie in London gefunden hat. Die bezaubernde Ester schenkte mir eine Orchidee, die sie selbst gezüchtet hat. Eine wunderschöne Pflanze. Ich habe einen ihrer Ableger im Wintergarten, wenn Sie sie sehen möchten. Eine wahrlich sinnliche Farbe. Fast eßbar. Fleischig. Sie hat eine ihrer Vorfahren in Kolumbien gepflückt und mußte sie hereinschmuggeln. Sie wußte, daß sie in Quarantäne eingehen würde. Sie können sehr empfindlich sein, zuviel Wärme, zuwenig Wärme, zuviel Wasser, zuwenig Wasser, zuviel Sonne, zuwenig Sonne, und sie gehen ein. Sie können sehr zart sein.«

Wie Menschen, dachte Lucia.

»Und was haben Sie Dr. Freeman geschenkt? Einen Diamanten?«

Freddie schaute überrascht. »Nein, den Ring hat sie seit ihrer ersten Ehe getragen. Sie hat ihn sehr geliebt. Hat ihn nie abgenommen.«

Lucia schwieg einen Augenblick, dann fragte sie: »Warum haben Sie sie nicht verlassen, als Sie herausfanden, daß sie nicht treu war?«

»Sie war mein. Ich habe sie geliebt. Sie war gut im Bett. Sie hat mich zum Nachdenken gebracht. Sie war an eigenartigen spirituellen Ideen interessiert. Sie hatte einen ausgezeichneten Sinn für Humor. Warum sollte ich all das verlassen, nur weil ich ihren Appetit auf Sex nicht befriedigen konnte? Jeder betrügt. Ich hatte einen Großvater in Monterrey, der seine Frau jedesmal eingeschlossen hat, wenn er das Haus verließ. Sie hat ihn trotzdem betrogen. Eines Abends kam er nach Hause und entdeckte die beiden. Er hat ihren Liebhaber erschossen, aber er hat sie nie verlassen.« Sie bemerkte, wie Lucia nickte. »Ja, das ist die Handlung von der *Frau, die nachts weint*. Meine besten Geschichten stammen aus meiner verrückten Familie. Oder den verrückten Familien meiner Geliebten. Als Detective kennen Sie sicherlich die Statistik, die besagt, daß Sie am ehesten von einem Verwandten umgebracht werden.«

»Ja«, sagte Lucia und schaute auf die drei Gewehrschränke.

»Mord fasziniert mich. Schon immer. Habe ich im Blut, nehme ich an. Komisch, meine Großmutter konnte ihrem Mann den Mord vergeben, aber ihrer Tochter nicht, daß sie einen Gringo liebte. Sie hat mit meiner Mutter nach der Hochzeit nicht ein einziges Mal mehr geredet. Kam noch nicht mal zur Beerdigung. Mama starb im Kindbett, als ich acht war. Passiert heute nicht mehr so oft. Aber vor mehr als fünfzig Jahren passierte so etwas. Meinen älteren Bruder habe ich auch verloren. Schlangenbiß. Der verdammte Dummkopf hatte ein Dutzend Klapperschlangen in einem Jutesack. Drei oder vier haben ihn gebissen und mich zu einer reichen Frau gemacht. Aber es tat mir leid, ihn zu verlieren. Wir hatten eine Menge Spaß miteinander, auch wenn er ein Dummkopf war. Er hat mir mein erstes Pferd geschenkt und mein erstes Gewehr. Ich habe das Gewehr noch. Oben im mittleren Schrank, das kleine 22er. Ich hatte noch eine jüngere Schwester. Sie starb an Typhus nach dem Hurrikan Dora. Das Wasser war schlecht. Wir hätten es abkochen sollen. Aber das habe ich erst später gelernt. Habe beinahe auch noch die Ranch verloren. Kein Bargeld für die Steuern während der Weltwirtschaftskrise. Papa hat ihnen Vieh dafür angeboten. Der Steuereinnehmer hat es ihm abgekauft, nur um ihm einen Gefallen zu tun. Hat die Ranch gerettet. Komisch, was für Leute sich als freundlich erweisen.«

Als sie eine Atempause machte, fragte Lucia: »Können wir auf Dr. Freeman zurückkommen?«

»Ja, ich nehme an, deswegen sind Sie ja wohl hier«, sagte Freddie. »Ich bin eine alte Frau. Ich habe viel verloren in diesem Leben, aber mich nie daran gewöhnt. Nie. Entschuldigen Sie mich.« Freddie ging aus dem Raum. Lucia saß mit ihrem Kassettenrecorder da und kam sich ziemlich dämlich vor. Behalte immer die Oberhand bei einer Vernehmung, dachte sie. Schlechte Karten bei dieser raffinierten alten Lesbe. Lucia wußte nicht, ob sie Freddie folgen sollte oder nicht, also beschloß sie, für eine Weile sitzen zu bleiben und abzuwarten. Zehn Minuten vergingen. Lucia wollte sich gerade aufmachen, Freddie zu suchen, als diese zurückkam. Ihre Augen waren geschwollen. Sie brachte einen Stapel Akten mit.

»Ich weiß, daß Sie die hier haben wollen. Es sind nicht viele. Nur Versicherungspapiere. Lizzie hatte eine Phobie in bezug auf Unterlagen. Ihr erster Mann mußte mal in einem Vormundschaftsfall seine Unterlagen auf Gerichtsbeschluß herausgeben. Die Mutter war seine Klientin. Um die Vormundschaft zu bekommen, hat der Vater behauptet, sie sei verrückt, und dann hat er das Kind zwei Jahre später zu Tode geprügelt. Lizzie hat nie irgendwelche Unterlagen über ihre Klienten in ihrer Praxis aufbewahrt. Sie hat sogar in ihrem Terminkalender nur Initialen benutzt.«

»Ich weiß«, sagte Lucia. »Wie hat sie den Überblick über ihre Abrechnung behalten?«

»Mit dem Computer.« Freddie setzte sich an den Schreibtisch und stellte ihn an. »Ich drucke Ihnen all ihre Unterlagen aus.« Der Drucker schien sehr leise im Vergleich zu denen im Polizeipräsidium.

Lucia zog ihren Stuhl zum Schreibtisch. »Können Sie mir etwas über ihre Klienten erzählen? Sie sagten, daß sie über sie gesprochen hat.«

»Ich weiß eine Menge über sie. Schießen Sie los. Mit wem wollen Sie anfangen?«

»Mit Marita Peterson.«

»Warum mit ihr? Sie war seit über einem Jahr nicht mehr bei Lizzie in Behandlung.« Freddie schien überrascht.

»Sie hat eine Beschwerde gegen Dr. Freeman eingelegt wegen unangemessenen sexuellen Verhaltens. Sie schien sehr aufgebracht, als diese abgewiesen wurde.«

»Ich dachte, Lizzie hätte mit Marita geschlafen, nachdem sie aufgehört hat, mit diesem Psychologen, Whittler oder so, zu schlafen. Er hörte sich nach einem richtigen Scheißkerl an.«

»Whitney, glaube ich«, sagte Lucia und schalt sich dann innerlich. Freddie brauchte das nicht zu wissen.

»Hat Dr. Freeman erwähnt, daß Marita versucht hat, sich in den letzten Wochen mit ihr in Verbindung zu setzen?« fragte Lucia.

»Nein. Glauben Sie, daß sie es war? Sie hat das Temperament – mit Sicherheit. Sie könnte Lizzie mit einer Flasche erschlagen

haben.« Freddie zog eine Augenbraue hoch und sah Lucia an.
»Wie haben Sie das herausgefunden? Waren Sie da?« Lucia stockte der Atem.
»Nein. Aber mit Geld können Sie sich Informationen kaufen, sogar von der Polizei.«
»Ich wüßte gern, wer Bestechungsgelder annimmt.« Lucia begann im Kopf, eine Liste von wahrscheinlichen Kandidaten zusammenzustellen. Dann begriff sie, daß sie Freddies Wort für bare Münze nahm. Was war, wenn Freddie die Mörderin war? Dann wüßte sie alle Details. Auch wenn sie die Polizei für Informationen bestochen hatte, konnte das ein kompliziertes Deckungsmanöver für irgendwelche Versprechen sein, die sie womöglich machte.
»Ich gebe Ihnen den Namen zur Belohnung, wenn sie Lizzies Mörder schnappen. Ich bin sogar Ihre Kronzeugin, wenn Sie das verfolgen wollen.«
»Abgemacht.« Lucia verzog keine Miene. »Erzählen Sie mir jetzt von Marita?«
Freddie dachte einen Moment nach. »Lizzie hat immerzu von ihr geredet. Sie fand Marita toll. Ich merkte, daß die ganzen sexuellen Geschichten aus Maritas Kindheit Lizzie richtig angemacht haben. Ich habe sie schließlich dazu gebracht, Marita zu einer Party hierher einzuladen. Sie ist ein belangloses, kleines Ding. Ich war nicht beeindruckt. Sie hat sich betrunken und den Barkeeper beleidigt. Sie hat ihn einen Macho-Arsch genannt und ein paar seiner Flaschen zerschlagen. Es hat die Party belebt. Aber es war dennoch keine so gute Party wie die letzte, die Dad gegeben hat. Der Gouverneur von Texas hat sich damals betrunken. Hat versucht, unnatürliche Akte mit Dads Lieblingshund, einem großen Ridgeback namens Poochie, zu vollziehen. Der Gouverneur hätte beinahe sein Vergnügungsinstrument verloren. Der alte Poochie nahm großen Anstoß…«
»Ich würde die Geschichte furchtbar gern hören, Freddie, wirklich«, unterbrach Lucia. »Aber es ist sehr wichtig für mich, Dr. Freemans Mörder zu fassen. Können wir fortfahren?«
»Sicher.« Freddie klang nicht im geringsten eingeschnappt.
»Was ist mit Sarah Carter?«

»Süßes, junges Ding. Völlig verwirrt. Hat keine Ahnung, was sie auf dieser Welt soll. Sie wurde eine Anhängerin von Lizzies spirituellen Ideen.«

»Wer hat die Initialen R. F.?« fragte Lucia.

»Rebecca Field. Die multiple Persönlichkeit aus Poteet. Abscheuliche Mutter. Hat furchtbaren rituellen Mißbrauch mit dem Kind getrieben. Wenn diese Mutter ermordet worden wäre, hätten Sie mich abholen können. Ich habe ernsthaft mit dem Gedanken gespielt. Es würde mit Sicherheit einen besseren Ort aus dieser Welt machen. Ich kann nichts Genaues über Rebecca sagen. Das sind zu viele Persönlichkeiten insgesamt. Ich konnte sie nie richtig auseinanderhalten. Sie hat einen guten Job als Buchhalterin und allgemeines Faktotum in einer Erdbeerkooperative in Poteet. Ich habe mich immer gefragt, wie sie das geschafft hat. Erstaunliche Frau. Frauen? Leute? Ich weiß nie, was die richtige Terminologie ist. Ich habe das Buch *Aufschrei* gelesen, nur um es zu verstehen. Erstaunliches Phänomen.«

»Sind einige von den Persönlichkeiten gewalttätig?«

»Ein kleiner Junge. Er malt Bilder von Messerstechereien und Blut. Gute Zeichnungen. Es sind ein paar in der Akte. In Rebeccas Akte ist das meiste Material. Lizzie überlegte, ein Buch über den Fall zu schreiben.«

»Hat Lizzie mit ihr geschlafen?«

»Das glaube ich nicht, aber wer kann das schon wissen bei Lizzie?«

»Ich habe eine Bandaufnahme, die sie von einer Sitzung mit Rebecca gemacht hat. Da waren außerdem noch zwei Bänder mit Flötensoli. Sind die von einem Klienten?«

»Nein, das war Lizzie. Sie spielte recht gut.« Freddie sah aus, als würde sie gleich weinen.

»Was ist mit H. G.?«

»Helen Garcia. Vergessen Sie sie. Platzangst. Ihre Tochter bringt sie zu den Terminen und holt sie wieder ab. Ansonsten verläßt sie nie das Haus. Es bedeutet eine große Überwindung für sie, die Haustür zu öffnen und die Post hereinzuholen.«

»Und N. K.? Nya Kyle?«

»Ja. Ihr richtiger Name ist Nancy Kolder. Sie ist unsere Tai Chi-Lehrerin. Lizzie schlief mit ihr. Die neue Mittwochspartnerin. Es machte mir nicht allzuviel aus. Ich schlief donnerstags mit Nya. Ich glaube nicht, daß Lizzie das wußte. Sie brauchen nicht so mißbilligend zu schauen, Detective Ramos. Es schien mir nur fair zu sein.«
»Julio Martinez?«
»Das Kind. Sie hat nie über ihn geredet.«
»S. C. B.?«
»Kenne ich nicht.«
»Die Familie Andrews?«
»Lizzie fand sie langweilig. Typischer sexueller Machtkampf mit angehender Teenagerin.«
»Carl Jarvis.«
»Ein neuer Klient. Er könnte sich selbst umbringen, aber nicht jemand anderen. Ein trauriger, trauriger Junge, der die ganze Schuld dafür auf sich nimmt, daß sein Baby spastisch krank ist. Er war erst kürzlich vom Spastikerzentrum überwiesen worden. Lizzie arbeitete dort mittwochs vormittags. Sie hat mir immer erzählt, es wäre den ganzen Tag. An einem Mittwochnachmittag habe ich mal versucht, sie dort anzurufen, und ihr kleines Geheimnis war geplatzt.«
»Was hat sie montags und freitags gemacht?« fragte Lucia.
»Montags hat sie sich freigenommen. Freitags hat sie draußen an diesem kleinen College an der West Side beraten. War mal eine Mädchenschule. Ich kann mich nicht an den Namen erinnern.«
»Ich kenne die Schule«, sagte Lucia.
»Ist das alles?« fragte Freddie. Sie begann mehr ihrem Alter entsprechend auszusehen. Das Gespräch war nicht spurlos an ihr vorübergegangen.
»Nur noch einer, V. L.«
»Tom van Lander, der Anwalt. Lizzie hat nie über ihn geredet. Hatte Angst, verklagt zu werden. Er ist äußerst prozeßsüchtig.« Freddie riß den Ausdruck ab und reichte ihn Lucia.
»Danke. Das war alles sehr hilfreich«, sagte Lucia. »Ich habe aber vielleicht noch weitere Fragen.«

»Ich fahre nirgendwohin. Rufen Sie nur erst an, damit ich die Hunde wegschließen kann.«
»Die Hunde?« Lucia schaute zur Eingangstür.
»Sie glauben doch wohl nicht, daß zwei Frauen allein hier draußen ohne irgendeinen Schutz schlafen würden? Ich würde keinen Pfifferling für den Wachdienst der Siedlung geben. Ich habe meine eigene kleine Patrouille. Drei Ridgebacks, alles Abkömmlinge von Poochie. Lizzie hatte eine höllische Angst vor ihnen. Sie besaß diese lange Kutscherpeitsche, um sie sich vom Leib zu halten. Ich habe ihr nie erzählt, wie wenig ihr diese Peitsche nutzen würde, wenn sie beschlossen hätten, sie zum Abendessen zu verspeisen. Aber sie sind süße, zutrauliche Hunde. Sie würden meinen Freunden nie etwas zuleide tun.«
»Ich bin froh, daß ich ihnen nicht unangemeldet begegnet bin.« Lucia schauderte.
»Ich stelle sie Ihnen vor, wenn Sie Zeit haben.« Freddie wurde wieder munter bei dem Gedanken, ihre Lieblinge vorführen zu können.
»Vielleicht ein andermal«, sagte Lucia. »Haben Sie zufälligerweise die Adresse und Telefonnummer von Dr. Freemans Bruder?«
»Sicher. Die ist auch mit ausgedruckt.«
»Ich möchte mit Ihnen über ihre Ehemänner sprechen.«
Freddie schüttelte den Kopf. »Ich bin zu müde. Vielleicht demnächst. Montag nachmittag hätte ich Zeit.« Sie begleitete Lucia zur Haustür.
»Übrigens«, sagte Lucia und hoffte, Freddie zu überrumpeln, »wo waren Sie am Dienstagabend?«
»Zu Hause bei der Arbeit an meinem neuen Buch. Das Opfer ist eine alte Bruja, eine mexikanische Hexe. Aber sie werden Brujas kennen, nicht wahr? Wie dem auch sei, sie ist in diesem Altersheim und… Nein. Ich sollte Ihnen die Handlung nicht erzählen. Wenn Sie die Handlung kennen, kaufen Sie das Buch nicht, und ich gehe ohne die fünfundsechzig Cent Autorenhonorar aus.«
»Haben Sie sich keine Sorgen gemacht, als Dr. Freeman nicht nach Hause kam?«

»Doch, aber offen gesagt, ich habe mir keine Sorgen um ihre Sicherheit gemacht. Das kam mir nicht in den Sinn. Ich habe mir Sorgen gemacht, daß sie die Nacht bei einer anderen Geliebten verbringen würde. Sie hat das nie zuvor getan. Ich hatte Angst, daß ich sie verlieren würde. Aber nicht an den Tod. Ich habe nie an Tod gedacht. Ich war mir so sicher, daß ich zuerst sterben würde.«

Freddie schloß schnell die Tür.

Die Hunde waren nicht in Sicht. Lucia vergewisserte sich dessen, bevor sie die Veranda verließ. Sie hatte keine Ahnung, wie ein Ridgeback aussah, aber sie vermutete angesichts des großen Maßstabes von allem anderen, das Freddie besaß, daß sie sehr groß waren. Anscheinend waren sie sicher weggeschlossen. Sie ging schnelleren Schrittes als gewöhnlich zu ihrem Wagen. Natürlich nehme ich nur an, dachte sie, daß sie nicht in den Wagen gelangen können.

Lucia brauchte nicht lange, um die Ausfahrt hinunterzufahren. Danach drehten sich die meisten ihrer Gedanken wieder um den Fall. Sie mochte Marita und Freddie. Sie könnten Freundinnen von ihr sein. Lizzie hatte mit Sicherheit einen besseren Geschmack bei Frauen als bei Männern, dachte sie. Aber eines hatte sie gelernt, als sie im Jugenddezernat gearbeitet hatte: daß Charme nicht gleichbedeutend mit Tugend war.

Sie ließ sich die beiden Gespräche durch den Kopf gehen. Viele offene Fragen waren beantwortet worden. Die multiple Persönlichkeit, die Marita kannte, war Rebecca Field. Nicht nötig, Marita wegen des Namens zuzusetzen, da sie doch offensichtlich versuchte, Rebecca zu schützen. Aber warum? Waren sie Geliebte? Oder war eher Eifersucht als das Bedürfnis, jemanden zu schützen, Maritas Motiv gewesen, als sie an die Kommission schrieb? Gab es ein anderes, noch verstecktes Verbindungsglied, das diese Vorfälle mit dem Mord verband?

Dann war da Freddie, die genauso viele Fragen aufwarf, wie sie beantwortete. War eine von Lizzies zahlreichen Affären der letzte Tropfen gewesen, der das Faß zum Überlaufen brachte? Spielte Geld irgendwie eine Rolle? War Freddie Lizzies überdrüssig geworden? Erpreßte Lizzie Freddie? Lucia fühlte sich müde angesichts all der verschiedenen Möglichkeiten. Und sie hatte erst mit dreien von Lizzies Geliebten gesprochen. Der Fall hatte zweifelsohne einen Beigeschmack von Seifenoper. Zumindest würde die Peitsche kein Beweismittel werden. Die Notiz und die Zigarettenstummel hingegen sahen sehr danach aus.

Wie auch der Beschwerdebrief. Die Beweise gegen Marita häuften sich. Es gab keinen handfesten Beweis gegen jemand anderen. War es so einfach? Sollte sie einfach die Person mit den meisten schwarzen Kreuzchen festnehmen und es dann dem Gericht überlassen, die Wahrheit herauszufinden? Irgendwie schien diese Lösung schludrig. Aber schließlich könnte es doch so ausgehen.

Als Lucia an ihren Schreibtisch zurückkehrte, kreisten ihre Gedanken immer noch um den Fall. Cowley saß auf ihrem Stuhl und las sich durch einen großen Stapel Computerausdrucke.

»Mensch, Ramos«, sagte er, »Sie werden nicht glauben, was ich gefunden habe.«

Lucia spürte, wie ihr Herz schneller zu schlagen begann.

»Sie hatten recht, daß wir sexuelle Präferenzen von Opfern nicht im Computer gespeichert haben«, sagte er. »Aber ich habe trotzdem herausbekommen, wie wir an einige Daten herankommen können. Ich habe die Dateien nach den Tatorten sortiert und dabei die Schwulenbars als Zentrum genommen. Zwei Blocks in jede Richtung vom Zentrum. Halbjahresbegrenzung. Nur Gewaltverbrechen. Schauen Sie sich diesen Ausdruck an.« Er winkte ihr mit dem dicken Stapel Papier entgegen. »Können Sie das glauben?«

Lucia lachte erleichtert auf. »Natürlich. Kneipenschlägereien sind nicht besonders selten.«

»Nein wirklich, Ramos, um diese Kneipen herum spielen sich eine Menge Gewalttaten ab.« Er klang verletzt.

»Schwulenbars liegen nicht gerade in ruhigen Vororten. Aber es ist eine großartige Idee, Cowley, auch wenn sie wirklich weit hergeholt ist.« Sie bedeutete ihm, von ihrem Stuhl aufzustehen.

»Und? Hatten Sie Glück?«

»Ich habe die Klientenliste von Christian bekommen mit allen Adressen und Telefonnummern. Das wird mich beschäftigt halten.«
»Schade. Ich hatte gehofft, Sie würden mit einer Festnahme zurückkommen.« Cowley sah nicht traurig aus. Er schien eher erfreut, während er geistesabwesend die Ränder des dicken Ausdrucks durch die Finger laufen ließ.
»Tja, ich bin mit einer weiteren Verdächtigen zurückgekommen. Freddie Christian ist ihre Geliebte, sie schreibt Krimis, sie wußte über Freemans Affären Bescheid, und sie hat kein Alibi.«
»Hört sich gut an. Was ist mit Peterson?«
»Sie hat ein Alibi, das ich überprüfen werde. Was ist hier passiert, abgesehen von Ihrem Geistesblitz? Haben wir die Adresse von Carter bekommen? Nicht daß wir sie noch bräuchten, da sie hier drin ist.« Lucia klopfte auf ihre Aktentasche.
»Nee. Aber Sie haben einen Anruf von einer gewissen Dr. Traeger bekommen. Sie möchte, daß Sie sie zurückrufen. Ich habe die Telefonnummer in der Akte notiert.« Er blätterte zur letzten Seite und riß die handgeschriebene Notiz heraus. »Und die Unterlagen von der Universität von Maryland sind gekommen.«
»Aha«, sagte Lucia und nahm den dicken Eilumschlag in die Hand. »Wie lief es mit den Schwulenorganisationen, dem MCC, den Barkeepern?«
»Fehlanzeige. Doch dabei bekam ich dann die schöne Idee, die Tatorte aufzulisten.«
»Was ist mit Dr. Miller?«
»Keine Übereinstimmung auf den Klientenlisten.«
»Pech. Überprüfen Sie den Hintergrund der ermordeten Frauen. Stellen Sie fest, ob Lesben darunter waren. Und ich habe eine Klientin von Dr. Freeman, von der ich gerne möchte, daß Sie mit ihr sprechen. Sie fährt nicht Auto. Sie verläßt noch nicht einmal das Haus, wenn sie es vermeiden kann. Kommt als Verdächtige kaum in Frage. Überprüfen Sie sie. Möglich, daß sie uns etwas Neues zu erzählen hat, aber, offen gesagt, bezweifle ich es.« Lucia durchwühlte die Unterlagen in ihrer

Aktentasche, um den Ausdruck von Helen Garcia zu finden. Sie schrieb die Adresse heraus und gab sie Cowley. »Keine Eile. Gestern reicht.«

»Danke, Ramos, Sie sind so reizend.« Cowley warf ihr ein Grinsen zu, während er sich zum Gehen wandte.

»Wissen Sie, wie Sie hinkommen?« rief sie ihm hinterher.

»Sicher«, antwortete Cowley über die Schulter, »Ihre alte Heimat. Ganz in der Nähe von Zarzamora und Commerce.«

Lucia atmete erleichtert auf. Der Riß mit Cowley schien gekittet zu sein. Er wirkte ehrlich schockiert über das Ausmaß an Gewalt in der Nähe der Schwulenbars. Sie fragte sich, ob ihm schon klar war, daß seine Polizeikollegen zu der Gewalt beitrugen. Sie war überrascht von dem Zug der Unschuld in Cowley.

Lucia rief die Leiterin des »Our Lady of the Lake«-Colleges auf der West Side an. Sie war nicht im Büro, aber die Sekretärin sagte, daß sie samstags vormittags arbeite. Lucia machte einen Termin für neun Uhr aus.

Sie ging die Klientenliste durch und hakte diejenigen ab, mit denen sie schon Kontakt aufgenommen hatte. Dann rief sie als erste Rebecca Field an. Ms. Field war äußerst unwillig. Lucia fragte sie, ob sie bereit wäre, mit einer Therapeutin zu sprechen, die mit der Polizei zusammenarbeite. Ms. Field sagte, sie würde es sich überlegen. Lucia gab ihr Amys Namen und sagte ihr, daß sie am nächsten Morgen einen Anruf von Dr. Traeger erwarten könne.

Der nächste Telefonanruf galt Nya Kyle. Ihr Anrufbeantworter war noch angestellt. Sarah Carters Telefonnummer stellte sich als die der *Füllhorn*-Volksküche heraus. Der Person zufolge, die ans Telefon kam, wohnte Sarah Carter oben im Haus und arbeitete, anstatt Miete zu bezahlen, zehn Stunden pro Woche in der Volksküche. Nein, heute arbeite sie nicht, aber es könne eine Nachricht hinterlassen werden, die sie vielleicht bekäme, wenn sie zufälligerweise auf das Schwarze Brett schauen sollte. Lucia hinterließ eine Nachricht.

Thomas van Lander, Anwalt, war außer Haus. Er würde am Montag um neun Uhr wieder zu erreichen sein. Seine Privat-

nummer war nicht im Telefonbuch und konnte nicht herausgegeben werden, auch nicht an Personen, die vorgaben, im Polizeidienst zu stehen. Lucia gab ein höfliches Auf Wiedersehen von sich, legte aber mit beträchtlicher Heftigkeit auf.
»Vorsicht! Das ist Eigentum der Regierung!« brüllte jemand quer durch den Raum. Lucia schaute sich um. Niemand gab sich als Rufer zu erkennen, aber mehrere lächelten. Lucia zuckte die Schultern und nahm den Hörer wieder auf. Im Büro von David Freeman, Anwalt, meldete sich niemand, was nicht sehr überraschend war, da es in Suffolk, New York, nach sechs Uhr war. Sie hinterließ eine Nachricht auf dem Anrufbeantworter, ebenso auf dem zu Hause.
Sie schaltete ihren Computer ein und rief die Freeman-Datei auf. Dann beschloß sie, zuerst Amy anzurufen. Es würde eine ganze Weile dauern, die Datei zu ergänzen, und sie wollte nicht, daß sie aufgrund einer Verzögerung Amy verpaßte.
Connie stellte Lucia sofort durch.
»Lucia, wie sieht's aus?«
»Zuerst hatte ich zuwenig Informationen, jetzt habe ich zu viele. Die Klientenakten, mager, wie sie auch sind, waren alle bei ihr zu Hause.«
»Was ist mit dieser Klientin, Marita Peterson?«
»Es sieht nicht sehr gut für sie aus. Sie hat allerdings ein Alibi. Sie war bei einem Billardturnir im *Our Place*, als die Therapeutin ermordet wurde. Ich habe eine Liste von Zeuginnen zu überprüfen. Vielleicht ist sie heute abend nach meinem Besuch von der Verdächtigenliste zu streichen.«
Amys Stimme hörte sich verwirrt an. »Ich bin mir nicht sicher, ob ich dir folgen kann.«
»Entschuldige«, sagte Lucia, »*Our Place* ist eine Lesbenbar. Ich gehe heute abend dorthin, um Petersons Alibi zu überprüfen.«
»Ach so. Ich nehme an, ich hätte den Namen kennen sollen, aber ich bewege mich nicht viel in lesbischen Kreisen. Zu großes Risiko, auf Klientinnen zu treffen.«
»Ich habe Name und Anschrift von der multiplen Persönlichkeit, Rebecca Field. Freeman hat auch mit ihr geschlafen.«

»Scheiße! Entschuldige, Lucia, das war kein besonders qualifizierter Kommentar. Ich hatte befürchtet, daß Marita Peterson nicht die einzige war. Untersuchungen haben gezeigt, daß Therapeuten, die die Therapie sexualisieren, es normalerweise mit mehreren Patienten tun.« Ihre Stimme klang sehr traurig.
»Wie Kindesmißbraucher«, sagte Lucia.
»Ja.«
»Tja, deine Befürchtung hat sich als richtig erwiesen. Ms. Freddie Christian zufolge, die Freemans Geliebte war, hat sie auch noch mit einer anderen Klientin namens Nya Kyle geschlafen.«
Von Amys Ende der Leitung kam ein leises Pfeifen. »Also war Dr. Freeman eine Lesbe. Waren alle ihre Opfer Frauen?« fragte Amy.
»Wer weiß? Peterson wußte von Rebecca Field, wollte aber keine Namen nennen. Christian wußte, welches die multiple Persönlichkeit war, also konnte ich der Person, die Peterson beschrieb, einen Namen zuordnen. Sie wollte nicht darüber reden, wie sie es herausgefunden hat. Und Christian wußte von Kyle, weil sie auch mit ihr schläft.«
»Was?« rief Amy.
»Freeman und ihre Geliebte Christian schliefen beide mit Nya Kyle, die Freemans Klientin war und, nun paß auf, beider Tai Chi-Lehrerin.«
»Das ist lächerlich. Diese Frau schlief wohl mit allem, was sich bewegt. Was für ein Chaos! Ich würde gerne weiterreden, aber ich habe in einer Viertelstunde eine Klientin, und ich muß mich vorbereiten. Offen gesagt, bebe ich vor Zorn, und ich brauche die Zeit wirklich, um mich vor meiner nächsten Sitzung zu sammeln. Also bis später, ja?«
Lucia vereinbarte, einen aktualisierten Ausdruck ihres Ermittlungsberichtes vorbeizubringen, und verabschiedete sich. Der Computer kam ihr mehr denn je wie ein Fernsehapparat vor, als sie die neuen Informationen eingab. Der Fall entwickelte sich endgültig zur Seifenoper. Sie war so in ihre Daten versunken, daß sie nicht bemerkte, wie Reynolds hinter ihr auftauchte. Sie schreckte hoch, als er sie ansprach.

»Haben Sie Ihr Reh schon, Ramos? Die Zeit läuft aus. Wenn Sie einen Mörder nicht innerhalb der ersten zweiundsiebzig Stunden schnappen, gehen die Chancen in den Keller.«
»Sehen Sie vielleicht ein Geweih auf meinem Schreibtisch, Lieutenant Reynolds? Null. Nichts. Ich habe zwei heiße Verdächtige. Eine ist eine Ex-Klientin. Ich habe einige Beweise gegen sie, aber sie sind schwach. Alle aus dem Wagen, nicht vom Tatort. Sie hat ein Alibi. Ich überprüfe es heute abend. Die andere ist die Geliebte, Lebensgefährtin, wenn Sie nichts dagegen haben, diesen Begriff auf eine lesbische Beziehung anzuwenden. Sie hat kein Alibi, aber nichts bringt sie mit dem Mord in Verbindung, außer ein Motiv – möglicherweise Eifersucht. Ich habe außerdem mindestens zwei weitere Klienten, mit denen die Psychologin schlief. Sie könnten ebenfalls eifersüchtig sein. Ich bin gerade von zuwenig Verdächtigen auf zu viele umgeschwenkt. Offen gesagt, es stinkt zum Himmel.«
»Irgendeiner von den Klienten ein Mann?«
»Nein, aber eine ist Kampfsportlehrerin, und die Lebensgefährtin schreibt Krimis. Die Ex-Klientin hat ein reizbares Temperament.« Lucia bemerkte, daß sie einen Kommentar über Rebecca Field zurückhielt. Wenn sowohl Marita als auch Amy sie zu schützen versuchten, wollte Lucia tun, was sie konnte, um Rebeccas Namen so lange wie möglich aus der Untersuchung herauszuhalten.
»Nun, dann sondern Sie eine von der Herde ab und schlagen Sie zu, Ramos. Sie lösen Ihre Fälle nicht, indem Sie am Schreibtisch sitzen. Guten Abend. Und ein schönes Wochenende.«
Er schlenderte davon, ohne zu bemerken, wie Lucia die Zähne zusammenbiß.
Sie öffnete den Umschlag von der Universität Maryland und trug die Informationen in die Biographie des Opfers ein. Freeman hatte einen Bachelor of Arts in Psychologie von einem College in Newark. Danach gab es eine Lücke von mehr als zehn Jahren. Sie war Anfang Dreißig, als sie ihren Doktor an der Universität Maryland machte. Drei Jahre später wurden die Studienunterlagen an die Zulassungskommission in Philadelphia geschickt. Sieben Jahre später wurde eine Kopie an die

Zulassungskommission in New Jersey gesandt, nach weiteren sieben Jahren dann nach Texas. Zwei Namensänderungen waren vermerkt: erst zu Drinell, dann zu Welter. Nun gut, das erklärt dann die Initialen auf den Kugelschreibern, dachte Lucia.

Lucia starrte für einen Augenblick auf den Bildschirm und druckte dann zwei Kopien des neuen Materials aus. Sie warf eine in ihre Aktentasche und steckte die andere in einen Umschlag. Als sie zu Amys Praxis kam, war es fast sechs Uhr. Sie sah Amys Wagen neben einem Kombi stehen und stellte fest, daß Amy mit dem Auto anstatt dem Fahrrad ins Büro fuhr. Ein wenig mußte ihre Warnung also gewirkt haben.

Die Eingangstür war abgeschlossen. Der andere Wagen muß Amys letztem Klienten gehören, dachte Lucia, während sie den Umschlag mit den Fallnotizen durch den Briefschlitz steckte. Sie schaute auf die Uhr und beschloß zu essen, nachdem sie Maritas Alibi überprüft hatte. Pizza, entschied sie auf dem Nachhauseweg. Ich hole mir anschließend etwas von *Mazio's*.

Lucia überlegte sorgfältig, was sie für den Barbesuch anziehen sollte. Sie zog ihre schwarzen Spitzenunterhosen an. Sie war sich sicher, daß schwarze Spitzenunterhosen angemessen waren. Das führte dann zu schwarzen Jeans, schwarzen Socken und schlichten schwarzen Stiefeln. Gut, dachte sie, schlichtes Schwarz ist überall angesagt, besonders in einer Lesbenbar. Sie stand mit nacktem Oberkörper vor ihrem Schrank und versuchte, sich für ein Hemd zu entscheiden. Sie hätte gerne das goldene Samthemd angezogen, aber es schien ihr nicht geschäftsmäßig genug. Das babyblaue Satinhemd kam aus demselben Grunde definitiv auch nicht in Frage. Zuletzt entschied sie sich für das kastanienbraune Westernhemd. Es schien, verglichen mit ihren anderen Möglichkeiten, geradezu dezent. Sie erwog einen BH und entschied dann, daß das den Professionalismus zu weit treiben würde. Sie knipste die Druckknöpfe des Hemdes zu und bewunderte sich im Spiegel. Es würde sehr seltsam sein – in eine Lesbenbar zu gehen und nicht zu flirten. Sie seufzte und steckte ihre Brieftasche in die Gesäßtasche.

Die Bar hatte seit sechs Uhr geöffnet, aber es gab noch ausreichend Parkplätze in der Nähe des Eingangs. Lucia stellte den Motor ab. Sie atmete tief durch. Auch wenn halb acht zu früh für den großen Andrang war, bestand die Möglichkeit, daß sie jemanden traf, die sie erkennen würde. Lucia spürte ihren Puls schneller schlagen. Es gab viele Lesben, die die Bars sowohl in San Antonio als auch in Austin besuchten. Jemand könnte sie erkennen. Aber sie war nicht in Uniform, also könnten sie nicht wissen, daß sie bei der Polizei war, wenn sie ihr nicht bei einem Fall begegnet waren. Diese Möglichkeit erschien Lucia sehr gering, machte sie aber trotzdem ein bißchen nervös. Sie atmete tief ein und ging auf den Eingang von *Our Place* zu. Es sah wie die Bar in Austin aus, nur größer. Zumindest war sie nicht an die Mafia angeschlossen. Lucia hatte das überprüft. Sie gehörte einer pensionierten Lehrerin. Das hieß wirklich, mit einem Paukenschlag aus der Versenkung zu kommen. Mal sehen, dachte Lucia, ich muß noch vierzehn Jahre...
»Ihren Ausweis, bitte«, sagte die gepflegte Türsteherin mit einem leichten britischen Akzent. Sie schaute auf Lucias Dienstmarke. »Beruflich oder zum Vergnügen, Detective? Zum Vergnügen, hoffe ich doch – wir sind sauber. Keine Minderjährigen. Kein gleichgeschlechtliches Tanzen.« Lucia beobachtete, wie der Fuß der Türsteherin auf einen Alarmknopf auf dem Boden trat. »Keine Drogen außer Alkohol und Nikotin. Ein bißchen Koffein für die Kaffee- und Colajunkies. Also, was gibt's für ein Problem?«
»Immer mit der Ruhe. Kein Problem. Ich bin von der Mordkommission, nicht von der Sitte. Ich versuche, einer Ihrer Besucherinnen zu helfen, ein Alibi nachzuweisen.« Lucia trat aus dem Weg, um das Paar hinter sich den Eintritt zahlen und hineingehen zu lassen. Es war ein auffallendes Chicana-Pärchen in weißen Westernanzügen, weißen Stiefeln und Hüten.
»Sie sollten sie unter dem UV-Licht sehen«, sagte die Türsteherin, als sie Lucias Blick beobachtete. »Wirklich hinreißend. Ich bin Paddy. Sie sind wohl wegen Marita hier.«
»Ja. Und Paddy ist der erste Name auf meiner Liste. Haben Sie letzten Dienstag gearbeitet?« Lucia schlug ihr Notizbuch auf.

»Nein. Ich stehe nur an den Wochenenden an der Tür. Aber ich verpasse nie ein Billardturnier. Gutes Futter und außerdem umsonst. Ich bin dritte geworden.« Paddy deutete mit dem Daumen auf die kleine, dunkle Frau, die ohne zu lächeln durch die Tür ging. »Die Besitzerin, Carla Rustino.«
»Aha«, kommentierte Lucia, »sie ist auch auf meiner Liste. Spielt sie auch Billard?«
»Nein, das wäre nicht fair. Ihr Vater hat einen Billardsalon gehabt. Sie kann einen Tisch innerhalb von zwanzig Sekunden leer räumen. Ein echter Profi.«
»Wie war Marita?«
»Lausig. In der zweiten Runde ausgeschieden. Aber sie ist eine gute Verliererin. Bleibt immer da, um der Gewinnerin zu gratulieren.«
»Also war sie den ganzen Abend hier? Von wann bis wann?«
»Von ungefähr halb sechs bis gegen elf.«
»Und Sie haben sie den ganzen Abend gesehen? Kein Abendessen, kein Gang zur Toilette, keine kurzen Ablenkungen?«
»Hören Sie mal, gute Frau, wir sind ja keine siamesischen Zwillinge oder so etwas, aber ich war den ganzen Abend hier, und ich habe Marita nicht weggehen oder wiederkommen sehen.«
»Danke.« Lucia schlug ihr Notizbuch zu. Sie schickte sich an, in die Bar zu gehen.
»Macht zwei Scheine Eintritt, gute Frau.« Paddy hielt die Hand auf. Lucia zuckte die Schultern und gab ihr zwei Dollar. Das ist eine Spesenausgabe, die ich im Traum nicht einreichen würde, dachte Lucia.
Our Place sah aus wie eine beliebige Eckkneipe im Western-Stil. Ein Pfostengeländer umrandete die Tanzfläche. Die Weihnachtsbaumbeleuchtung war grün. Die roten Birnen waren ausgeschaltet worden. Einige mutige Pärchen tanzten. Lucia bewunderte die fransige Lederweste einer Frau. Sie und ihre Weste wiegten sich im Rhythmus. Die winzigen Spiegel einer rotierenden Kugel warfen festliche Lichtflecken auf die Tanzfläche und die Weste.
Lucia schlängelte sich zur Bar durch. Als die Menge sich für

einen Augenblick etwas lichtete, zeigte sie der Barfrau schnell ihre Dienstmarke.
»Kennen Sie Marita Peterson?« fragte sie.
»Sicher. Sie war letzten Dienstag hier, genau wie sie gesagt hat.« Die Barfrau stellte ihr ein Glas Soda hin. »Trinken Sie etwas. Macht die Leute nervös, wenn Sie hier nur herumstehen und reden. Könnte ja ein Bulle sein oder so etwas. Trinken Sie, Detective. Bitte.«
»Kein Problem. Wie heißen Sie?« Lucia nahm einen Schluck Soda. Sie ließ ihr Notizbuch in der Tasche.
»Reggie.«
»Sie sind auf Maritas Liste von Leuten, mit denen ich reden soll.«
»Sie hat mich gefragt, ob das in Ordnung wäre. Ich sagte, na klar. Ich bin nicht gerade eine heimliche Lesbe, wo ich doch hier arbeite.« Ein engelhaftes Lächeln machte ihre runden Wangen noch runder. Eine Strähne ihres glatten, blonden Haares fiel ihr in die Stirn. Es war leicht, Reggie Glauben zu schenken.
»Haben Sie sie herausgehen oder wieder hereinkommen sehen?«
»Nein«, sagte Reggie und füllte Lucias Soda auf, bevor sie ging, um die Bestellung eines Pärchens auszuführen, das Pearl-Light-Bier wollte. Lucia fragte sich, ob auf den Flaschenverschlüssen immer noch Puzzleteile waren. Sie hatte seit Jahren kein Bier mehr gekauft, das so billig war wie Pearl. Reggie hob die Verschlüsse ab.
»Kann ich einen sehen?«
»Wie?« fragte Reggie äußerst verblüfft.
»Die Flaschenverschlüsse. Kann ich einen sehen?«
»Sicher«, sagte Reggie und sah Lucia an, als wäre sie leicht zurückgeblieben. Sie warf einen Verschluß über den Tresen. Kein Puzzle. Lucia sah wieder auf die Tanzfläche.
»Wo sind die Billardtische?«
»Hinten links.« Reggie deutete auf die Wand am Ende der Bar.
»Sie können sie von der Bar aus nicht sehen?«

»Nein, aber diese Tür ist der einzige Ausgang, und die kann ich prima sehen.«
»Gehen Sie manchmal auf die Toilette, oder machen Sie eine Pause im Laufe des Abends?«
»Sicher. Ich habe zweimal eine Viertelstunde Pause. Wieso?«
»War Marita während Ihrer Pausen die ganze Zeit in Ihrem Blickfeld?«
»Nein, aber sie hat die Bar nicht verlassen.« Reggie sah besorgt aus.
»Woher wissen Sie das so genau?«
»Ich weiß es einfach.« Reggie zuckte die Schultern, ein überzeugenderer Beweis ließ sich nicht erbringen. Lucia seufzte. Es war viel einfacher festzustellen, was Leute sahen, als was sie nicht sahen. Sie wartete, während Reggie mehrere Gäste bediente. Während der nächsten Pause zeigte sie Reggie die Liste, die Marita vorbereitet hatte.
»Sind einige von diesen Frauen heute abend hier?«
»Sie haben Paddy an der Tür getroffen. Carla ist die Chefin. Die Tür dort neben den Videospielen führt zu ihrem Büro. Sie ist da. Anita und Sue sind hier. Sie erkennen sie an ihren identischen weißen Anzügen. Beth und Sam sind wahrscheinlich hinten und spielen Billard. Beth hat ein sehr ausgefallenes rotes Queue. Sie hat das Turnier am Dienstag gewonnen. Sam trägt einen blauen Rollkragenpulli und eine schwere Goldkette. Sie sind ein Pärchen. Die anderen beiden habe ich nicht gesehen.«
Reggie wandte sich ab, um einer sehr jungen Frau, die zwei Wodka mit Tonic bestellte, ein Lächeln zuzuwerfen. »Bist du sicher, daß du einen Ausweis hast? Ich glaube, ich muß ihn mir ansehen. Ich brauche neue Namen für mein kleines schwarzes Buch.« Lucia stand von der Bar auf, bevor der Ausweis gezeigt wurde. Wenn die junge Frau einen Ausweis hatte, war er wahrscheinlich gefälscht. Nicht mein Problem heute abend, dachte sie.
Die Gespräche mit den anderen Frauen auf ihrer Liste verliefen ergebnislos. Keine konnte beschwören, Marita die ganze Zeit

gesehen zu haben. Aber keine hatte sie weggehen oder wiederkommen sehen. Lucia setzte sich an einen Tisch im hinteren Teil der Bar, wo es dunkel war. Patsy Cline sang *Leavin' On Your Mind*. Die Kohlensäure des Sodas kitzelte Lucia an der Oberlippe. Sie ließ sich so weit von der Musik forttragen, daß sie aufschreckte, als ihr eine Frau die Hand auf die Schulter legte.

»Möchtest du gern tanzen?« fragte sie.

»Nein, danke. Ich wollte gerade gehen.« Lucia stand auf. Es wäre zu einfach, in das übliche Barschema zu verfallen.

»Ich wollte dich nicht vertreiben, kleine Lady.« Die Frau lächelte Lucia gewinnend an. »Deine erste Nacht in der Bar?«

»In dieser. Und meine letzte, fürchte ich«, sagte Lucia, während sie zur Tür gingen.

»Bist du von außerhalb?«

»Nein, nur fehl am Platz.«

Die Frau war schockiert. »Bist du hetero?« fragte sie, als sie die Bar verließen.

Paddy bekam die Frage mit und beantwortete sie für Lucia. »Nie im Leben, Emma. Aber du setzt heute abend aufs falsche Pferd.«

Lucia winkte zum Abschied und überließ Paddy die Erklärung. Es war ein wenig früh, um schon zu gehen, aber die Gefahr, Arbeit und Vergnügen zu vermischen, war zu groß. Reynolds wäre heute abend stolz auf mich gewesen, dachte sie. Jetzt muß ich nur noch herausfinden, warum ich versuche, die Unschuld meiner Hauptverdächtigen zu beweisen.

In *Mazio's* Auffahrt hatte sich eine lange Schlange gebildet, aber es ging schnell voran. Lucia bestellte zwei Stücke sizilianische Pizza mit Oliven und Pilzen. Als sie zum rot-grünen Emaillefenster kam, waren sie fertig. Sie stellte die kleinen Schachteln auf die Fußmatte vor den Beifahrersitz, so daß das Fett nicht in das Polster drang. Wenigstens brauchte sie sich auf ihrer Heimfahrt keine Sorgen zu machen, daß sie herunterfielen.

In ihrer Wohnung brannte Licht, und eine Nachricht von Cayetano lag auf dem Tisch. »Besuchen mi Familia. Dom. p.m. zurück. Bitte füttere Gato.« Lucia klebte den Zettel an den Kühlschrank, um es nicht zu vergessen. Sie schaltete den Ofen auf niedrige Hitze und stellte die Pizza hinein. Dann öffnete sie den Schrank über der Spüle, um ein hohes, handgeblasenes blaues Glas aus Mexiko herauszunehmen. Sie beglückwünschte sich wieder einmal, daß sie so weise gewesen war, eine Eismaschine im Gefrierfach zu installieren. Sie füllte das Glas mit Eis und Wasser und bewunderte es. Nach der alten Elektrouhr über dem Kühlschrank war es erst neun Uhr. Nicht zu spät, um Leute anzurufen. Amy zum Beispiel.

Lucia stöpselte das Telefon neben dem Sofa ein und warf eines der kleinen grünen Seidenkissen auf den Granitblock, den sie als Couchtisch benutzte. Sie holte die Pizzastücke und ihr Wasser. Zuletzt stellte sie die Aktentasche in Reichweite. Mit großer Befriedigung betrachtete sie ihr kleines Nest. Sie kuschelte sich auf die Couch, streifte die Schuhe ab und legte die Füße auf das grüne Kissen. Dann fielen ihr Servietten ein. Mist, dachte sie und verzog das Gesicht angesichts der Notwendigkeit, noch einmal aufstehen zu müssen, beschloß aber, daß es besser wäre, als Fettflecken auf das Sofa zu bekommen. Mit einem Stapel dünner, beiger Servietten ließ sie sich wieder nieder.

Sie öffnete die erste Pizza-Schachtel. Der Käse war auf den Boden der Schachtel gelaufen. Lucia nahm das Stück heraus und biß ihm die Spitze ab. Das Telefon klingelte.

»Lucia Ramos.«

Am anderen Ende war nur schweres Atmen.

»Tut mir leid, Sie müssen sich verwählt haben.« Lucia legte auf.

Das Telefon klingelte erneut. Es war wieder der heftige Atmer. Lucia legte ein Kissen auf den Hörer und aß ihre Pizza zu Ende. Als sie das Fett von ihren Fingern wischte, war das Freizeichen wieder da. Sie wählte Amys Nummer.

»Hallo Amy. Hier ist Lucia. Nett, eine richtige Stimme zu hören. Ich habe den ganzen Nachmittag damit verbracht, mit Anrufbeantwortern zu reden.«

»Ich bin auch froh, deine Stimme zu hören, Lucia. Deine Verdächtige hat mich heute am Spätnachmittag angerufen und

einen Termin ausgemacht. Ich sehe Marita morgen früh um zehn. Danke, daß du mich das machen läßt.«
Lucia lächelte ins Telefon.
»Tja, vielleicht kriegst du noch eine. Ich habe Rebecca Field erreicht. Sie ist nicht sonderlich erpicht darauf, mit der Polizei zu sprechen, aber sie will es sich überlegen, mit einer Therapeutin zu reden. Ich habe ihr gesagt, daß du sie anrufst. Ihre Telefonnummer ist in der Akte.«
»Großartig«, sagte Amy. »Was ist mit der anderen Patientin, Nya Kyle?«
»Nur eine Nachricht auf dem Anrufbeantworter. Aber ich muß sowieso als erste mit ihr sprechen.«
»Hatte sie nicht auch eine sexuelle Beziehung mit Dr. Freeman?« Amys Stimme war sehr kühl.
»Ja, aber sie unterrichtet Kampfsport. Das stuft sie höher auf der Verdächtigenliste ein. Außerdem hat sie die Stadt verlassen. Ich muß das erste Gespräch mit ihr führen, Amy.« Lucia versuchte, nicht bittend zu klingen. Ihr zunehmender Wunsch, Amy zu gefallen, durfte ihre Handhabung des Falles nicht beeinträchtigen. Sie konnte fast Lieutenant Reynolds knurren hören: »Vermischen Sie nie Arbeit und Vergnügen, Ramos. Behalten Sie Ihr Reh im Visier, und lassen Sie sich nicht ablenken.«
»Natürlich, Lucia. Aber ich möchte auch gern mit ihr sprechen, wenn sie dazu bereit ist.«
Lucia spürte, wie sie sich entspannte. Amy wollte also kein Problem daraus machen.
»Gibt es irgendwelche anderen Gespräche, bei denen ich dir helfen könnte? Ich habe mir das ganze Wochenende freigehalten«, fuhr Amy fort.
»Da ist eine Klientin namens Sarah Carter. Sie ist verknallt genug, um ihrer Therapeutin Geschenke mitzubringen. Ich glaube nicht, daß sie als Mordverdächtige in Frage kommt, nach allem, was ich weiß. Christian hat sie als eine verlorene kleine Seele beschrieben.«
»Das perfekte Opfer«, kommentierte Amy.
»Das war auch mein Gedanke. Ich würde mich freuen, wenn du

an diesem Wochenende mit ihr sprechen könntest. Es wäre eine große Hilfe.«
»Sicher, aber ich habe nicht vor, das ganze Wochenende zu arbeiten! Wie wäre es mit einem Picknick morgen nachmittag? Hast du Zeit?«
Lucia überflog im Geiste ihren Zeitplan. Eigentlich hatte sie nach ihrem Besuch im College nichts Wichtiges mehr vor.
»Ja, furchtbar gern.«
»Großartig. Können wir uns um halb zwölf bei mir zu Hause treffen?«
»In Ordnung. Was ist mit dem Essen? Möchtest du, daß ich etwas besorge, wo du doch arbeitest?« Lucia erinnerte sich an ihre Unentschlossenheit im Lebensmittelladen. Wenigstens wußte sie jetzt, daß Amy keine Vegetarierin war.
»Du mußt doch auch arbeiten. Warum bringen wir nicht einfach mit, was wir sowieso zu Mittag essen würden? Ich packe eine Kühltasche voll Getränke, und du kannst dein Essen dazutun. Zieh dich fürs Land an. Ich denke an einen ganz bestimmten Platz.«
»Bis morgen dann«, sagte Lucia.
»Ja, gegen halb zwölf. Bis dann.«
Lucia legte auf und ging, um die Nachbarskatze zu füttern.
Bevor sie in dieser Nacht einschlief, wiederholte sie wieder und wieder ihr Telefongespräch mit Amy. Aber in ihrer Phantasie war sie viel schlagfertiger. Sie flirtete mit großer Finesse. Sie war souverän, zeigte all ihre besten Eigenschaften. Vielleicht morgen, dachte sie schläfrig, während ihre Gedanken über den Rand der Realität in die Traumwelt glitten.

Samstag

Lucia bog von der vierundzwanzigsten Straße in die alte Einfahrt des Colleges ein, da sie lieber neben der Kapelle als bei den Tennisplätzen parken wollte. Der leichte Samstagsverkehr auf der Commerce Street hatte dazu geführt, daß sie eine Viertelstunde zu früh für ihren Termin mit Schwester Claire Blumberg war, also hatte sie beschlossen, die Kapelle zu besuchen. Es hatte keinen Zweck, die breite Haupttreppe hinaufzusteigen. Die Tür war außer an Sonntagen verschlossen. Lucia trat durch die Seitentür ein und ging ein paar Stufen hinauf bis zu dem breiten, sonnigen Gang, der alle Hauptgebäude miteinander verband.

Sie erinnerte sich an die Berufungsexerzitien, an denen sie hier teilgenommen hatte, als sie auf der High-School war. Wo war die ernste Teenagerin, die Gott so leidenschaftlich dienen wollte, geblieben? Sie konnte diese Leidenschaft nicht länger nachempfinden. Das ernste Kind war herangewachsen und hatte sich von der Reinheit seines Ideals entfernt. Aber während ihr Glaube unter dem Druck der Realität, die sie zu sehen bekam, gebröckelt war, war ihre Liebe zu diesem herrlichen Gebäude geblieben, das das Beste ihres alten Glaubens symbolisierte.

Sie erinnerte sich daran, sich zu bekreuzigen. Ihre Fingerspitzen liebkosten die Oberfläche des kühlen Weihwasserbeckens, als sie die Kapelle betreten hatte. Sie blieb stehen und bewunderte das Licht, das die Bleiglasfenster zum Leben erweckte. Der massive weiße Marmoraltar in seiner kühlen Würde zeichnete die Silhouette der Kapelle nach. Sie ging langsam zu einer kleinen Bank und versuchte, die drei alten Nonnen, die über das Mittelschiff verteilt waren, nicht zu stören. Mittelschiff. War das die richtige Bezeichnung? Sie konnte sich nicht mehr

erinnern. Zehn Jahre der Nichtbenutzung können viele Wörter vergessen machen, dachte sie.
Auf ihrer Uhr war es zehn vor neun. Sie würde aufpassen müssen. Die Zeit versickerte in dieser Ruhe, und sie war sehr müde wegen der Ladenschießerei in der Nacht zuvor. Irgend jemand begann Orgel zu spielen. Bach. Lucia ließ es zu, daß ihre Wachheit nachließ. Sie setzte sich. Dachte nichts. Nur ein winziger Teil ihres Gehirns achtete auf die Zeit. Die Orgel ließ die Luft vibrieren. Die Schwingungen erfaßten ihren Körper. Ganzheit und Einheit. Diese wunderschöne Kapelle ließ sie nie im Stich, im Gegensatz zu der Religion, die sie repräsentierte. Hier war sie immer willkommen, wie sie war, ganz. Langsam stand sie auf und ging hinaus. Sie würde zu spät zu ihrem Termin kommen, aber nur ein bißchen.
Sie konnte nicht an den Strebepfeilern vorbeieilen. Sie mußte leise lächeln. Sie lächelte noch an der Tür zu Schwester Claire Blumbergs Büro. »Dekanin der Studenten« stand an der Tür. Lucia klopfte an. Eine schlichte, blonde Frau Mitte Dreißig öffnete. Ihre warmen Augen musterten Lucia aufmerksam.
»Bitte kommen Sie herein, Detective Ramos. Ich bin Schwester Claire.« Sie führte Lucia zu einem blauen Ohrensessel. In dem winzigen Büro standen noch zwei blaue Stühle, ein Couchtisch, ein Schreibtisch und ein Schreibtischstuhl.
»Vielen Dank, Schwester Claire. Es ist sehr freundlich von Ihnen, daß Sie mich an einem Samstag empfangen. Ich bin Ihnen sehr dankbar.«
»Womit kann ich Ihnen helfen?«
»Soviel ich weiß, stand Dr. Freeman hier unter Vertrag, freitags Therapiesitzungen anzubieten«, sagte Lucia.
»So ist es«, antwortete Schwester Claire. »Sie behandelte nur Studenten im Aufbaustudium. Das wird durch eine Stiftung finanziert.«
»Gibt es eine Möglichkeit, die Namen ihrer Klienten herauszufinden?« Lucia hielt den Atem an. Bitte, dachte sie, laß das hier einfach sein.
»Ja. Alle Termine wurden von meiner Sekretärin gemacht, da Dr. Freeman nicht auf dem Campus war. Natürlich konnte sich

ein Student außerhalb des Campus mit ihr in Verbindung setzen, ohne daß ich es wußte. Zuletzt hatte sie vier regelmäßige Klienten. Warum müssen Sie ihre Namen wissen? Besteht ein Verdacht gegen sie?«
»Lassen Sie uns einfach sagen, daß wir gerne wüßten, wo alle ihre Klienten zwischen sieben und zehn Uhr am Dienstagabend waren. Es schließt gewisse Möglichkeiten aus, wenn wir wissen, wo die Personen waren.«
Schwester Claire atmete tief durch. »Schwester Jane Monda und ich waren an dem Abend zusammen. Eine von unseren älteren Schwestern ist am Dienstag gestorben, und wir waren bei der Andacht. Sie war ungefähr um halb zehn zu Ende. Wir waren beide Klientinnen. Ich hoffe, das ist alles, was Sie über meine Therapie wissen müssen.« Sie hielt abrupt inne. Ihre Finger spielten mit dem schlichten Goldring. Mit Gott verheiratet zu sein ist wohl nicht so einfach, wie ich immer geglaubt habe, dachte Lucia.
»Vielen Dank für Ihre Offenheit, Schwester Claire. Mir war nicht klar, daß sie außer Studenten auch andere Personen behandelte.«
»Tat sie auch nicht. Wir arbeiten beide an unserem Diplom in Sozialpädagogik. Einer der Gründe für unseren Orden, das College zu unterhalten, ist, den Schwestern eine höhere Bildung zu ermöglichen. Wir sind ein lehrender Orden und halten das für unerläßlich für unsere Arbeit.«
»Ich muß im Augenblick wirklich nichts über Ihre Sitzungen wissen. Wahrscheinlich nie. Aber können Sie mir sagen, wer die beiden anderen Klienten waren?«
»Genauer gesagt, drei. Ich traf Dr. Freeman donnerstags morgens in ihrer Praxis, nicht freitags auf dem Campus.«
Lucia hob überrascht die Hände. »Sie sind die geheimnisvolle Klientin!« rief sie aus. »›S. C. B. Kontakt Freitag‹ war alles, was wir in ihren Unterlagen fanden. Das ist großartig. Ich hatte keine Ahnung, wie ich diese S. C. B. ausfindig machen sollte. Es gab keine Rechnungen. Keine Telefonnummer.«
Schwester Claire entspannte sich und lächelte. »Das war alles Teil des Gesamtvertrages. Ich bin froh, daß ich eines Ihrer Pro-

bleme gelöst habe. Ich glaube, ich kann noch eines lösen. Einer der drei Klienten ist blind. Das wird jeden Verdacht von ihm nehmen, oder nicht?«

»Mehr als wahrscheinlich. Obwohl Verdacht ein zu harter Ausdruck ist. Im Moment schließen wir nur Möglichkeiten aus. Können Sie mir die beiden anderen Namen geben?«

»Ja«, sagte Schwester Claire. »Wobei ich davon ausgehe, daß Sie diese Information vertraulich behandeln.«

»Dies ist eine Morduntersuchung. Ich muß Ihnen ehrlich sagen, daß es in einem solchen Fall einige Probleme mit der Vertraulichkeit geben kann.«

»Natürlich«, sagte Schwester Claire und stand auf, »das verstehe ich. Ich hole Ihnen die Unterlagen her.« Sie ließ die Tür zum Nachbarbüro offenstehen. Lucia nahm gerade ihr Notizbuch heraus, als Schwester Claire mit einem Terminkalender, zwei Akten und einem Studentenverzeichnis zurückkehrte.

Sie setzte sich wieder und schlug die Akten auf. »Mary Hohen wird, Verzeihung, wurde von ihr behandelt. Sie finden sie im Studentenwohnheim. Sie ist eine Vertrauensperson für jüngere Studentinnen. Ich glaube, sie wurde vom Wohnheimleiter wegen Depressionen überwiesen. Sie hat aber kein Auto. Ich bin mir nicht sicher, wie sie überhaupt zu Dr. Freemans Praxis gelangen könnte. Es gibt keine Busverbindung.«

Als sie Lucias Überraschung bemerkte, fuhr sie fort. »Ich habe es überprüft. Es ist manchmal schwierig, ein Klosterauto zu organisieren. Ich mußte einige meiner Termine absagen. Der andere Student ist Derrick Milton. Ich kenne ihn nicht so gut wie Mary. Er ist zum Frühjahrssemester vom City College in New York herübergekommen. Er hat seinen Termin selbst ausgemacht; es war keine Überweisung. Als Grund gab er an: ›Trauer über den Tod der Mutter‹. Das ist alles.«

Sie gab Lucia das Studentenverzeichnis. »Ich würde Ihnen die Telefonnummern vorlesen, aber ich bin Legasthenikerin. Ich verdrehe oft die Ziffern.«

Lucia blätterte bis zu Mary Hohen und schrieb die Telefonnummer in ihr Notizbuch. Sie konnte Derrick Milton nicht in der Liste finden.

»Ach ja, Frühjahrssemester. Da ist er natürlich nicht in diesem Verzeichnis, das kam schon im Herbst heraus. Hier, es müßte auf seiner Immatrikulation stehen.« Schwester Claire reichte Lucia seine Akte.
»Haben Sie für jeden Studenten eine Akte?« fragte Lucia.
»Ja, aber nur eine. Mr. Glasscock, der für die Immatrikulation zuständig ist, und ich teilen uns die Akten.« Sie deutete auf die offene Tür. »Sein Büro schließt sich auf der anderen Seite an. Wir teilen uns auch die Sekretärin.«
»Bedeutet das nicht, daß dadurch die Informationen in den Akten alles andere als vertraulich sind?« fragte Lucia.
Schwester Claire lächelte. Sie griff in Marys Akte und zog eine weiße Karte hervor. Auf der Karte stand: »Donnie TΩ«.
»Donnie Donaldson ist unser Schlafsaaldirektor. T steht für Therapeutin, und das Ω ist ein trauriger Mund. Ich bezweifle, daß irgend jemand außer mir das entziffern könnte. Die Akten sind ständig unter Verschluß. Es gibt nur drei Schlüsselbunde: bei mir, bei Mr. Glasscock und dem Präsidenten. Wir versuchen wirklich, sorgsam zu sein.«
Während der Erklärung hatte Lucia die Akte auf ihrem Schoß gelesen. »Dieser Student Milton ist aus New Jersey. Bekommen Sie viele Studenten von dort?«
»Nein«, erwiderte Schwester Claire. »Wir bekommen ein paar von Long Island, weil wir dort eine High-School haben. Aber aus New Jersey nicht.«
Lucia schrieb sich die Adresse und Telefonnummer auf und vermerkte: »New Jersey – warum San Antonio?« darunter. »Macht es Ihnen etwas aus, wenn ich sie von hier aus anrufe? Ich würde gerne so schnell wie möglich mit ihnen sprechen.«
Schwester Claire lächelte und deutete auf das Telefon. »Bitte sehr.« Sie nahm Derrick Miltons Akte wieder an sich und ging in das angrenzende Büro, um die Akten wieder einzuordnen.
Lucia nahm den Hörer des schweren, schwarzen Bürotelefons ab und wählte Derrick Miltons Nummer. Eine Ansage kam: »Kein Anschluß unter dieser Nummer.« Lucia legte auf und wählte Mary Hohens Nummer. Eine sehr junge Stimme meldete sich. Lucia stellte sich vor und fragte, ob Mary Zeit für ein

Gespräch habe. Mary war einverstanden und schlug die Eingangshalle des Wohnheims vor.
»Ich trage ein königsblaues Kleid mit einem lavendelfarbenen Tuch«, sagte Lucia.
»An einem Samstagmorgen werden Sie die einzige Person dort sein«, sagte Mary. »Bis gleich.«
Schwester Claire war ins Büro zurückgekehrt und stand an der Tür. »Die Vorhalle ist gleich hier den Flur entlang.«
»Providence Hall. Gegenüber vom ehemaligen Blauen Salon«, sagte Lucia.
»Sind Sie eine frühere Studentin?« Schwester Claire lächelte breit.
»Nein, ich habe nur ein paar Soziologievorlesungen hier besucht. Aber ich habe mich als Kind hier herumgetrieben. Ich bin drüben in Zarzamora aufgewachsen.«
»Eine Nachbarin also.« Schwester Claire lächelte noch immer.
»Schwester Claire, vielleicht muß ich noch einmal mit Ihnen sprechen.« Das Lächeln der Nonne verschwand. »Über Dr. Freeman. Wer ihre Freunde waren. Wer ihre Kollegen waren. Wir glauben nicht, daß der Kontakt hier im College von Bedeutung ist. Da der Mord in ihrer Praxis stattfand, konzentrieren wir uns auf die Personen, die sie dort aufsuchten.« Schwester Claire zuckte zusammen. »Personen, die kein Alibi haben, Schwester Claire. Personen, die ein Auto haben.« Lucia lächelte sie an. »Nochmals vielen Dank für Ihre Hilfe.«
Das ist vielleicht ein Alibi, dachte Lucia, als sie ging. Eine ganze Kirche voller Nonnen als Zeuginnen. Die Vorhalle war nur ein paar Schritte entfernt. Dort wartete eine junge, füllige Frau in Jeans und einem blauen T-Shirt auf sie. Sie sah nicht aus wie jemand, die unglücklich ist. Obwohl sie es sicherlich war. Betrübnis umhüllte sie wie ein schlechtsitzendes Kleid.
»Ich bin Lucia Ramos vom Polizeidezernat. Danke, daß Sie sich mit mir treffen.« Lucia lächelte. Mary erwiderte das Lächeln gezwungen.
»Ich bin Mary Hohen. Aber das wissen Sie ja schon, nicht wahr? Sie möchten über Dr. Freeman reden. Ich weiß nicht, ob

ich das kann. Ich kann es nicht glauben, daß sie tot ist. Wer sollte sie töten wollen? Sie half doch den Menschen. Ich weiß nicht, was ich jetzt tun soll. Ich bin völlig fertig. Sie sehen es mir an, nicht wahr? Ich kann es Ihrem Gesicht ansehen. Ich rede vor lauter Nervosität. Ich muß jetzt still sein.« Sie brach abrupt ab.
»Lassen Sie uns spazierengehen. Ich liebe den Campus, und vielleicht hilft Ihnen ein Spaziergang, sich zu beruhigen. Es wird wirklich nicht so schlimm. Einverstanden?« Lucia begann, die Stufen hinabzugehen. »Wie wäre es mit dem Hickorywäldchen?«
»Wie Sie wollen«, erwiderte Mary. Sie schien sich darauf zu konzentrieren, nicht zu reden. Sie starrte auf ihre Füße, als sie die Betonstufen hinunter und über die Asphalteinfahrt gingen. Sie nahm die Blüten am Birnbaum, dem einzigen Überlebenden eines Frostes, der die übrigen vor Jahren hatte eingehen lassen, nicht wahr. Doch Lucia bemerkte sie, und sie nahm eine der kleinen Blüten mit in das Hickorywäldchen. Dort setzten sie sich neben die Grotte. Mary starrte weiterhin auf ihre Füße.
»Lassen Sie uns damit beginnen, wo Sie letzten Dienstagabend waren.« Lucia versuchte, Marys Blick aufzufangen.
»Ich habe gearbeitet«, sagte Mary mit monotoner Stimme.
»In Ihrem Zimmer oder in der Bibliothek oder...«, fragte Lucia.
»In meinem Zimmer«, murmelte Mary.
»Ist jemand vorbeigekommen?«
Mary sah schockiert von ihren Tennisschuhen auf. »Mein Gott! Sie glauben, ich habe sie umgebracht. Sie, ich meine, o mein Gott! Müssen Sie nicht einen Anwalt anrufen oder so? Ich meine, im Fernsehen lesen sie ihnen immer ihre Rechte vor, bevor sie sie festnehmen. Und niemand kann beschwören, wo ich war, weil ich allein war. Ich bin geliefert. Ich dachte, die Dinge könnten nicht schlimmer werden, als sie schon sind, aber jetzt ist alles noch viel schlimmer, weil ich jetzt schwanger bin und des Mordes angeklagt. O nein! Ich habe gerade einem Polizisten erzählt, daß ich schwanger bin, bloß daß Sie ja eine Frau sind. Werden Sie mich verhaften? Halt's Maul, Mary. Du

reitest dich nur noch tiefer herein.« Sie blickte wild um sich, als ob sie eine Flucht erwog, bevor alles noch schlimmer würde.
Lucia versuchte während Marys Rede ein Lächeln zu unterdrücken. Sie konzentrierte sich auf ihre eigenen bequemen Pumps aus blauem Leder mit gutem Fußbett. Sie drehte einen um, um zu sehen, wie abgetragen die Absätze waren. Als Mary zu reden aufhörte, schaute sie sie so ernst an, wie sie nur konnte.
»Wenn Sie gestehen wollen, ist jetzt die Zeit dafür, da ich Sie noch nicht über Ihre Rechte aufgeklärt habe. Aber offen gesagt, würde mich das sehr überraschen, da Sie noch nicht einmal zu den Verdächtigen gehören. Ich muß wahrscheinlich nie wieder mit Ihnen sprechen. Es sei denn, natürlich, daß Sie ein Verbrechen begangen haben. Und Schwangerschaft ist kein Verbrechen. Jedenfalls soweit ich weiß. War das das Problem, bei dem Dr. Freeman Ihnen geholfen hat, die Schwangerschaft?«
Mary nickte. »Ich weiß nicht, was ich tun soll. Ich war soweit, mich umzubringen. Er wollte, daß ich es abtreibe. Aber ich konnte das nicht.« Sie sprach langsamer, ruhiger. »Ich halte nichts von Abtreibung. Es wäre Mord. Aber ich bin noch nicht reif genug, Mutter zu sein. Es würde alles zerstören. Er will mich nicht heiraten. Ich nehme an, das ist gut. Dr. Freeman sagte, daß es wahrscheinlich mit einer Scheidung enden würde. Davon halte ich auch nichts. Aber ich kann mich nicht um ein Baby kümmern. Ich weiß einfach nicht, was ich machen soll.« Sie begann zu weinen. »Und jetzt ist meine Therapeutin tot. Ich habe sie sehr gemocht. Sie hielt mich nicht für schlecht, weil ich schwanger bin, oder für dumm, weil ich keine Abtreibung wollte, und bald wird es jeder wissen.« Ihr Schluchzen wurde lauter.
Lucia tätschelte ihr sanft die Schulter. Eine junge Frau, die eine Abtreibung nicht verkraften könnte, ist sehr unwahrscheinlich als Mörderin, dachte sie.
»Ich weiß eine Lösung, die bei einer anderen jungen Frau funktioniert hat. Möchten Sie darüber etwas hören?« Das Schluchzen ließ nach.
»Kümmert sich die Polizei doch um Schwangerschaften? Ich

dachte, Sie hätten gesagt, es sei kein Verbrechen.« Mary wischte sich mit dem Handrücken die Tränen ab.

»Manchmal ist es das Resultat eines Verbrechens wie Vergewaltigung oder Inzest. Wie dem auch sei, ich kenne ein Paar in Cuero, das ein Heim für Kinder betreibt, die schwer zu adoptieren sind. Sie brauchen oft Hilfe über den Sommer. Mehrere Mädchen, die ich kenne, haben dort während ihrer letzten Schwangerschaftsmonate gearbeitet. Alle haben etwas davon: die Kinder, Pete und Roz und die schwangeren Mädchen.« Lucia holte ein ledernes Adreßbuch und ihr Notizbuch hervor und schrieb die Adresse ab. »Vielleicht können Sie sich die Arbeit sogar als Praktikum anrechnen lassen.«

»Ich weiß nicht. Das hört sich zu einfach an. Das ist es nicht, wissen Sie. Ich werde mein Baby aufgeben müssen. Ich weiß nicht, ob ich das kann.« Mary sah Lucia mit einem herausfordernden Blick an.

»Wenn die Zeit kommt, werden Sie wissen, was Sie tun wollen. Aber ich wette, daß Sie sich die Entscheidung nicht leichtmachen werden. Mehr kann niemand tun. Sie können Fehler nicht nachträglich ungeschehen machen. Sie können nur so gut es geht versuchen, in Ordnung zu bringen, was schiefgelaufen ist. Denken Sie darüber nach. Es gibt noch andere Leute, die Ihnen helfen können. Da ist eine Frau namens Donna bei *Birthright*, die Sie anrufen können...«

»Habe ich schon«, unterbrach Mary sie. »Sie hat mich dazu überredet, zu Dr. Freeman zu gehen. Sie hat gesagt, daß Selbstmord das Baby genauso töten würde wie eine Abtreibung.«

»Denken Sie darüber nach, ob Sie sie noch mal anrufen wollen. Sie hat Ihnen schon einmal geholfen. Und wenn Sie keine Möglichkeit mehr sehen, hier ist meine Karte. Rufen Sie mich an«, sagte Lucia in der Hoffnung, daß sie das Richtige tat. Wenn diese junge Frau ein emotionaler Schwamm ist, werde ich dieses Angebot womöglich bereuen, dachte sie. »Und denken Sie an Dr. Freeman. Wir brauchen jede Hilfe, um den Mord aufzuklären. Wenn Ihnen etwas einfällt, das uns weiterhelfen könnte, rufen Sie mich bitte auch an.« Sie gab Mary ihre Karte und den Zettel mit der Adresse und nahm ihre Hand. »Passen

Sie auf sich auf, Mary. Ich glaube wirklich, daß Sie das hinbekommen werden.«
Sie stand auf und ließ Mary zurück, die wieder auf ihre Schuhe starrte.

Amy parkte ihren gelben Saab unter einer riesigen Eiche. Jeff hatte von diesem Baum gesprochen, als er ihr die Praxis vermietete. »Ich habe den Parkplatz absichtlich unter die Eiche gelegt«, sagte er. »Eichen haben etwas in ihren Wurzeln, das andere Pflanzen vergiftet. Es wird nichts darunter wachsen.«
Amy dachte jeden Morgen, wenn sie dort parkte, über die Bemerkung nach. Wie in einigen Familien, überlegte sie und sammelte ihre Unterlagen vom Beifahrersitz zusammen. Sie schloß die Autotür ab, als sie ging. Sie schloß sie immer ab, besonders nach Lucias Demonstration, wie ein Wagen kurzgeschlossen werden konnte. Es war erstaunlich, wie schnell das ging.
Die Praxis schien ein sehr abgeschiedener Ort, um mit einer Mordverdächtigen zu sprechen. Niemand wartete in den geblümten Polstern der leeren, tiefen Sessel im Empfangsbereich. Die Praxis schien sehr ruhig ohne Connies emsige, kleine Geräusche. Amy stellte die Kaffeemaschine an. Bald milderte ihr Tröpfeln und Zischen die Stille.
Amy schenkte sich gerade eine Tasse von *Barney's Bestem* ein, als sie ein kräftiges Klopfen an der Eingangstür hörte. Sie atmete tief durch und ging, um zu öffnen.
»Ich bin Amy Traeger.« Sie streckte die Hand aus. Marita nahm sie mit festem Griff.
»Marita Peterson.«
»Sie hatten einen langen Weg in die Stadt, soweit ich weiß. Vielen Dank, daß Sie gekommen sind.«
»Ich habe keine große Wahl, Dr. Traeger. Ich bin eine Mordverdächtige. Ich tue, was mir gesagt wird, und hoffe, daß ich nicht ins Gefängnis muß. Also, hier bin ich.«
»Okay. Das ist nur recht und billig. Lassen Sie mich Ihnen erzählen, wie ich bei einer polizeilichen Untersuchung arbeite.«
Amy spürte, wie sich ihre Schultern anspannten. Sie atmete tief ein und zwang ihre Muskeln, sich zu entspannen. Es klappte.

»Ich spreche mit Menschen, die ein Trauma erlebt haben. Ich versuche so vorzugehen, daß das Trauma durch den Prozeß der Untersuchung nicht noch verstärkt wird. Im Grunde genommen agiere ich jedoch wie eine Ermittlerin der Polizei, und somit gelten dieselben Vorsichtsmaßnahmen, da Ihre Aussage gegen Sie verwendet werden kann.«

Marita zuckte die Schultern. »Also umwickeln Sie den Schlagstock mit einem Handtuch, so daß er keine Abdrücke hinterläßt. Und weiter?«

»Nichts weiter, nehme ich an. Außer daß ich alles vertraulich behandle, was nicht zur Untersuchung beiträgt. Aber ich muß unser Gespräch aufzeichnen.«

»Nur zu. Was wollen Sie wissen? Ich habe der Polizistin, die zu mir nach Hause kam, schon alles erzählt.« Marita ließ sich in den gepolsterten Stuhl neben Amys Schreibtisch fallen. Amy setzte sich ihr gegenüber auf den ledernen Schreibtischstuhl. Sie schaltete den Kassettenrecorder an.

»Wie haben Sie Dr. Freeman kennengelernt?«

»Ich bin mit dem Zeigefinger die Liste der Therapeuten im Branchenbuch durchgegangen. Habe alle Frauen angerufen. Habe sie gefragt, ob sie lesbisch seien. Sie war die erste, die ja gesagt hat. Was hätten Sie gesagt?«

»Ich hätte Sie gefragt, warum Sie das wissen möchten. Es können viele Motivationen hinter einer solchen Frage stecken – was hätten Sie darauf gesagt?«

»Daß ich die Nase voll davon hätte, mit Leuten zu reden, die glauben, daß es eine Krankheit ist, lesbisch zu sein. Daß ich eine Therapeutin haben möchte, die schon weiß, wie das ist. Meine letzte Therapeutin war eine alte Ziege, die nicht darüber hinwegkam, daß ich glücklich damit bin, Lesbe zu sein. Ich habe die ganze Zeit damit zugebracht, über Homosexualität zu reden und nicht über mich. Ich habe die Nase voll davon, Therapeuten auszubilden. Also, wie ist das mit Ihnen, sind Sie lesbisch?«

Marita stützte die Hände auf die Knie und beugte sich vor.

»Ich bin fest davon überzeugt, daß das keine Rolle spielt, Marita. Eine gute Therapeutin konzentriert sich auf Ihre Bedürf-

nisse, und die eigenen tun nichts zur Sache. Aber ja, ich bin lesbisch!« Amy zwang sich, ihren Körper entspannter zu halten. Sie hatte das Gefühl, daß Maritas nächste Frage eine Spitze sein würde. Es war eine.
»Und die Polizistin? Ist sie eine Lesbe?«
»Das müssen Sie sie schon selbst fragen.« Amy suchte den Blickkontakt und hielt ihn aufrecht.
»Das habe ich mir gedacht«, lächelte Marita. »Sie wußte zu gut Bescheid, um eine Hetera zu sein.«
»Soso. Hat Dr. Freeman am Telefon zugegeben, lesbisch zu sein?«
»Ja. Also bin ich zu ihr gegangen. Wenn es eine Psycholesbe mit dem Namen Aardvark gegeben hätte, hätte ich mir eine Menge Ärger erspart«, schnaubte sie.
»Es war also eine Menge Ärger?«
»Herrgott, hat die Polizistin Ihnen gar nichts erzählt?«
»Doch, aber ich würde lieber mit Ihnen darüber reden.«
»Ich möchte weder mit Ihnen noch mit sonst jemandem darüber reden.«
»Tut es so weh?« fragte Amy.
»Ja«, sagte Marita und wandte sich ab.
»Können Sie mir sagen, wo es schmerzt? Fühlen Sie es in Ihrem Körper?«
»Wenn dem so wäre, wäre es ein Wunder. Ich fühle überhaupt nichts. Ich nehme an, man könnte sagen, daß mein Körper und ich nicht mehr miteinander reden.«
»Hm«, murmelte Amy, »also regelrecht von Ihrem Körper abgespalten.«
»Ja, als ich nicht mehr zu Lizzie ging, habe ich mir auf der Arbeit Säure über die Hand geschüttet. Ich wollte irgend etwas spüren, selbst Schmerz.«
Marita begann, sich die linke Hand zu reiben.
»Hat es geholfen?« fragte Amy.
»Nein. Der Typ neben mir hat sich das Soda geschnappt und darüber geschüttet. Ich habe kaum etwas gespürt. Sehen Sie«, sagte sie und streckte die Hand aus, »kaum Narben.«
»Warum gingen Sie nicht mehr zu Dr. Freeman?«

»Es war seltsam. Meine alte Wohnung wurde abgerissen, deshalb mußte ich etwas Neues finden. Ich schaute mir diese Garagenwohnung an, von der ich gehört hatte. Die Lesbe, die dort wohnte, plauderte über ihre Geliebte und fragte mich, ob ich mit jemandem zusammen sei. Ich erzählte ihr, daß ich mit meiner Therapeutin schlief. Sie fiel fast in Ohnmacht. Dann redete sie endlos davon, wie unethisch das wäre. Ich bin einfach weggegangen. Ich konnte es nicht fassen. Ich bin einfach innerlich abgestorben. Es war vorbei.« Maritas Stimme war ausdruckslos, ohne eine Spur von Gefühl.

»Was war vorbei?« fragte Amy sanft.

»Die Hoffnung.«

»Warum war die Hoffnung vorbei? Das verstehe ich nicht.«

»Ich wollte glauben, daß ich jemandem vertrauen konnte. Ich wollte es so sehr, daß ich einfach ignorierte, wie falsch es war. Ich wußte, daß es falsch war. Aber ich wollte es so sehr.«

Marita schwieg. Sie hustete ein paarmal. Dann saß sie da und starrte auf ihre Hände.

»Mein Vater hat mich körperlich verletzt, und Lizzie hat das alles wieder aufgerissen. Alles noch einmal.« Sie begann zu schluchzen. »Scheiße«, sagte sie weinend, »ich will das nicht. Ich hasse Weinen. Ich tue es immer wieder.«

»Trauern Sie?«

»Trauern?« Marita schaute auf, überrascht inmitten ihrer Tränen.

»Um Dr. Freeman?« fragte Amy.

»Lizzie? Ich habe sie gehaßt. Gehaßt. Hören Sie mich? Ich habe sie gehaßt.« Marita schrie. »Sie hat mich betrogen, genau wie mein Vater. Sie war der letzte Dreck. Sie hat sich für nichts als Sex interessiert. Sie hat sich nicht für mich interessiert. Sie hat sich für überhaupt niemanden interessiert außer für sich selbst. Ihr war die Ethik egal oder irgendwelche Grenzen oder was richtig war oder nicht. Ihr ging es nur darum, was sie wollte, genau wie meinem Vater. Ich bin froh, daß sie beide tot sind. Ich will sie aus meinem Leben raushaben.« Sie brach plötzlich ab und schaute Amy an. »Warum sollte ich Ihnen glauben? Sie können dieser Polizistin alles erzählen, was ich sage.«

»Ja, könnte ich. Das wissen wir beide. Sie sind schwer betrogen worden. Sie haben keinen Grund, irgendeinem Vertreter meines Berufes zu trauen. Ich entschuldige mich dafür. Das hätte nie passieren dürfen. Es gibt nichts, was es wiedergutmachen könnte. Ich glaube, daß jedes Vertrauen für Sie einen enormen Glaubensakt, einen Willensakt bedeutet. Das scheint für die meisten Inzestüberlebenden zuzutreffen. Ich weiß, daß es für mich oft zutrifft.«

Marita heftete den Blick auf Amy. Einen Moment lang sprach keine von ihnen.

»Ich habe meine eigene Geschichte«, sagte Amy schließlich. »Ich heile mich selbst, indem ich versuche, anderen bei ihrer Heilung zu helfen. Mein Vater konnte das Blaue vom Himmel herunterlügen. Er hat geprahlt, daß er auf diese Weise der am meisten veröffentlichte Forscher an der Northwestern wurde. In meinen Bemühungen, mich von ihm zu distanzieren, arbeite ich sehr hart daran, vertrauenswürdig zu sein. Aber dafür haben Sie nur mein Wort.« Sie bemerkte, daß ihre Hände verkrampft waren, und lockerte sie bewußt.

»Ihr Wort«, stieß Marita hervor. »Was bedeutet mir das schon? Nichts. Sie sind also eine Inzestüberlebende. Und weiter? Nichts weiter! Ich glaube allmählich, daß jede das ist. Na und? Jede hat ihren Schmerz.«

»Es muß aufhören. Ich werde mein Bestes tun, um es zu stoppen«, sagte Amy so sanft, wie sie konnte.

»Wer hat meinen Vater gestoppt? Wer hat Lizzie gestoppt?«

»Niemand hat Ihren Vater gestoppt. Doch jemand hat Lizzie gestoppt. Waren Sie es?« Amy hatte Schwierigkeiten, in der Atmosphäre des Zorns, die Marita umgab, ihre Objektivität zu wahren.

»Nein!« rief sie. »Nein, nein, nein! Ich war es nicht. Ich wollte es. O Gott, ich wollte es. Aber ich hätte es nie tun können. Ich hätte es mir nicht antun können. Sie war es nicht wert.« Ihre Stimme wurde leiser. »Ich würde nicht so tief sinken.«

»Sie halten mehr von sich«, bot Amy vorsichtig an.

»Hören Sie mit diesem Therapiescheiß auf! Davon habe ich genug von Lizzie bekommen, daß es bis an mein Lebensende reicht. Bescheißen Sie mich nicht. Benutzen Sie mich nicht. Ich habe die Schnauze voll davon.«

»Okay«, sagte Amy. »Was könnte gehen?«

»Was meinen Sie damit, was könnte gehen?« Marita klang verwirrt. »Wovon reden Sie denn?«

»Eine meiner Kolleginnen hat ethische Grundsätze verletzt und Ihnen Schaden zugefügt. Ich verpflichte mich, alles zu versuchen, was ich kann, um diesen Schaden zu beheben, wenn Sie mich lassen. Ich möchte gerne mit Ihnen arbeiten, wenn Sie glauben, daß wir das können. Wenn Sie dazu bereit sind.« Amy drückte im Geist die Daumen. Sie hatte nicht das Gefühl, das Gespräch gut geführt zu haben. Es war viel zu früh, nach ihrer Einwilligung zu fragen, aber wenn Marita ging, so vermutete Amy, würde es keine zweite Gelegenheit geben, um den Schaden wiedergutzumachen, den Freemans Verhalten angerichtet hatte.

»Ich habe nicht die Absicht, jemals wieder verwundbar zu sein. Niemals.« Marita schüttelte den Kopf. »Ich lasse mich nicht hypnotisieren.«

»Okay. Das klingt vernünftig.« Amy lächelte erleichtert. »Sind Sie abgesehen von dieser Einschränkung bereit, es zu versuchen?«

»Einfach so. Sie wollen, daß ich Ihnen vertraue, Ihnen folge.« Marita schüttelte wieder den Kopf.

»Nein, ich will eher, daß Sie mich Ihnen folgen lassen. Wenn Sie sagen, daß ich nichts tun kann, akzeptiere ich das. Aber ich kann nicht akzeptieren, daß Dr. Freemans Verhalten bestimmt, welche Hilfe für Sie verfügbar ist. Das ist einfach nicht richtig.«

»Warum ist Ihnen das so wichtig?« fragte Marita mißtrauisch.

»Mein Beruf ist mir wichtig. Ich möchte respektieren, was ich tue und die Leute, mit denen ich es tue. Es ist wichtig für meine Selbstachtung.« Amy merkte, wie ihre Stimme schrill wurde, und nahm sich zurück. »Es ist Teil meiner Selbstverpflichtung, dies zu einer anständigen und lebenswerten Welt zu machen. Ich möchte helfen, den Schaden zu beheben, den die Mißbrau-

cher angerichtet haben. Ich weiß nicht«, sie lachte über ihre eigene Intensität, »ich mache es gern, Marita. Ich nehme an, darauf läuft es schließlich hinaus, ich mache es gern.«
»Wieviel wird es ungefähr kosten?« Marita schaute Amy in die Augen.
»Wir können es ohne Gebühr belassen, bis Sie das Gefühl haben, daß wir den Schaden, den Dr. Freeman angerichtet hat, behoben haben. Danach gehen wir zum Standardhonorar über. Sie entscheiden, wann das sein wird.« Amy streckte die Hand aus. »Abgemacht?«
»Abgemacht.«
Sie schüttelten sich die Hände. »Ich hoffe wirklich, daß das nicht noch ein Alptraum wird. Ich könnte es nicht ertragen.« Marita lächelte ironisch. »Okay. Lassen Sie es uns ausprobieren.«
»In Ordnung. Worüber möchten Sie sprechen? Was hilft?«
»Warum mußte sie sterben? Irgendwie fühle ich mich betrogen. Das ist wirklich verrückt.« Marita strich sich über die Augenbrauen. »Wer hat einen Grund gehabt, sie umzubringen? Wissen Sie das?«
Amy schüttelte den Kopf. »Detective Ramos hat mir viele Einzelheiten aus ihrer Untersuchung mitgeteilt, aber es scheint noch keine konkreten Hinweise zu geben.«
»Bin ich die Hauptverdächtige, oder können Sie darüber nicht reden?« Marita starrte Amy konzentriert an.
»Ich glaube nicht, daß Sie das sind. Sie scheinen ein gutes Alibi zu haben. Und im übrigen bin ich bereit, über alles mit Ihnen zu sprechen, was ich weiß, mit Ausnahme von vertraulichen Informationen über Klienten. Aber ich glaube wirklich nicht, daß die Falldetails viel mit Ihrem Schmerz zu tun haben.«
»Vielleicht nicht mit meinem Schmerz, aber sicher eine Menge mit meiner Angst. Ich habe furchtbare Angst, im Gefängnis zu landen.« Ein schüchternes, nervöses Lächeln erschien auf Maritas Gesicht und veränderte es völlig. Sie sah jung und verwundbar aus.
»Der einzige, der ins Gefängnis kommen wird, ist derjenige, der Dr. Freeman getötet hat. Dessen bin ich mir einigermaßen sicher.«

»Einigermaßen. Einigermaßen. Nicht viel in meinem Leben ist einigermaßen gutgegangen. Warum sollte es sich jetzt ändern?«
»Weil Sie bereit sind, es zu verändern. Dann erst verändert sich etwas. Und es wird nicht über Nacht gelingen... oder jemals.«
Marita antwortete nicht. Sie saß mit ausdruckslosem Gesicht da und starrte Amy an. Für Amy war das der Moment, in dem die Therapie wirklich begann.
Sie sprachen eine weitere halbe Stunde über Maritas Ängste. Oft noch erschien der Ausdruck von Leere auf Maritas Gesicht und signalisierte Amy, daß wichtige Themen behandelt wurden. Sie ließ Marita die Richtung des Gesprächs bestimmen und wartete, bis sie sagte: »Das war's jetzt. Ich will nicht mehr darüber reden. Es ist zu schwierig ohne Hypnose.«
»Wann würden Sie gern wiederkommen?« fragte Amy.
»Sind Sie sicher, daß das hier umsonst ist?« erwiderte Marita.
»Ich bin sicher«, lachte Amy. »Aber ich möchte Sie nicht am Wochenende treffen. Das versuche ich mir zur Erholung freizuhalten.«
»Wie dieses hier«, forderte Marita sie heraus.
»Ich verlasse dieses Büro und gehe zu einem Picknick, sobald wir hier fertig sind. Ich mag meine Freizeit zu sehr, um sie aufzugeben. Wie wäre es mit Mittwoch um 16 Uhr? Da bin ich frei.« Amy hielt ihren Stift über dem Kalender auf ihrem Schreibtisch gezückt.
»Gut. Warum nicht?« Marita zuckte die Schultern. Sie stand auf und verließ abrupt die Praxis. Amy glaubte, Tränen in Maritas Augen zu sehen, als sie ging. Sie blieb einen Moment sitzen und machte eine Entspannungsübung. Als sie sehr ruhig, sehr in sich gegangen war, stellte sie sich Marita als ein kleines Kind in ihren Armen vor. Dann stellte sie sich einen großen, beschützenden Geist vor. Sie stellte sich vor, Marita in die Arme dieses Geistes zu legen. »Sei wohlbehütet«, sagte sie und führte sich dann zurück in die alltägliche Umgebung der Praxis.

Sie nahm die Telefonnummern von Rebecca Field und Sarah Carter aus der dicken Akte. Es gab viel zu tun.

Auf dem Weg zurück ins Büro fuhr Lucia an der *Füllhorn*-Volksküche vorbei. Drei Männer und eine Frau saßen auf dem Bürgersteig neben der ramponierten Holztür der Volksküche. Die mit Brettern vernagelten Fenster gaben dem Ort ein verlassenes Aussehen. Mehrere Lagen von Plakaten waren an die Bretter geklebt und dann stellenweise abgerissen oder vom Regen weggewaschen worden. Stücke von alten Postern in verblichenen Farben machten die Sperrholzplatten zu einer zerfetzten Collage.

Die vier Leute, die auf Essen warteten, ähnelten den Fenstern. Ihr Blick war verschlossen und verlieh ihrer Erscheinung einen Ausdruck von Leere. Die verblichenen Kleiderlumpen saßen schlecht und paßten nicht zueinander. Sie schienen so ausrangiert wie die lang vergessenen Plakate über ihren Köpfen.

Lucia klopfte an die Tür und ignorierte die mürrische Abneigung, die von den sitzenden Menschen auszugehen schien.

»Gehen Sie weg! Kommen Sie später zurück. Wir öffnen mittags«, rief eine Stimme von drinnen.

»Polizei«, rief Lucia zurück. »Ich muß mit einer Ihrer Angestellten sprechen.«

Allen Leuten auf dem Bürgersteig gelang es, auf die Beine zu kommen und sich einen anderen Platz zum Warten zu suchen. Offensichtlich wurde die Polizei von dieser Gruppe nicht als Freund und Helfer angesehen.

Der Riegel wurde zurückgeschoben. Ein grimmig aussehender Chicano von Mitte Vierzig öffnete die Tür. Sein blaues, kurzärmeliges Hemd und seine Levis waren alt, aber sauber. Seine Jeans hatten eine scharfe Bügelfalte. Sein glattes, schwarzes Haar war ordentlich zurückgekämmt. Er sah Lucia finster an.

»Kommen Sie herein«, sagte er. Lucia trat ein.

»Ich suche Sarah Carter«, sagte sie.

»Sie ist nicht hier.«

»Wissen Sie, wo sie ist?«

»Nein«, antwortete er. »Haben Sie eine Dienstmarke?«

»Sicher«, sagte Lucia und schlug ihre Brieftasche mit dem Ausweis auf. »Detective Lucia Ramos, Mordkommission.«

»Sarah soll von der Mordkommission befragt werden? Warum?« Seine Stimme war anklagend.

»Ihre Therapeutin wurde ermordet. Wir befragen alle ihre Klienten. Keine große Sache. Wir möchten nur herausfinden, ob sie etwas weiß, das uns helfen könnte.«

Er zuckte die Schultern. »Sie ist nicht hier.«

»Ich habe ihr gestern eine Nachricht hinterlassen.«

Er zuckte wieder die Schultern. »Ich weiß von nichts, Detective«, sagte er mit übertriebenem mexikanischem Akzent. Lucia zuckte zusammen.

»Kann ich noch eine Nachricht hinterlassen?«

»Sicher.« Er deutete in Richtung einer meterhohen Tafel, die an der Wand unter dem Telefon befestigt war. Sie war abgewischt. Ein kurzes Stück Kreide baumelte an einer langen Schnur. An der anderen Seite der Tafel hing ein Schwamm.

»Wie oft wird die Tafel gesäubert?«

»Jeden Abend, wenn wir zumachen«, lächelte er.

»Wohnt Sarah hier?« fragte Lucia.

»Ja.«

»Kann ich ihr Zimmer sehen?«

»Haben Sie einen Durchsuchungsbefehl?« Er lächelte wieder.

»Ich möchte nur eine Nachricht unter ihrer Tür durchschieben.«

»Ja, gut. Gehen Sie ganz nach hinten durch.« Er wies einen langen Flur hinunter, der von fast leeren Regalen gesäumt war. »Das Licht ist am letzten Pfeiler rechts. Es gibt nur eine Treppe dahinten und nur eine Tür oben, es war mal ein Büro. Das ist Sarahs Zimmer.«

Lucia konnte den Anweisungen mühelos folgen. Sie schrieb Sarah eine kurze Nachricht, daß sie Amy anrufen möge, und gab sowohl Amys Privat- und Praxisnummer als auch ihre eigenen Telefonnummern an. Auf ihrem Weg zum Ausgang blieb sie stehen, um dem Mann zu danken, der sie hereingelassen hatte. »Ich respektiere sehr, was Sie hier tun«, sagte sie.

»Pflaster.« Er spuckte das Wort aus, als hätte es einen schlechten Geschmack. »Die Dinge werden nur schlimmer. Wir verbessern nichts. Frijoles wie Sie leben von den Gringos, indem sie ihre Brüder unterdrücken. Ich will und brauche Ihren Respekt nicht, Detective.« Er drehte sich um und ging.
»Wann arbeitet Sarah wieder?« rief sie ihm hinterher.
»Freitag. Sie arbeitet jeden Freitag von acht bis sechs«, antwortete er, ohne sich umzudrehen. Lucia fragte nicht, ob Sarah da war, als sie die erste Nachricht hinterließ. Sie wollte es nicht wissen.
Lucia ließ sich selbst hinaus. Ein halbes Dutzend Leute saß auf dem Bürgersteig. Der Alkoholgeruch war unverkennbar. Diesmal schienen alle mexikanischer Herkunft zu sein. Alle sahen aus wie ausrangiert. Was tue ich, während meine Brüder und Schwestern hungern? fragte Lucia sich. Bin ich eine Frijole, außen braun und innen weiß?
Nein, entschied sie. Meine Arbeit ist anstrengend, und sie ist nicht falsch. Ich halte die Menschen davon ab, sich gegenseitig umzubringen. Das ist etwas wert. Aber dennoch... Sie verscheuchte die Beschuldigung aus ihrem Kopf und konzentrierte sich wieder auf den Fall.
Die Fahrt zum Büro gab ihr Zeit, in Gedanken eine Liste ihrer nächsten Aktivitäten zusammenzustellen. Kurz hintereinander rief sie Nya Kyle an (immer noch nicht da), David Freeman (ebenso) und die Telefongesellschaft. Bei der Nummer, die sie sich für Derrick Milton aufgeschrieben hatte, waren die beiden letzten Ziffern vertauscht. Tom van Landers Telefonnummer stand auf einer Liste, bei der es der Zustimmung eines Vorgesetzten bedurfte, sie preiszugeben. Lucia gab die Nummer ihrer Polizeimarke und ihre Durchwahl an. Innerhalb von fünf Minuten bekam sie einen Rückruf des Vorgesetzten, der ihr van Landers Telefonnummer gab. Tom van Lander war sehr kurz angebunden am Telefon, aber damit einverstanden, sich mit ihr am Sonntagmorgen bei ihm zu Hause in Quarry Heights zu treffen. Er würde am Tor Bescheid sagen, so daß der Wachdienst sie erwartete. Die Adresse war 7 Marble Path.
Der nächste Anruf galt Derrick Milton. Niemand hob ab. Lucia

gab die wenigen Fakten, die an diesem Morgen dazugekommen waren, in den Computer ein und faßte sie dabei zusammen. Sie beschloß, mit dem Schreiben des offiziellen Abschlußberichts über die Ladenschießerei bis Montag zu warten. Es hatte keine Eile. Sie machte sich auf den Heimweg.

Nachdem sie Cayetanos Katze gefüttert hatte, schlüpfte sie schnell in ihre Jeans und ein türkisfarbenes T-Shirt mit einem silbernen Tiger. Dann zog sie ihre türkisfarbenen Turnschuhe an und warf die schmutzigen Kleider in den Korb in der Ecke des Schlafzimmers, bevor sie zu ihrem Wagen eilte. Als sie den Schlüssel in das Türschloß steckte, erinnerte sie sich an ihre Aktentasche und an die Kopie von den neuesten Ermittlungsergebnissen, die sie für Amy gemacht hatte. Sie rannte zurück ins Haus und holte die Aktentasche. Sie hatte gerade den Wagen angelassen, als ihr das Mittagessen einfiel. Wieder im Haus, nahm sie eine Schachtel mit kaltem Brathähnchen aus dem Kühlschrank. Es waren zwei Stücke übrig. Perfekt, dachte sie und stopfte sie mit einem Apfel und mehreren Servietten in eine Papiertüte. Sie schaffte den ganzen Weg bis zu Amys Haus, ohne daß ihr noch etwas einfiel, das sie vergessen hatte.

Amy war fast fertig, als Lucia ankam. Ihre Wohnung lag im Erdgeschoß eines riesigen, alten Hauses, das von den Besitzern, einem schwulen Paar, das oben wohnte, zur separaten Wohnung umgebaut worden war. Sie hatte eine Atmosphäre von lässiger Eleganz. Bequeme Sessel standen hinter einem asymmetrischen Glastisch mit einem soliden Stück Baumstamm als Fuß. Die rostbraune Farbe der Samtcouch paßte zum Rostton im Orientteppich davor. Ein Bücherregal aus Kirschholz bedeckte eine ganze Wand und rahmte eine Tür, ein Fenster und mehrere Bilder ein. Lucia fragte, ob sie das Telefon benutzen dürfte. Amy murmelte ihre Zustimmung, während sie eine Kirschholztruhe nach einer Picknickdecke durchwühlte. Lucia wählte Derrick Miltons Nummer. Diesmal hob jemand beim ersten Klingeln ab. Lucia nannte ihren Namen und fragte Derrick, wann es ihm passe, sie zu treffen.

»Ich habe heute nachmittag oder morgen früh Zeit. Morgen

nachmittag habe ich eine Arbeitsgruppe für eine Prüfung, die ich lieber nicht verpassen möchte.«

»Moment bitte«, sagte Lucia, legte die Hand über den Hörer und wandte sich zu Amy um.

»Könntest du morgen früh einen der Collegestudenten befragen? Ich habe einen Termin mit dem Anwalt van Lander, der den ganzen Morgen dauern könnte.«

»Ich könnte um neun. Ich habe einen Termin mit Rebecca Field um halb elf. Übrigens, der einzige Ort, wo sie mich treffen will, ist Dr. Freemans Praxis. Ist das in Ordnung?«

»Sicher. Die Absperrung ist weg, so daß die Spurensicherung nichts dagegen hätte, und der Mietvertrag läuft noch bis zum Ende des Monats, so daß die Räume zur Verfügung stehen.«

Lucia nahm die Hand vom Hörer und setzte ihr Gespräch mit Derrick fort. »Ich kann zu keiner der beiden Zeiten, aber meine Kollegin, Dr. Amy Traeger, hat morgen früh um neun Uhr Zeit, wenn Ihnen das recht ist.«

»Ja«, erwiderte Derrick.

»Ich komme zu ihm. Ich will nicht schon wieder am Wochenende in meine Praxis gehen«, flüsterte Amy.

»Gut«, sagte Lucia. »Dr. Traeger ist morgen um neun Uhr bei Ihnen. Danke.«

Derrick verabschiedete sich und legte auf. Sie rief noch einmal David Freemans Privatnummer an, aber es war wieder niemand da.

»Nur noch ein Anruf«, sagte Lucia, während sie Nya Kyles Nummer wählte. Die Ansage hatte sich geändert. Lucia nannte ihren Namen, und Nya nahm den Anruf entgegen.

»Ich bin zu Hause, Detective. Aber ich habe den ganzen Tag Termine. Können wir uns morgen unterhalten?«

Lucia vereinbarte den Sonntagnachmittag mit ihr. Sie legte mit einem breiten Grinsen im Gesicht auf. »Ich bin fertig. Zeit fürs Vergnügen. Nichts wie raus hier, bevor das Telefon klingelt.«

Wie auf ein Stichwort begann das Telefon zu klingeln. Lucia griff instinktiv danach. Aber bevor sie abheben konnte, nahm Amy ihre Hand und zog sie fort.

»Das kann warten. Laß uns gehen.« Sie ergriff mit der anderen

Hand den Picknickkorb. »Du nimmst die Decke.« Lucia tat, wie ihr geheißen.
»Mein Wagen«, sagte Amy. »Ich fahre, da ich den Weg kenne.«
»Das ist mir recht«, erwiderte Lucia und war überhaupt nicht traurig, Beifahrerin in Amys gelbem Saab zu sein. Sie blieb beim Sentra stehen und holte ihr Mittagessen und die Aktentasche heraus. Sie nahm Freemans Flötenkassetten mit und packte dann die Aktentasche und ihr Mittagessen in den Kofferraum von Amys Wagen. »Hast du was dagegen, wenn wir die spielen?«
Amy antwortete, indem sie eine der Kassetten in den Recorder steckte. Sie ließ alle Fenster herunter und fuhr Richtung Interstate 10. Beide Frauen schwiegen. Lucia, die ihre Freiheit sowohl von der Arbeit als auch von den persönlichen Verantwortlichkeiten genoß, schloß die Augen und lehnte den Kopf zurück. Die Flötenmusik schwebte in die Stadtteile, durch die sie fuhren.
Als Amy die Woodlawn-Auffahrt zur I-10 hinauffuhr, schloß sie die Fenster und stellte die Klimaanlage an. »Kein Schatten auf der Interstate«, kommentierte sie.
»Was?«
»Ich sagte, daß es keinen Schatten auf der Interstate gibt. Dadurch ist es heißer.«
»Was?« fragte Lucia, die Amys Worte wegen der lauten Musik nicht mitbekam.
Amy drehte die Lautstärke des Flötensolos herunter. »Es ist wunderschön, aber es ist sehr schwer, sich dabei zu unterhalten.«
»Was für eine Frau ist besessen von Sex und spielt dennoch so eine wunderschöne Musik? Ich kriege das Opfer einfach nicht in den Griff. Innerhalb von Sekunden schwanke ich zwischen Achtung und Verachtung hin und her. Es ist alles zu kompliziert. Ich weiß, daß die Antwort auf den Mord in ihrer Persönlichkeit liegt, aber wo? Sie verändert sich jedesmal, wenn ich gerade glaube, ich habe sie verstanden. Heute morgen habe ich mit zwei Klientinnen gesprochen, denen sie wirklich geholfen zu haben scheint.« Lucia legte den Kopf zurück. Der Saab war

sehr viel bequemer als ihr Sentra. Sie versuchte, sich ein Bild von Freeman zu machen, aber ihre Gedanken kehrten immer wieder zu dem kalten, toten Gesicht auf dem Praxisfußboden zurück.

»Sogar schlechte Therapeuten helfen einigen Klienten. Das macht aus ihr noch keine gute Therapeutin.« Lucia konnte eine Spur von Verletztheit aus Amys Stimme heraushören. »Marita Peterson hat sie mit Sicherheit geschadet.«

»Ist bei dem Gespräch etwas herausgekommen?«

»Jede Menge Schmerz. Was hilfreiche Fakten angeht, nicht viel. Sie wußte, daß Freeman lesbisch war, bevor sie sie kennenlernte. Offensichtlich war Freeman bereit, diese Information am Telefon weiterzugeben. Peterson wollte wissen, ob ich eine Lesbe bin und ob du eine bist.«

»Was hast du ihr gesagt?« Lucia versuchte, die Besorgnis aus ihrer Stimme herauszuhalten. Schließlich weiß Freddie es, dachte sie. Was diesen Fall anbetrifft, bin ich kaum eine heimliche Lesbe.

»Ich sagte, daß ich eine bin und daß sie dich selbst fragen müßte.«

»Danke«, sagte Lucia.

»Das Danke ist ein bißchen verfrüht. Marita nahm meine Antwort als ein Ja für uns beide.«

»Nun ja«, Lucia zuckte die Achseln. »Vermutlich macht es ja nichts.«

»Ich hoffe nicht. Jedenfalls hat Freeman Marita genug geschadet, daß sie sich bei der Arbeit absichtlich Säure über die Hand gegossen hat. Das scheint anzudeuten, daß Marita ihre Wut mehr nach innen gerichtet hat. Sie hat erkannt, daß die Sexualisierung der therapeutischen Beziehung eine Wiederholung der ursprünglichen inzestuösen Beziehung war. Ich glaube, ihre Reaktion enthält eine Menge Schuldgefühle. Sie hat zugegeben, Freeman gehaßt zu haben, sagte aber, daß diese es nicht wert gewesen sei, getötet zu werden. Marita scheint wirklich Angst zu haben, des Mordes angeklagt zu werden. Doch sie scheint ernsthaft einen Weg zu suchen, um die Verletzung aufzuarbeiten, die Freeman ihr zugefügt hat.«

»Sie hat nicht davon gesprochen, daß sie Freeman eine Nachricht hinterlassen hat, oder?« fragte Lucia.
»Nein. Aber wir sind wirklich nicht so in die Details gegangen. Ich wollte sie nicht zu sehr bedrängen.«
»Sonst noch was?«
»Nun«, Amy zögerte, »es ist wahrscheinlich belanglos, aber Freeman hat auch bei Marita mit Hypnose gearbeitet.«
»Wieso auch?«
»Bei der Sitzung mit der multiplen Persönlichkeit, die wir uns angehört haben, wendete sie auch Hypnose an.«
»Bei Rebecca Field.«
»Ja.«
»Glaubst du, es ist wichtig, Amy?«
»Wahrscheinlich nicht. Ich selbst setze manchmal auch Hypnose ein. Aber es gibt eine Menge Zweifel bezüglich der Angemessenheit, wenn es um Mißbrauchserinnerungen geht. Ich benutze sie vor allem zur Entspannung der Klienten. Um die Angst zu reduzieren. Aber Marita ließ durchblicken, daß Freeman vor allem mit Hilfe von Hypnose arbeitete.«
»Wie funktioniert Hypnose?«
»Tja, das ist sehr einfach und sehr kompliziert zugleich. Das Einfache ist, wie es funktioniert. Das Komplizierte ist, warum es funktioniert. Ich habe bisher kaum eine Untersuchung gelesen, die es befriedigend erklären konnte.«
»Wie Hummeln«, kommentierte Lucia gedankenverloren.
»Wie bitte?« sagte Amy.
»Hummeln. Ich habe irgendwo gelesen, daß niemand sagen kann, warum sie fliegen können. Eigentlich sind sie zu schwer dafür.«
»Vielleicht. Glücklicherweise ist das Wie ziemlich einfach. Wenn Menschen sich auf etwas wie eine sich wiederholende Stimme konzentrieren und sich entspannen, dann werden sie in hohem Maße beeinflußbar. Im tiefsten Stadium der Hypnose zeigt ein EEG, daß die Gehirnströme des Klienten in Alphawellen verlaufen. Aber auch schon bevor tiefere Zustände erreicht werden, wird der Klient Suggestionen gegenüber offener. Es gibt Techniken, die in einer Therapie angewendet werden kön-

nen, die…« Amy ließ ihre Stimme leiser werden und hörte dann auf zu reden. Lucias Augen waren geschlossen. Sie schlief tief und fest.

Amy summte mit dem Flötensolo. Die Musik gab den Rhythmus vor, zu dem der Verkehr zu tanzen schien. Der Saab schoß zwischen den schwerfälligen Lastwagen hindurch und schaffte es in einer hervorragenden Zeit zur Ausfahrt in Tapatia, nördlich von Boerne. Die vierzigminütige Fahrt war ihr kurz erschienen. Die enge Kurve an der Ausfahrt weckte Lucia.

»Wo sind wir?« fragte sie benommen.

»Nördlich von Boerne. Fast da«, antwortete Amy.

»Tut mir leid, daß ich eingeschlafen bin. Ich bin gestern nacht zu einer Schießerei gerufen worden. Juwelenraub. Ungefähr um Mitternacht richtete dieser Junge seine Waffe auf einen Wachmann. Der Wachmann zog ebenfalls seine Waffe. Eine richtige Wildwestschießerei.« Lucias Stimme war voller Empörung. »Der Junge stand unter Drogen. Er schoß auf den Wachmann und verfehlte ihn. Der Wachmann erwischte ihn, eindeutig Notwehr. Der Junge war zwölf. Zwölf Jahre alt und bei einem bewaffneten Raubüberfall krepiert. Das Leben ist doch manchmal die Hölle.«

Der Rest der Fahrt verging in Schweigen. Das Straßenbankett wurde sehr schmal, nachdem sie an der Abzweigung nach Tapatillo vorbeigefahren waren. Amy ignorierte das kleine Sackgassenschild. Als die Straße zu einem verschlossenen Tor führte, hielt sie den Wagen an und öffnete das Tor.

»Du hast einen Schlüssel?« fragte Lucia.

»Nein. Auf der anderen Seite des Tors ist ein gebrochenes Kettenglied. Die Leute sehen das verschlossene Tor und lassen es in Ruhe. Hier ist sowieso kein Vieh. Das Tor ist dafür da, die Jäger draußen zu halten«, sagte Amy, während sie durch das Gatter fuhr.

Lucia sprang auf der anderen Seite aus dem Wagen, um das Tor zu schließen. Von hinten war leicht zu sehen, wie das gebrochene Glied zu verschließen war. Der jahrelange Gebrauch als heimliches Schloß hatte es zu einer anderen Farbe poliert. Lucia lehnte sich über das Tor. Das Vorhängeschloß auf der

anderen Seite war durch Nichtbenutzung rostig geworden. Das Fehlen von Unkraut auf der Straße deutete an, daß sie viel öfter benutzt wurde als das Schloß. Wenn du dir die Beweislage genau anschaust, solltest du in der Lage sein, die Lösung zu finden, dachte sie. Aber das sagt sich immer leichter, nachdem du die Lösung gefunden hast. Lucia stieg wieder ins Auto.
»Du scheinst fasziniert zu sein von dem Schloß.«
»Ja. Es ist so einfach, wenn du einmal Bescheid weißt.«
Amy schaltete in den ersten Gang, fuhr den Feldweg entlang und dann über eine Wiese mit kniehohem Gras. Sie parkte an einem Bach bei einem Wäldchen aus Immergrünen Eichen. »Laß uns auspacken.«
Zuerst nahmen sie die Decke heraus und breiteten sie unter den Eichen aus. Amy brachte ihren Picknickkorb und Lucia ihre Papiertüte. Lucia öffnete die Schachtel mit den Hähnchen und nahm eine Keule heraus. Als sie hineinbiß, bemerkte sie, daß Amy lächelte.
»Was ist so komisch?« fragte sie mit vollem Mund.
»Das ist kaltes Fastfood-Hähnchen. Ich kann es nicht glauben, daß du so ein Zeugs ißt. Warm geht's ja noch, aber kalt? Das bedeutet, daß du nicht bloß in Eile nach etwas Eßbarem gegriffen, sondern dich bewußt dafür entschieden hast.«
»Ich bin süchtig danach«, sagte Lucia und erzählte Amy von dem Sommer, in dem sie die Wonnen kalter *Church's*-Hähnchen entdeckte. Sie war Studentin am San Antonio College und brauchte dringend Geld. Ihre Freundin Teresa rief sie wegen eines Gerüchts an, das besagte, im Freizeitcenter wäre eine Stelle frei. Die Freizeitleiterin war erkrankt. Sie brauchten sofort jemanden. Lucia stellte sich vor, ihre Fingerabdrücke wurden genommen, sie füllte die Bewerbungsunterlagen aus, und sie bekam den Job. Sie lieh sich zwanzig Dollar von ihrer Tante für den Stoff, aus dem sie die Uniform nähte. Am Tag, bevor sie anfing, suchte sie sich die Busverbindung heraus. Sie war katastrophal.
»Ich stand um Viertel vor fünf auf, zog mich an und haute ein paar Eier und Salsa in die Pfanne. Die füllte ich in eine Tortilla und rannte zum Bus. Ich hätte ja das Frühstück ausfallen las-

sen können, aber dann wäre ich gestorben. Diese Kinder machten mich fertig. Ich mußte eine halbe Stunde in die Stadt fahren, dann eine halbe Stunde auf den Anschluß warten, dann eine weitere einstündige Fahrt, dann zwanzig Minuten zu Fuß zum Freizeitcenter. Jedenfalls war ungefähr zwei Straßen vom Center entfernt ein *Church's*-Stand. Ich hatte nicht die Energie, mir was zu essen einzupacken oder weiter zu gehen für einen Hamburger oder ein Taco. Also aß ich jeden Tag Hähnchen. Am Ende des Sommers liebte ich sie.« Sie nahm noch einen großen Bissen.

»Ich kann mir nicht vorstellen, so einen Stundenplan zu haben und fünf Stunden von und zur Arbeit zu fahren. Ich hätte es nicht ausgehalten.« Amy öffnete ihren Korb und nahm ein Sandwich mit Erdnußbutter und Gelee heraus. Das Gelee war so dick aufgestrichen, daß es beim Hineinbeißen an den Rändern herausquoll.

»Ach, es ging. Das schlimmste war, daß ich nie Zeit hatte, Yolanda zu sehen, aber ich brauchte das Geld für die Uni, und die Kinder waren großartig. Wir haben Städtewettbewerbe in Schach und Shuffleboard gewonnen. Mein Mädchensoftballteam hätte die Liga der unter Zwölfjährigen gewinnen sollen, aber wir mußten gegen ein Team von Drittkläßlern antreten. Die Schlagzone existiert praktisch bei einem Drittkläßler nicht. Wir gaben jeder Spielerin einen freien Lauf zur nächsten Base.« Lucia hatte ihre Keule abgenagt und warf sie zurück in die Schachtel.

»Was ist eine Schlagzone? Das habe ich mich schon oft gefragt«, fragte Amy, wischte sich ein bißchen Gelee von der Wange und leckte es von ihrer Fingerspitze. »Das heißt, das ist gelogen, ich habe mich das noch nie gefragt, bis gerade eben.«

Lucia lachte. Sie schaute sich nach einem heruntergefallenen Ast in der richtigen Länge um. Sie riß die kleineren Zweige ab und nahm dann eine Schlagposition ein. »Siehst du, die Schlagzone ist zwischen den Knien und der Schulter. Wenn ein Wurf nicht in diese Zone geht, gilt er als Ball und darf nicht geschlagen werden. Komm, ich zeig's dir.«

Sie zog Amy auf die Beine und reichte ihr den Stock. »So, jetzt geh ein bißchen in die Knie und nimm das Gewicht von den Fersen.« Lucia griff nach der Tüte, in der ihre Hähnchenschachtel gewesen war, und knüllte sie zu einem Ball zusammen. »Okay, Schläger hoch.« Sie holte übertrieben aus und warf den Ball. Amy schwang viel zu hoch.
»Zu viele Piñatas und nicht genug Softball in deiner Kindheit. Das sehe ich deinem Schlag an.« Sie stellte sich hinter Amy und legte ihre Arme um sie, so daß sie beide den Schläger hielten.
»Du mußt horizontal schwingen, so.« Sie demonstrierte ihre Anweisung. Amy ließ den Stock los und drehte sich in Lucias Armen um. Lucia hielt den Atem an. Sie umarmten sich. Amy streifte Lucias Wange mit ihren Lippen. Dann Lucias Lippen. Lucia ließ den Eichenstock zu Boden gleiten und hob ihre Hände, um Amys Rücken zu streicheln.
Lucia fühlte, wie Finger durch ihr Haar glitten. Amy küßte ihre Augenlider, ihre Ohren. Dann legte sie sehr sanft ihre Lippen auf Lucias. Lucia hörte auf zu atmen. Sie öffnete die Lippen ein wenig, fast unfreiwillig. Amy knabberte an Lucias Lippen und zeichnete sie dann mit der Zungenspitze nach. Lucia öffnete die Lippen ein wenig mehr.
Amy nahm Lucias Kopf in die Hände und erforschte Lucias Mund mit ihrer Zunge. Ein Feuer brach in Lucias Mitte aus und verbreitete sich schnell in ihrem ganzen Körper. Sie saugte an Amys Zunge. Sie zog Amys Körper enger an sich. Als sie dann einen leichten Widerstand verspürte, öffnete sie die Arme. Amy beendete den Kuß langsam, fast in derselben umgekehrten Reihenfolge, wie sie ihn begonnen hatte. Es gab Lucia das Gefühl, geschätzt zu werden.
»Laß uns spazierengehen«, sagte Amy. Lucia nickte zustimmend. In diesem Augenblick hätte sie fast allem zugestimmt, das Amy vorschlug.
Sie gingen unter den Zweigen einer riesigen Immergrünen Eiche durch, und die trockenen Blätter knackten unter ihren Tennisschuhen. Auf der anderen Seite des Baumes war kein Weg, aber Amy wandte sich mit forschem Schritt zur Rechten, als wüßte sie, wohin sie ginge. Lucia folgte ihr durch die Mesquite-

sträucher und buschigen Gräser. Gelegentlich streifte sie mit den Fingern über die filigranen Mesquiteblätter, achtete aber darauf, die Dornen an den Zweigen zu meiden.
Der Bach kam wieder ins Blickfeld. Er war hier schmaler, und das Ufer war grasbewachsen statt felsig. Lucia konnte weiter vorne einen kurzen Felsvorsprung aus Kalkstein erkennen.
»Da ist die Quelle«, sagte Amy, »dort am Felsvorsprung. Da kannst du sehen, daß ein sanfter Hügel darunter liegt.« Sie rannte, sprang fast zu der Quelle, die den Bach speiste. »Komm, schau dir das an!« Sie zeigte auf den Felsvorsprung neben sich. Lucia kam näher. In dem Kalkstein steckte eine Muschel. »Sie ist hier seit Millionen und Abermillionen von Jahren. Ist sie nicht wunderschön?« sagte Amy und preßte die Handfläche darauf.
»Sie ist einmalig«, flüsterte Lucia. Amy nahm Lucias Hand und drückte ihre Handfläche auf die Muschel. Lucia spürte die kühlen Ränder der Muschel gegen ihre heiße Hand. Der Kontrast zu Amys warmer Hand war faszinierend. Keine der Frauen bewegte sich für lange Zeit.
»Das ist mein Lieblingsplatz zum Meditieren«, sagte Amy und lehnte sich mit dem Rücken an den Felsvorsprung. Lucia folgte ihrem Beispiel. »Es ist so erholsam, einfach hier mit geschlossenen Augen zu sitzen und dem Tag zu lauschen.«
Lucia schloß die Augen und lauschte. Eine leichte Brise raschelte in entfernten Blättern. Eine Spottdrossel durchlief das ständige Repertoire ihrer Lieder. Sie begann, etwas von der Anspannung, die sie normalerweise spürte, loszulassen.
Amys Stimme war leise und unaufdringlich, fast monoton, während sie sagte: »Die Luft hier ist so gehaltvoll und gut. Ich fülle meine ganzen Lungen damit.« Lucia hörte, wie sie tief einatmete. Das schien eine gute Idee zu sein, deshalb füllte auch Lucia ihre Lungen mit der Frühlingsluft und atmete langsam aus. Es war sehr entspannend.
»Es macht mir meinen Körper bewußt. Besonders dort, wo ich mich entspannen muß. Ich beginne mit den Füßen.« Lucia hörte Amys ruhiger Stimme zu, während sie eine Bestandsaufnahme machte. Es fiel ihr leicht, Amys Vorgaben zu folgen und

ihren Körper in tiefe Entspannung fallen zu lassen. Sie mußte zustimmen, als Amy sagte: »Ich fühle mich sehr sicher, sehr entspannt hier.«
Es war zu anstrengend zu nicken, aber Lucia stimmte ihr schweigend zu. Sie fühlte sich sehr geborgen. »Manchmal«, sagte Amy im selben beruhigenden Ton, »nutze ich diese Zeit, um meine Vorstellungskraft ein wenig auszuweiten. Ich könnte mir vorstellen, daß eine Wolke herunterkommt und mich in eine Oase in die Wüste trägt.« Während Amys sanfte Stimme beschrieb, wie es in der Oase aussehen könnte, formte Lucia das Bild der Oase in ihrem Kopf. Sie ließ sich in die Szene gleiten, die sie sich vorstellte.
Vage hörte sie, wie Amys Stimme auf eine Muschel im Sand nahe dem Wasser hinwies. Lucia nahm die Muschel auf und watete in das warme Wasser der Oase. Sie entspannte sich vollständig, während das Wasser sanft um sie herumplätscherte. Wie aus weiter Ferne konnte sie Amys Stimme sagen hören, daß die Botschaft der Muschel bei ihr bleiben würde. Daß sie jedesmal, wenn sie sich entspannen wollte, die Muschel berühren und sich darauf konzentrieren könnte, sich zu entspannen. »Sie wird immer dasein, um dir zu helfen. Du wirst dich an alles erinnern, was passiert ist. Ich zähle jetzt von zehn an rückwärts. Wenn ich eins erreiche, wirst du deine Augen öffnen und dich frisch und wach fühlen.« Als Amy eins erreichte, öffnete Lucia erstaunt die Augen.
»Du hast mich hypnotisiert!« rief sie aus. »So ist das also. Es ist erstaunlich.«
»Ich hoffe, es ist nicht schlimm, daß ich alles andere als aufrichtig war. Offen gesagt bin ich nicht sicher, ob ich gut genug bin, dich zu hypnotisieren, wenn dir mein Vorhaben bewußt ist. Es erfordert sowohl Vertrauen als auch Kooperation. Ich habe dich ein bißchen manipuliert.« In Amys Stimme schwang ein Ton der Besorgnis mit. »Ich hoffe, es macht dir nichts aus.«
Lucia lachte laut auf. »Du hast genau getan, was ich wollte. Ich fühle mich wunderbar. Ist das immer so?«
»Nein, ich habe dir suggeriert, dich gut zu fühlen. Das ver-

flüchtigt sich, wenn es nicht verstärkt wird«, sagte Amy und sah erleichtert aus.
»Wie oft muß es verstärkt werden?« Lucia griff in die hintere Hosentasche nach Notizbuch und Kuli. Als sie es aufschlug, lachte Amy.
»Ich kann's nicht glauben. Gehst du nirgendwohin ohne dein Notizbuch?« fragte sie.
»Nee. Ich habe sogar eins aus Plastik für die Dusche. Möchtest du es sehen?« Sie grinste Amy anzüglich an und blinzelte vielsagend.
»Das möchte ich um nichts in der Welt versäumen«, erwiderte Amy.
»Großartig. Wie wär's mit heute abend?«
»Liebend gern«, antwortete Amy.
»Okay, dann zurück zur Hypnose. Erzähl mir von der Verstärkung.«
»Es kommt darauf an. Wenn du eines von diesen albernen Gesellschaftsspielen machst, wie den Leuten zu erzählen, sie sollen sich wie ein Huhn benehmen, dann brauchst du eigentlich keine. Das ist ein Kurzzeitverhalten und löst keine Abwehrmechanismen aus. Aber langfristige Verhaltensmodifikation benötigt ziemlich häufige Verstärkungen. Ich kann nicht sagen, daß etwa jemand zum Abnehmen einmal die Woche bestärkt werden muß oder dreimal die Woche, um mit dem Rauchen aufzuhören. So funktioniert das nicht. Es kommt darauf an, wie stabil das Verhalten ist, das du versuchst zu ändern, und was das Verhalten für die Person bedeutet. Es ist sehr viel einfacher, bestehendes Verhalten zu verstärken.« Amy dachte einen Moment nach und legte dabei den Finger an die geschürzten Lippen. »Du hast schon gewußt, wie du dich entspannen und gut fühlen kannst. Daher war es einfach. Aber je mehr du unter Streß stehst, desto mehr Verstärkung brauchst du, um die Entspannung aufrechtzuerhalten. Das ist alles recht vage, wie?«
Trotz des gezückten Kulis schrieb Lucia nicht. »Ja«, sagte sie, »laß mich konkreter fragen. Wenn du Leute hypnotisierst und ihnen befiehlst, einen Mord zu begehen – würden sie ihn ausführen?«

»Vielleicht. Du müßtest ihnen nur suggerieren, daß eine Situation besteht, in der ein Mord vernünftig und notwendig wäre.«
Amy schaute verwirrt. »Glaubst du, der Mörder war hypnotisiert?«
»Nein, ich bin nur neugierig. Ich frage mich allerdings, ob du jemandem suggerieren kannst, sich in dich zu verlieben?«
»Das kommt darauf an, wie du das Verhalten definierst, aber ja, du kannst jemandem suggerieren, daß er dich sexuell attraktiv findet, daß er dir vertraut, daß er dir gefallen will. Die meisten Menschen würden das resultierende Verhalten Liebe nennen.«
Lucia begann wie wild zu schreiben. »Glaubst du, Dr. Freeman könnte Hypnose angewandt haben, um ihre Klientinnen zu verführen?«
»Das wäre unethisch, aber ich bezweifle, daß sie das davon abgehalten hätte, bei allem, was wir von ihren ethischen Grundsätzen wissen. Aber Hypnose wird sie wahrscheinlich gar nicht gebraucht haben. Die meisten Klienten sind sehr empfänglich für eine Verführung. Normalerweise sind sie auf die Zustimmung des Therapeuten angewiesen. Ich kann das noch mit den richtigen therapeutischen Begriffen aufmotzen, aber es läuft darauf hinaus, daß es sehr den Mißbrauchsituationen ähnelt, mit denen wir im Jugenddezernat zu tun hatten. Wie können Kinder nein sagen? Sie können es nicht.« Sie schüttelte traurig den Kopf. »Nein, Hypnose wäre überhaupt nicht notwendig.«
Lucia seufzte. »Ich kann ja die Kinder verstehen, Amy, aber Erwachsene sollten es doch besser wissen. Warum gehen sie nicht einfach, wenn ihr Psychodoktor einen Annäherungsversuch macht? Ich meine, sie sind doch beide erwachsene, verständige Menschen, oder? Ich verstehe es wirklich nicht.«
Amy stand auf und zog Lucia auf die Beine. »Ich werde dir kein Fortgeschrittenenseminar über den Vertrauensmißbrauch in therapeutischen Beziehungen und deren Dynamik halten. Ich werde dir allerdings ein Buch mit dem Titel *Verbotene Nähe* leihen, wenn wir bei mir zu Hause sind. Dann wirst du mir als Gegenleistung für die unentgeltlichen Konsultationen ein üppi-

ges Mahl zubereiten. Und wenn wir weiter über Arbeit reden, mußt du auch noch das Geschirr abwaschen.« Sie hakte Lucia unter, und sie schlenderten zurück zum Picknickplatz.

Der Rest des Nachmittags verging vorwiegend damit, daß Lucia auf der Picknickdecke schlief. Wenn sie für einen Augenblick aus dem Schlaf auftauchte, beobachtete sie, wie Amy las oder kleine Steine auf Versteinerungen untersuchte. Einmal wachte sie auf und fand eine wilde Margerite neben ihrer Hand liegen. Sie lächelte und fiel wieder in einen leichten Schlaf. Die Sonne wanderte tief genug, um den Schatten einer großen Eiche auf die Decke zu werfen. Lucia wachte leicht fröstelnd auf. Amy war nicht zu sehen. Lucia nahm die Decke auf und schüttelte Zweige und Erde ab. Sie faltete sie zusammen, als Amy zurück auf die Lichtung kam.

»Du wirst nie erraten, was ich gefunden habe. Diese wundervolle Versteinerung. Sieh mal, es war eine Art Röhrenwurm oder so etwas. Hier schau.« Sie legte einen zwei mal zwei Zentimeter großen, viereckigen Stein in Lucias Hand. »Er macht ein W. Ich frage mich, ob sie auch noch andere Buchstaben formen. Vielleicht könnte ich ein ganzes Alphabet finden. Wär das nicht toll?«

Lucia nickte wortlos. Einen Augenblick lang fragte sie sich, ob sie noch schliefe und dies ein Traum sei. Diese wechselhafte, facettenreiche Person schien so verschieden von der ernsten, kompetenten und geschäftsmäßigen Frau, die sie bei der Arbeit kennengelernt hatte. Sie wußte nicht, wie sie reagieren sollte, also lächelte sie einfach. Amy lächelte zurück. Sie griff nach dem Stein und umarmte Lucia. Dann gab sie Lucia einen Zweig stark duftender Blätter, den sie am Bach gepflückt hatte.

»Mmm«, murmelte Lucia und roch daran. »Mentha piperita. Yerba buena. Gut gegen Magenkrämpfe.«

»Steckt auch noch eine Botanikerin in dir?«

»Hängengebliebene Kenntnisse von meiner ersten Geliebten. Sie arbeitete an ihrer Doktorarbeit in Botanik, als sie krank wurde und starb.«

»Das tut mir leid. Es muß ein Schock gewesen sein.« Sie streichelte Lucias dunkles Haar.

»War es auch. Ich bin für eine Weile ausgeflippt. Sie bekam einen Virus im Herzbeutel. Sie ist innerhalb von zwei Tagen gestorben. Meine Freundinnen haben mich dazu gebracht, zurück nach San Antonio zu ziehen, um von den Erinnerungen wegzukommen.« Lucias Stimme zitterte, als sie schnell das Thema wechselte. »Wie war das mit dir? Wie hast du deine erste Geliebte verloren?«

»Wegen eines Babys. Sie wollte eine Familie. Sie beschloß, daß das auch ein typisches Zuhause bedeutete. Sie hat mich ach so sanft für einen schwulen Typen fallengelassen, der dasselbe wollte. Sie war bereit, unsere Beziehung nebenherlaufen zu lassen, aber ich mußte aus dem Haus ausziehen, das wir zusammen gekauft hatten. So wollte ich nicht leben, also bin ich gegangen.«

»Das Leben ist doch gemein«, kommentierte Lucia.

»Manchmal, aber heute nicht. Heute ist es wunderbar, aber es wird langsam kalt. Lucia«, sagte sie, »es ist Zeit, fürs Abendessen einzukaufen.«

Lucia fiel es leicht, in Amys Küche zu kochen. Die breiten Arbeitsflächen aus Naturholz waren frei von Krimskrams. Wenn Amy ein Gerätefan war, so hatte sie jeden Hinweis ihres Lasters versteckt. Nicht einmal ein elektrischer Dosenöffner stand auf der Arbeitsfläche, nur blaue französische Einmachgläser in jeder vorstellbaren Größe. Lucia bewunderte die interessanten Formen von Bohnen und Körnern und Nudeln, die durch das tiefblaue Glas zu erkennen waren. Amy bemerkte ihre Bewunderung.

»Meine Tante Meg nennt das meine Medizinflaschensammlung«, sagte sie mit einem leichten Lächeln.

»Gefällt mir«, sagte Lucia.

»Nicht zu einfarbig für deinen Geschmack?« neckte Amy.

»Ich habe einen breitgefächerten Geschmack. Wo ist dein Dosenöffner?« fragte Lucia und nahm die Dosen aus der papiernen Einkaufstüte.

»Zweite Schublade rechts von der Spüle.«

»Töpfe?«

»Die kleinen rechts vom Herd, die großen links.«
Lucia nahm einen kleinen Topf und schüttete eine Dose Tomatensauce hinein. Sie rührte eine kleine Dose gehackte grüne Chilis und einen Teelöffel Brühwürze darunter. Danach gab sie ein bißchen Oregano hinzu und rührte es um. Sie schlug vorsichtig vier Eier hinein und löffelte behutsam die Sauce darüber. Sie legte den Deckel auf den Emailletopf.
»Können diese Töpfe in den Ofen?« fragte sie.
»Sicher.«
»Großartig. Wo ist die Alufolie?«
Amy wies durch den Raum: »Schublade neben dem Kühlschrank.« Lucia wickelte die Tortillas in Folie und ließ sie auf der Arbeitsfläche liegen. Sie schob den Topf in den Ofen und stellte die Temperatur auf 300 Grad ein. Dann entkorkte sie eine Flasche Sekt.
»Was feiern wir eigentlich?« fragte Amy, als sie die Sektgläser aus dem Gläserschrank im Eßzimmer hereinbrachte.
»Schwefel. Davon bekomme ich Kopfschmerzen. Der billigste annehmbare Wein ohne Schwefel ist Sekt. Also ist das mein Lieblingswein. Obwohl ich auch das Perlen mag. Ich nehme an, deshalb trinke ich auch Bier.« Sie füllte beide Gläser und erhob ihres. »Ein Trinkspruch.« Amy hob ihr Glas. »Auf einen Abend ohne Kopfschmerzen.« Amy lächelte zustimmend und stieß leicht mit Lucia an.
»O nein«, stöhnte Lucia.
»Was ist?« fragte Amy.
»Ich habe das Knoblauchsalz vergessen. Jetzt ist es zu spät. Wenn die Eier einmal drin sind, kannst du es nicht mehr umrühren. Du lenkst mich zu sehr ab.«
»Wir salzen es während des Essens. Ganz einfach.«
»Wie kommt es, daß ich in deiner Nähe auf einmal so kopflos werde? Wir haben ein Jahr lang zusammengearbeitet, und ich habe nie so dumme Dinge getan.«
»Balzverhalten. Wie Pfauen, die ihre Federn spreizen«, erklärte Amy.
»Umwerbe ich dich?« Lucia hob die linke Augenbraue.
»Nein, ich umwerbe dich. Meine letzte Geliebte konnte über-

haupt nichts Vernünftiges kochen, also dachte ich mir, ich teste dieses Talent als erstes aus.«

»Ich glaube, ich bin gerade durchgefallen. Ich kann Käse schneiden und Olivendosen öffnen, aber beim richtigen Kochen, wenn's heiß wird, schmelze ich dahin.«

»Ich hatte noch nie etwas gegen Frauen, die dahinschmelzen.«

»O Patience...«, seufzte Lucia dramatisch.

»O Sarah...«, erwiderte Amy kichernd. »Vielleicht liegt dir Holzhacken mehr.«

»Zuviel Aufwand. Kauf einfach diese kleinen Keramikscheite mit Gasdüsen.«

»Du Banausin. Wie kannst du vor Gasscheiten romantisch sein?« gab Amy zurück.

»Komm mit ins Wohnzimmer. Ich zeig's dir.«

Sie zerrte Amy aus der Küche. Dann ging sie zurück, um den Ofen herunter- und die Zeituhr auszustellen. Als sie wieder ins Wohnzimmer kam, hatte Amy sich auf dem Sofa niedergelassen. Lucia setzte sich neben sie. Beim Hinsetzen streifte sie Amy leicht mit den Lippen über die Schläfe.

»Kein Koch- oder Holzfällerpotential. Ich nehme an, ich bleibe lieber bei den Bullen.«

»Eigentlich gefällt mir deine Einstellung zum Essen. Ich habe mein ganzes Leben lang so eine Haßliebe dafür empfunden, daß es erfrischend ist, von jemandem umgeben zu sein, die weniger emotionalen Ballast damit zu verbinden scheint.«

»Meine Familie. Daher rührt schließlich alles, stimmt's? Die hatte keine besonderen Macken in bezug auf Essen. Wenn du hungrig warst, hast du gegessen. Und du hast gegessen, was da war. Aber die Frauen haben übers Essen geredet wie die Männer über Politik. Es gab einmal ein Festessen bei einer Hochzeit in Monterrey im Grand Hotel *Ancira*. Ich kann dir jeden einzelnen Gang aufzählen, der serviert wurde, dabei fand es Jahre vor meiner Geburt statt. Essen und Familie. Das war Frauensache. Es hat sie sehr getroffen, als ihnen klar wurde, daß ich nicht so eine Familie haben würde.«

»Und dich auch?«

»Nein, ich glaube, ich wußte es immer irgendwie. Ich fühlte mich wohl in der Gegenwart von Männern, aber ich wußte, daß sie mich sexuell nicht im geringsten ansprachen. Ich tanzte gerne mit ihnen, aber ich mochte sie nicht küssen. Ich beschloß, Nonne zu werden. Das hielt zwei volle Tage an. Dann ließ ich mich in meinem ersten Jahr am San Antonio College mit einer Studentin ein. Alle meine Fragen waren beantwortet. Ich war lesbisch.«

Amy nahm ihre Hand. »Höre ich da ein wenig Bitterkeit heraus?«

»Manchmal. Es ist kein einfaches Leben. Ich sehe mir meine Schwestern und Cousinen an. Sie haben nichts zu verbergen. Sie können mit ihren Liebsten händchenhaltend über die Straße gehen. Es macht mich traurig, daß ich das nicht kann.« Sie hob Amys Hand an ihre Lippen und küßte ihre Fingerspitzen. Sie schwiegen einen Moment.

Dann stellte Lucia die Frage, die immer Teil eines Gesprächs im Südwesten war. »Wie bist du von Illinois nach Texas gekommen? Das Wetter?«

»Nein. Kälte macht mir nichts aus. Ich tat es, um meinen Vater zu ärgern. Ein Staatskundelehrer, den ich sehr mochte, ging zur Rice Universität nach Houston.« Lucia nickte in Anerkennung der angesehenen Universität. Amy fuhr fort: »Als ich sagte, daß ich auch dahin gehen wollte, kriegte er einen Anfall. Ich war dazu bestimmt, an die Northwestern zu gehen, wo er mich im Auge behalten konnte. Sein ›Auge‹ hätte mir nichts ausgemacht. Aber ich hatte nicht vor, weitere vier Jahre damit zuzubringen, von diesem Mann vergewaltigt zu werden.«

»Das tut mir leid«, sagte Lucia und legte den Arm um Amys Schultern, wie um sie zu beschützen. Sie wußte nie so recht, was sie sagen sollte, wenn Amy über ihren Mißbrauch sprach.

»Mir auch. Seine Wut darüber, daß ich weggehen könnte, war sehr beängstigend. Ich las diesen Artikel über Gewalt, der besagte, daß die meisten Morde von Familienmitgliedern begangen werden. Daraufhin bekam ich wirklich Angst. Ich war mir nicht sicher, ob er mich oder ich ihn umbringen würde. Beides

wäre furchtbar gewesen.« Amy starrte voller Konzentration auf ihr Sektglas.
»Wie bist du fortgekommen?« fragte Lucia leise.
»Durch Tante Meg, seine Schwester. Wir haben vor ein paar Jahren darüber geredet, als ich die Familie mit dem Mißbrauch konfrontiert habe. Er hat sie auch vergewaltigt, als sie ein Kind war. Sie machte sich Sorgen um mich. Sie fand heraus, daß der stellvertretende Dekan der Northwestern ein Absolvent von Rice war. Das heißt, sie schrieb an Rice und fragte nach, ob einer ihrer Absolventen an der Fakultät der Northwestern wäre. Es war Glück, daß er ziemlich weit oben in der Hierarchie war.«
Amy kuschelte sich in Lucias Armbeuge.
»Dann gab Tante Meg eine Cocktailparty für Mitglieder der Fakultät samt meinem Vater und dem stellvertretenden Dekan. Sie verwickelte die beiden in ein Gespräch und erwähnte, daß ich nach Rice gehen wollte. Der stellvertretende Dekan war begeistert von der Idee. Mein Vater wagte nicht, ihm zu widersprechen. Ich bekam eine bevorzugte Zulassung. Und ich bin nie nach Illinois zurückgegangen.«
»Deine Tante Meg ist ein wunderbarer Mensch. Ich wünschte, ich könnte sie kennenlernen«, sagte Lucia.
»Kannst du. Sie kommt mich zur Fiesta besuchen.«
»Das ist ja nächste Woche. Ich habe über diesem Fall fast das Datum aus den Augen verloren. Reynolds hat mir gestern erzählt, daß meine Zeit abläuft.«
»Schhh«, sagte Amy und legte den Finger auf Lucias Lippen, »nichts mehr über die Arbeit.«
Lucia biß Amy sanft in den Finger. Amy hob die Hand mit gespreizten Fingern. Lucia knabberte nacheinander an jedem einzelnen Finger. Amy begann, jede Linie des Tigers auf Lucias T-Shirt nachzuzeichnen. Sie zog Lucia das Hemd über die Schultern und ließ es auf den Boden fallen.
»Du bist sehr schön«, sagte Amy.
»Danke«, murmelte Lucia, während Amy Lucias Hand auf ihre Brust legte. Lucia streichelte Amys üppige Brüste mit langen, sanften Bewegungen. Dann griff sie nach hinten und öffnete

langsam den Reißverschluß von Amys Bluse. Sie streifte die Bluse von Amys Armen. Dann beugte sie sich vor und legte den Kopf an Amys Brüste.
Lucia griff nach unten und öffnete Amys Jeans. Sie kniete auf dem Teppich und zog ihr die Jeans aus. Dann zog sie Amy von der Couch.
Lucia legte beide Hände auf Amys Brüste. Deren leichte Kühle überließ sich der Wärme ihrer Hände.
»Deine Brüste sind wundervoll. Mir läuft das Wasser im Mund zusammen bei dem Gedanken, sie zu schmecken«, sagte Lucia. Sehr langsam senkte sie den Kopf, bis ihr Mund Amys Brustwarze streifte.
Lucia blies und beobachtete, wie sie hart wurde. Dann ließ sie die Zunge über die Oberfläche gleiten. Amy gab ein winziges Stöhnen von sich. Ermutigt zog Lucia Amys Brustwarze in den Mund.
»Ja«, sagte Amy heiser, »ich liebe Saugen.« Sie preßte Lucias Kopf fester an ihre Brust. Lucia fing Amys Brustwarze mit den Zähnen ein.
»Mehr bitte«, sagte Amy und stöhnte dann vor Vergnügen, als Lucia diesen Wunsch erfüllte. Ohne zu unterbrechen, griff Lucia nach Amys anderer Brustwarze. Sie ließ ihre Fingerspitzen darüber laufen, bis sie auch hart wurde. Sie beschleunigte den Rhythmus ihres Saugens, um ihn auf Amys beschleunigten Atem abzustimmen.
Jeder von Amys Atemzügen flüsterte durch Lucias Haar. Lucia lag auf Amy und spürte jede ihrer Bewegungen. Amys Beine umschlangen ihren Rücken und hielten sie fest. Lucia war ein wenig überrascht von ihrer Kraft. Vielleicht habe ich einen Sport entdeckt, der ihr wirklich Spaß macht, dachte Lucia frech. Sie stützte sich auf einen Ellenbogen, um eine Hand freizubekommen, und streichelte Amys Schulter und ihre Seite bis über die Hüfte hinunter. Sie hielt inne, um die Innenseite von Amys Knie zu liebkosen, während Amys Finger sich in ihren Rücken gruben. Dann fuhren Lucias Fingerspitzen langsam Amys Oberschenkel hinauf und streiften knapp das weiche, braune Haarnest, das ihre Schamlippen verbarg.

»Du machst mich verrückt. Berühr mich, bitte, berühr mich«, rief Amy.
Lucia wechselte mit dem Mund zur anderen Brust und streichelte Amys runden Bauch und ihre üppigen Oberschenkel.
»Mmm«, murmelte sie zufrieden, als sie Amys Finger auf ihren Brüsten, ihre Fingerspitzen auf ihren Brustwarzen fühlte. Ihr eigener Atem beschleunigte sich.
Lucia tauchte die Fingerspitzen in die Feuchtigkeit, die reichlich um Amys Schamlippen floß. Sanft liebkosten ihre Finger Amys Klitoris. Dann rieb Lucia die harte Knospe, bis sie Amys Orgasmus nahen fühlte. Sie paßte sich Amys Atemrhythmus an und spürte die Wogen von Amys Leidenschaft in ihrer eigenen warmen Mitte. Lucias kreisende Bewegungen wurden fester und schneller.
In einem bebenden Schauder kam Amy. Lucia legte die Hand über Amys feuchtes Dreieck von lockigem Haar. Dann zog Amy Lucia auf sich und summte einen melodielosen Ton. Nach ein paar Minuten zerrte sie Lucias Jeans herunter und zog sie in eine kniende Position. Amy glitt unter Lucia, bis ihr Mund direkt unter ihrer Klitoris war.
»Zeit für den Nachtisch«, flüsterte Amy. Lucia konnte spüren, wie Amy auf ihre Klitoris blies, und keuchte. Die Brise von Amys Atem entfachte Lucias Leidenschaft rasch von neuem. Sie kämpfte um ihr Gleichgewicht, während Amys Zunge wieder und wieder in ihre Vagina stieß.
Amy leckte Lucias Klitoris mit einer nassen, rauhen Zunge. Härter. Schneller. Lucia warf die Arme hoch. Sie begann zu wimmern. Amy nahm ihre Klitoris sanft zwischen die Zähne und saugte, dann stärker. Lucia hatte keinen Atem mehr, um zu schreien. Amys Mund saugte beharrlich. Lucia versuchte, sich sinken zu lassen, dann richtete sie sich wieder auf. Amys Mund folgte ihr. Dann brachen die Wellen der Leidenschaft um Lucia, und sie fiel keuchend zu Boden.
»Ja, o ja«, murmelte Lucia. »O ja.«

Sonntag

Luica brachte ihren Sentra neben dem Wachhäuschen zum Stehen. »Bitte öffnen Sie das Tor. Ich habe eine Verabredung mit Mr. van Lander in 7 Marble Path.«

»Sind Sie Detective Lucia Ramos?« fragte der blauuniformierte Wachmann. In seiner Stimme lag ein Ton von militärischer Strenge.

»Ja.«

»Bitte fahren Sie sofort zu Mr. van Landers Haus. Machen Sie keine Umwege. Er wird mich anrufen, wenn Sie ankommen, so daß wir wissen, wieviel Zeit verstrichen ist.«

»Haben Sie Angst, daß ich die Häuser für einen Einbruch inspiziere?« fragte Lucia leichthin.

»In der Tat, ja. Es wäre nicht das erste Mal, daß Polizisten in einen Diebstahl verwickelt sind.« Seine blauen Augen verhärteten sich.

»Aha«, erwiderte Lucia. Insgeheim fragte sie sich, ob er ein durchgefallener Polizeischüler war. Das würde seine Haltung sicherlich erklären. Der Gedanke an einen schlecht ausgebildeten Wachmann mit einer halbautomatischen Waffe an der Hüfte auf einem Machttrip trug nicht zu ihrer Beruhigung bei. Sie fragte sich, ob ihm die Todesstrafe angemessen schien, wenn sich jemand in der Siedlung verfuhr. Sie hatte nicht vor, das herauszufinden.

Glücklicherweise stellte sich der Weg zu van Landers Haus als einfach heraus. Luica bemerkte, daß es an den Gründgürtel am Rande der Siedlung grenzte. Einen Moment lang rief das Visionen von Landminen unter den Büschen bei ihr hervor. Wie weit würden die Hausbesitzer gehen, um die vorgeblichen Horden von Räubern, Vergewaltigern und Kidnappern zurückzuhalten? Wie konnten sie sich der Tatsache verschließen, daß es wahrscheinlicher war, das Opfer ihrer Nachbarn, Freunde oder Familien zu werden? Und doch waren alle diese innerhalb der Mauern willkommen. Nun denn, es gibt solche und solche.

Van Lander öffnete auf ihr Klingeln hin prompt die Tür. Er war ein fahlgesichtiger Mann mit zurückweichendem Haaransatz und schmalen, haselnußbraunen Augen, die von dicken Gläsern in einem grauen Metallgestell verzerrt wurden. Sein graues Strickhemd hatte ein kleines Tieremblem auf der linken Seite. Lucia registrierte, daß er ungefähr ihre Größe und ihr Gewicht hatte.

»Machen Sie's kurz«, sagte er. »Eine Stunde meiner Zeit kostet normalerweise Hunderte von Dollar.« Er stand mitten in der Tür und machte damit klar, daß es keine Einladung zum Eintreten geben würde.

»Ich bin Detective Lucia Ramos...«

»Ja, natürlich. Kommen Sie zur Sache.«

»Sie haben das Recht zu schweigen...«

»Ich verzichte auf meine Rechte. Kommen Sie zur Sache, Detective.« Er verzog die Lippen zu einem ungeduldigen, spöttischen Lächeln. Es verbesserte sein Aussehen nicht gerade. Er sagte nichts, als Lucia den Kassettenrecorder anstellte.

»Waren Sie ein Klient von Dr. Elizabeth Freeman?«

»Ja, und am Abend ihres Todes habe ich von sechs bis neun Uhr telefoniert. Ich hatte eine ernsthafte Auseinandersetzung mit meiner Ex-Frau über den Unterhalt für die Kinder. Sie wird Ihnen das nicht bestätigen. Sie wird, und das ist ihre Formulierung, vor Gottes Angesicht einen Meineid leisten, wenn das hilft, mich auf dem elektrischen Stuhl schmoren zu lassen. Somit habe ich kein Alibi. Ebensowenig habe ich ein Motiv.«

»Wissen Sie etwas über Dr. Freeman außerhalb der Therapie?«

»Ich habe meine Sekretärin ihre Referenzen überprüfen lassen, bevor ich mit der Therapie anfing. Sie hatte eine Zulassung. Es gab eine Beschwerde gegen sie von einem Klienten, Inhalt vertraulich. Sie wurde ohne Einschränkung abgewiesen. Sie war eine der wenigen Therapeutinnen, bei denen meine

Ex-Frau nicht gewesen war. Diese Tatsachen waren eine ausreichende Grundlage für meine Entscheidung. Ich wollte nicht mehr wissen. Ist das alles?«

»Nein. Ich habe noch einige Fragen.« Lucia schwankte zwischen der Versuchung, die Befragung in die Länge zu ziehen, und dem Bedürfnis, keine Minute länger als nötig in van Landers Gegenwart zu verbringen. »Kennen Sie einen ihrer Kollegen, Klienten, Freunde oder Verwandten?«

»Nein, warum sollte ich?«

»Hat Dr. Freeman Ihnen je vor, während oder nach einer Therapiesitzung alkoholische Getränke angeboten?«

»Nein.«

»Beinhaltete Ihre Beziehung zu Dr. Freeman ein sexuelles Element?«

»Waren wir Geliebte? Das meinen Sie doch wohl nicht im Ernst. Von dem Schadenersatz, den ich bekommen hätte, könnte ich mich ja zur Ruhe setzen. Hat sie mit ihren Patienten gevögelt?«

»Es ist nur eine Routinefrage in einer Morduntersuchung.«

»Ach nee. Halten Sie mich für blöd, Detective?« Lucia enthielt sich einer Antwort auf diese Frage. Statt dessen fragte sie ihn nach Namen und Telefonnummer seiner Ex-Frau. Er gab sie ihr bereitwillig. Sie gab ihm ihre Karte und bat ihn, sie anzurufen, wenn ihm noch etwas einfiele, das zur Untersuchung beitragen könnte.

Lucia bewertete die Befragung als ergebnislos und ging zu ihrem Wagen zurück. Sie hatte keinen Zweifel, daß die Ex-Frau das Telefongespräch leugnen würde. Van Lander konnte die reine Wahrheit oder nichts als Lügen erzählen. Es war unmöglich zu sagen. Glücklicherweise würde die Telefongesellschaft ein Ortsgespräch von einer solchen Dauer entweder von seinem Apparat oder dem seiner Ex-Frau bestätigen oder widerlegen können. Der neue Abrechnungsservice machte es wirklich leichter, diese Art von Anruf zu überprüfen.

Lucia fragte sich, warum van Lander eine Therapie machte. Obgleich er kein glücklicher Mann zu sein schien, so schien er doch auch nicht der Typ, der nach Antworten in sich selbst suchte. Ebensowenig schien er der Typ zu sein, der es einfach hinnahm, betrogen zu werden. Wenn Freeman... Nein, dachte Lucia, Freddie hat gesagt, daß sie Angst vor van Lander hatte. Ihre Gedanken wurden von ihrem Funkgerät unterbrochen. »Schießerei im Gange...« Die Adresse war ganz in der Nähe. Dienstfrei war ein bedeutungsloser Begriff, wenn sie das Funkgerät anließ. Sie hielt den Wagen gerade lange genug an, um das Blinklicht aufs Dach zu setzen. Sie stellte das Blaulicht und die Sirene an und feixte ein wenig, als sie am Wachhäuschen vorbeiraste.

Amy klopfte an die Tür des Doppelhauses. Es wurde sofort geöffnet. Der junge Mann, der vor ihr stand, sah recht gut aus. Sein glattes, schwarzes Haar war ordentlich geschnitten und frisch gekämmt. Er war fast ein Meter achtzig groß. Die kurzen Ärmel seines weißen, geknöpften Hemdes ließen gebräunte, muskulöse Arme sehen. Er streckte die Hand aus.
»Ich bin Derrick Milton. Bitte kommen Sie herein. Sie müssen Dr. Traeger sein.«
»Ja. Vielen Dank, daß Sie Zeit für mich haben. Ich arbeite mit Detective Ramos zusammen, die den Tod von Dr. Freeman untersucht.«
Er geleitete sie in eine sehr ordentliche Einzimmerwohnung. Der abgetretene Linoleumfußboden war fleckenlos und glänzend. Sogar die uralten Flügelfenster zeigten keine Spur von Schmutz. Derrick deutete auf einen der beiden Stühle am Resopaltisch. Amy legte den kleinen Kassettenrecorder auf den Tisch und stellte ihn an.
»Sie sind mein erster Gast hier. Ich habe nicht viel Zeit oder Energie gehabt, um Freundschaften zu schließen.« Er lächelte entschuldigend.
»Sind Sie bereit, mir zu erzählen, warum Sie zu Dr. Freeman gingen?« fragte Amy.
»Sicher. Meine Mutter ist kürzlich gestorben, und es ist mir sehr schwergefallen, damit zurechtzukommen. Wir standen uns sehr nahe. Sie war meine einzige Verwandte. Sie hatte Krebs, ihr Tod war sehr schmerzvoll und hat sich lange hinge-

zogen. Ich habe eine Menge unaufgearbeitete Wut deswegen und…« Er unterbrach sich plötzlich. »Und ich nehme an, ich wollte Hilfe. Es war Glück, daß ich sie kostenlos bekommen konnte.«
»Wie gut kannten Sie Dr. Freeman?« Amys Stimme insistierte sanft.
»Nicht sehr gut. Ich bin erst zwei Monate zu ihr gegangen. Ich fürchte, ich war nicht sehr kooperativ.«
Ein langes Schweigen folgte dieser Aussage. Dann sagte Derrick: »Ich habe Schwierigkeiten, jemandem zu vertrauen.«
Nachdem er wiederum geschwiegen hatte, fuhr er fort: »Die Scheidung meiner Eltern war sehr bitter. Ich gelangte zu der Auffassung, daß meine Mutter der einzige Mensch war, auf den ich zählen konnte. Wir standen uns sehr nahe.«
Beim letzten Satz begann seine Stimme leicht zu zittern.
»Sie war sowohl eine gute Freundin als auch eine Mutter?« fragte Amy.
»Sie war meine einzige richtige Freundin. Und sie haben sie einfach sterben lassen, weil sie arm war. Keiner hat sich um sie gekümmert außer Evelyn. Das war die Entlassungsplanerin im Krankenhaus. Sie hat versucht zu helfen, aber es war einfach kein Geld da. Meine Mutter hätte nicht sterben brauchen. Sie hat ihnen immer wieder von ihren Bauchschmerzen erzählt, aber sie haben ihr einfach gesagt, daß alles Einbildung sei. Als sie sich dann endlich dazu bequemten, sie zu röntgen, war es zu spät. Der Krebs war überall. Er hat sie einfach bei lebendigem Leibe aufgefressen. Sie hätte nicht sterben müssen. Sie hätte nicht arm sein müssen. Wenn dieses Miststück nicht meinen Vater davon überzeugt hätte…« Er unterbrach sich und schaute auf seine geballten Fäuste. »Nein«, flüsterte er und schwieg dann.
»Die Wut geht nicht weg«, sagte Amy.
»Nein«, flüsterte er.
Es herrschte ein langes Schweigen.
»Hat Dr. Freemann Ihnen jemals etwas angeboten, um Ihnen sozusagen zu helfen, mit der Wut umzugehen, vielleicht einen Drink?« Derrick sah sie fassungslos an.

»Nein. Nein. Wie können Sie…« Er unterbrach sich und nahm sich sichtbar zusammen. »Wie können Sie so etwas annehmen? Das verstieße doch gegen jegliche ethischen Grundsätze. Ich habe genug Soziologie gehabt, um zu wissen, daß Leute in ihrer Position so etwas nicht tun.« Seine frühere Verwundbarkeit verschwand.
»Ich wollte nicht an Ihrer Therapeutin zweifeln. Ich versuche einfach zu verstehen, was geschehen ist.« Amy versuchte, den Blick des jetzt blassen und zitternden jungen Mannes auf der gegenüberliegenden Seite des Tisches aufzufangen.
Derrick saß schweigend da und starrte auf seine Hände. Dann sagte er: »Ich war nachlässig. Ich bin nicht an Besucher gewöhnt. Möchten Sie einen Kaffee oder etwas anderes trinken?« Seine Stimme war sehr höflich.
»Nein danke, Derrick.«
Es gab eine sehr lange Pause.
»Tja, wenn Sie sonst nichts wissen wollen… Ich habe übermorgen eine Prüfung in Familientheorie.«
»Ich habe noch ein paar Fragen. Es wird nicht lange dauern«, sagte Amy. »Wissen Sie etwas von Dr. Freemans Privatleben? Hat sie je Freunde oder Familienmitglieder erwähnt?«
»Sie sagte, sie stamme aus Maryland. Dort hat sie ihr Diplom gemacht. Ich kann mich an nichts anderes erinnern. Ach doch, sie sagte, daß sie auch gerade ihre Mutter verloren hätte. Sie schien zu glauben, daß unsere Mütter sich ähnlich waren. Ihr Tod war es mit Sicherheit nicht. Ihre starb im Schlaf. Herzinfarkt. Sonst kann ich mich an nichts erinnern.«
»Dr. Freeman hat nicht zufälligerweise irgendwelche Namen erwähnt?«
»Nein, ich kann mich wirklich nicht erinnern.«
»Kannten Sie andere Klienten?«
»Den Termin vor mir hatte eine Nonne, aber wir haben nicht miteinander geredet, außer guten Tag gesagt, deshalb weiß ich ihren Namen nicht. Tut mir leid.«
»Wo waren Sie am Dienstagabend?« fragte Amy.
»In der St. Marys-Bücherei, um an meinem Referat über Familientheorie zu arbeiten. Sie haben dort viele Zeitschriften, die

es hier nicht gibt. Warum?« Seine Stirn legte sich in Sorgenfalten.
»Es ist üblich in einer Morduntersuchung, herauszufinden, wo jeder sich aufhielt, als der Mord stattfand. Das hat nichts speziell mit Ihnen zu tun. Haben Sie jemanden in der Bibliothek gesehen?«
»Sicher. Aber niemanden, den ich kenne, daher weiß ich nicht, ob sich jemand an mich erinnern würde.«
Amy stand auf. Sie beugte sich über den Tisch und legte die Hand auf Derricks Faust. »Danke«, sagte sie. »Ich weiß Ihre Hilfe zu schätzen. Und es tut mir leid, daß ich Ihre Studien unterbrochen habe. Wenn Ihnen später noch etwas einfällt, das Dr. Freeman erwähnt hat, rufen Sie mich bitte an.« Sie schaltete den Kassettenrecorder aus und steckte ihn in ihre Aktentasche. Als sie sich umdrehte, bemerkte sie ein Fahrrad, das hinter der Tür an der Wand hing.
Derrick bemerkte ihren Blick. »Mein Rad. Ich kann mir kein Auto leisten. Ist außerdem mein Sport. Ich fahre Marathonrennen. Ich bin ziemlich gut.«
Amy wechselte in ihren Therapeutin-redet-mit-männlichem-Jugendlichen-Tonfall. »Wie schnell fahren Sie in einem Marathon? Sie müssen es wohl ziemlich langsam angehen lassen, um durchzuhalten?«
»Nein, ich kann 125 Meilen in etwas mehr als vier Stunden schaffen, wenn die Strecke flach ist. Das Problem sind die Ampeln. Ich muß aufs Land hinaus, um wirklich aufzudrehen. Und in die Hügel. Es gibt nicht viele ordentliche Hügel in der Stadt. Ein paar drüben beim Zoo. Und den Inspiration Hill natürlich.«
»Das klingt, als ob Sie ziemlich gut sind.«
»Ich habe zwei große Rennen gewonnen. Aber das war in New Jersey. Hier habe ich nicht soviel Zeit. Ich möchte sehr gute Noten erreichen, damit ich eine Assistentenstelle bekomme, wenn ich meinen Doktor mache.« Er schien sich einem Lob zu öffnen.
»Ich bin sicher, daß Sie gut abschneiden werden. Sie sind sehr entschlossen. Sie arbeiten wahrscheinlich sehr hart, um zu er-

reichen, was Sie wollen.« Amy beobachtete, wie sich sein Gesicht wieder verschloß, und fragte sich, was sie Falsches gesagt hatte.
»Ja, stimmt. Also dann, auf Wiedersehen.« Er drängte sie fast aus der Tür. Amy grübelte auf ihrer halbstündigen Fahrt zu Dr. Freemans Praxis über ihre Fehler in dem Gespräch nach. Die Verbindung aus Polizeifahnderin und Therapeutin schien nicht zu funktionieren. Menschen neigten dazu, sich emotional zu verschließen, wenn sie mit direkten Fragen bedrängt wurden. Und bei indirektem Vorgehen konnte es Monate dauern, an einfache Informationen heranzukommen. Es paßt überhaupt nicht gut zusammen, dachte sie, während sie ihren Wagen neben einem blauen Volvo parkte.
Sie runzelte die Stirn. Dr. Freemans blauer Volvo war beschlagnahmt worden. Amy lief es kalt über den Rücken. Aber sie hatte nie von Geisterautos gelesen. Vielleicht eiferte Rebecca Field ihrer Therapeutin in der Wahl ihres Wagens nach.
Die Tür zum Bürohaus war unverschlossen, ebenso die Tür zum Büro D. Amy trat vorsichtig ein. Eine Frau Anfang Dreißig stand vor einem Plakat und starrte es an. Sie trug sehr moderne und sehr enge Jeans und ein rückenfreies Top, das kaum ihre großzügigen Brüste bedeckte. Ihr rotes Haar fiel locker und glänzend herab. Sie hätte für das Titelbild einer Modezeitschrift posieren können.
»Ms. Field?« fragte Amy.
»Ja.« Sie drehte sich lässig um. »Und Sie sind Dr. Traeger?«
»Ja. Soll ich mich an den Schreibtisch setzen?«
»Das bietet sich an. Sie sind die Therapeutin.« Sie leckte sich über die Lippen, um sie zum Glänzen zu bringen.
Amy setzte sich und nahm den Kassettenrecorder heraus. »Ich muß unser Gespräch aufnehmen.«
»Daran bin ich gewöhnt«, sagte Rebecca. »Dr. Freeman nahm unsere Sitzungen immer auf.«
»Es gibt einige Fragen, die ich Ihnen stellen muß, da ich der Polizei helfe, Dr. Freemans Tod zu untersuchen«, sagte Amy.
»Ermordung«, korrigierte Rebecca.

»Ja, Ermordung«, stimmte Amy zu. »Deshalb muß ich Sie darauf hinweisen, daß nichts, was Sie mir sagen, vertraulich behandelt wird. Wenn Sie etwas sagen, das für die Untersuchung von Bedeutung sein könnte, werde ich diese Information der Polizei mitteilen.«

»Daran bin ich gewöhnt. Die erste Therapeutin, die ich konsultierte, schrieb über mich einen Artikel in einer Zeitschrift. Sie änderte meinen Namen, aber das war alles. Dr. Freeman plante auch einen Artikel. Aber wenigstens hat sie mir davon erzählt. Anständig von ihr, finden Sie nicht?« Sie zupfte eine Seite ihres Oberteils so zurecht, daß es ihr von der Schulter rutschte.

»Wahrscheinlich. Fühlten Sie sich dadurch bloßgestellt, daß über Sie geschrieben wurde?«

»Ziemlich. Was wollten Sie mich fragen?«

»Wie lange waren Sie bei Dr. Freeman in Behandlung?«

»Ein halbes Jahr ungefähr. Und ich weiß nicht, wo ich am Abend ihres Todes war. Ich bin sicher, das ist eine Ihrer Fragen. Wir können es geradesogut gleich hinter uns bringen.«

»Ja, das ist eine der Fragen. Beschäftigt Sie das?«

»Natürlich«, sagte Rebecca, »aber machen Sie nur weiter.«

»Haben Sie je etwas mit Dr. Freeman getrunken, etwas Alkoholisches?«

»Ja.«

»Während der Therapie?«

»Ja.«

»Ging Ihre Beziehung mit Dr. Freeman über das normale Verhältnis zwischen Therapeutin und Klientin hinaus?«

»Was meinen Sie damit?« Rebecca fuhr sich mit den Fingern durch das Haar, um es aufzulockern.

»Gab es eine sexuelle Komponente?«

»Ja.«

»Wie haben Sie sich dabei gefühlt?«

»Es hat sie bei Laune gehalten. Das und die Möglichkeit, einen Artikel über das heiße neue Thema der multiplen Persönlichkeitsstörung zu schreiben, führte dazu, daß sie meinem Fall gegenüber aufmerksam blieb.«

»Sie scheinen sehr zynisch über Dr. Freemans Motivation zu denken«, sagte Amy, »und dennoch sind Sie ihre Klientin geblieben. Sind Sie bereit, mir zu sagen, warum?«
»Sie war gut zu mir«, sagte Rebecca und zog ihren Träger wieder über die Schulter. »Ich habe nie eine Therapeutin gefunden, die vollkommen war, oder auch einen anderen Menschen. Sie war weniger dogmatisch als die meisten.«
Rebecca stand auf und ging zu den Regalen hinüber. Ihre Finger strichen leicht über die Oberfläche einer Kachinapuppe mit schwarzem Federkopfschmuck.
»Ich habe mich hier sicher gefühlt. Wahrhaftig dumm von mir. Ich bin lange genug in der Therapiemühle, um zu wissen, daß Sex mit einem Klienten eine absolut verbotene Sache ist. Daß kein moralisch integrer Therapeut davon auch nur träumen würde.«
»Aber...«, sagte Amy.
»Aber sie hat mir mehr geholfen als die sechs ethisch einwandfreien Therapeuten, bei denen ich vorher war. Vielleicht, weil die Situation so vertraut war, dem Inzest so ähnlich.«
Amy bemerkte, daß sie das Objekt einer intensiven Überprüfung von Rebecca war. Sie unterdrückte ein plötzliches Bedürfnis, sich an der Nase zu kratzen. Jede Bewegung könnte fehlinterpretiert werden, dachte sie.
»Und...«, sagte Amy.
»Gut. Sehr gut. Sie haben bei dem Wort nicht mit der Wimper gezuckt. Sie sind auch nicht darauf angesprungen. Elizabeth war auch unerschütterlich. Alle anderen sprangen entweder darauf an oder zuckten zurück.« Rebeccas Lächeln war ohne Humor.
»Möchten Sie, daß ich Persönlichkeitswechsel kommentiere, Rebecca? Oder würden Sie es vorziehen, das Gespräch ohne Unterbrechung zu führen?« fragte Amy in der Hoffnung, daß die Krise vorüber war. Sie kratzte sich am Nasenrücken.
»Ignorieren Sie sie. Wir sind alle eine glückliche Familie. Wir haben nur noch eine sehr kleine Grenzamnesie, daher sprechen Sie mit uns allen, wenn Sie mit einem sprechen. Und wir hören einander alle zu. Eher wie ein Komitee. Elizabeth wollte

immer mit der Vorsitzenden sprechen, aber sie hat unsere Anarchie toleriert.« Rebecca nahm die hölzerne Figur des indianischen Geistes und trug sie zum Beistelltisch am Sofa.
»Sie stand immer hier, wenn wir hypnotisiert wurden. Sie ist der Schutzengel. Sie ging mit mir und beschützte mich. Oder eher, sie beschützte uns. Wir sind noch nicht an die Pluralpronomen gewöhnt. Sie sind zu neu.«
Rebecca starrte Amy direkt in die Augen, als ob sie versuchte, in ihrer Seele zu lesen.
»Das war ihr Geschenk für uns«, sagte Rebecca. »Und unser Gegengeschenk war Sex. Sie gab uns uns selbst im Plural, und wir gaben ihr sie selbst in Sex. Ein fairer Austausch.«
»Aber nicht ohne Preis«, sagte Amy.
»Wir haben keine Erfahrung von einem Austausch ohne Preis«, erwiderte Rebecca.
Und Freeman hat mit Sicherheit nicht versucht, dieses Muster zu verändern, dachte Amy.
»Haben Sie darüber nachgedacht, was Sie jetzt tun wollen?«
»Es ist noch keine Entscheidung getroffen worden. Einige der Kinder sind noch nicht in der Lage, damit umzugehen. Es gibt eine Menge Trauer«, sagte Rebecca.
»Und Wut?«
»Ja.«
»Ich würde Ihnen gerne meine Hilfe anbieten, wenn Sie beschließen, Hilfe in Anspruch zu nehmen.«
»Wir wissen es nicht.« Rebeccas Blick wurde leer, als wäre sie in Trance. Mehrere Minuten vergingen in Schweigen. »Wir sind noch nicht bereit, eine Entscheidung zu treffen. Halt's Maul, du altes, spießiges Hirn, ich will reden.« Der sichtbare Wechsel in Rebecca war dramatisch. Die kühle Art verschwand. Die Person, die nun sprach, war ein zappeliges Kind.
»Sie reißt immer alles an sich. Sie denkt immer, daß einige von uns nicht reden sollen, sonst kriegen wir Ärger. Sie, sie, sie. Die Prinzessin darf immer reden. Ich will auch reden. Glauben Sie, daß eine von uns sie umgebracht hat?« Ihre Stimme klang kleinlaut und ängstlich. Sie zerrte am Saum ihres Oberteils.
»Glaubst du es?« fragte Amy.

»Die Jungs sind grob. Vielleicht ist einer von ihnen durchgedreht. Ich kann mich nicht erinnern.« Sie rollte sich auf dem Sofa zu einem Ball zusammen.
»Manchmal«, sagte Amy, »wenn etwas sehr beängstigend ist, kann ich mich auch nicht erinnern. Oder wenn es sehr verwirrend ist. Bist du auch manchmal verwirrt oder ängstlich?«
»Ja, ja, ja. Geh weg. Laß mich in Ruhe.« Die Frau auf der Couch begann zu schaukeln. Sie schaukelte lange und sagte nichts. Nach fast zwanzig Minuten setzte sie sich auf und zog ihr Oberteil zurecht. »Wir würden gerne weiterreden, ein andermal. Wir sind jetzt sehr, sehr müde.« Sie stand auf und verließ die Praxis.

Lucia hatte sich Nya Kyle völlig anders vorgestellt. Die Frau, die ihr die Tür aufmachte, war winzig und schwarz. Das Foto auf den Wurfzetteln hatte ihre kaukasischen Gesichtszüge genau wiedergegeben, nicht aber den Ton ihrer Haut vermittelt. Die Kombination war atemberaubend. Ein lavendelfarbenes Stirnband war um ihr natürliches Afrohaar gebunden. Lucia sah auf ihr Gesicht hinunter, das undurchschaubar war. Nya war ungefähr ein Meter fünfzig groß. Sie hatte etwas an, was Lucia für einen Karateanzug hielt. Nya verbeugte sich tief nach japanischer Art. Lucia neigte zur Erwiderung den Kopf.
»Sie sind Detective Ramos, nehme ich an.« Nya deutete mit einer weiten, anmutigen Geste hinter sich. »Bitte betreten Sie meine bescheidene Schule.«
»Danke«, erwiderte Lucia. »Ich hoffe, es macht nichts, daß ich zu früh bin.«
»Nein, gar nicht. Möchten Sie einen Tee?«
»Ja, bitte«. Lucia folgte ihr zu einem Mattenset in der Mitte des riesigen Raumes. Eine getöpferte Teekanne mit einem Griff aus Bambus war auf einem japanischen Stövchen warm gestellt. Nya sank anmutig in den Schneidersitz. Lucia versuchte es ihr gleichzutun, während sie innerlich ihren Rock und ihre Absätze verfluchte. Sie nahm den Kassettenrecorder heraus und stellte ihn neben sich. Sie setzte zu sprechen an, aber bevor sie ein Wort sagen konnte, fiel Nya ein.

»Ja, Sie können es aufnehmen«, sagte Nya, während sie sich vorbeugte und Lucias Recorder anstellte.
»Sie sind hier, um über den Tod von Dr. Elizabeth Freeman zu sprechen, meiner Therapeutin und Geliebten. Als erstes werden Sie mich warnen, daß alles, was ich sage, gegen mich verwendet werden kann und wird. Sie werden mir dann raten, nur in Anwesenheit meines Anwalts zu sprechen, und mich davon in Kenntnis setzen, daß mir ein Anwalt zur Verfügung gestellt wird, wenn ich nicht in der Lage sein sollte, mir einen zu leisten. Aber ich habe nichts zu verbergen.« Sie wies mit beiden Armen weit in den Raum. »Mein Leben ist so frei von Geheimnissen, wie dieser Raum hier frei von Möbeln ist.«
»Und doch haben Sie Ihre Beziehung mit Freddie vor Dr. Freeman geheimgehalten«, bemerkte Lucia.
»Sie hat mich nicht gefragt. Ich hätte wahrheitsgemäß geantwortet, wenn sie mich gefragt hätte.«
»Aber Sie wollten die Information nicht freiwillig geben.«
»Nein«, sagte Nya, während sie Teeblätter in die Kanne mit dem heißen Wasser streute.
Lucia dachte einen Moment nach. Dieses Gespräch schien ihr einen Wettbewerbscharakter anzunehmen, und sie war sich nicht sicher, welche Regeln Nya festlegen würde.
»Welche Fragen sollte ich Ihnen stellen, um die Information zu bekommen, die am nützlichsten für meine Untersuchung dieses Mordes ist?« fragte sie.
Nya beugte anerkennend den Kopf: »Erstens: Habe ich das Verbrechen begangen? Nein. Zweitens: Weiß ich, wer das Verbrechen begangen hat? Nein. Drittens: Weiß ich, wer Grund gehabt haben könnte, das Verbrechen zu begehen? Ja.«
Als sie eine Atempause machte, fragte Lucia: »Wer könnte einen Grund gehabt haben und welchen?«
»Freddie Christian, aus Eifersucht. Sie ist nicht so gleichgültig, wie sie die Leute glauben macht. Marita Peterson, aus Wut...«
»Sie wissen über Dr. Freemans Klienten Bescheid?« Lucia konnte die Überraschung nicht ganz aus ihrer Stimme zurückhalten.

»Lizbeth hat mir vertraut. Sie hat mich oft nach meiner Meinung gefragt.« Nyas Stimme klang gelassen.
»Und Sie haben ihr nichts erzählt, von dem es Sie stören würde, wenn sie es jemand anderem erzählte?«
»Ich habe keine Geheimnisse.«
»Bitte fahren Sie mit Ihrer Aufzählung fort. Ich finde sie sehr hilfreich.«
»Rebecca Field, die eine sehr gewalttätige Persönlichkeit hat. Dr. Oliver Whitney, dessen Rolle bei der Zulassungskommission sehr nützlich für Lizbeth war und der es ihr mittlerweile übelgenommen haben könnte, benutzt worden zu sein. David Freeman, ein sehr habgieriger Mann, der geglaubt haben könnte, von ihrem Tod zu profitieren. Arturo Flores, der seinen Job an der Sidney Lanier-Grundschule verloren hat, weil Lizbeth ihn wegen Kindesmißhandlung angezeigt hat. Er könnte aber noch im Gefängnis sein. Es steht zu hoffen.«
»Fällt Ihnen sonst noch jemand ein?« fragte Lucia und machte sich in Gedanken eine Notiz, sich nach dem Aufenthaltsort von Arturo Flores zu erkundigen.
Nya goß den Tee in kleine Tassen ohne Henkel, die zur Teekanne paßten. »Nein.«
»Keine Ex-Ehemänner?«
»Sie sind beide tot.«
»Eines natürlichen Todes gestorben?«
»Herzinfarkt und Krebs. Sie fühlte sich zu älteren Männern hingezogen.«
»Und Frauen?«
»Für feste Beziehungen, nehme ich an, ja.«
»Wenn Sie in die Situation gebracht worden wären, zwischen Dr. Freeman und Freddie Christian zu wählen, wen hätten sie gewählt?«
»Freddie. Sie ist die aufmerksamere Geliebte.«
»Und reicher«, bemerkte Lucia. »Dieses Gebäude hier sieht so aus, als ob es sehr teuer zu unterhalten ist. Da Dr. Freeman jetzt tot ist, könnte Freddie sich zum Trost an Sie wenden…«
»Ich habe selbst reichlich Geld, Detective. Ich muß niemanden umbringen, um meine Miete zu zahlen.«

Einige winzige Körpersignale deuteten darauf hin, daß Nya Kyle ihre Fassung verlor. Lucia beschloß, noch ein wenig härter vorzugehen.
»Wo waren Sie am Dienstagabend?«
»Auf der Fahrt nach Fort Worth zu einem Kampfsportwettbewerb. Ich bin qualifiziert, in Tai Chi, Karate und Aikido anzutreten.«
»Sie hätten später gefahren sein können. Sie haben keine Zeugen.«
»Und Sie haben keine Beweise, ansonsten wären Sie mir nach Fort Worth gefolgt und hätten mich verhaftet. Ich glaube, ich werde meinem eigenen hervorragenden Rat zu Beginn dieser Unterhaltung folgen. Ich ziehe es vor, nicht länger mit Ihnen zu sprechen, ohne daß meine Anwältin anwesend ist. Rufen Sie Juanita Morales an, um ein Gespräch zu vereinbaren.«
»Ich habe ihre Nummer«, gab Lucia zu und ärgerte sich, die Kontrolle über das Gespräch verloren zu haben. Nya stand rasch auf und brachte Lucia zur Tür.
Lucia sah auf die Uhr. Obwohl sie eine Schießerei zwischengeschoben hatte, waren die beiden Gespräche so schnell und so schlecht verlaufen, daß sie noch nicht zu spät für ihre Verabredung mit Amy zum Mittagessen war. Aber sie würde zu spät sein, wenn sie beim Café *Toro* ankäme.
Sie rief über Funk im Präsidium an. Der diensthabende Sergeant überprüfte seinen Computer. Arturo Flores war hinter Schloß und Riegel. Die Unterlagen besagten, daß er sich schuldig bekannt hatte, um einen Straferlaß zu bekommen. Als nächstes bat Lucia ihn, Sonia Gardener, die Täterin in der morgendlichen Schießerei, zu überprüfen.
»Guter Einsatz. Jetzt schlagen Sie die Uniformierten schon am Tatort. Das San Antonio-Programm schickt einen seiner jungen Anwälte herüber. Müßte bald dasein. Toll, wie Sie Ihr Wochenende verbringen, Ramos. Sie waren noch nicht einmal im Dienst.«
»Doch, war ich, ich hatte eine Vernehmung in der Gegend, als die Durchsage kam.« Sie meldete sich ab und erinnerte sich daran, den Funk abzuschalten. Genug war genug.

Lucia bog von der Zarzamora in den Parkplatz des Café *Toro* ein und lächelte, als sie Amys Wagen sah. Sie blieb einen Augenblick sitzen und dachte an den gestrigen Abend. Vielleicht vergißt Amy, daß ich die Huevos Rancheros habe anbrennen lassen, wenn ich sie mit den besten Hamburgers in San Antonio bekannt mache, dachte Lucia. Sie ließ ihre Gedanken zu den intimen Momenten des vorigen Abends wandern. Dann verscheuchte sie die Erinnerungen und ermahnte sich, beim Geschäftlichen zu bleiben, als sie sich zu Amy in eine häufig ausgebesserte, orangefarbene Nische gesellte.

»Tut mir leid, daß ich zu spät komme. Ich habe den Fehler begangen, den Polizeifunk anzulassen. Es gab eine Schießerei in der Nähe von van Landers Haus, und ich war die erste am Tatort. Eine Frau hat ihren Mann getötet. Sie schrie ihn noch an und zog am Abzug, als ich hereinkam. Die Waffe war mittlerweile leer, aber sie hatte einen Schock. Er hat sie grün und blau geschlagen, aber die Anklage wird trotzdem auf Mord lauten. Wie immer. Und sie bekommen gewöhnlich lebenslänglich.« Lucia war empört.

»War es denn keine Notwehr?« fragte Amy.

»Nein.« Lucia schüttelte den Kopf.

»Du weißt es, und ich weiß, daß es Notwehr war, aber juristisch gesehen ist es vorsätzlicher Mord, weil sie in ein anderes Zimmer gerannt ist, um die Waffe zu holen.«

»Es gibt keine Gerechtigkeit. Nirgendwo. Wie kannst du an so was beteiligt sein?« Amys Stimme war von tiefer Wut erfüllt.

»Hey, ich habe das System nicht gemacht. Und ich tue, was ich kann, um es zu verändern, genau wie du mit Dr. Freeman, okay?« Lucia hielt ihre Stimme eisern unter Kontrolle. Amys Bemerkung, daß sie ihren Vater hätte töten können, hallte in ihrem Kopf wider.

Amy seufzte tief. »Falsches Ziel. Tut mir leid. Ich habe meine Wut besser im Griff, wenn ich im Arbeitsmodus bin. Ich habe immer noch nicht den Dreh heraus, sie privat unter Kontrolle zu halten.«

»Ist schon okay. Ich verliere auch manchmal die Beherr-

schung. Dann denke ich, daß ich Reisebürokauffrau werde oder so etwas.«
»Bei deinem Glück endest du wahrscheinlich wie Stoner MacTavish und findest Leichen überall in der Landschaft verstreut.«
»Tja, wo wir gerade beim Thema Leichen sind – wie war der Milton-Junge?«
»Ziemlich bieder, wie zu erwarten war. Er ist ein bißchen größer als durchschnittlich, hat dunkelbraunes, kurzgeschnittenes Haar. Er trug Jeans und ein weißes Oxford-Hemd. Er sieht sehr nach Mittelschicht aus. Aber«, Amy runzelte die Stirn und rieb sie sich dann, »das ist immer das Schwierige«, fuhr sie fort. Lucia nickte. »Ich habe immer das Gefühl, ich sollte meinen Eindruck von einem Klienten nicht der Polizei enthüllen.«
»Er ist kein Klient, Amy«, erinnerte Lucia sie.
»Ich weiß«, sagte Amy. »Aber Dinge vertraulich zu behandeln ist eine Angewohnheit, die sich nur schlecht abstellen läßt.«
Es ist sicherlich schwieriger, die Gedanken bei der Arbeit zu halten, wenn du Arbeit und Vergnügen miteinander vermischst, dachte Lucia, sagte aber nichts.
»Derrick kaut an den Fingernägeln. Das ist nicht ungewöhnlich. Er hat dunkle Augenringe, und er sieht oft nach unten. Ich glaube, daß Dr. Freemans Tod ihn um einiges mehr erschüttert hat, als er bereit ist, zuzugeben, sogar sich selbst gegenüber. Aber das ist ziemlich typisch. Er hatte die ganze Zeit, während wir geredet haben, die Hände zu Fäusten geballt. Und er hat ständig die Beine an den Knöcheln übereinandergeschlagen und wieder auseinander. Derrick hat viele Emotionen aufgestaut. Aber er hat nichts herausgelassen, während wir uns unterhalten haben. Er scheint es beim Fahrradfahren abzuarbeiten. Er fährt Marathonrennen.«
»Richtig zugeknöpft, wie? Sieht so aus, als ob beinahe jeder, mit dem wir in diesem Fall geredet haben, so ist. Sogar die hohen Tiere wie Whitney haben etwas zu verbergen. Was ist deine Vermutung bezüglich Milton? Was hat er wohl zu verbergen. Einen Mord?« Lucia ließ sich in das Vinylpolster zurücksinken.
Amys Antwort wurde durch die Ankunft einer dunkeläugi-

gen, jungen Frau verzögert, die das Wasser und das Besteck brachte. Lucia lächelte sie an.

»Könnte ich noch eine Serviette bekommen?« fragte Lucia. »Die Hamburger sind hier so furchtbar saftig.«

»No entiendo.« Die junge Frau lächelte achselzuckend.

»Una mas serviete, por favor«, wiederholte Lucia auf Spanisch.

»Sí.« Sie kehrte mit mehreren Papierservietten zurück.

»Gracias«, sagte Lucia und wandte ihre Aufmerksamkeit wieder Amy zu.

»Derrick wollte wahrscheinlich seine Mutter ermorden, aber er ist noch Jahre davon entfernt, das zu erkennen. Sie war eine sehr besitzergreifende Frau. Sie hat ihn vom Rest der Gesellschaft abgekapselt. Er sagte, sie war seine einzige richtige Freundin. Wie traurig. Er hatte offenbar begonnen, einige seiner Beschützergefühle, die er seiner Mutter gegenüber hegte, auf Dr. Freeman zu übertragen, denn als ich ihn fragte, ob sie ihm während der Therapie Alkohol angeboten hat, wurde er sehr ungehalten. Dann verschloß er sich, und das hat dann das Gespräch beendet.«

»Hast du ihn gefragt, ob er mit Freeman geschlafen hat?« Lucia machte sich eilig Notizen.

»Nein.«

»Glaubst du, ich sollte mit ihm reden?«

Amy zuckte die Schultern. »Es steckt mehr in ihm, als wir besprochen haben, aber er scheint kein Mördertyp zu sein. Im Gegenteil. Extrem kontrolliert. Ich weiß nicht. Ich glaube, nicht.« Sie gab Lucia die Kassette mit der Beschriftung »Milton«.

»Übrigens«, sagte Amy, »Sarah Carter hat heute morgen gegen acht angerufen. Ich habe einen Termin mit ihr für halb vier in meiner Praxis ausgemacht. Ich wollte es nicht länger hinausschieben. Sie ist die letzte, nicht wahr?«

»Ich verspreche es, Amy, mehr nicht.«

»Gibt es eine Chance, herauszufinden, wer Freeman umgebracht hat, oder ist es so hoffnungslos, wie es mir vorkommt?«

»Es sieht nicht besonders gut aus. Es tut mir leid, daß du soviel Zeit auf eine sinnlose Jagd verwandt hast.« Lucia Herz begann schneller zu schlagen, als Amy sich herüberbeugte und ihre Hand nahm.
»Es war nicht sinnlos, Lucia. Ich habe bekommen, was ich wollte – eine Chance, dabei zu helfen, etwas von dem Schaden wiedergutzumachen, den Freeman bei ihren Klientinnen angerichtet hat«, sagte sie.
»Tja, das habe ich dir womöglich bei meinem letzten Gespräch vermasselt. Ich habe Nya Kyle zu hart bedrängt, und jetzt will sie nicht mehr ohne Anwältin reden. Und rate mal, wer ihre Anwältin ist? Dieselbe wie Freddies.«
»Du kannst sie nicht alle für dich gewinnen, Lucia.«
»Tja, in dieser Runde gehe ich leer aus. Wie ist es dir mit Rebecca Field ergangen?«
Die Ankunft des Essens unterbrach ihre Unterhaltung. Amy nahm ein Stück von den Pickles. Sie knabberte den Rand ab und aß dann das weiche Innere. Lucia unterdrückte das Bedürfnis, Amys Fingerspitzen zu küssen, als sie sie ableckte. Statt dessen nahm sie ihren Hamburger in die Hand. Leider waren die Hamburger nicht so gut, wie Lucia sie in Erinnerung hatte. Nach zwei Bissen ließen beide Frauen sie auf ihren Tellern liegen, neben den kalten, fettigen Pommes frites.
»Es ist nicht mehr so wie früher. Das Essen ist furchtbar. Ich entschuldige mich«, sagte Lucia.
»Wahrscheinlich hat der Koch seinen freien Tag.«
»Der Tee schmeckt dermaßen nach Spülwasser, daß ich glaube, sie haben den Tellerwäscher einspringen lassen. Ich hasse es, für solchen Mist zu zahlen, aber wenn ich es nicht tue, ziehen sie es der Bedienung vom Lohn ab.« Lucia holte ihre Brieftasche aus der Aktentasche. »Laß mich wenigstens bezahlen.«
»Klar. Ich verbuche es als fehlgeschlagenes Dinner. Aber laß mich das Trinkgeld geben. Was ist mit Rebecca Field? Möchtest du etwas von dem Gespräch hören? Es ist nicht viel.«
»Nya deutete an, daß Freeman eine von den Persönlichkeiten für gewalttätig hielt. Hat Rebecca darüber geredet?«

»Rebecca hat auch davor Angst. Sie sagte, daß die Jungen grob sind, was alles mögliche bedeuten könnte. Sie schien sehr ängstlich und ein wenig chaotisch. Ich glaube, es ist gut möglich, daß sie zu mir in Behandlung kommt. Sie hat nie eine Beziehung erlebt, in der keine Forderungen an sie gestellt wurden. Freeman war geradeheraus mit dem, was sie wollte. Das war offenbar ein Fortschritt gegenüber ihren anderen Therapeuten.«

»Wie ist ihr Alibi?« fragte Lucia.

»Sie konnte sich nicht daran erinnern, wo sie war.«

»Und der Milton-Junge?«

»Er war in der Bibliothek, um zu arbeiten. Er hat niemanden gesehen, den er kannte.«

»Hätte sowieso nichts genützt. Niemand beobachtet sorgfältig genug, um zu beschwören, daß er nicht mal hinausgegangen ist. Tja, niemand hat ein Alibi, warum sollte Rebecca Field eins haben?« Lucia nahm die Rechnung. »Ich muß gehen und mich um den Mord von heute morgen kümmern. Gibt es eine Chance, daß wir uns heute abend sehen können?«

Amy sah ihr in die Augen. »Ja.« Lucia fühlte eine warme Welle durch ihren Körper laufen. »Schließlich schuldest du mir mehrere Abendessen, aber ich glaube, heute abend würde ich dir gerne etwas kochen. Und ich möchte erst reden, dann essen und mich dann vergnügen. Ich falle noch vom Fleisch, wenn wir weiterhin unser Essen anbrennen lassen.«

Lucia lächelte. »Wie Madame belieben.«

»Es beliebt mir mit Sicherheit«, erwiderte Amy, während sie zehn Dollar Trinkgeld zurückließ. Sie bemerkte Lucias Blick. »Ich kann es mir leisten, und sie braucht es. Wer sonst gibt Trinkgeld für so ein Essen? Bis später.« Sie ließ Lucia an der Kasse zurück.

Lucia verbrachte den Rest des Nachmittags mit dem Ehedrama vom Morgen. Es war offensichtlich, daß der Anwalt des San-Antonio-Programms sehr unerfahren in der Strafverteidigung war. Schließlich ging Lucia ein wenig spazieren und machte unterwegs einen Telefonanruf. Zwei Stunden später kam eine

Anwältin der American Civil Liberty Union, um mit der Angeklagten zu sprechen. Lucia lächelte die Anwältin an, als sie hinausging. Manchmal konnte der Gerechtigkeit mit einem sanften Stups ein wenig nachgeholfen werden.

Als sie nach Hause kam, wartete Cayetano auf sie.

»Vielen Dank, daß du Gato gefüttert hast«, sagte er. »Deine Tía Luz hat angerufen. Sie hat es den ganzen Abend versucht und sich Sorgen gemacht, als sie dich nicht erreichte. Also hat sie uns angerufen, um zu erfahren, ob's dir gutgeht. Du rufst sie besser an, bevor sie einen Gehirnschlag bekommt. Sie hat das Gefühl, sie muß auf dich aufpassen. Ich hingegen schätze, daß du eine neue Freundin hast, vielleicht die hübsche Blonde, die letzte Woche zum Abendessen hier war.«

»Du bist eine schlimmere Klatschbase als Tía Luz. Erzähl ihr bloß nicht, daß ich mit jemandem ausgehe. Sie hat uns ansonsten bis Juni verheiratet. Sie hat das Verkuppeln noch nicht aufgegeben. Daß ich lesbisch bin, macht es nur zu einer größeren Herausforderung. Sie kennt nicht viele alleinstehende, lesbische Chicanas mit Doktortitel. Aber ich«, lachte sie, während sie die Tür öffnete.

»Du machst doch wohl Spaß. Sie ist lesbisch und Chicana und Doktor?«

»Nun ja, zwei von drei Punkten ist auch nicht schlecht.« Lucia warf ihre Aktentasche auf die Couch. »Geh und hilf deiner Frau, sich um dein Baby zu kümmern. Ich brauche Zeit zum Nachdenken, bevor ich Tía Luz anrufe. Geh schon, Mocoso.«

Cayetano ging lächelnd hinaus. Lucia drehte das heiße Wasser in der Badewanne auf. Sie schüttete Lavendelbadeöl hinein. Während das Bad einlief, legte sie eine Kay Gardener-Kassette in den Kassettenrecorder ein. Dann zog sie sich aus und warf ihre Sachen in den Wäschekorb. Sie steckte den Fuß ins Wasser und beschloß, etwas kaltes Wasser zulaufen zu lassen. Das Wasser war fast zu heiß, aber Lucia sank dankbar hinein. Sie schloß die Augen. Die Erinnerung an den Vortag floß in ihre Gedanken. Sie konnte sich fast in der Wüstenoase spüren. Sie nahm einen tiefen und reinigenden Atemzug und trieb im warmen Wasser. Das Flötensolo umgab sie und erfüllte ihren Körper. Für ein paar gesegnete Minuten war alle Anspannung des Tages wie weggewaschen.

Dann stieg Lucia widerstrebend aus dem sich abkühlenden Badewasser. Sie wusch und spülte schnell ihr Haar und trocknete sich ab. Ich habe zuviel Blau getragen, dachte sie. Heute Weiß. Sie nahm die bestickte Bluse heraus, die sie in Reynosa gekauft hatte, und die passenden weißen Hosen mit der Kordel zum Zuziehen.

»Ach Tía Luz, Tía Luz« seufzte sie. »Zeit für mich, die Suppe auszulöffeln, die ich mir eingebrockt habe.« Sie setzte sich auf die Couch und wählte die Telefonnummer ihrer Tante.

»Rosa? Hier ist Lucía. Ist Tía Luz da?« fragte sie.

»Ach Lucía, ja, sie ist draußen und holt die Wäsche rein. Ich weiß wirklich nicht, warum sie nicht den Trockner benutzt, den wir ihr gekauft haben. Es ist soviel einfacher.« Die helle Stimme am anderen Ende der Leitung wurde lauter. »Mama, es ist Lucía. Ich hole die Wäsche rein. Komm ans Telefon.« Rosa kam zurück an den Hörer. »Kommst du zu Jimmies Kommunion am nächsten Sonntag? Er ist so aufgeregt.«

»Klar, wenn nichts dazwischenkommt. Du kennst ja meinen Job«, erwiderte Lucia.

»Nun, versuch's halt, Cousinchen. Hier ist Mama.«

Eine weiche, perlende Stimme erklang aus dem Telefon. »Lucita, wo bist du gewesen? Ich habe gestern den ganzen Tag versucht, dich zu erreichen. Ich dachte schon, ich sollte die Polizei anrufen.« Tía Luz kicherte kurz und herzlich über ihren eigenen Witz.

»Ich bin an einem Fall, Tía«, erwiderte Lucia.

»Die ganze Nacht?«

»Tja nun, nein.«

»Aha!« In ihrem Ton lagen Welten der Entdeckung.

»Ich war verabredet, Tía«, gab Lucia zu.

»Ist sie nett? Wo hast du sie kennengelernt? Wie sieht sie aus? Was macht sie? Wie lange kennst du sie schon?«

»Stop, Tía. Immer mit der Ruhe. Sie ist sehr nett und sieht sehr gut aus. Wie eine Art jüngere, schwerere Candice Bergen. Ich habe sie bei der Arbeit kennengelernt. Sie hilft mir bei meinem

Fall. Wir hatten erst eine Verabredung, also schick noch nicht die Heiratsanzeigen los«, sagte sie.
»Mach dich nicht über deine Tía lustig, oder du kriegst Weihnachten keine Empanadas. Du hörst dich so gut an, Honey. Du hast eine Freude in der Stimme wie damals, vor Yolandas Tod. Wir haben dein Glück vermißt und wollen, daß du es wiederfindest. Ist das so schrecklich?« Tía Luz' Stimme klang scheinheilig.
»Du bist eine unverbesserliche Kupplerin, genau das bist du, meine liebste Tante.«
»Stimmt. Aber ich mache die besten Fajitas in Südtexas, also vergibst du mir. Und ich mache sie heute abend. Also komm zum Abendessen und erzähl mir von deiner neuen Liebsten.«
»Ich würde ja furchtbar gerne, aber…« Lucia machte eine Pause, um ihren folgenden Worten Nachdruck zu verleihen, »aber ich bin heute abend mit ihr verabredet.«
»Gut, gut. Kann sie kochen?«
»Das finde ich heute abend heraus, Tía.«
»Okay. Wir werden dich vermissen. Jerry kommt herüber und Felicias zwei Älteste. Aber du mußt bald vorbeikommen und deiner Tía alles erzählen.«
»Mache ich, mache ich. Ich hab euch alle lieb. Tschüs.« Lucia wartete Tía Luz' sämtliche Koseworte ab und legte dann auf. Sie atmete tief durch. Das war nicht so schlimm gewesen, wie sie befürchtet hatte. Nur ein bißchen aufdringlich. Nicht die Dampfwalze, die Tía Luz manchmal sein konnte. Aber Lucia verzieh ihrer Tía Luz alles aus Dankbarkeit, daß sie für sie dagewesen war, als Lucias Mutter an Tuberkulose starb. Tía Luz hatte die angsterfüllte Fünfjährige in ihren üppigen Armen gehalten und verkündet, daß sie »diese Niña und ihre Familia« mit sich nach Hause nach San Antonio nähme. Und seitdem war sie Lucias Mutter gewesen.
Sogar Lucias Vater hatte sich der willensstarken Tante gefügt. Er hatte seine beiden Söhne und seine Tochter in das große Haus auf der Zarzamora begleitet. Lucia lächelte bei dem Gedanken an die ausgedehnten Familienessen und die Erleichte-

rung im Gesicht ihres Vaters, als er beobachtete, wie seine Kinder in Luz' offenes Herz aufgenommen wurden.

Entspannt und erfrischt ging sie an ihren Schreibtisch. Es war Zeit, an der Liste zu arbeiten, die sie am Anfang des Falles aufgestellt hatte. Alle Namen waren neben den Initialen eingetragen und auch die Namen der beiden verstorbenen Ehemänner. Sie fügte die Worte »kein Alibi« neben van Lander, Kyle und Milton hinzu. Sie schrieb Flores' Namen auf die Liste. Dann hielt sie inne. Hatte Flores Brüder, Vater, Cousins, Söhne, die sich womöglich rächen wollten? Aber mit dieser Theorie hatte sie dasselbe Problem wie mit Marita. Warum die zeitliche Verzögerung? Das würde einen gewissen Grad an Vorsatz implizieren. Und dasselbe träfe auch auf Freemans Bruder in New York zu. Wenn er nach San Antonio flöge, um seine Schwester zu ermorden, was hätte er für ein Motiv? Ihr Geld? Das schien ein sehr unwahrscheinliches Motiv für einen erfolgreichen Anwalt.

Nya hatte neue Informationen mitgeteilt, aber sie schienen nicht sehr nützlich zu sein. Oder waren sie das gebrochene Glied, das den Fall erschloß, und sie erkannte es nicht, weil sie die falsche Seite betrachtete? Lucia entschied, daß ein weiteres Gespräch mit Freddie einiges klarstellen könnte. Sie rief schnell bei Freddie an, um ihren Termin am Montagnachmittag zu bestätigen. Dann wühlte sie ihre Papiere nach der Telefonnummer von Freemans Bruder durch. Sie versuchte noch mal, ihn anzurufen. David Freeman war immer noch nicht daheim.

Lucia seufzte. Sie packte alle Papiere wieder in ihre Aktentasche und klickte sie zu. Zeit für eine wirkliche Arbeitspause, bevor Montag der Affenzirkus wieder losgeht, dachte sie.

Sie hielt am Lebensmittelladen, um Blumen zu kaufen. Ein süßer Strauß mit einer Teerose und Schleierkraut fiel ihr ins Auge. Rot für Leidenschaft, dachte sie und lächelte die Kassiererin breit an. Erinnerungen an die Leidenschaft der letzten Nacht trieben sie an. Sie übertrat die Geschwindigkeitsbegrenzung mehr als nur ein bißchen. Der Verkehr am Sonntagabend war leicht, und sie kam ohne eine klare Erinnerung daran, wie sie

hergekommen war, bei Amy an. Nicht daß es etwas ausmachte. Amy öffnete sofort auf ihr Klopfen. Sie trug ein weißes Bauernkleid aus Mexiko.
»Es heißt ja immer, daß ein Pärchen sich ähnlich wird, aber ich dachte, das dauert länger als eine Nacht«, lachte Amy, umarmte Lucia herzlich und zog sie herein.
»Zweifelsohne übersinnliche Wahrnehmung«, sagte Lucia leise in Amys Ohr. Dann küßte sie es.
»Nichts da. Reden, essen, spielen. In dieser Reihenfolge. Wie zivilisierte Menschen«, sagte Amy und roch an den Blumen in Lucias Hand. »Ich betrachte Blumen als besonders zivilisiert. Vielen Dank, Detective Ramos.«
»Keine verbrannten Abendessen mehr, das verspreche ich bei meiner Ehre als Vertreterin des Gesetzes, Dr. Traeger.« Lucia salutierte vor Amy.
»Hervorragend. Ich fühle mich völlig sicher in Ihren Händen, Detective Ramos.«
Sie gingen Arm in Arm ins Wohnzimmer. Auf dem Tisch stand eine Schale mit Popcorn. Lucia setzte sich auf die Couch und steckte eine Handvoll in den Mund.
»Ich dachte mir, daß du gerne Popcorn zum Video hättest«, sagte Amy.
»Video?« fragte Lucia.
»*Sybil*«, erwiderte Amy. »Ich dachte, es könnte hilfreich sein. Es ist altmodisch, vermittelt aber einen recht guten Eindruck davon, was multiple Persönlichkeitsstörung bedeutet.«
»Danke, aber ich passe. Ich habe ihn mehrmals im Spätprogramm gesehen. Ich würde den Abend lieber weit weg von der Arbeit verbringen. Wie wär's? Einverstanden?«
Amy grinste.
»Großartig. Laß uns mit einer flüssigen Erfrischung beginnen. Soda, Fruchtsaft, etwas Alkoholisches?«
»Von Alkohol würde ich sofort einschlafen. Wie wäre es mit einer von diesen Fruchtlimonaden?«
»Beere, Tropical oder Citrus?«
»Entscheidungen, Entscheidungen. Was ist dein Lieblingsgeschmack?«

»Beere.«
»Angenommen«, sagte Lucia, während Amy sich schon zum Gehen wandte. Sie kam einen Augenblick später mit zwei Gläsern mit einer weinfarbenen, spritzigen Flüssigkeit zurück. Sie setze sich neben Lucia und stellte die Gläser neben das Popcorn.
»Also kein Video. Ich nehme an, da muß ich dich wohl selbst unterhalten.«
Lucia lehnte sich im Sofa zurück und schloß die Augen. Vom CD-Plattenspieler kam leise Musik, ein Instrumentalstück auf Synthesizer. Sie fand es interessant, aber nicht aufdringlich. Sie spürte, wie Amy ihr übers Haar strich.
»Wie wäre es mit Geschichten aus der Kindheit? Was ist deine Lieblingserinnerung, als du noch ein Kind warst?«
»Du zuerst. Dann weiß ich, wie ehrlich ich zu sein habe.« Lucia schnurrte fast unter Amys sanftem Streicheln.
»Das ist einfach. Es war der Tag, an dem mir klar wurde, daß ich mein Zuhause für immer verlassen würde. Es war im Spätfrühling. Ich ging auf meinem Weg in die Bibliothek über den Universitätscampus an einigen späten Blüten vorbei. Sie war meine Zuflucht. Die Tochter eines Professors war immer willkommen, wenn sie sich gut benahm. Ich war schließlich eine Studentin im letzten Jahr kurz vor dem Verlassen des Elternhauses. Das Examen stand vor der Tür. Ich konnte weggehen. Ich konnte bald für immer davongehen«, fuhr Amy fort.
»Ich werde diesen Spaziergang nie vergessen. Es war, als ob ich meine Haut abstreifte. Unsere Eingangstür war aus schwerem Holz mit Bleiverglasung auf einer Seite, so daß wir sehen konnten, wer geklingelt hat. Die Tür war immer abgeschlossen. Wir schlossen sie ab, weil meine Eltern glaubten, daß alle möglichen furchtbaren Leute da draußen lauerten. Ich erinnere mich, wie ich lachte, als ich sie heimlich angelehnt ließ. Wenn schreckliche Leute hineingingen, würden sie sich vielleicht freuen, meinen Vater zu treffen. Schließlich hatten sie eine Menge gemeinsam.
Meine Mutter war nicht zu Hause. Ich hätte sie nie in Gefahr gebracht. Wenn sie dagewesen wäre, hätte ich die Tür abge-

schlossen. Ich hoffte jedoch, daß ein Mörder vorbeikommen und mich befreien würde.
Aber für diesen Augenblick war ich frei. Mein Vater schlief auf meinem samengetränkten Bett. Ich ging vom Haus weg und übte mich darin, was ich bald für immer tun würde. Weggehen. Ich war über Gefühle hinaus. Ich vermerkte Fakten.
Ich erinnere mich, daß ich bemerkte, daß das Auto eines Nachbarn eine Wäsche nötig hatte. Es hatte so etwas untergründig Böses zu bedeuten, wenn ein Cadillac eine Wäsche nötig hatte. Waren die Besitzer auf dem Weg in den finanziellen Ruin? Was sonst konnte der Grund für eine solche Schlampigkeit sein? Und die Rosen vom nächsten Haus sind meinem Gedächtnis eingeprägt. Sie waren alle korrekt beschnitten. Das konntest du auf einen Blick sehen. Und alle verwelkten Blüten waren herausgeschnitten worden. Nicht eine Andeutung von Braun. Ich könnte dir jedes Detail von jedem Haus erzählen, an dem ich vorbeikam. Ich würde frei sein. An dem Tag wurde ich mir dessen in meinem tiefsten Herzen gewiß.«
Lucia seufzte tief und öffnete die Augen. »Oh«, sagte sie, da sie nicht wußte, was sie sonst hätte sagen können.
»Was ist deine Lieblingserinnerung, Lucia?«
»Nichts dergleichen. Ich kann mir dieses Leben, das du gehabt haben mußt, nicht vorstellen. Ich bin sehr froh, daß du da herausgekommen bist.« Sie schmiegte ihren Kopf gegen Amys liebkosende Fingerspitzen.
»Ich auch. Aber ich möchte wirklich etwas über deine Lieblingszeit hören.«
Lucia runzelte angestrengt die Stirn, um sich zu erinnern.
»Ich weiß nicht«, sagte sie, »vielleicht die Mitternachtsmette an Heiligabend. Die ganze Familie blieb lange auf und packte Weihnachtsgeschenke aus. Dann quetschten wir uns alle ins Auto und fuhren zur Kirche. In einem Jahr waren die Weihnachtssterne an der Südseite der Kirche besonders prächtig. Es war ein warmes Jahr, und sie waren sechs Meter hoch und standen in voller Blüte. Jemand hatte Scheinwerfer auf sie gerichtet.
Dann gingen wir in die Kirche. Sie war proppenvoll mit meinen

Freunden und Freundinnen und ihren Familien. Jeder kannte jeden. Sogar Familien, die seit Jahren verfehdet waren, redeten miteinander und lachten vor der Mitternachtsmette. Dann begannen die Weihnachtslieder. *Noche de Paz* war mein Lieblingslied. *Stille Nacht, heilige Nacht*. Es klingt besser in spanisch, weißt du. ›Nacht des Friedens‹. Es war eine Nacht des Friedens, das war es wirklich.« Amy merkte, wie Lucias Freude sie bezauberte. Sie beobachtete jede glückliche Geste, die Lucia in ihrer Begeisterung machte. Lucia spreizte die Finger und zog einen weiten Bogen vor sich.

»Und die Kerzen. Die Meßdiener zündeten jede einzelne Kerze an. Der Altar stand wie in Flammen. Es war phantastisch. Das Singen. Die Lichter. Der Weihrauch. Ich liebe es immer noch. Ich gehe jedes Jahr hin. Ich liebe es.« Plötzlich wurde Lucia bewußt, daß sie sich von der Erinnerung hatte hinreißen lassen. Sie schämte sich ein wenig.

»Das ist wundervoll, Lucia. Ich hatte vergessen, wie wunderschön es sein kann. Wir gehörten zur Episkopalkirche, daher gab es weniger Rituale, aber es war wundervoll. Ich konnte es alles wieder vor mir sehen, als du es beschrieben hast. Ist es nicht schwierig, lesbisch zu sein, wo deine Familie so traditionell ist?«

»Ich hatte solche Angst, daß sie das über Yolanda und mich herausfinden würden. Wir zogen nach Austin, um sicherer zu sein. Und wegen Yolandas Abschluß. An der Universität von Texas gibt es einen guten Botanikstudiengang. Es war viel leichter, sich nur an den Wochenenden zu verstellen. Aber selbst dann noch hatten wir furchtbare Angst, daß irgendeine Nichte hereinspaziert käme, wenn wir uns liebten. Es war sehr schwierig«, sagte Lucia.

»Nach Yolandas Tod war ich völlig fertig«, fuhr sie fort. »Meine Freundinnen Barbara und Evie haben mir das Leben gerettet. Wenn ich von der Arbeit nach Hause kam, war das Haus so leer. Ich fuhr zu ihnen hinüber... ich weiß nicht, wie ich das schaffte. Ich nehme an, ich funktionierte nur noch automatisch. Evie kam an die Tür. Sie legte ihre Arme um mich, und ich fing an zu weinen. Wir saßen auf der Couch, ich in der Mitte.

Dann legte Barbara eine Wolldecke um mich, wie eine Abuelita eine Niña einpackt. Evie arbeitete an ihrer Doktorarbeit mit all diesen Zeitschriftenartikeln und ihren Notizbüchern und meterweise Computerausdrucken aus der Forschung. Aber wenn sie nicht mit beiden Händen beschäftigt war, tätschelte sie mir das Knie und sagte all diese tröstenden Sachen, die du zu weinenden Kindern sagst.

Sie waren wie eine Familie. Sie sind ebenso meine Familie wie Papa oder Tía Luz. Schließlich sagte Barbara zu mir: ›Deine Tía hat angerufen. Sie macht sich große Sorgen. Du mußt ihr erzählen, was los ist.‹ Also habe ich meiner Tía erzählt, was los war. Warum ich fast dreißig Pfund in einem Monat verloren hatte. Weißt du, was sie gesagt hat? Sie sagte: ›Sag Evie, sie soll dich mit Schokoladeneis und Tortillas füttern. Und du ißt das. Und wenn nicht, komme ich und hole dich nach Hause, wo du hingehörst. Du machst dich krank, und deine Querida hätte das nicht gewollt.‹

Sie hat es so selbstverständlich gesagt, ›deine Querida‹. Das war alles. Ich hatte wegen nichts und wieder nichts Angst gehabt. Ich habe Tía Luz später danach gefragt. Sie hatte sich das alles schon zusammengereimt. Sie machte sich solche Sorgen, daß sie mich verlieren würde. Daß ich mich von der Familie entfremden oder krank werden und sterben würde, um meiner Novia zu folgen. Ich glaube, der einzige Grund, warum ich den Mut hatte, es ihnen zu sagen, war, daß ich mich innerlich tot fühlte. Nichts machte etwas aus. Ich konnte unmöglich noch größeren Schmerz empfinden, als ich es schon tat. Sie hatte mich verlassen, warum nicht mi familia tambíen?«

Amy küßte Lucias Tränen fort. Neue nahmen ihren Platz ein. Lucia wischte sie weg.

»Ich hasse es zu weinen. Laß uns lieber essen«, sagte sie.

Während des ganzen Essens sprachen sie über Urlaubsreisen. Die Pilzsuppe war gehaltvoll und herzhaft. Lucia hatte bemerkt, daß sie in einem Steinguttopf zubereitet worden war. Amy wollte offenbar nicht noch ein angebranntes Essen riskieren. Lucia nahm einen kleinen Nachschlag. Es war schön, eine Suppe zu essen, die nie in einer Blechbüchse gelebt hatte.

»Diese Suppe ist köstlich. Was ist drin?« fragte Lucia.
»Jede Menge Pilze. Jeweils ein halbes Pfund Shitake- und Austernpilze. Ein Pfund gewöhnliche Champignons und eine Vierteltasse getrocknete Baumpilze. Ein paar Zwiebeln, ein paar Stangen Sellerie, sechs Knoblauchzehen. Alles wird kleingeschnitten und dann in Olivenöl angebraten. Mit Wasser bedeckt. Es ist eine schnelle Suppe«, erwiderte Amy und tunkte ein Stück Sauerteigbrot in die Brühe.
Lucia lächelte vor sich hin. Es war sehr viel leichter, Amy dazu zu bringen, übers Essen zu reden, als über sich selbst. Sie beschloß, das Gespräch beim Thema Essen zu belassen. »Ist da kein Fleisch drin?«
»Kein Fleisch«, antwortete Amy. »Ich glaube, ich wäre gerne Vegetarierin, wenn ich groß bin«, sagte sie nachdenklich. »Es scheint mir richtig zu sein. Wir brauchen kein tierisches Eiweiß, wenn wir es verstehen, die pflanzlichen Proteine richtig zu kombinieren. Es ist so eine furchtbare Verschwendung, wenn Nahrungsmittel dazu benutzt werden, tierisches Eiweiß zu produzieren, während Menschen verhungern. Ich esse wochenlang kein Fleisch, und dann bekomme ich plötzlich einen Heißhunger darauf. Und alle meine Ideale sind mit einem einzigen Steak dahin«, seufzte sie.
»Ich denke, es ist wichtig, daß du dich wohl damit fühlst, was du ißt. Schließlich ißt du sehr wenig Fleisch, wenn du es nur ab und zu tust. Ich bin nicht annähernd so edel«, sagte Lucia.
»Du ißt furchtbares Junk food«, warf Amy ihr vor.
»Also, dann komm und koch für mich, und ich bleibe rein. Ich habe nicht die Zeit, um gesunde Mahlzeiten zu kochen. Aber ich esse sie für mein Leben gern, und es würde meine Tía so glücklich machen.«
»Wen?« fragte Amy.
»Meine Tía, meine Tante. Sie hat mich aufgezogen, als meine Mutter starb, und sie versucht ständig, mich zu verheiraten. Sogar jetzt noch, wo sie weiß, daß ich lesbisch bin. Nur daß sie sich jetzt nach der richtigen Frau anstelle des richtigen Mannes umsieht.«
»Die sind leichter zu finden.«

»Woher weißt du das denn, Süße? Warst du je auf der Suche? Hast du ein heimliches Heteroleben geführt, mit dem du mich überraschen wirst, wenn wir alt und grau sind?«
»Nie. Ehrenwort. Und du?«
»Ich habe meinen Anteil Jungen geküßt, als ich jünger war, aber ich habe lieber mit ihnen Softball gespielt. Nein, ich fand es toll, Mädchen zu küssen.«
»Und du machst es so gut«, neckte Amy sie.
Lucia spürte, wie sie rot wurde. Die Erinnerung an die Lust der letzten Nacht tauchte auf ihrer Haut auf, ihren Lippen, ihren Brüsten. In ihrer Vagina war ein Schmerzen, ein Verlangen, berührt zu werden. Ihre Finger zitterten, als sie sich über den Tisch beugte, um Amys Wange zu streicheln. Das Schweigen dauerte lange. Amy stand auf und ließ die Hände über Lucias Rücken gleiten, bis Lucia sich entspannte.
Amys Hände griffen unter Lucias Armen hindurch, um ihre Brüste zu umfassen. Nur eine dünne Lage Stoff war zwischen Amy und der samtigen Weichheit von Lucias Brüsten. Sie hob langsam die Bluse hoch. Lucia drehte sich auf dem Stuhl um und küßte Amy lange und sanft. Amy zog Lucia langsam vom Stuhl hoch. Dann führte sie sie in das große Badezimmer, löste die Kordel von Lucias Hosen und ließ sie zu Boden fallen. Dann nahm sie den unteren Rand ihres eigenen Kleides und unterbrach den Kuß, um es sich über den Kopf zu ziehen.
»Zeit für die Dusche, die du mir versprochen hast«, sagte sie und drehte die Hähne auf.
Lucia stellte das Wasser auf Körpertemperatur ein und trat in die Duschkabine. Durch den durchsichtigen Duschvorhang konnte sie ein verschwommenes Bild von Amy sehen. Lucia atmete schneller. Amys cremeweiße Haut wurde durch ein Dreieck von goldbraunen Locken unter ihrem Bauch betont. Lucia erinnerte sich an die reife Wärme, die sich dort verbarg, und sehnte sich danach, sie wieder zu spüren. Während Lucia sie beobachtete, öffnete Amy eine Schublade und nahm eine Plastiktube mit Duschgel heraus. Lächelnd zog sie den Vorhang beiseite und kam zu Lucia in die Dusche.
»Daß ich mich mal gefragt habe, warum die Boys so eine riesige

Dusche eingebaut haben! Jetzt scheint sie gerade die richtige Größe zu haben.«
»Huch. Ich habe mein plastiküberzogenes Notizbuch vergessen. Ich bin gleich zurück.« Lucia machte Anstalten zu gehen.
»Keine Chance, daß ich dich aus meinen verruchten Klauen lasse. Endlich habe ich dich, wo ich will.« Amy legte die Arme um Lucia, wie um sie zurückzuhalten. »Jetzt verpasse ich dir die Dusche deines Lebens.« Sie drehte Lucia herum und plazierte sie so, daß der Hauptstrahl des Wassers auf Lucias Bekken prasselte. Dann verteilte sie etwas von dem Duschgel auf Lucias Rücken und begann, sie langsam einzureiben.
»Darf ich dich nicht waschen?« fragte Lucia.
»Später.«
Trotz des warmen Wassers überlief Lucia ein wohliger Schauder. Amys Fingerspitzen strichen Lucias Poritze entlang. »Oh«, murmelte Lucia, überrascht und erregt durch das sanfte Eindringen. Wo werden diese Fingerspitzen enden? fragte sie sich. Sie fand es bald heraus, als Amy mit einem steifen Finger sanft um ihr Poloch fuhr. »Oh«, rief Lucia aus und spannte den Hintern an.
»Ist das unangenehm?« fragte Amy besorgt.
»Nein, ich war nur so überrascht. Ich habe so etwas noch nicht erlebt, aber doch, ich mag es...« Lucia keuchte, als Amy ihren Finger ein winziges Stück einführte.
»Macht es immer noch Spaß?« fragte Amy.
»Immer mehr.« Lucia war kaum noch in der Lage zu murmeln. Sie lehnte sich vor, um sich mit den Armen mehr Halt an der Duschwand zu geben. Das Wasser traf nun auf ihre Brüste, und sie streckte Amy ihren Hintern hin. Amy fuhr mit ihren seifigen Fingern hinein und heraus, während Lucia zu stöhnen begann. Dann legte Amy den Arm um Lucia, spülte die Seife ab, liebkoste ihre Brustwarzen unter dem warmen Wasser und ließ dann die Hand über Lucias Bauch bis zu ihrer Klitoris gleiten.
»Mach die Beine ein bißchen breit«, flüsterte Amy ihr ins Ohr.

Lucia stöhnte und gehorchte. Amy legte die Hand auf Lucias Klitoris und drang in ihre warme, feuchte Vagina ein. Lucias Knie wurden weich vor Lust. Sie paßte sich dem Rhythmus von Amys Fingern an.

»Ich halt es nicht aus«, flüsterte sie heiser. »Meine Knie geben nach. Ich kann nicht im Stehen kommen. Ich kann nicht...« Ein schaudernder Schrei kam tief aus ihrem Bauch, als sie ihren Höhepunkt erreichte. Amy ließ sie frei, als sie auf den Boden der Dusche glitt und keuchend nach Luft rang. Amy streichelte ihren Kopf, während ihr Atem sich allmählich beruhigte.

»Jesus y María«, murmelte Lucia und drehte sich um. Sie stand auf und nahm die Geltube. Ihre Finger umkreisten Amys Brustwarzen. Dann nahm sie Amys Gesicht in beide Hände und küßte sie leidenschaftlich, während ihre eigenen Brüste, vom Gel geschmiert, weich über Amys glitten. Amy saugte heftig an Lucias Zunge. Lucia ließ ihre Hand sinken, um Amys Brustwarzen zu kneifen. Sie zog Amy tiefer unter den Duschstrahl. Als die Seife abgespült war, zog sie eine Brust mit beiden Händen in ihren hungrigen Mund.

»Ja«, rief Amy. »Stärker«, und preßte Lucias Kopf an ihre Brust. Lucia saugte an der Brustwarze tief in ihrem Mund, ließ sie dann frei, um in den Hof zu beißen. Sie ließ die Zunge um die Brustwarze schnellen. Sie hörte Amy kleine, schreiende Laute ausstoßen.

»Beiß mich. Bitte. Ich halt's nicht mehr aus. Bitte beiß mich.«

Lucia gehorchte sanft. Dann kniete sie sich hin, leckte Amys Klitoris und genoß den warmen, seeigen Geschmack. Sie legte die Arme um Amys Oberschenkel und zog sie gegen ihre Brüste. Lucia versuchte, Amys Meer aufzulecken. Sie leckte die ankommenden und abziehenden Wellen. Dann knabberte sie an Amys Klitoris und genoß die Leidenschaft, die von ihr ausströmte. Amy kam zum Höhepunkt. Und noch einmal. Dann gaben ihre Knie abrupt nach.

Sie saßen ineinandergekuschelt im warmen Strahl, bis ihre Finger anfingen, runzelig zu werden.

»Zeit, sich abzutrocknen«, sagte Lucia und ließ die Finger durch Amys nasses Haar gleiten.

»Ich sehe dich nicht gerade hinausspringen«, neckte Amy sie.
»Es könnte ja kalt sein da draußen.«
»Aber es ist trocken, meine kleine Meerjungfrau.«
»Vielen Dank für die Dusche meines Lebens«, sagte Lucia.
»Es war mir ein Vergnügen«, sagte Amy und stand auf. Sie hielt Lucia die Hand hin. »Komm, wir trocknen uns ab.«
Als sie angezogen waren, gingen sie zurück ins Wohnzimmer, um abzuräumen. Amy spülte die Tonschüsseln und Silberlöffel, während Lucia abtrocknete. »Reden, Essen, Spielen. Das haben wir jetzt alles gemacht. Was tun wir jetzt, Detective Ramos?«
»Arbeiten, nehme ich an.«
»Ich nehme nicht an, daß du Spülen als Arbeit rechnest und wir jetzt einfach wieder von vorn anfangen können?« neckte Amy mit einem ironischen Grinsen im Gesicht.
Lucia seufzte. »Ich hasse es, den Abend zu verderben, aber ich habe nicht mehr viel Zeit. Es gibt so wenig Leute bei der Kripo und so viele Morde, daß der Fall bald zu den Akten gelegt werden wird.«
»Schon gut, Lucia. Es macht mir nichts aus zu arbeiten, auch wenn ich mein Abendessen selbst gekocht habe. Die Abmachung ist sowieso hinfällig. Ich arbeite jetzt wirklich ehrenamtlich, ohne jegliche Gegenleistung.«
»Ist das ein Kommentar zu meinen Kochkünsten?«
Amy rieb mit dem Daumen über die Falten zwischen Lucias Augenbrauen. »Nein. Ich will nur, daß diese Linien verschwinden. Es macht mir wirklich nichts aus zu arbeiten.«
»Danke, Amy«, sagte Lucia und öffnete ihre Aktentasche. »Also, wie bist du mit Sarah Carter klargekommen?«
»Darüber kannst du dir selbst ein Urteil bilden. Ich möchte, daß du dir die Kassette anhörst«, sagte Amy und legte das Band in den Kassettenrecorder ein. »Ich fange beim wichtigen Teil an.«
Lucia hörte zu, wie Amy fragte: »Können Sie mir erzählen, warum Sie therapeutische Hilfe gesucht haben?«
Die Stimme, die antwortete, war so leise, daß Lucia lauter stellen mußte, um die Antwort deutlich zu hören. »Ich habe mich

verloren gefühlt. Ich habe mich nur so dahintreiben lassen. Ich wurde irgendwo angespült, und dann hat mich die Strömung wieder davongetragen. Ich nehme an, ich suchte nach Stabilität, nach einem Grund zu leben.« Im letzten Satz war ein fragender Ton.

Dann fragte Amys Stimme fest und beruhigend: »Hat Dr. Freeman Ihnen geholfen, das zu verändern?«

Sarahs Stimme wurde fester und klang aufgeregt. »Ja. Ich habe begonnen, die Welt besser zu verstehen. Dr. Freeman hat mir viele wichtige Dinge beigebracht.«

»Können Sie mir einige davon mitteilen?«

»Ich weiß nicht. Ich glaube nicht, daß ihr das gefallen würde«, flüsterte Sarah.

»Ich hoffe, daß diese Informationen dazu beitragen werden, ihren Mörder zu finden.«

»Tod ist sowieso nur ein Übergangsstadium. Er bedeutet eigentlich nichts. Er verzögert die Entscheidung um ein paar Jahre, aber ich werde auf sie warten.« Die Resignation in Sarahs Stimme war echt und traurig.

»Die Entscheidung?« fragte Amy mit leiser, unaufdringlicher Stimme.

»Das darf nicht diskutiert werden, außer mit Auserwählten«, sagte Sarah widerstrebend.

»Und die Auserwählten, sind Sie...« Wieder war Amys Aufforderung sehr ruhig.

»Auserwählt. Ja. Wie auch Dr. Freeman. Liz. Es erscheint mir nicht richtig, sie bei ihrem korrekten Namen zu nennen, wo unsere Leben doch so ineinander verflochten waren. Sogar vor unserer Geburt.«

»In einem früheren Leben?«

Lucia drückte die Stoptaste des Kassettenrecorders. Sie schüttelte vehement den Kopf und ließ ihre schwarzen Locken fliegen. Dann rieb sie sich die Augen.

»O nein«, rief sie, »läuft es auf das hinaus, was ich vermute, oder ist sie einfach verrückt?«

Amy lächelte.

»Wir sagen nicht verrückt. Das ist kein Fachausdruck. Aber

nein. Sie schien traurig, verloren, bedürftig. Nicht verrückt. Ich fürchte, daß die Idee der Auserwählten von Dr. Freeman kam und nicht von der Klientin.«

»Und sie hat diese Masche benutzt, um die Klientin zu verführen?«

Amy lehnte sich in dem schweren Holzstuhl zurück und antwortete mit einem sehr leisen Ja.

»Verdammt«, sagte Lucia, »noch eine Verdächtige. Ich höre mir das Band auf dem Nachhauseweg an. Erzähl mir mehr von ihr.«

Sie beobachtete, wie Amy in die buntgeblühmte Reisetasche griff und einen Stenographieblock herausnahm. Die Symbole waren ordentlich und präzise und völlig unverständlich für Lucia.

»Sarah ist einunddreißig. Geschieden nach sechsmonatiger Ehe Anfang Zwanzig. Keine Kinder...« Amy las weiter und erinnerte sich, wie die schüchterne junge Frau zögernd die Praxis betreten hatte. Sie hatte gelächelt. Sie hörte nie auf zu lächeln. Ihre sanften, grünen Augen lächelten jedoch nicht. Sie überflogen mehrmals den Raum, bevor Sarah sprach. Sie konzentrierten sich auf das Aquarell mit den Löwenzahnwedeln, das hinter Amy hing. Sie ließen nur selten von dem Bild ab.

Sarahs Stimme war zögerlich, und sie sprach mit langen Pausen. »Ich komme mir furchtbar vor, als ob ich ihr Vertrauen mißbrauchte. Aber ich möchte, daß Sie verstehen, wie wichtig sie ist.«

Sie ließ den Kopf hängen, so daß ihr Gesicht von den langen, braunen Haaren verdeckt wurde. »Ich wünschte, sie wäre hier, um mir zu sagen, was ich tun soll. Ich möchte nicht wieder alles durcheinanderbringen...«

Amy wandte ihre Aufmerksamkeit wieder der Gegenwart zu.

»Lucia, sie ist sehr passiv, sehr abhängig. Ich wäre überrascht, wenn sie es riskieren könnte, Wut zuzulassen. Und ich glaube, es war eine Menge Wut vonnöten, Dr. Freeman mit einer Flasche zu erschlagen. Glaub mir, in diesem Kind steckt keine Aggression.« Lucia konnte das Mitgefühl in Amys Stimme hören.

»Wie steht's mit einem Alibi?«

»Sie war an dem Abend bei einer Lyriklesung im Zapata Center. Sie hat kein Auto. Ich nehme an, sie hätte bei jemandem mitfahren können oder sie hätte ein Taxi rufen können, aber ich kann einfach nicht glauben, daß sie kaltblütig genug ist, zwei Stunden, nachdem sie ihre Geliebte umgebracht hat, bei einer Lesung zu erscheinen. Ich traue ihr das nicht zu.«

»Du hast wahrscheinlich recht. Aber wer war es dann? Ich kann nicht glauben, daß es nicht irgendwo eine Antwort gibt. Es war nicht wirklich geplant. Der Mörder muß irgendwo einen Fehler gemacht haben. Marita ist meine Hauptverdächtige, aber es erscheint mir unlogisch, daß sie die ganzen Monate gewartet und Freeman dann umgebracht hat.« Lucia fuhr sich mit der Hand durch ihr kurzes, schwarzes Haar.

»Menschen haben schon seltsamere Dinge gemacht. Schmerz kann gären, wenn er nicht verarbeitet wird. Dann passiert eine unbedeutende Kleinigkeit, und er bricht aus. Es ist nicht zwangsläufig die auslösende Begebenheit, die den Wutanfall verursacht, sondern der darunterliegende Schmerz und die Angst.«

»Also hätte Marita in die Praxis gehen können, etwa um ihre Rechnung zu bezahlen, und wäre dann einfach explodiert, als Freeman etwas Falsches gesagt hat.«

Amy nickte. »Aber dasselbe Szenario würde auf jeden passen, außer auf jemanden, der nicht imstande ist, einen Wutausbruch zu haben, und ich glaube wirklich, daß Sarah nicht dazu imstande ist.«

»Tja, leider könnte es auf Marita zutreffen«, sagte Lucia. »Sie hat auf einer Party bei Christian eine Reihe von Flaschen zerschlagen. Also wissen wir, daß sie zu Wutanfällen neigt.«

»Hat sie jemanden verletzt?« fragte Amy.

»Nein. Nur die Flaschen.«

»Gibt es noch jemanden auf der Liste, der Probleme mit Wut hat?«

»Der Andrews-Junge, ich habe seinen Vornamen vergessen. Aber er hat ein Alibi.«

»Nun, wer hat sonst noch ein Alibi? Vielleicht können wir die Verdächtigen auf diese Weise zusammenstreichen.«

»Das habe ich schon getan. Nur Andrews und die Nonnen haben hieb- und stichfeste Alibis. Der Rest hat entweder ein paar Lücken in der fraglichen Zeit oder überhaupt kein Alibi. Marita hat ein ziemlich gutes, Freddie überhaupt keins. Und Rebecca Field kann sich nicht erinnern. Glaubst du, es gibt eine Möglichkeit für sie, es herauszufinden? Vielleicht kann sich eine der anderen Persönlichkeiten erinnern.«

»Ich werde sie anrufen und fragen. Hast du ihre Nummer zur Hand?«

»Meine Aktentasche ist im Wagen.« Lucia ging hinaus und holte sie. Als sie zurückkam, lag Amys Kater vor ihr und verlangte Aufmerksamkeit. Amy lächelte und zuckte die Schultern.

»Ich weiß, ich sollte ihn nicht auf den Tisch lassen, aber wir sind ja die meiste Zeit allein, daher sieht niemand, daß wir ungezogen sind.« Sie kraulte ihn hinter den Ohren, und er antwortete mit einem gewaltigen Schnurren. »Er ist ein guter Wachkater. Abgesehen davon, daß er keine anderen männlichen Wesen mag. Wenn ein Mann hereinkommt, sogar die Jungs von oben, faucht er ununterbrochen. Manchmal muß ich ihn ins Schlafzimmer sperren. Nicht wahr, Tiger?« Der Kater ließ sich nicht zu einer Antwort herab.

Lucia reichte Amy das Blatt mit Rebeccas Telefonnummer und übernahm das Streicheln des Katers. Er war in eine schnurrende Ekstase versunken, die sein schwarzes Fell erzittern ließ. Nur die grüne Iris in seinen weißen Augen unterbrach das tiefe Schwarz.

»Er mag dich«, sagte Amy, als sie wieder in die Küche kam. »Aber mit ihm ist leicht auszukommen, ganz wie mit seiner Besitzerin.« Erleichterung stand Amy im Gesicht geschrieben. »Rebecca hat sich daran erinnert, wo sie war. Am Dienstag war von halb sieben bis halb zehn eine Besprechung in der Kooperative. Viele Leute haben sie gesehen. Sie saß den ganzen Abend, ohne einmal wegzugehen, an einem Tisch mit lauter Angestellten. Sie war es nicht.«

Amy lächelte.

»Ich bin wirklich froh. Sie ist viel ruhiger und weniger fragmentiert, seit allen Persönlichkeiten klargeworden ist, daß sie es nicht getan haben können. Und sie ist bereit, zu mir in Behandlung zu kommen, aber nur, wenn sie zahlt. Dann, so sagt sie, kennt sie die Kosten von vornherein. Ich bin so glücklich, Lucia. Das ist genau das, worauf ich gehofft habe. Danke, ich danke dir dafür, du süße Frau.« Sie umarmte Lucia und setzte sich dann.

»Weißt du, Amy, du hast auch so einige verschiedene Persönlichkeiten in dir. Mir wird allmählich klar, wie unterschiedlich du von Zeit zu Zeit bist. Manchmal kommt es mir vor, als ob ich dich schon immer gekannt habe, und manchmal, als ob ich dich gerade erst kennengelernt hätte.« Lucia versuchte nicht, die Verwunderung in ihrer Stimme zu verbergen.

»Stimmt. Ich habe einige Symptome einer multiplen Persönlichkeit, aber nur zu einem sehr geringen Grad. Das ist natürlich ein Kontinuum wie das meiste menschliche Verhalten. Ich habe Launenverschiebungen, aber keine Persönlichkeitswechsel. Ein Kern ist immer anwesend und nicht nur beobachtend. Keine Amnesie. Nur launenhaft und fließend. Dadurch bleibe ich interessant.« Sie streichelte ebenfalls den Kater, um ihre Nervosität zu verbergen.

»Es ist okay. Es ist nur, daß ich jahrelang mit dir zusammengearbeitet und es nie gemerkt habe. Und ich bin angeblich eine Detektivin.«

»Ich habe mich ziemlich fest im Griff in meiner Therapeutinnenrolle, wenn ich in einer Arbeitsbeziehung bin, aber...«

»Es ist keine Arbeit mehr«, beendete Lucia ihren Satz.

»Nein, ist es nicht«, sagte Amy mit einem breiten, zufriedenen Lächeln.

»Siehst du, jetzt geht das schon wieder los. Ich versuche, über die Arbeit zu reden, und du lenkst mich ab. Kein Wunder, daß ich gestern abend das Essen habe anbrennen lassen.« Lucia lächelte zurück.

»Okay, okay, Sklaventreiberin. Mit einer aufgabenorientierten Frau läßt sich nicht streiten, also zurück zur Arbeit. Wen können wir noch streichen?«

»Die beiden Studenten. Kein Auto und keine Busverbindung.

Entschieden zu weit, um zu laufen. Mrs. Martinez und Familie wie auch Carl Jarvis und Familie. Kein Motiv. Ebenso van Lander und Garcia. Sie verläßt sowieso nie das Haus.« Lucia schaute auf ihre Liste, während sie sprach.

»Und damit bleibt...«

»Marita, trotz ihres Alibis. Freddie, kein Alibi und starkes Motiv. Außerdem Nya Kyle und Oliver Whitney. Nein, er hat ein Alibi. Ich kann ihn nur nicht leiden. David Freeman ist eine völlig unbekannte Größe. Plus andere unbekannte Personen. Ich habe erst heute herausgefunden, daß sie daran beteiligt war, einen Kindesmißhandler zu schnappen, der jetzt im Knast sitzt.

Gillette hat es nicht erwähnt, als er mit mir über Freemans Arbeit an den Schulen gesprochen hat«, fuhr Lucia fort. »Vielleicht stand es nicht in ihrer Akte, aber das beweist, daß es eine Menge in Freemans Leben gibt, von dem wir einfach nichts wissen. Der Mörder könnte ein Motiv haben, das nichts mit ihrer Praxis oder ihrem Liebesleben zu tun hat. Sie könnte in eine finanzielle Transaktion verwickelt gewesen sein, die ihr Feinde gemacht hat. Zum Teufel, sie könnte Drogenhändlerin gewesen sein, nach allem, was wir wissen.« Lucia seufzte. »Ein sicheres Zeichen für das Versagen meiner Vorstellungskraft. Wenn die Polizei bei einem Fall in eine Sackgasse gerät, heißt es immer, es hatte was mit Drogen zu tun.« Sie stand vom Stuhl auf und schritt im Wohnzimmer auf und ab.

»Du könntest umbringen, wen du nur willst, und eine Tüte Kokain neben der Leiche zurücklassen. Ende der Untersuchung. Oder wir schnappen uns einen Vorbestraften, den wir nicht mögen, und wenn er nicht in einer Kirche mit Hunderten von Nonnen gesessen hat, als es passierte, wird die Jury ihn für schuldig befinden. Es stinkt einfach, es stinkt zum Himmel.« Sie beherrschte den Impuls, gegen etwas zu treten... schließlich war dies nicht ihr Haus. »Die Zeit läuft ab, und ich komme nicht weiter. Vergiß es. Keine Arbeit mehr heute abend. Ich bin müde, und dieser Fall frustriert mich einfach.« Sie setzte sich wieder an den Tisch. Amy stand auf und ging zu einem Bücherregal im Wohnzimmer.

»Bevor wir endgültig aufhören – hier ist das Buch über Therapeuten, die ihre Position mißbrauchen, das ich dir versprochen habe.«
Amy stand hinter Lucia und massierte ihr den verspannten Hals. »Also, worüber möchtest du statt dessen reden?«
»Wie hast du bloß diesen Picknickplatz gefunden? Irgendwie kann ich mir nicht vorstellen, daß du auf der Suche nach möglichen Plätzen für die Mittagspause ›Betreten verboten‹-Schilder ignorierst.«
»Nein, da hast du recht. Das ist nicht sehr wahrscheinlich. Das Land gehört einer Freundin von mir, einer Krankenschwester«, erwiderte Amy.
»Einer Freundin, ja?«
»Einer hoffnungslos heterosexuellen Freundin, leider! Sie würde eine großartige Lesbe abgeben, wenn sie nicht diese unnatürliche Vorliebe für das andere Geschlecht hätte. Sie hat das Land von einem entfernten Verwandten geerbt. Sie sagte, es war übermäßig abgeweidet, als sie es bekam. Im Frühling läßt sie für ein paar Monate ihre Pferde darauf, daher kann sie es zur landwirtschaftlichen Nutzfläche erklären, aber meistens bleibt es der Natur, ihren Freundinnen und ihrer Familie überlassen.« Amy streichelte Lucias Haar, die sich fühlte, als müßte sie gleich schnurren. »Liberty ist eine sehr nette Frau. Einen Hauch exzentrisch, aber reizend. Sie wird dir gefallen.«
»Mit einem Namen wie Liberty? Wie soll das gehen?« fragte Lucia. »Wie kannst du dir so sicher sein?«
»Sie bezaubert jeden. Ich habe sie in einem Workshop über Tod und Sterben kennengelernt. Sie lebt in Fowlerton, am Fluß. Sie hat ungefähr vierzig Hektar Heu und sechs Pferde, an die sie es verfüttert, wovon drei Reitpferde sind. Die anderen sind mißhandelte Pferde, die sie adoptiert hat. ›Sie stehen nur herum, knietief im Heu, und machen Dünger.‹ Das ist ein Zitat. Sie wohnt bei mir, wenn sie geschäftlich in San Antonio zu tun hat, also wirst du sie wahrscheinlich kennenlernen.«
Sie plauderten noch eine Weile über ihren Alltag, bis Lucia merkte, wie spät es geworden war. Als sie ging, drückte Amy ihr eine Muschel in die Hand.

»Damit du dich besser an die Oase erinnerst«, sagte sie und küßte Lucia leicht. Lucia hielt die Muschel auf dem ganzen Heimweg fest, obwohl es ein bißchen unpraktisch beim Schalten war. Sie zu berühren half ihr, sich zu entspannen und tief durchzuatmen.

Sie hatte keine Probleme einzuschlafen, sobald sie im Bett war. Sie träumte von dem kleinen Haus, das sie mit Yolanda in Austin gemietet hatte. Es war ein einfaches Einfamilienhaus. Zwei weißgestrichene Schlafzimmer, ein weißgestrichenes Wohn- und Eßzimmer, eine Küche mit einer Tapete mit winzigen, gelben Blumen. Aber es gab einen Baum. Keines der anderen Häuser hatte einen Baum. Es war eine mittelalte Ulme – nicht riesig, aber groß genug, um viel Schatten zu spenden, der das Haus nicht erreichte, weil der Baum mitten im Garten stand.

Lucia träumte von den Picknicks und Grillpartys und wie sie im Frühling draußen saßen und lasen. Dann träumte sie davon, wie sie sich am Spätnachmittag liebten, wenn die Hitze im Haus ihren Höhepunkt erreicht hatte und der Schweiß über ihren ganzen Körper perlte und Yolanda auf ihr lag. Sie waren so naß, daß sie nicht aneinander kleben blieben, sie glitten und rollten mühelos übereinander. Yolanda preßte sich gegen Lucias Klitoris, und sie rollten über- und untereinander, in dieser großen, schwitzigen Bärenumarmung umfangen, und die Hitze war dieselbe innerhalb und außerhalb ihres Körpers. Sie atmeten die heiße, feuchte Luft ein, und sie trug zu ihrem heißen, feuchten Selbst bei, und die Leidenschaft schien in der Luft selbst zu sein – unausweichlich und zuweilen fast erstickend, aber tief auf eine neue Art, sehr tief in jeder Zelle von Lucias Körper.

Sie streckte sich und drückte mit dem Knie oder Oberschenkel gegen Yolandas Geschlecht und spürte ihren Bewegungen nach. Yolandas glitschende Hände strichen über Lucias Rükken, und ihre Fingernägel kratzten leicht, und Lucia tauchte in ihre Leidenschaft ein. Als der Höhepunkt Yolandas Körper schüttelte, aufbäumte und gegen sie drückte, spürte Lucia die glitschende Hitze überall, durch sich hindurch, in den Lungen sosehr wie im Becken. Yolandas kräftige Finger packten Lucias Hintern und zogen sie gegen ihre harte, nasse Wärme. Sie konnte nicht sagen, ob die Wogen von ihrem Becken oder von Yolandas ausgingen, so übereinstimmend bewegten sie sich als eine feuchte Masse der Leidenschaft und schaukelten in der nassen Hitze, bis sie erschöpft waren.

Der warme Trost von Yolandas Körper glitt hinweg, als Lucia im Schlaf neben sich griff und nur Leere fand. Eine Welle des Kummers schüttelte Lucia, als die Benommenheit sich legte. Sie versuchte ein Schluchzen zu unterdrücken, gab aber dann den tiefen, gequälten Schreien nach, während sie sich grimmig in ihr Kopfkissen krallte. Der Schmerz ließ allmählich nach. Lucia starrte ausdruckslos vor sich hin, als die Leere sich in ihrem Kopf ausbreitete. Sie war überrascht, wie leicht sich dieses nicht mehr vertraute Muster wieder einstellte, und zwang sich aus dem Bett, anstatt sich in die Taubheit zu verlieren. Sie schaltete das Licht an und wühlte in ihrem Kleiderschrank, bis sie die Handarbeit fand, die sie als Geburtstagsgeschenk für Tía Luz angefangen hatte. Sie saß auf dem Sofa und begann, mit blauem Faden am Wort ›Paz‹ im Strickrahmen zu arbeiten. Wie stets beruhigte sie die konzentrierte, sich wiederholende Bewegung.

Ich frage mich, was diesen Traum zurückgebracht hat? überlegte Lucia. Es ist mindestens zwei Jahre her seit dem letzten Mal. Sie beendete den Teil des Musters, der in Blau gestickt wurde, und verknotete den Faden. Amy, dachte sie. Ich habe mich seit Yolanda nicht mehr so gefühlt. Jetzt gibt es Amy. Und mein Herz schreit nach Yolanda. Keine kann je ihren Platz einnehmen. Lucia stopfte die Handarbeit entschlossen zurück in den Segeltuchbeutel und ging ins Bett.

Sie schloß die Augen und ignorierte sowohl die sanften Tränen, die ihre Wangen näßten, als auch die quälenden Gedanken daran, daß Yolandas Platz leer war. Es war Zeit zu schlafen.

Montag

Okay, Ramos. Lassen Sie uns mit den grundlegenden Dingen anfangen. Wieviel Geld hat sie, und wer bekommt es, wenn sie stirbt?«

»Ich weiß es nicht«, mußte Lucia beschämt zugeben.

»Mit wem genau hat sie geschlafen, und wer war deswegen sauer?« Reynolds deutete mit dem braunen, klebrigen und abgekauten Ende seiner Zigarre auf Lucia.

»Erstens ihre Geliebte Christian, die wegen aller anderen sauer sein könnte. Zweitens Kyle, die Tai Chi-Lehrerin und Klientin, die aber nicht an Wut, sondern an Ausgeglichenheit glaubt. Drittens eine andere Klientin, Field, die eine multiple Persönlichkeit mit vielen verschiedenen Meinungen ist. Viertens noch eine Klientin, Carter, die aber überhaupt nicht gewalttätig ist, eher ein richtiger Opfertyp.«

»Auch der Wurm krümmt sich, wenn er getreten wird«, murmelte Reynolds.

»Dann gibt es zwei, mit denen sie nicht mehr schlief, die ein Motiv haben könnten. Peterson, die Beschwerde gegen Freeman eingelegt hat, als sie herausfand, daß Freeman mit der anderen Klientin, Field, schlief. Und Whitney, der Therapeut, der Freeman während ihrer Anwartschaft betreut hat. Die Affäre wurde von Freeman vor über einem Jahr beendet. Es scheint ihm immer noch ziemlich viel auszumachen.«

Reynolds runzelte die Augenbrauen, so daß sie wie zwei pelzige Raupen aussahen, die eins wurden. »Wer hat kein Alibi?«

»Fast niemand hat ein gutes. Christian und Kyle haben überhaupt keins. Aber das würde Christian Vorsatz unterstellen, da sie keinen Grund hatte, in Freemans Praxis zu sein. Und ich glaube nicht, daß es unter Vorsatz geschah«, sagte Lucia.

»Dann hat sie vielleicht wegen einer Einkaufsliste vorbeigeschaut, und sie sind in Streit geraten.« Reynolds machte eine Pause und kaute auf seiner Zigarre. »Es steht irgendwo in Ihren Notizen, Ramos. Diese Akte ist zu dick, als daß Sie den Mörder völlig übersehen haben könnten. Irgendwo ist ein Detail, das nicht hineinpaßt. Eine Lüge. Finden Sie sie, oder wir verlieren. Cowley geht zurück zum Streifendienst. Die brauchen ihn. Sie doch nicht, oder?«

Lucia schüttelte den Kopf. »Nicht unbedingt.«

»Zwei Tage, Ramos. Wir können nicht noch mehr Zeit verschwenden. Die Spur ist kalt. Wir haben hier einen Mörder, der wahrscheinlich noch nie jemanden getötet hat und wahrscheinlich nicht noch einmal töten wird. Er kommt also davon. Pech für uns. Glück für ihn. Bekommen Sie deswegen kein Magengeschwür. Es gibt reichlich Mörder da draußen, die wir kriegen.«

»Ja, danke, Lieutenant Reynolds. Ich hoffe, ich habe *sie* bis Mittwoch.«

Er nahm ihren letzten Kommentar nicht zur Kenntnis. Lucia verließ das Büro mit grimmiger Miene. Es wäre Glück und nichts anderes, wenn sie den Mörder in den nächsten zwei Tagen fangen würde. Wenn ein Fall erst einmal zurückgestellt war, wurde er fast nie gelöst. Alle Spuren waren schon kalt. Niemand schien wahrscheinlicher als andere. Bei einer so mageren Beweislage konnte sogar ein mittelmäßiger Pflichtverteidiger des San-Antonio-Programms Marita freibekommen. Wenn Lucia schon nicht überzeugt war, wie konnten dann die Geschworenen, zwölf »gute und wahrhafte Menschen«, überzeugt werden?

Lucia beschloß, noch einmal den Versuch zu unternehmen, weitere Informationen aus ihrer Hauptverdächtigen herauszuholen, bevor sie um halb drei Freddie traf. Aber zuerst legte sie letzte Hand an ihren Bericht über die Schießerei beim Juweliergeschäft und rief dann die Datei über den Tod des prügelnden Ehemannes auf. Die Anklage war fallengelassen worden. Ein Polizist hatte Nachbarn gefunden, die schon einmal die Polizei gerufen hatten, als der Ehemann seine Frau eingeholt hatte, nachdem sie vor ihm aus dem Haus geflohen war. Lucia überflog den acht Monate alten Bericht über häusliche Gewalt. Die Frau hatte zwei Wochen im Krankenhaus und der Mann sechs Wochen in einem Therapieprogramm verbracht. Sie hätte keine Chance gehabt, wegzulaufen. »Gott sei Dank«, murmelte sie. Wenigstens mußte diese arme Frau nicht ins Gefängnis.

Sie erwischte Cowley gerade noch telefonisch, als er das Präsidium verlassen wollte.

»Danke für Ihre Hilfe. Mit Ihnen läßt sich's prima zusammenarbeiten. Tut mir leid, daß wir keinen Fang gemacht haben. Hatten Sie Gelegenheit, mit Helen Garcia zu sprechen?«

»Ja. Das war eine Pleite. Zwei Missionare von den Mormonen verbrachten den Dienstagabend mit ihr. Sie scheint gern Gesellschaft zu haben. Zu blöd, daß sie nicht ausgehen und Freunde treffen kann. Sie ist eine richtig nette Dame. Macht großartige Bisquichitos. Möchten Sie, daß ich den schwulen Gesichtspunkt noch weiterverfolge?«

»Nein. Die Therapeutin lebte nicht offen als Lesbe. Ich glaube nicht, daß uns Bars oder Kirchen auf eine vernünftige Spur bringen würden. Ich werde den Fall selbst am Mittwoch abgeben. Ich hoffe, ich kann mal wieder mit Ihnen arbeiten, Cowley. Sie sind der Beste«, sagte Lucia bedauernd.

»Und vergessen Sie das ja nicht. Viel Glück, Ramos.« Er legte auf.

Lucia überprüfte ihre Liste. Mit einer Person blieb noch Kontakt aufzunehmen, mit David Freeman. Sie versuchte es noch einmal unter seiner Privatnummer. Es hob immer noch niemand ab. Wenigstens hatte die Tatsache, daß er keinen Anrufbeantworter besaß, der Abteilung etwas Geld gespart. Es war immer noch zu früh, um auf Maritas Türschwelle zu erscheinen. Daher nahm Lucia ihr Fahrtenbuch heraus und begann die mühselige Aufgabe, den Antrag auf Kilometergelderstattung auszufüllen. Wie üblich hatte sie mindestens ein Drittel ihrer Fahrten vergessen einzutragen. Wieder einmal war sie dankbar für den geringen Benzinverbrauch ihres Sentras. Die Pauschale war für die hohen Tiere mit den Benzinschluckern

festgesetzt, daher würde sie nicht allzuviel aus eigener Tasche zahlen müssen.
Als nächstes rief sie die Telefongesellschaft an, um van Landers Geschichte zu überprüfen. Um sechs Uhr am Dienstagabend war ein Anruf vom Apparat seiner Frau geführt worden. Er dauerte zwei Stunden und zwölf Minuten. Damit schien van Lander aus dem Schneider zu sein. Als Lucia auflegte, wartete ein Anruf auf sie.
Eine Stimme, die sie nicht kannte, sagte: »Detective Ramos? Einen Augenblick bitte, ich verbinde mit Juanita Morales.«
Eine neue Stimme kam an den Apparat. »Hier ist Juanita Morales, Rechtsanwältin. Ich vertrete Nya Kyle. Sie hat mich gebeten, Ihnen die Liste mit den Telefonnummern der Frauen ihrer Selbstverteidigungsklasse zu übermitteln, die sich am Dienstag, den 6. April, um 17 Uhr getroffen hat. Der Unterricht war um 18 Uhr beendet. Außerdem habe ich die Kopie eines computergestützten Anmeldeformulars des Hotels Marriott in Fort Worth für Sie. Es wird Ihnen zeigen, daß sie um 21.57 Uhr eingecheckt hat, zu einem so frühen Zeitpunkt also, daß ein Mord in der Zwischenzeit äußerst unwahrscheinlich ist. Sollten Sie darüber hinaus mit Ms. Kyle sprechen wollen, werde ich ein Treffen vereinbaren. Bitte nehmen Sie nicht direkt mit ihr Kontakt auf. Auf meinen Rat hin wird sie über diese Angelegenheit nur sprechen, wenn eine Anwältin anwesend ist. Haben Sie Fragen?«
»Nein«, antwortete Lucia.
»Auf Wiederhören.« Die Leitung wurde stumm. Lucia zuckte die Achseln. Aus dieser Richtung würde sie keine Informationen mehr bekommen. Sie durchwühlte ihre Aktentasche nach den Kassetten von den Gesprächen mit Marita und Freddie. Sie holte auch Nyas hervor.
Während sie die Bänder anhörte, notierte sie sich Fragen. Wenigstens hatte sie dieses Mal mehr Informationen, wenn sie zu den Gesprächen ging. Durch das nochmalige Anhören der Bänder bekam sie einiges mit, was sie zuvor überhört hatte. Wie etwa, daß Marita über Freddie und ihren Verleger sprach. Wenn sie beim ersten Mal nachgehakt hätte, wäre sie besser

darauf vorbereitet gewesen, daß Freddie eine Frau war. Lucia schaute auf die Uhr. Es war Zeit zu gehen.
Beim zweiten Mal war es viel einfacher, Maritas Heim zu finden. Die Hunde folgten dem Wagen das letzte Stück der Auffahrt hinauf, sprangen hoch und bellten. Marita stand vor ihrem Wohnwagen. Diesmal verkündete ihr T-Shirt »Wiminfest«, ansonsten schien ihre Erscheinung wenig verändert.
»Guten Morgen, Detective Ramos. Sie sind aber früh auf den Beinen.« Sie schien weniger angespannt als beim ersten Gespräch. Hatte Amy sie beruhigt? Oder hatte sie entschieden, daß sie mit dem Mord davonkäme? Schwer zu sagen. Lucia gesellte sich zu ihr unter die Markise.
»Kaffee, Detective?« fragte Marita.
»Nein, danke. Nur ein paar Fragen«, erwiderte Lucia. »Ich möchte gerne mehr über die Party am 4. Juli wissen, die Sie in Dr. Freemans Haus besucht haben.«
»Wie ich schon sagte, kann ich mich an nicht viel erinnern. Ich war ziemlich betrunken. Ich hatte furchtbare Angst davor, ihre Geliebte Freddie kennenzulernen. Ich meine, Lizzie machte es ziemlich klar, daß Freddie praktisch jeden Tag einen Herzinfarkt haben könne und wir dann zusammensein könnten. Es kam mir ziemlich verrückt vor, auf einer Party zu sein, wo ich die andere Frau war und Freddie gesund wie ein Fisch im Wasser aussah. Ich habe mir ein wenig zu viel Mut angetrunken. Danach ist alles nur noch verschwommen.«
»Es scheint Streit mit dem Barkeeper gegeben zu haben?«
»Ja. Lizzie hat es mir später erzählt. Ich habe mich ganz schön geschämt, daß ich mich vor Freddie und ihren ganzen Freunden so aufgeführt habe.« Marita schien die Erinnerung daran recht unangenehm.
»Aber Sie haben keine Erinnerung daran, was passiert ist?«
»Nein, ich habe darüber nachgedacht, zu den Anonymen Alkoholikern zu gehen, aber seit ich mit Lizzie Schluß gemacht habe, habe ich nicht mehr viel getrunken. Keine Streits, keine Blackouts. Ein Sechserpack Bier reicht mir eine Woche oder länger. Also habe ich entschieden, daß es die Frau war und nicht das Saufen, was mir die Probleme bereitet hat.«

Lucia prüfte ihre Notizen.
»Hat Dr. Freeman je ihre Beziehung mit ihrer Geliebten mit Ihnen diskutiert?«
»Ja. Freddie war zu krank zum Sex. Das hat Lizzie jedenfalls gesagt. Ich habe da jetzt so meine Zweifel.«
»Abgesehen davon, sind sie gut miteinander ausgekommen, oder gab es Streit?«
Marita schüttelte den Kopf.
»War Freddie je gewalttätig, soweit Sie wissen?«
Marita schaute überrascht. »Prügel? Nein, das glaube ich nicht. Ich hätte die Prellungen gesehen, wenn da welche gewesen wären, denn Lizzie mochte es nicht, beim Sex etwas anzuhaben.«
»Kannten Sie noch andere Klienten außer Rebecca Field?«
»Nein, wer ist denn das?« Marita sah aufrichtig erstaunt aus.
Lucia beschloß, die Frage fallenzulassen. Rebecca hatte ein Alibi. Es tat nichts zur Sache, wie Marita sie kennengelernt hatte oder welchen Namen Rebecca benutzte. Die Frage »Wie ist es mit Dr. Freemans Familie?« zog eine weitere negative Antwort nach sich. Ebenso eine Frage nach anderen Geliebten. Offenbar hatte Lizzie mit Marita nicht so viel geklatscht wie mit Nya oder Freddie. Lucia beschloß, zu den wichtigen Fragen zu kommen.
»Können Sie sich vorstellen, wie Ihre Zigaretten nach dem 27. März in den Aschenbecher von Dr. Freemans Wagen gekommen sein könnten?« Lucia wußte das Datum der letzten Wagenwäsche von dem Coupon im Auto.
»Nein, ich hatte sie doch schon lange nicht mehr gesehen, und ich war nie in ihrem Wagen.«
»Sind Sie sicher?«
»Nun, wenn ich je drin gewesen wäre, wäre es mit Sicherheit Zeit für die AA, denn das wäre ein größerer Filmriß.« Marita starrte anklagend auf die Packung in ihrer Hand. »Sind Sie sicher, daß es meine sind?«
»Nein. Aber es ist dieselbe Marke. Sind Sie bereit, einen Bluttest zu machen, um zu beweisen, daß es nicht Ihre sind? Das geschähe auf rein freiwilliger Basis. Es besteht keinerlei Ver-

pflichtung für Sie. Und wenn es sich herausstellt, daß Ihre Blutgruppe mit dem Speichel auf den Zigaretten übereinstimmt, wäre das ein Beweis, der gegen Sie verwendet werden kann.«

Marita holte rasselnd Luft. Sie sah aus, als würde sie gleich weinen. »Ja. Ich mache es.«

»Und wo wir gerade über den Inhalt von Dr. Freemans Wagen reden, können Sie erklären, wie das hier in den Wagen kam?« Lucia reichte Marita eine Kopie der Notiz, die sie gefunden hatte.

Marita erstarrte. Sie starrte einfach auf die Notiz in Lucias Hand. »Können Sie es erklären?« Lucia wartete auf eine Antwort. Ist es Zeit für ein Geständnis? dachte sie und hielt den Atem an. Marita sagte immer noch nichts. »Erkennen Sie die Handschrift?«

»Ich habe das geschrieben. Oder Zettel wie diesen. Vielleicht ein Dutzend davon. Ich habe seit über einem Jahr keinen mehr geschrieben. Das schwöre ich Ihnen. Ich habe sie nicht umgebracht. Ich weiß nicht, wie dieser Zettel in ihr Auto gekommen ist. Ich habe sie immer an die Windschutzscheibe oder unter ihre Bürotür gesteckt. Ich habe sie nie ins Auto gelegt. Sie hatte immer die Fenster hochgekurbelt. Außerdem war manchmal so ein Durcheinander in ihrem Wagen, daß sie den Zettel wahrscheinlich gar nicht gesehen hätte.« Maritas Stimme klang hoffnungslos.

»Woher wissen Sie, wie es im Innern ihres Wagens aussah?« fragte Lucia.

»Ich habe durchs Fenster geguckt. Ich war neugierig. Ich wollte alles von ihr wissen. Und jetzt gehe ich deshalb ins Gefängnis. Das war eine Falle, diese Therapie und alles. Und ich bin darauf hereingefallen. Verdammt. Wann werde ich das endlich lernen? Vertrau jemandem, und du bist erledigt. Was für eine dämliche Idiotin bin ich gewesen.« Sie schien mit sich selber zu reden, und Lucia fand nicht, daß sie sich wie eine Mörderin anhörte.

»Sie gehen nicht ins Gefängnis, Marita«, sagte Lucia. Marita starrte auf das Stück Papier und sagte nichts. »Sie sagen, daß

Sie nicht wissen, wie der Zettel ins Auto gekommen ist. Ich glaube Ihnen. Vielleicht versucht jemand, Ihnen etwas anzuhängen. Vielleicht hat Dr. Freeman selbst ihn dort hingelegt. Er könnte sogar seit einem Jahr dort gewesen sein. Ordnung schien nicht gerade eine von Dr. Freemans Stärken.« Mit jedem Wort schien mehr Leben in Marita zu kommen. »Wenn Sie hereingelegt worden sind, dann jedenfalls nicht von mir oder Dr. Traeger. Mein einziges Interesse besteht darin, den echten Mörder zu fangen. Und es nicht einem unschuldigen Menschen anzuhängen, der schon genug gelitten hat. Wenn Sie die gesamte menschliche Rasse schlechtmachen wollen, bitte schön. Aber nicht auf meine Kosten. Ich habe kein Vertrauen gebrochen. Und Sie sollten bessere Beweise haben als die, die ich gerade gehört habe, bevor Sie Dr. Traeger beschuldigen.«

»Sie ist Ihre Geliebte, nicht wahr?« fragte Marita.

»Das geht Sie überhaupt nichts an, verdammt noch mal!« brauste Lucia auf. Das kommt davon, wenn ich Arbeit und Privatleben miteinander vermische, dachte sie.

Marita lachte. »Beruhigen Sie sich, Detective Ramos. Ich glaube, ich mag Sie. Sie werden mich nicht verhaften. Ich bin mir sicher, daß ich Sie mag. Ich bin frei. Mein Vater ist tot. Lizzie ist tot. Ich mußte keinen von beiden umbringen, und ich bin frei.« Sie brach in Schluchzen aus. »Ich bin frei. Und allein. Ist das die einzige Art und Weise, sicher zu sein? Allein zu sein?«

»Das möchte ich nicht hoffen«, sagte Lucia. »Aber ich glaube, darüber sollten Sie mit Dr. Traeger reden, nicht mit mir.« Sie entwand Maritas Fingern sanft die Kopie des Zettels.

»Nur die Tatsachen, Ma'am. Wie im Krimi, wie in *Dragnet*. Nur die Tatsachen.« Marita wischte sich die Augen. Lucia konnte nicht sagen, ob sie weinte oder lachte. Sie schien hysterisch zu sein.

»Gibt es jemand, die ich anrufen könnte, damit sie bei Ihnen bleibt? Vielleicht eine Freundin aus der Bar? Ich kann es über Funk durchgeben«, bot Lucia an.

»Nein, mir geht's prima. Wirklich. Mir geht's prima. Ganz prima.«

Lucia dachte, daß es vielleicht tatsächlich stimmte. Sie gab Marita ihre Karte und ging. Nun, überlegte sie, während sie den Hügel hinunterfuhr, wenn sie eine Mörderin ist, hat sie mich auf jeden Fall gut hereingelegt. Sie holte ihre Straßenkarte hervor. Das Gebiet, das zu San Antonio gehörte, war riesig seit der letzten Eingemeindung. Stadtplaner hatten dazugelernt, seit Castle Hills und Alamo Heights ihren eigenen unabhängigen und lukrativen Weg gegangen waren und Millionen von Steuereinnahmen mit sich genommen hatten. Jetzt weiteten sich die Stadtgrenzen fast bis Boerne aus. San Antonio nahm fast das ganze Bexar County ein. Es wurde nicht länger ein Kreis um die Kathedrale in der Mitte gezogen. Und es gab keinesfalls genug Beamte, um die außen gelegenen Bezirke abzudecken.
Lucia zuckte die Schultern. Mittagessen in Helotes wäre ein vertretbarer Umweg. Wenn sie Glück hatte, konnte sie vielleicht Schinken mit Maispüree essen. Sie hatte kein Glück. Aber der Hamburger war wenigstens genießbar, wenn auch nicht bemerkenswert. Keinen Umweg wert, dachte sie, aber an einem Tisch zu sitzen, statt im Auto, schon. Sie fühlte sich gestärkt für ihre nächste Begegnung mit Freddie.
Sie war unvorbereitet auf den Empfang. Die Frau an der Tür war nicht Freddie. Sie stellte sich als Margaret Dexter vor, eine Krankenschwester für Herzkranke. Sie belehrte Lucia streng über die Gefahren des Stresses für die Patientin, während sie sie in Freddies Schlafzimmer führte. Sie schien den Raum nur widerstrebend zu verlassen, aber Freddie schickte sie in einem Ton hinaus, der keine Widerrede duldete.
»Sie haben mir nicht erzählt, daß Sie krank sind«, beschwerte sich Lucia.
»Wollte nicht riskieren, daß Sie nicht kommen. Ich wollte wissen, was vor sich geht. Wer war es, Ramos? Ich will es wissen, bevor ich sterbe.« Freddie sah nicht aus, als würde sie gleich sterben, trotz der medizinischen Geräte, die neben ihrem Bett aufgereiht waren. Sie sah ziemlich gut aus in ihrem cremefarbenen Seidenneglige.
»Das will ich auch, Ms. Christian, das will ich auch.«
»Noch immer keine Verdächtigen?«

»Ach, ich habe Verdächtige. Mehr als genug«, sagte Lucia. »Mich inbegriffen.«

»Ja, Sie inbegriffen. Ich habe einige Fragen, die ich Ihnen gerne stellen würde, wenn Sie sich dazu in der Lage fühlen.«

»Nun, diesmal kann ich nicht fortlaufen. Mein Arzt sagt, mehr Weinen täte mir gut. Aber so bin ich nun mal nicht erzogen worden.«

»Okay. Lassen Sie uns beginnen. Halten Sie es für möglich, daß der Mörder darauf abzielte, Ihnen zu schaden? Sie sind ein Mensch, an den nur schwer heranzukommen ist. Könnte jemand Sie über Ihre Geliebte treffen wollen?«

»O Gott. Daran habe ich überhaupt noch nie gedacht.« Freddie war sprachlos. »Ich weiß nicht. Ich kann mir nicht vorstellen, wer mich so sehr hassen könnte. Mir fällt gewiß niemand ein.«

»Keine verschmähten Geliebten?«

»Nein. Sie sind alle immer noch Freundinnen.«

»Wie ist es mit früheren Ehemännern oder Geliebten von Ihren Geliebten?«

»Ich habe mich nie auf eine Beziehung mit einer Frau eingelassen, die noch in einer Beziehung war, bis ich Lizzie traf. Es ist mit Sicherheit nicht mein Stil.«

»Warum sind Sie dann Ihrem Stil bei Dr. Freeman untreu geworden?«

»Sie hat mich glauben machen, daß ihre Ehe nur noch auf dem Papier bestand, daß sie und ihr Mann aufgrund seiner schlechten Gesundheit seit Jahren nicht sexuell miteinander verkehrten. Ich habe nun allen Grund anzunehmen, daß sie alles andere als ehrlich zu mir war.« Sie strich mit den Fingern über die cremefarbene Seidenbettwäsche. »Dasselbe hat sie Nya über mich erzählt. Ich nehme an, daß sie dieselbe Masche bei anderen benutzt hat. In manchen Dingen war Lizzie nicht sehr... phantasievoll.«

»Was können Sie mir über ihre Ehemänner erzählen?« Lucia machte sich eifrig Notizen für den Fall, daß eines der medizinischen Geräte die Bandaufnahme störte.

»Sie waren beide Psychologieprofessoren, und sie waren beide verheiratet, als sie sie kennenlernte. Der erste war ihr Doktorvater, Howard Drinel. Er hat ihr sehr bei ihrer Dissertation geholfen. Sie war fünfunddreißig, als sie heiratete. Er war fünfzig.«

»Wissen Sie, ob sie Jungfrau war, bevor sie heiratete?«

»Nein, war sie nicht.« Freddie schien sich überaus unbehaglich zu fühlen.

»Hatte sie häufig wechselnde Partner?«

»Ich verstehe nicht, welchen Grund Sie haben könnten...«

Entschlossen, in diesem Gespräch nicht die Kontrolle zu verlieren, wie es ihr beim ersten passiert war, fiel Lucia ein: »Möchten Sie helfen, ihren Mörder zu finden?« Freddie nickte wie ein kleines Kind. »Dann halten Sie keine Informationen zurück.« Fast hätte sie Freddie mit dem Finger gedroht.

»Es ist so eine beschämende Angelegenheit. Über die nicht gesprochen werden sollte.«

»Es war Inzest, nicht wahr?«

»Ja, woher wissen Sie das?« Freddie war verblüfft. Ihre Hände zitterten, als sie nach dem Wasserglas griff.

»Ich habe lange beim Jugenddezernat gearbeitet. Sie gewöhnen sich dort nicht an Kindesmißbrauch, aber Sie beginnen, ein gewisses Talent dafür zu entwickeln, die Symptome zu erkennen. Ich habe nie mit Erwachsenen gearbeitet, aber zwanghaftes sexuelles Verhalten ist bei Kindern definitiv ein Hinweis.« Lucia versuchte, ihre Finger zu lockern, während sie sprach. Sie beneidete Amy um ihre Stenographiekenntnisse.

»Wer war der Täter, ihr Vater?«

»Ja, und ihr Bruder David. Wie sie mit so einem Exkrement überhaupt noch reden konnte, werde ich nie begreifen. Er war so eifersüchtig auf sie, sogar noch Jahre später. Er hat alles unternommen, um zu versuchen, uns auseinanderzubringen. Ich verachte den Mann zutiefst.«

»Glauben Sie, er könnte sie umgebracht haben? Aus Eifersucht oder vielleicht wegen Geld?«

»Warum *jetzt*, wenn er eifersüchtig war?« Freddie tat die Idee mit einem Wink ihrer eleganten Finger ab. Lucia bemerkte, daß sie ihre Fingernägel kurz hielt. »Und die Geldtheorie ist

völlig absurd. Lizzie hätte dem Schuft nie auch nur einen Cent gegeben. Nicht einen Cent.«
»Wem hat sie ihr Geld hinterlassen?« fragte Lucia.
»Das ist wirklich absurd. Sie hat mir alles hinterlassen. Diese Art von grandioser Geste, die sie manchmal machte und die ich recht liebenswert fand. Sie hatte Angst, daß ich glauben könnte, sie würde nur mein Geld lieben. Ich glaubte es natürlich nicht. Ihre Ehemänner haben sie ziemlich wohlhabend zurückgelassen, wenn auch nicht gerade reich. Wirklich absurd.« Freddies Augen waren rot gerändert und schwammen in Tränen. »Ich will ihr Geld nicht. Ich werde es alles weggeben. Ich bin es leid, vom Tod der Menschen zu profitieren, die ich liebe. Vielleicht fange ich wieder an, richtig zu rauchen, statt nur drei oder vier pro Woche.« Es gelang ihr, zugleich bemitleidenswert und stolz auf sich auszusehen.
»Sie rauchen?« fragte Lucia und hielt die Aufregung in ihrer Stimme zurück.
»Ein bißchen. Wegen meines Herzens habe ich es sehr eingeschränkt, aber ich habe hin und wieder mal geraucht, besonders wenn ich bei Lizzie mitfuhr. Sie war keine gute Fahrerin. ging zu schnell in die Kurven und bremste dann zu stark. Diese Art Fahrstil.«
»Welche Marke?«
»Camel Lights.«
Volltreffer, dachte Lucia. Damit sind Maritas Zigaretten abgehakt. Sie nahm die Kopie des Zettels aus ihrer Aktentasche und zeigte sie Freddie. »Haben Sie das schon einmal gesehen?«
»Nein. Sollte ich?«
Lucia beschloß, einen neuen Kurs einzuschlagen. »Halten Sie Nya Kyle der Gewaltanwendung für fähig?«
»Junge Frau, wissen Sie nicht, daß es unhöflich ist, in einem Gespräch so herumzupoltern?« Freddie schien verschnupft.
»Es tut mir leid, aber ich bin wirklich nicht hier, um höflich Konversation zu treiben. Ich habe nicht vor, unhöflich zu sein, aber ich habe vor, herauszufinden, was ich wissen muß. Nya hatte guten Grund zu der Annahme, daß Sie sich ihr zuwenden würden, wenn Lizzie aus dem Weg wäre.«

»Und umgekehrt«, bemerkte Freddie.
»Sie sind eine sehr wohlhabende Frau...«, fuhr Lucia fort.
Freddie begann, schallend zu lachen. »Ich sehe, Sie haben Nyas Hintergrund nicht überprüft – oder vielmehr Nancy Kolders. Sie ist eine der wohlhabendsten jungen Frauen in den USA. Das weiße Blut in der Familie Kolder wurde dünn – keine Erben. Es war die Frage, entweder außerhalb der Familie zu vererben oder den Rassismus außer acht zu lassen. Die Familie besiegte den Rassismus. Ihr Großvater, der Präsident eines schwarzen Colleges war, wurde der Alleinerbe des Kolderschen Salzvermögens. Oben im Staate New York. Ungefähr siebzig Prozent des Tafelsalzes in den USA kommen aus den Kolder-Salinen.«
Freddie wischte sich mit einem spitzenumrandeten Taschentuch die Lachtränen von den Wangen. »Als ihr Großvater starb, gingen zwei Drittel des Geldes in ein Treuhandvermögen für die Enkel, um die Erbschaftssteuer zu umgehen. In fünfzehn Monaten, wenn Nya vierzig wird, erbt sie ein Zwölftel von 2,8 Milliarden Dollar. Eine ordentliche Stange Geld. Nein, Nya ist nicht auf mein Geld aus, Detective Ramos. Eine der Sachen, bei der ich ihr geholfen habe, ist eine Stiftung, die sie ins Leben gerufen hat, um das überschüssige Geld loszuwerden, so daß nicht alles an den Staat fällt.«
»Morales«, murmelte Lucia.
»Ja, Juanita ist ein wahres Genie in Steuerfragen. Ich habe nie bedauert, diese junge Frau nach Harvard geschickt zu haben. Obwohl ich damals eine beträchtliche Summe einsetzen mußte, um die Berücksichtigung einer mexikanisch-amerikanischen Frau zu gewährleisten. Ich hatte sie in Freer aufwachsen sehen. Wenn die Preisrichter vorurteilsfrei gewesen wären, hätte sie den Landeswettbewerb in Rhetorik schon in ihrem ersten Jahr an der High-School gewonnen. So hat sie bis zum zweiten Jahr dazu gebraucht. Sie bekam natürlich ein Begabtenstipendium.« Freddie saß mit einem selbstgefälligen Ausdruck im Gesicht aufrecht im Bett.
»Das ist alles sehr interessant, aber ich würde gerne auf Nya oder Nancy zurückkommen.«

»Nya. Sie haßt Nancy.«
»Da Geld kein Thema ist, wie steht es mit Eifersucht?« In Wirklichkeit hatte Lucia die Abschweifung zu Morales nichts ausgemacht, da es ihr erlaubt hatte, ihre verkrampften Finger zu entspannen.
»Nya glaubt nicht an Besitz. Weder von Menschen noch von Dingen. Ich glaube, sie versucht, das Nirwana zu erreichen oder so etwas Ähnliches. Sie und Lizzie hatten lange und langweilige Diskussionen über östliche Religionen. Jede von ihnen war einzeln interessanter bei diesem Thema. Zusammen verbreiteten sie die entsetzliche Langeweile der wahren Gläubigen. Nein, ich bezweifle, daß Nya eifersüchtig ist, und noch viel mehr, daß sie dafür töten würde. So schmeichelhaft es für mich alte Dame wäre, aber ich würde Eifersucht ausschließen.«
»Wie ist es mit Wut?« fragte Lucia.
»Noch unwahrscheinlicher. Nya brüstet sich damit, ihre Emotionen zu kontrollieren. Außerdem bräuchte sie keine Flasche, um jemanden zu töten. Sie hat ihre Hände.« Freddie demonstrierte eine sehr präzise Hackbewegung mit ihrer rechten Hand. »Sie ist sehr gut im Kampfsport. Sie wird nie wieder vergewaltigt werden.«
»Sie wurde vergewaltigt?«
»Als Kind. Von einem Religionslehrer. Das ging ein Jahr lang. Ich glaube, das hat ihre Ansicht sowohl über Männer als auch über Gott etwas verzerrt, aber es geht mich wirklich nichts an.«
Die Krankenschwester kam zurück in den Raum und scheuchte Lucia hinaus. »Keine Fragen mehr, Detective. Wir möchten nicht noch einen Herzanfall, besonders nicht so weit entfernt von einem Krankenhaus.« Freddie zuckte resigniert die Achseln angesichts des Verlustes ihres Publikums. Nachdem sie die Tür zu Freddies Schlafzimmer geschlossen hatte, sagte die Krankenschwester: »Es ist nicht furchtbar gefährlich, nur eine kleine Angina, aber wenn ich nicht übertreibe, schenkt sie mir überhaupt keine Aufmerksamkeit.«
Lucia war zurück an ihrem Schreibtisch, bevor ihr auffiel, daß sie nicht nach Sarah Carter gefragt hatte. Sie hatte ein hervor-

ragendes Alibi, aber es gab andere Möglichkeiten; vielleicht versuchte jemand, der Sarah nahestand, sie zu schützen. Dann konnte auch jemand, der Nya oder Rebecca oder sogar Marita nahestand, der Mörder sein, aber es schien sehr unwahrscheinlich. Richte dein Gewehr in den Himmel und feure ab. Du könntest ein Reh treffen, das gerade vorbeifliegt. Lucia zuckte in Gedanken die Schultern. Der Fall schleppte sich auf einen qualvollen Stillstand zu.

Sie gab die neuen Informationen ein und verfluchte wieder einmal ihre mangelhaften Schreibmaschinenkenntnisse. Sie rief noch einmal vergebens David Freeman an, während sie darauf wartete, daß der Drucker die neuen Seiten ausdruckte. Sie ließ ein zweites Exemplar für Amy ausdrucken. Dann schaute sie auf die Uhr. Amy könnte noch in der Praxis sein.

Connie hob beim ersten Klingeln ab. »Sie haben sie gerade verpaßt. Ihr letzter Klient hat abgesagt, daher ist sie früher nach Hause gegangen. Möchten Sie ihre Privatnummer haben?«

»Danke, die habe ich«, gab Lucia zu. Sie fragte sich, ob Amy die Veränderung in ihrer Beziehung Connie gegenüber erwähnt hatte. Connie hatte ihr mit Sicherheit noch nie zuvor Amys Privatnummer angeboten. Oder versuchte Connie nur, eine Vermutung zu bestätigen? Lucia spürte, wie sie rot wurde, als sie auflegte. Den Bericht abzugeben war nur eine Entschuldigung, um Amy vor ihrer Verabredung am Mittwoch zu sehen. Der Fall war so gut wie abgeschlossen. Das Verbrechen blieb ungestraft, wenn ein Gespräch mit David Freeman keine neuen Gesichtspunkte ergab. In Anbetracht der Tatsache, daß er seine Schwester seit Jahren nicht gesehen hatte, erschien es Lucia unwahrscheinlich, daß er irgend etwas Wesentliches würde beisteuern können.

Lucia entschied, nicht bei Amy zu bleiben, auch wenn sie eingeladen würde. Dies war ihr letzter Abend am Fall Freeman. Sie wollte all ihre Energie darauf verwenden, den Berg von Daten, den sie angesammelt hatte, noch einmal durchzuschauen. Lucia steckte Kopien von allen Kassetten in ihre Aktentasche. Sie zuckte die Schultern und rief noch einmal bei David Freeman an. Diesmal meldete sich jemand. Eine Frau, die sich als Mrs.

Freeman zu erkennen gab, nahm eine Nachricht entgegen. Ihr Mann würde zurückrufen, sobald er nach Hause käme, was spät sein könne.

Lucia genoß es, durch die verlassenen Straßen der Innenstadt zu fahren. Sie brauchte nur einige Minuten zur McCullough Street anstatt der üblichen zwanzig. Lucia parkte auf der Straße und nahm den mittlerweile dicken Bericht mit hinein zu Amy.

Es fiel Lucia nicht leicht, Amys Einladung zum Abendessen auszuschlagen. Ihr Körper verlangte danach, einen weiteren Abend in Amys Armen zu verbringen. Der süße Honig von Amys Küssen bestärkte ihren Entschluß nicht gerade, aber sie blieb standhaft. Der Fall hatte einen letzten Abend konzentrierter Arbeit verdient, sagte sie sich immer wieder, als sie wegfuhr, und war so abgelenkt, daß sie beinahe einen Fahrradfahrer erwischt hätte, als sie ein Stoppschild in der Nähe von Amys Haus übersah. Der Adrenalinstoß nach dem Beinahe-Zusammenstoß klarte ihr den Kopf auf, und sie kam ohne weiteren Zwischenfall zu Hause an.

Die Hauptverdächtige war Freddie, entschied Lucia. Sie hatte kein Alibi. Sie ging zum Kampfsporttraining, und sie wußte von Lizzies Affären. Als erste Aufgabe stellte sie sich, alles Material durchzuschauen, das sich auf Freddie bezog. Sie hörte sich beide Gespräche an. Freddie hatte auf die Bemerkung über ihr sexuelles Leistungsvermögen ungehalten reagiert, und Lucia war dem nicht nachgegangen. Sie hätte es tun sollen. Ließ Freddie als Liebhaberin nach? Lucia arrangierte die Tatsachen zu einem neuen Muster von Möglichkeiten. War Nya dabei, Lizzie für sich zu gewinnen?

Was war, wenn Lizzie Freddies müde geworden war? Mit einer bereits vorhandenen Beziehung zu einer anderen wohlhabenden Frau bereitete Lizzie sich womöglich darauf vor, Freddie zu verlassen, wie sie ihre beiden Ehemänner verlassen hatte. Dann fiel Lucia ein, daß Lizzie ihre Ehemänner betrogen, aber nicht verlassen hatte. Aber würde Freddie auf dieses Verhaltensmuster bauen, oder würde sie sich Sorgen machen, daß Lizzie ginge und Nya mit sich nähme? Freddie war es gewohnt zu bekommen, was sie wollte. Zwei Geliebte auf einmal zu verlieren könnte ein ausreichendes Ärgernis sein, um einen Mord zu motivieren.

Lucia las noch einmal die Akte, um nach bestärkenden Hinweisen für diese neue Theorie zu suchen. Sie schien schwach. Es war fast dunkel, als das Telefon klingelte. Es war David Freeman mit einer sehr knappen Begrüßung.

»Vielen Dank, daß Sie zurückrufen, Mr. Freeman. Wie ich in meiner Nachricht bereits erwähnt habe, geht es um Ihre Schwester Elizabeth.« Lucia wußte nicht recht, wie sie es ihm beibringen sollte.

»Was ist los? Ist ihr etwas zugestoßen?« Seine Stimme klang nur mäßig interessiert.

»Es tut mir leid. Das ist nicht eine Nachricht, die per Telefon übermittelt werden sollte, aber Ihre Schwester ist tot.«

»Ein Unfall?« Die Frage schien fast beiläufig.

»Nein, sie wurde ermordet.« Lucia kam sich komisch vor angesichts der Abruptheit des Gesprächs, aber ihr fiel nicht ein, wie sie es hätte ändern können.

»Ermordet? Wie?« David Freemans Stimme klang sehr viel interessierter.

»In ihrer Praxis. Sie wurde durch einen Schlag auf den Kopf getötet.«

»Einer ihrer verrückten Klienten.«

»Das wissen wir noch nicht. Wir sind noch bei der Untersuchung.«

Lucia versuchte, nicht daran zu denken, wie bald die Untersuchung beendet sein würde.

»Ich hätte eher erwartet, daß sie von einer aufgebrachten Ehefrau erschossen würde. Oder einem Ehemann, in Anbetracht ihrer derzeitigen Vorliebe für Frauen.«

»Sie wußten von ihrer Homosexualität?« fragte Lucia.

»Sie hat versucht, mich zu benutzen, um eine ihrer schmutzigen kleinen Liaisons zu vertuschen. Sie ist eine Schlampe. War sie immer schon. Sogar als Kind.«

Gehässigkeit triefte aus seinen Worten.

»Nun ja, Eifersucht hat ihren Weg auf die Liste der Motive gefunden, die wir untersuchen. Sind Sie einverstanden, wenn ich einige Fragen zu ihrem Hintergrund stelle?«

»Als ein dem Gesetz Verpflichteter komme ich dem gern nach, solange ich mich nicht selbst belaste.« Seine Stimme klang sehr kalt.

Lucia wußte, daß der Mißbrauch bereits vor vielen Jahren verjährt war. Sie fragte sich, welche ihn selbst belastenden Informationen David Freeman im Hinterkopf haben könnte.

»Natürlich. Wie lange ist es her, seit Sie Ihre Schwester gesehen haben?«

»Jahre. Vielleicht vier oder fünf Jahre.«

»Wo waren Sie zwischen 17 und 22 Uhr am letzten Dienstag?«

»In einem Flugzeug irgendwo zwischen Chicago und Honolulu. War das die Zeit, als sie starb?«

»Ja.«

»Das ist fast eine Woche her. Warum wurde ich nicht früher benachrichtigt?« Verärgerung ließ seine Worte schärfer klingen.

»Wir waren bis Freitag nicht in der Lage, Ihre Adresse und Telefonnummer herauszufinden. Und danach waren Sie nicht zu erreichen.« Lucia wußte, daß sie defensiv klang.

»Ich war seit Dienstag verreist. In Honolulu mit meiner Frau.«

»Es tut mir leid, daß es so lange gedauert hat, Sie zu informieren.«

»Es ist eigentlich egal. Elizabeth hat mir nicht viel bedeutet.«

»Können Sie mir etwas über ihre finanzielle Situation erzählen?« fragte Lucia etwas beklommen.

»Ich habe seit Jahren nicht mehr mit ihr über Geld geredet. Das letzte Mal bei einem Telefongespräch über das Treuhandvermögen ihres Stiefsohnes.«

»Ihres Stiefsohnes?«

»Ja. Welters Sohn. Als Welter starb, ging sein halber Nachlaß als Treuhandvermögen an seinen Sohn aus erster Ehe. Elizabeth war die Treuhänderin. Sie hatte einige rechtliche Fragen dazu.« Zum ersten Mal im Verlauf des Gesprächs deutete seine Stimme etwas mehr Interesse an.

»Können Sie mir sagen, welche Fragen das waren?« Lucia schrieb und dachte mit rasender Geschwindigkeit.

»Ich rede gewöhnlich nicht über meine Klienten, aber… nun ja, Elizabeth ist meine Schwester und keine Klientin. Sie hat mich nie bezahlt, also ist Vertraulichkeit kein Thema. Sie hatte den Jungen aus den Augen verloren. Sie wollte wissen, wie weit sie gehen mußte, um ihn zu finden. Ich sagte, daß mehrere Anzeigen an seinem letzten bekannten Wohnort ausreichend wären, aber daß das Treuhandvermögen auf mehr oder weniger unbegrenzte Zeit erhalten werden müßte. Dann wollte sie wissen, ob sie für ihre Pflichten als Treuhänderin aus dem Vermögen entschädigt werden könnte.«

»Und konnte sie?«

»Sicherlich. Ein Treuhänderhonorar von fünf bis zehn Prozent der jährlichen Einnahmen würde in den meisten Fällen für angemessen gehalten. Es könnte angefochten werden, wenn es nicht im Treuhandvertrag schriftlich festgehalten ist, aber das Gericht würde es wahrscheinlich bestätigen.« Seine Stimme schien seltsam triumphierend.

»Wissen Sie, ob Dr. Freeman je wieder Kontakt mit ihrem Stiefsohn aufgenommen hat?« Lucia lenkte die Fragen zurück auf den Fall.

»Ich habe keine Ahnung.«

»Wie heißt der Stiefsohn?«

»Welter, natürlich«, gab er knapp zurück.

»Und der Vorname?« Lucia begann, ein Muster in der überwältigenden Ansammlung von Informationen zu ahnen, das sie bislang übersehen hatte.

»Ich kann mich wirklich nicht erinnern. Es ist Jahre her, daß ich ihn gehört habe, wenn ich ihn überhaupt je gehört habe.«

»Wie alt dürfte der Stiefsohn jetzt sein?« Lucia drängte es, Details zu erfahren.

»Er war ein Kind, als Elizabeth seinen Vater heiratete. Das ist mehr als zehn Jahre her. Er ist wahrscheinlich Anfang Zwanzig.«

Lucia schlug mit der Faust auf den Schreibtisch, verärgert über ihre Begriffsstutzigkeit. »Wissen Sie, ob es noch andere Stiefkinder gibt?« fragte sie, da sie nicht noch einmal wichtige Fakten verpassen wollte.

»Soweit ich weiß, nicht. Ich nehme an, der Stiefsohn ist ein Verdächtiger?«

»Zur Zeit haben wir noch keine Verdächtigen identifiziert. Wir sind an allen Kontakten von Dr. Freeman interessiert. Können Sie mir sagen, wo Dr. Freeman die Spur ihres Stiefsohnes verloren hat?« Lucia versuchte, den Eifer in ihrer Stimme zu unterdrücken.

»Cape May, New Jersey.«

»Vielen Dank, Mr. Freeman. Ich weiß Ihre Hilfe zu schätzen. Darf ich Sie wieder anrufen, wenn ich weitere Informationen benötige?« Lucia beeilte sich, zum Ende des Gesprächs zu kommen.

»Sicherlich. Wenn ich Ihnen helfen kann. Guten Abend.«

Warum ist er von New Jersey weggezogen? fragte Lucia sich. Ich hatte mir die Frage aufgeschrieben. Warum ist er von New Jersey weggezogen? Dann habe ich es einfach vergessen. Verdammt!

Lucia sah Derrick Miltons Telefonnummer nach. Plötzlich gab es eine Menge Fragen, die sie diesem jungen Mann stellen wollte. Aber, dachte Lucia, wie konnte Freeman einen Namen wie Derrick vergessen? Bestimmt hat sie sich doch an den Namen ihres eigenen Stiefsohnes erinnert. Ich muß auf der falschen Spur sein. Beim zwölften Klingeln gab sie auf. Vielleicht erinnert sich Amy noch an etwas Wichtiges aus ihrem Gespräch mit ihm, dachte Lucia und wählte Amys Nummer. Die Leitung war besetzt.

Das letzte Licht des Sonnenuntergangs wurde von einer Mauer aus Sturmwolken verdeckt. Amy zog die schweren, weißen Vorhänge im Wohn- und Schlafzimmer zu und ging zurück an ihren Schreibtisch. Der Zeitschriftenstapel lockte sie. Als Kind hatte sie in jedem Bachbett nach einem Goldklumpen gesucht. An Psychologiezeitschriften ging sie mit demselben Optimismus heran. Die meisten Artikel, die sie gerade gelesen hatte, hatten die filigrane Schönheit einer Spinnwebe an einem Bachbett. Kompliziert und unbeständig. Selten war etwas wert, in Form von Notizen festgehalten zu werden.

Aber Amy hatte für alle Fälle Block und Stift bereitgelegt. Fast die Hälfte des Stapels war gelesen, und nicht ein Wort stand auf Amys Block. Sie konnte das Geräusch, das sie aus ihrer Faszination über die »Entwicklung des Ego in der späten Adoleszenz« herausgerissen hatte, nicht ganz einordnen. Vielleicht kommen die Jungs heute abend früher nach Hause, dachte sie und vertiefte sich wieder in ihren Artikel.

Tiger fauchte im Schlafzimmer. Amy erhob sich schnell. Dann blieb sie stehen. Wenn es ein Eindringling ist, brauche ich vielleicht Hilfe, dachte sie und griff nach dem Telefon. Sie konnte nur noch die Neun wählen, bevor es ihr aus der Hand gerissen wurde. Ihre Augen folgten dem Arm hinauf zu einem Gesicht, das sie erkannte.

»Derrick«, flüsterte sie, bevor er seine Hand auf ihren Mund preßte. Sein Gesicht war sowohl betreten als auch unnachgiebig.

Lucia las zum dritten Mal ihre Notizen von Amys Gespräch mit Derrick Milton. Es ergab so wenig. Sie wählte noch einmal Amys Nummer.

Los doch, Amy, dachte sie, leg schon auf. Ich muß mit dir sprechen. Wie lange kann eine Therapeutin telefonieren? Stunden! beantwortete Lucia sich selbst ihre Frage. Vergiß das Normale, sagte sie sich. Was ist ungewöhnlich? Sie konnte fast Reynolds Stimme sagen hören: »Finden Sie die Waagerechten.«

New Jersey war eine Waagerechte. Freeman folgte ihrer Geliebten nach San Antonio. Aber was ist mit Derrick? dachte sie. Das kleine College im Westen der Stadt hatte keinen landesweiten Ruf. Warum hatte Derrick es ausgewählt? Wenn er Freemans Stiefsohn war, warum hatte sie ihn nicht erkannt? Sicherlich hätte sie doch nicht versucht, ihren eigenen Stiefsohn zu therapieren? Warum nicht? Bei Freeman war alles möglich, wenn es um berufliche Fragen ging.

Hör auf, sagte Lucia zu sich selbst. Du drehst dich im Kreis. Versuch es noch mal bei Amy. Die Leitung war immer noch besetzt. Amy rief die Vermittlung an und bat um eine Unterbrechung des Gesprächs. Der Telefonist überprüfte ihren Berechtigungscode. Dann versuchte er, das Gespräch zu unterbrechen.
»Tut mir leid, Detective, der Hörer liegt nicht auf der Gabel. Es findet kein Gespräch statt. Ich kann lediglich einige Hintergrundgeräusche hören, so etwas wie ein Katzenschreien und -fauchen.« Er legte auf.
Tiger muß den Hörer von der Gabel gestoßen haben, dachte Lucia. Sie setzte sich wieder an das Derrick Milton-Gespräch. Er trug weiße Hemden mit geknöpftem Kragen. Das paßte zur Ostküste. Sehr ordentlich. Vielleicht paßte das, aber andererseits waren die meisten Männer Anfang Zwanzig, die sie kannte, nicht ordentlich.
»Wenn das Miststück nicht meinen Vater überredet hätte...«
War Freeman das Miststück? Der Brennpunkt für Derricks Wut? Der Wut, die er selbst zugab? Hatte das Thema Trinken mit Freeman ihn aufgebracht, weil er eine Wodkaflasche genommen und seiner Stiefmutter über den Schädel geschlagen hatte? Die Wut war da. Hatte er das Geld entdeckt, das das Leben seiner Mutter hätte retten können, das Erbe, das Freeman ihm vorzuenthalten trachtete? Seine Mutter war der Schlüssel. Hatte Freeman eine Explosion ausgelöst? Die Details, dachte Lucia, bleib bei den Details. Was paßt nicht?
Das Fahrrad. Ein Collegestudent, der in Armut lebte, brachte kein superteures Fahrrad mit. Es ist sein Hobby. Er ist ein Marathonfahrer, gab sie sich selbst zurück. Scheiße! Mit einem Mal paßte alles zusammen. Und das Bild, das sie sah, war das eines Fahrradfahrers auf einem blauen Rennrad weniger als eine Straße von Amys Wohnung entfernt, des Fahrradfahrers, den sie beinahe angefahren hatte.
Lucia nahm den Telefonhörer auf. »Zentrale, ich brauche einen Streifenwagen zu 2417 Kings Highway. Sofort. Hier spricht Detective Lucia Ramos. Dienstnummer 5034. Ich treffe ihn dort. Möglicherweise Mordversuch im Gange.«

Wie kann ich das sagen? dachte Lucia. In Gedanken war sie schon in Amys Wohnung. Keines der Bilder, die ihr durch den Kopf schossen, war gut. Amys Leiche lag genauso auf dem Teppich, wie Lucia Dr. Freemans Leiche gesehen hatte. Nein, dachte Lucia, ich überreagiere, weil ich mein Privatleben mit dem beruflichen vermischt habe. Ich werde hinkommen, und es wird nur peinlich sein. Kein Mörder. Nur eine wütende Katze. Eine Katze, die Männer anfaucht! Scheiße! Lucia hob ihre Aktentasche auf den Schreibtisch. Sie öffnete sie und nahm ihren Dienstrevolver heraus. Er lag schwer und ungewohnt in ihrer Hand. Sie überprüfte das Magazin. Es war voll. Sie hatte nie auf einen Menschen gefeuert. Sie legte die Waffe zurück in die Aktentasche und rannte zu ihrem Wagen.
Lucia griff nach dem Blinklicht und setzte es aufs Wagendach. Sie schaltete den magnetischen Haltemechanismus ein, aber nicht die Sirene. Sie mußte leise sein, um Derrick zu überraschen. Warum habe ich Freddie nicht nach Stiefkindern gefragt? dachte sie. Dann wäre Amy jetzt nicht in Gefahr. Verdammt, daß Freddie mich immer so ablenkt!
Ihr brauner Sentra bog links in die Woodlawn Street ein. Sie beschleunigte zwischen den viel zu häufigen Ampeln auf über sechzig Meilen. Ein Streifenwagen schloß sich ihr an, als sie mit quietschenden Reifen rechts in die McCullough Street abbog. Über die San Pedro war es näher, aber die hatte zwei Ampeln mehr. Sie kalkulierte die Chancen mit kalter Logik. Mindestens eine Viertelstunde war seit ihrem ersten Anruf bei Amy vergangen. Ein Mord dauert nur wenige Sekunden. Weniger, wenn der Mörder eine Waffe hatte. Ein langsamer weißer Pick-up zog direkt vor ihr in die mittlere Spur hinüber und blockierte sie. Sie schlug frustriert aufs Lenkrad. Der Streifenwagen schaltete seine Sirene ein.
Das war's dann, dachte Lucia. Jetzt weiß er, daß wir kommen. Der weiße Wagen bog an der San Antonio-Schule links ab. Sie bemühte sich nicht, vorbeizuziehen und zu beschleunigen, da sie fast an der Abzweigung zum Kings Highway waren. Sie holte tief Luft. Ein weiterer Streifenwagen parkte vor Amys Wohnung. Lucia merkte, daß sie den Polizeifunk nicht ange-

stellt hatte. Sie kam mit quietschenden Reifen auf der gegenüberliegenden Straßenseite zum Stehen und griff ihren Revolver aus der Aktentasche. Der Streifenwagen hinter ihr hielt ebenfalls. Sein einziger Insasse sprang heraus und sprintete mit ihr zur bereits eingetretenen Eingangstür. Lucia wurde von der ungewohnten Waffe etwas behindert.

Wegen der zugezogenen Vorhänge konnte sie erst nichts erkennen. Dann sah sie Amy. Lucias Herz klopfte zum Zerspringen. Amy saß auf dem Fußboden neben der Couch und hielt Derrick, der schluchzend an ihrer Brust lag. Seine Arme steckten hinter seinem Rücken in Handschellen. Der Polizist stand neben ihm und hielt Amys Kassettenrecorder in der Hand.

»Ist er auf seine Rechte hingewiesen worden?« fragte Lucia.

»Ja«, war die Antwort des Polizisten, »und er sang trotzdem wie ein Kanarienvogel. Diese Anklage steht. Mr. Paul Derrick Milton-Welter der Dritte geht ins Gefängnis zum ganzen anderen Abschaum«, fuhr er sarkastisch fort.

Nach seinem Vater benannt, wette ich, dachte Lucia. Wahrscheinlich hat er nach der Scheidung seiner Eltern seinen zweiten Vornamen benutzt. Wenn Milton der Mädchenname seiner Mutter ist, ist alles klar. Freeman hätte den Namen, den er heute benutzt, nicht wiedererkannt. Hätte ich nur nach der Geburtsurkunde gefragt... Sie schlug sich den absurden Gedanken aus dem Kopf und ging zur Couch hinüber.

Amy hielt den schluchzenden Jungen fester. »Er ist kein richtiger Mörder, Lucia. Er kam her, um mich zu töten, aber er konnte es nicht. Ich glaube, es war fast ein Unfall, daß er Freeman getötet hat.«

Lucia warf dem Polizisten hinter sich ihre Schlüssel zu. »Bitte schließen Sie meinen Wagen ab und bringen Sie meine Aktentasche herein.« Sie sicherte ihren Revolver und legte ihn auf den Couchtisch. »Bist du okay?« fragte sie Amy. Amy nickte, den Tränen nahe.

Derrick versteifte sich in ihren Armen und stand auf. »Ich glaube, ich brauche einen Anwalt«, sagte er und klang sehr jung und sehr ängstlich.

Amy stellte sich neben ihn. Sie legte ihm den Arm um die Schultern. »Ich kenne einen guten Strafverteidiger namens Dan O'Hare. Er hat einige Jugendliche vertreten, die meine Klienten sind, und sie mögen ihn sehr. Wenn es nicht klappt, kann er vielleicht jemanden empfehlen. Möchtest du, daß ich ihn anrufe?«

Derrick nickte wortlos und sagte dann: »Ich habe kein Geld.«

»Doch, haben Sie«, sagte Lucia. »Ihr Vater hat Ihnen ein Treuhandvermögen hinterlassen. Sein halber Nachlaß gehört Ihnen.« Derrick empfing die Neuigkeiten sprachlos mit offenem Mund. Was immer sein Motiv für den Mord gewesen war, Geld war es nicht.

»Meine Mutter hätte nicht zu sterben brauchen. Das Geld hätte sie retten können!« platzte Derrick heraus.

»Still, Junge«, schalt der festnehmende Beamte. »Wenn du einmal nach einem Anwalt gefragt hast, solltest du nichts mehr sagen.« Er grinste in dem Wissen, daß sie bereits ohne weitere Enthüllungen genügend Beweise hatten. Amy schaute Lucia an und bat sie stumm um Hilfe für Derrick. Lucia zuckte die Schultern. An diesem Punkt hatte sie keinen Einfluß mehr.

»Warum führen Sie ihn nicht ab? Ich regele die Sache hier«, sagte Lucia.

»In Ordnung«, erwiderte der Polizist. »Bringen Sie die Frau Doktor für ihre Aussage mit?«

»Ja, ich bringe auch das Tonband mit, wenn Sie möchten. Die Spurensicherung wird den Rest erledigen.« Er nickte zustimmend und stieß Derrick vor sich her zum Streifenwagen. Der andere Polizist fragte Lucia, ob sie seine Hilfe bräuchte. Als sie verneinte, ging auch er.

»Es ist vorbei«, sagte Lucia, nahm Amys Recorder und drückte die Rückspultaste.

»Gott sei Dank, ich hatte furchtbare Angst.« Lucia stellte ihren eigenen Kassettenrecorder an. »Er kam durchs Schlafzimmerfenster. Ich dachte, er würde mich erwürgen. Dann konnte er es nicht. Er ist einfach zusammengebrochen. Er fing an, über seine Eltern und ihre Scheidung zu reden. Er redete immer noch, als der Polizist die Tür eintrat. Er hat ihm seine Rechte vorgelesen, aber Derrick konnte nicht aufhören zu reden. Es war, als ob ein Damm gebrochen wäre. Er konnte einfach nicht mehr aufhören.« Amy begann zu zittern. »Ich glaube, ich habe auch einen kleinen Schock.«

»Komm herüber zum Sofa. Wenn du dich hinsetzt, geht's dir bestimmt besser. Ich möchte mir das Band anhören.« Lucia arrangierte die Kassettenrecorder so, daß ihrer aufnahm, während der andere abspielte. Sie stellte beide Geräte an und führte Amy zum Sofa.

Zuerst war die Stimme des Polizisten zu hören, wie er die Rechte verlas. Dann Derricks Stimme, als er auf seine Rechte verzichtete. Lucia schüttelte den Kopf. Es gab keine Möglichkeit für einen Anwalt, ihn aus diesem Geständnis wieder herauszubringen.

Der nächste Teil des Bandes war klar zu verstehen. »Sie hat mir erzählt, daß Mom sich dieses Leben und diesen Tod ausgesucht hat. Sie sagte, ich solle meine Wut loslassen. Sie redete immer weiter davon, daß Mom wirklich so sterben wollte. Ich wollte nur, daß sie den Mund hält. Ich wollte nicht, daß sie stirbt. Ich habe mich an all den Schmerz erinnert. Krebs im Dickdarm tut furchtbar weh. Die Ärzte haben ihr immer erzählt, der Schmerz wäre unaufgearbeitete Wut über die Scheidung. Sie haben es nicht mal überprüft, bis es zu spät war. Es war ihre Schuld, daß Mom gestorben ist. Wenn sie uns nicht meinen Vater weggenommen hätte, wäre das nie passiert.

Sie hörte nicht auf. Ich habe immer wieder zu ihr gesagt: ›Sie haben meine Mutter doch nicht gekannt, halten Sie doch den Mund.‹ Aber sie hörte nicht auf. Sie sagte, daß ich mit meiner Mutter schlafen wollte. Wie konnte sie so einen Mist sagen? Dann sagte sie, daß ich meine Mutter gehaßt habe.

Ich mußte sie dazu bringen, aufzuhören. Sie hatte kein Recht, all diese furchtbaren Dinge zu sagen. Ich wollte darüber reden, wie wütend ich auf sie war, aber sie hat einfach nicht den Mund gehalten. Ich konnte sie nicht dazu bringen, aufzuhören. Ich wollte doch nur, daß sie aufhört. Ich habe sie mit der Flasche geschlagen, damit sie aufhört. Ich wollte sie nicht umbringen. Im Kino machen sie das dauernd, und niemand stirbt. Sie sollte nicht sterben.«

Die nächsten Momente auf dem Band waren von Derricks Schluchzen erfüllt. Als das Schluchzen nachließ, fragte Amy: »Und warum ich, Derrick?«

»Sie wußten es. Ich konnte es Ihren Augen ansehen. Sie haben mich nach der Flasche gefragt. Da wußte ich, daß Sie es wußten. Sie haben mich sogar über meine Wut befragt. Und ich habe gemerkt, daß Sie mir nicht geglaubt haben, als ich gesagt habe, daß ich in der Bibliothek war. Dann haben Sie mein Fahrrad gesehen. Ich habe erst später gemerkt, worauf sich Ihre Fragen bezogen haben. Sie haben versucht, herauszufinden, ob ich es auf meinem Fahrrad zu ihrer Praxis schaffen könnte. Ich habe ständig gewartet, daß jemand kommt und mich festnimmt. Dann dachte ich, vielleicht haben Sie noch nicht mit der Polizei gesprochen. Ich habe beschlossen, Sie umzubringen und die Kassette mitzunehmen. Also bin ich Ihnen heute nachmittag von der Praxis nach Hause gefolgt. Aber ich wollte warten, bis es dunkel war. Ich dachte, das wäre sicherer. Aber dann konnte ich es nicht. Ich wollte Ihnen nicht weh tun. Ich wollte niemandem weh tun. Es ist alles so ein Durcheinander. Es tut mir leid. Es tut mir so leid.« Er begann wieder zu schluchzen. Dann hörte Lucia, wie sie selber hereinkam. Sie stellte Amys Kassettenrecorder ab.

»Wie geht's dir jetzt?« fragte sie Amy.

»Besser. Zumindest bin ich mir jetzt sicher, daß ich leben werde. Für einen Moment stand es wohl auf des Messers Schneide. Ich habe das nie so gesehen, Lucia. All diese Dinge, von denen er annahm, daß ich sie durchschaut hätte, habe ich nicht so gesehen. Ich habe diese unglaubliche Schuld übersehen, all diese unterdrückte Wut. Mein Gott, er war doch erst ein paarmal bei ihr. Woher kam das alles? Ich kann mir nicht vorstellen, wie sich das alles so schnell entwickelt hat.«

»Er ist Freemans Stiefsohn.«

»Was?« schrie Amy. »Er ist *was*? Wann hast du das herausgefunden?«

»David Freeman hat erwähnt, daß Lizzie ein Treuhandvermögen für ihren Stiefsohn in New Jersey verwaltet hat. Derrick ist aus New Jersey und hat ungefähr das richtige Alter. Ich habe versucht, ihn anzurufen, aber es hat sich niemand gemeldet. Daher habe ich versucht, dich anzurufen. Der Telefonist konnte Tiger fauchen hören. Daraufhin habe ich mir Sorgen gemacht und Hilfe gerufen. Es wäre sehr peinlich gewesen, wenn du nur mit deinen Vermietern Tee getrunken hättest.«

»Tee mit den Jungs«, begann Amy zu kichern. Sie schien nicht mehr aufhören zu können. Lucia merkte, daß Amy hysterisch war, und nahm sie in die Arme.

»Es ist okay. Es ist vorbei, Amy. Es ist alles gut. Er ist im Gefängnis. Du bist sicher, Liebste.« Sie hielt Amy fest, während diese schluchzte.

Schließlich konnte Amy wieder reden. »Er hätte mich umbringen können. Ich konnte ihn nicht aufhalten. Ich war hilflos. Genau wie als Kind. Ich war hilflos.«

Lucia nahm sanft Amys Kopf hoch und schaute ihr in die Augen. »Erstens gibt es keine perfekte Verteidigung gegen Mord. Zweitens gibt es etwas, was du unternehmen kannst, um dich vor einem Angriff zu schützen. Möchtest du, daß ich durch deine Wohnung gehe und ein paar Vorschläge mache? Ich fange mit der Eingangstür an. Kauf dir eine Metalltür.«

Amy fing wieder an zu kichern, aber diesmal ohne Hysterie. »Und wie kannst du sie dann eintreten, wenn ich dich das nächste Mal brauche?«

»Es gibt eine wundervolle neue Erfindung, die sich Schlüssel nennt.«

»Manche Frauen schrecken vor nichts zurück, um an einen Schlüssel zu meiner Wohnung heranzukommen.«

»Vor gar nichts, Amy, vor absolut gar nichts.« Lucia stand auf und zog Amy auf die Beine.

»Die Spurensicherung wird gleich hier sein. Möchtest du deine Handtasche mitnehmen, wenn wir zum Präsidium fahren?«

Amy nickte und ging ins Schlafzimmer, während Lucia Amys Kassettenrecorder in eine Beweismitteltüte steckte und sie beschriftete. Ein riesiger Mann trat durch die zersplitterte Tür. »Saubere Arbeit, Ramos. Ich wußte gar nicht, was in Ihnen steckt. Übrigens danke für das Mittagessen.«

»Danke für die schnelle Arbeit am Volvo, Shapiro.«

»Na klar. Was möchten Sie von hier?« Seine Geste umfaßte die ganze Wohnung.
»Abdrücke vom hinteren Fenster. Beweis eines gewaltsamen Eindringens. Irgendwo in der Nähe sollte ein blaues Fahrrad herumstehen. Abdrücke davon, und nehmen Sie es mit«, wies Lucia ihn an.
»Ein Fahrrad? Wirklich?«
»Der Beweis, daß er kein Auto brauchte, um zu Freemans Praxis zu kommen.«
»Sie meinen, dies hier gehört zum Freeman-Fall? Ich dachte, der wäre gestorben.«
Lucia klopfte auf die Beweismitteltüte.
»Wir haben ein Geständnis nach einem Mordversuch. Wachtmeister Stone hat den Verdächtigen mitgenommen. Ich bringe das Opfer des Mordversuchs zur Aussage.«
»Möchten Sie, daß ich die Wohnung vollständig sauge für eine etwaige Übereinstimmung mit dem Schmutz an seinen Schuhen? Diese Art Untersuchung?«
»Nein, diesmal haben wir ihn auf frischer Tat ertappt.« Lucia drehte sich zu Amy um, als diese wieder ins Zimmer kam.
»Außerdem wird er den Mordversuch wahrscheinlich zugeben, um einen besseren Stand bei der schwerwiegenden Mordanklage zu haben.« Amy nickte. Der freundliche Riese von der Spurensicherung ebenfalls.
Nach ihrer Aussage im Präsidium wartete Amy, während Lucia die wichtigsten Dinge erledigte. Während sie wartete, hörte sie sich das Band von ihrem ersten Gespräch mit Derrick an. Ihre Finger zitterten, als sie das Gerät anschaltete. Dann spielte sie es noch einmal ab. Sie fand nirgends Hinweise, die sie übersehen hatte. Ohne Informationen über das Gespräch hinaus hatte sie nicht wissen können, daß Derrick Dr. Freeman ermordet hatte. Diese Erkenntnis tröstete sie. Dann rief sie ihre Vermieter an, die nicht glauben konnten, was passiert war, während sie sich im Kino vergnügt hatten.
»Wir hätten ein Video ausleihen sollen, Honey. Dann hätten wir dich retten können«, sagte Harry. »Wir nageln eine Sperrholzplatte über die Tür. Wir dachten, du wärst ausgeraubt wor-

den, bis Joe sah, daß dein Wagen hier war. Wir waren außer uns vor Angst. Ich bin so froh, daß du angerufen hast. Wo willst du schlafen, Darling? Du kannst nicht in der Wohnung bleiben, das wäre einfach zu grausig.«

»Ich gehe ins *Hilton del Rio*. Ich habe heute ein bißchen Luxus verdient«, erwiderte Amy.

»Paß auf dich auf, hörst du. Wir hängen sehr an dir.« Er legte gerade auf, als Lucia an ihren Schreibtisch zurückkehrte.

»Gehen wir?« fragte Lucia.

»Nicht nach Hause. Jedenfalls nicht, um zu schlafen. Ich hole mir nur ein paar Sachen und gehe ins Hotel. Ich glaube nicht, daß ich mich sicher fühle, bevor ich nicht einige Veränderungen vorgenommen habe«, sagte Amy, als sie gingen.

»Wie wäre es mit einer Tasse Kaffee und einem Gespräch?« fragte Lucia. Amy war einverstanden. Sie landeten bei *Jim's* in der North St. Mary's Street. Die orangefarbenen Sitzecken und dunklen Resopaltische trugen wenig dazu bei, den mittelmäßigen Kaffee zu verbessern.

»Derrick wird ins Gefängnis kommen, nicht wahr?« fragte Amy und rührte einen Löffel Vanilleeis in ihren Kaffee.

»Wahrscheinlich. Dieses Geständnis ist ziemlich eindeutig. Es gab Zeugen, und es ist auf Band. Niemand kann da viel unternehmen, um ihn vor dem Gefängnis zu bewahren«, erwiderte Lucia. »Wenn er nicht den Geburtsnamen seiner Mutter angenommen hätte, hätten wir ihn schon am Freitag geschnappt.«

»Es tut mir so leid. Es ist fast, als ob Freeman ihn aufgestachelt hätte. Was hat sie sich nur dabei gedacht?«

»Ich bezweifle, daß sie wußte, daß sie mit ihrem Stiefsohn sprach.« Lucia spießte einen Bissen Wurst auf.

»Wenn schon. Ihm die Möglichkeit eines ödipalen Aspekts in der Beziehung zwischen ihm und seiner Mutter einfach so um die Ohren zu hauen ist unglaublich. Vielleicht war sie betrunken. Das war ein furchtbares Verhalten für eine Therapeutin.«

»Sie ist dafür gestorben.«

»Und dieser arme, verwirrte Junge hat sein Leben ruiniert.

Wofür? Ach Lucia, es ist alles so sinnlos. Wie kannst du es nur ertragen? Die vollkommene Sinnlosigkeit dieser Todesfälle? Worin liegt da die Bedeutung? Es gibt keine.« Amy zermanschte ihr Eis mit dem Löffel, bis es zur Suppe wurde.

»Wahrscheinlich habe ich die Hoffnung, daß einige Jugendliche Zeitung lesen und sehen, daß ein Typ jemandem mit einer Flasche auf den Schädel geschlagen hat und daß er ins Gefängnis geht, wenn dieser Mensch stirbt. Vielleicht stoppt das irgendwann in seinem Leben den Impuls, eine Flasche zur Hand zu nehmen und zuzuschlagen. Vielleicht kann ich mit meinem Tun einen weiteren sinnlosen Tod verhindern. Diese Hoffnung läßt mich weitermachen.«

»Für uns alle gibt es die Hoffnung... Bring mich ins Hotel, bitte, Lucia. Ich bin sehr müde.«

»Möchtest du heute nacht gern bei mir schlafen? Ich würde mich wohler fühlen, wenn ich in der Nähe...« Lucia kam sich plötzlich sehr zaghaft vor.

»Vielen Dank für das Angebot, aber ich muß ein wenig allein sein, um mich zu sammeln.« Amy lächelte schüchtern.

Sie hakte sich bei Lucia ein, als sie zusammen in die Nacht hinausgingen.

Amys goldene Kreditkarte bescherte ihr sofort ein Zimmer im *Hotel del Rio*. Die strahlenden Lichter der Stadt wurden kleiner, während der Aufzug sie rasch ins oberste Stockwerk brachte.

»Keine ebenerdigen Fenster, durch die Würger hereinkommen«, sagte Lucia.

»Stimmt, Detective Ramos. Sie sind sehr aufmerksam«, erwiderte Amy, während sie die Schlüsselkarte in den Schlitz steckte. »Könntest du einen Moment mit hereinkommen?«

»Ich hatte gehofft, daß du das fragen würdest. Beinahe ermordet zu werden zerrt ein bißchen an den Nerven.« Lucia trat in die Räume der Suite und begann, die Schränke zu öffnen und unter dem Bett nachzuschauen. Selbst das geräumige Badezimmer untersuchte sie gründlich.

»Das war genau das, was ich brauchte. Danke, Lucia.« Amy stand mit ihrem kleinen Koffer in der Mitte des Wohnraums.

Sie erinnerte stark an ein verlorengegangenes Kind auf einem Flughafen. »Ist dir das je passiert? Ich meine, daß du fast getötet wurdest?« Ihre Stimme zitterte, als würde die Tatsache erst jetzt in ihr Bewußtsein dringen.

Lucia nahm ihr den Koffer aus der Hand und stellte ihn im Schlafzimmer auf den Gepäckständer. Als sie zurückkam, hatte Amy sich nicht gerührt. Lucia erwartete fast, daß sie den Daumen in den Mund stecken würde. Sie sah so einsam und verloren aus. Sie führte Amy zur Couch und zog sie neben sich.

»Nein. Ich bin nur einmal von einem aufgebrachten Vater verprügelt worden, der nicht glauben konnte, daß ich diese Dinge über *ihn* und *sein Kind* sagte. Hat mir fast den Kiefer gebrochen. Wir haben Körperverletzung der Inzestanklage angehängt. Dann wurde alles fallengelassen, weil der Staatsanwalt entschied, daß es zu schwer zu verfolgen sei. Ein achtzehnmonatiges Kind gibt keinen glaubwürdigen Zeugen ab.«

Amy begann zu zittern.

»Tut mir leid«, sagte Lucia. »Ich nehme an, Inzest ist das letzte, worüber du heute abend etwas hören möchtest.«

»Ich habe solche Angst gehabt«, schluchzte Amy. »Es hat den ganzen alten Schrecken wieder hervorgebracht. Ich war völlig hilflos.« Lucia umarmte sie fest. Dann zog sie Amy auf ihren Schoß.

»Es ist okay, Amy. Es ist vorbei«, murmelte sie.

»Nein, nein, nein«, flüsterte Amy, ihre Stimme war außer Kontrolle. »Nein.«

»Es ist in Ordnung, Niña, ich bin ja da. Du bist jetzt in Sicherheit.« Lucia schaukelte die weinende Frau in ihren Armen. »Fühl meine Arme, sie werden dich beschützen.« Lucia wiederholte ihre Beteuerung, bis Amy sich entspannte. »Möchtest du jetzt ins Bett gehen? Ich glaube, es wäre gut, wenn du schlafen könntest, Honey.«

»Okay«, sagte Amy. Ihre Stimme klang sehr jung und sehr erschöpft, als sie aufstand.

»Wie wäre es, wenn ich auf der Couch zwischen dir und der Tür schlafe?« fügte Lucia hinzu.

»Würdest du das wirklich?« Leise Tränen rollten Amys Gesicht herunter. »Es scheint etwas viel verlangt.«
»Du hast es ja nicht verlangt, ich habe es dir angeboten. Geh ins Bett, M'jita. Du bist in Sicherheit.« Amy nickte und schloß die Schlafzimmertür hinter sich.
Lucia hob das Telefon ab. »Ich hätte gerne einen Weckruf um halb sechs in Zimmer 2810«, sagte sie. Sie legte auf und flüsterte der verschlossenen Tür zu: »Morgen wird ein langer Tag. Schlaf unbesorgt, Amy.«

Die Frau in der Gesellschaft

Kriminalromane

Harriet Ayres (Hg.)
Schönen Tod noch, Sammy Luke
Zehn mörderische Geschichten
Band 10619

Fiorella Cagnoni
Eine Frage der Zeit
Band 10769

Sabine Deitmer
Bye-bye, Bruno
Wie Frauen morden
Band 4714
Auch brave Mädchen tun's
Mordgeschichten
Band 10507
Dominante Damen
Band 12094
Kalte Küsse
Band 11449

Sarah Dreher
Stoner Goes West
Band 11556

Maud Farrell
Violet taucht auf
Band 11555

Ellen Godfrey
Tödlicher Absturz
Band 11559

Leona Gom
Unverhoffte Ankunft
Band 11558

Ingrid Hahnfeld
Blaue Katzen
Band 11872
Schwarze Narren
Band 11076

Barbara Machin
Ein Fall für Pearl und Finn
Band 11557

Maria A. Oliver
Drei Männer
Band 10402
Miese Kerle
Band 10868

Elisabet Peterzén
Bis daß der Tod sie scheidet
Thriller
Band 11293

Shirley Shea
Katzensprung
Band 11021

Katrin & Erik Skafte
Lauter ganz normale Männer
Ein Krimi – Nur für Frauen
Band 4732

Fischer Taschenbuch Verlag